À SOMBRA DE UMA MENTIRA

ALEX MARWOOD

À SOMBRA DE UMA MENTIRA

Tradução
Verônica Radulescu

1ª edição

BERTRAND BRASIL
Rio de Janeiro | 2016

Título original: *The Wicked Girls*

Capa: Sergio Campante
Imagem de capa: Frédéric Biver / EyeEm / Getty Images

Texto revisado segundo o novo
Acordo Ortográfico da Língua Portuguesa

2016
Impresso no Brasil
Printed in Brazil

CIP-BRASIL. CATALOGAÇÃO NA PUBLICAÇÃO
SINDICATO NACIONAL DOS EDITORES DE LIVROS, RJ

Marwood, Alex
M354s À sombra de uma mentira / Alex Marwood; tradução de Verônica Radulescu. – 1ª ed. – Rio de Janeiro: Bertrand Brasil, 2016.
23 cm.

Tradução de: The wicked girls
ISBN 978-85-286-1847-1

1. Ficção inglesa. I. Radulescu, Verônica. II. Título.

16-32828 CDD: 823
CDU: 821.111-3

EDITORA BERTRAND BRASIL LTDA.
Rua Argentina, 171 – 2º andar – São Cristóvão
20921-380 – Rio de Janeiro – RJ
Tel.: (0xx21) 2585-2000 – Fax: (0xx21) 2585-2084

Atendimento e venda direta ao leitor:
mdireto@record.com.br ou (0xx21) 2585-2002

Dedicado a William Mackesy

Prólogo

1986

Há um cobertor, mas o aroma que vem de suas dobras a faz imaginar que ele nunca foi lavado. As celas são superaquecidas e, apesar de Jade tê-lo enrolado e jogado para o canto na primeira vez que a trouxeram ali, é difícil ignorar o fedor de urina e de pele suja. A policial Magill o pega, amassando-o na mão, e o estende em sua direção:

— Coloque isso a cabeça! Eles não têm permissão para ver seu rosto!

Nem é preciso. A fisionomia de Jade apareceu em todos os jornais há alguns meses, e estará novamente em evidência, em todos eles, amanhã.

Ela olha para o cobertor com repulsa.

A policial Magill franze as sobrancelhas.

— Quer saber, Jade? Se quiser, saia sem se cobrir. Estão todos morrendo de vontade de ver você, acredite! Por mim, tanto faz!

Já me viram várias vezes. Nos jornais, nas notícias. É por isso que nos fazem formar fila naquelas fotos de escola todos os anos. Não é para as famílias, mas para se ter uma imagem que possa ser vendida aos jornais. Assim, eles têm alguma coisa para acrescentar um título. "O MUNDO SUPLICA, ENCONTREM O NOSSO ANJO", *ou, no meu caso,* "A ANGELICAL FACE DO MAL".

Pela porta aberta é possível ouvir Bel gritando. Ainda gritando. Ela começou quando o veredito foi dado e continua desde então. Jade consegue ouvir apenas o silêncio através das paredes da cela. Nenhum som as penetra: a multidão aos berros, os pés apressados caminhando em meio aos preparativos. Ocasionalmente, ouve-se o ruído do metal polido do olho mágico sendo puxado, ou o estrondo de outra pesada porta se fechando; tirando isso, o silêncio sepulcral impera. O som de sua própria respiração, o som de seu coração, batendo acelerado. Quando a policial Magill abriu a porta, o barulho parecia abafado, até mesmo ali embaixo: a selvageria, vozes de estranhos, em coro, clamando por justiça. A multidão a quer. A ela e a Bel. Disso ela sabe.

Magill estende o cobertor novamente. Dessa vez, Jade o pega. Eles a farão usá-lo de uma forma ou de outra, querendo ou não. Suas mãos tremem. A policial se mantém distante, como se a criança tivesse uma doença contagiosa.

Bel grita como um animal preso em uma armadilha.

Ela arrancaria seu próprio braço se isso a ajudasse a fugir. Está sendo pior para Bel do que para mim. A vida dela não era problemática como a minha.

A policial Magill espera por um instante, a boca contorcida.

— Como você está se sentindo, Jade?

Por um momento, Jade chega a pensar que a pergunta da policial indica certa preocupação, mas um simples vislumbre de seu rosto demonstra o contrário.

Jade olha para ela, pensativa, com os olhos arregalados.

Sinto-me insignificante. Insignificante, sozinha, assustada e confusa. Sei que estão gritando contra mim, mas não entendo por que me odeiam tanto. Nós não queríamos isso. Nunca quisemos que aquilo acontecesse.

— Mal, não é? — complementa Magill, por fim, sem necessidade de uma resposta. — Não está se sentindo bem, certo?

Ouve-se a voz de Bel em meio aos ruídos estrondosos ao longo do corredor.

— Não, não, não, não! Por favor! Por favor! Eu não posso! Eu quero a minha mãe! Mãeeeeeee! Eu não posso! Não me leve lá fora! Não, não, não, não, não me leve lá!

Jade olha para trás, para a policial Magill. Seu rosto parece uma máscara de Halloween, uma feição assustadora. Como se representasse o asco ecoado pelas vozes da multidão do lado de fora. Jade é culpada. Ninguém tem que agir como se acreditasse em sua inocência.

Está definido: não somos mais duas suspeitas, não somos mais duas crianças sob custódia. Somos "As Meninas Que Mataram Chloe". Agora, nós somos o próprio Diabo.

Magill lança um rápido olhar sobre os ombros, apenas para constatar se algum dos seus superiores estava ouvindo, e então sussurra:

— Você merece, maldita vagabunda! Se dependesse de mim, a pena de morte voltaria imediatamente!

Capítulo Um

2011

Martin olha o relógio. Já são quase 22h. Em breve, ela começaria a trabalhar. As luzes de neon da montanha-russa do parque de diversões Funnland tinham sido desligadas, os arcos de halogênio que iluminavam o local depois do expediente — tanto para conduzir os retardatários para a saída como para ajudar os zeladores a enxergar as pegajosas balas de goma, os respingos de refrigerantes e as descuidadas manchas de ketchup — tinham sido acesos. Ela deve estar nos vestiários. Como a maioria das pessoas que batem cartão, ela é meticulosa em relação à chegada, mas lenta para realmente começar a trabalhar. Ela precisava trocar de roupa, vestir seu uniforme.

Martin sente muita raiva pela forma que ela o dispensou. Sem explicação, sem nenhum contato, apenas o silêncio, o vazio, dia após dia. Será que ela ainda pensa nele? Tinha esperado três horas, mas não aguenta mais. Pega o telefone e procura o número dela. Digita uma mensagem: *Por favor, responda. Não me ignore.*

Olha para a tela, pensativo, e envia...

Na rua, um grupo comemora uma despedida de solteira. Ele sabe que se trata disso porque estão cantando "Going to the Chapel". É sempre essa música ou "Nice Day for a White Wedding". Apenas o refrão, de novo e de novo, ou "Here Comes the Bride, Short Fat and Wide". Há milhões de músicas, mas as despedidas de solteira nunca vão além desse curto repertório.

Ouve-se um grito lá fora e, em seguida, um coro de gargalhadas. Alguém caiu. Martin se obriga a sair da cama e vai até a janela. Abre uma fenda na cortina e olha para fora. Oito jovens mulheres, em vários estágios de embriaguez. A noiva — com um pequeno véu identificando-a — encontra-se no chão, derrubada por saltos de seis polegadas e pelo traseiro avantajado. Ela está caída na calçada em sua minissaia estilo tubinho, o estômago saltando para fora da faixa na sua cintura e seus peitos espalhados no seu decote, enquanto duas de suas amigas a puxam por um dos braços pálidos e trêmulos. As outras amigas estão espalhadas pela calçada, apontando para ela e destacando-a enquanto morrem de tanto rir. Uma delas — de short minúsculo e colado, brincos de argola gigantes e um top de listas horizontais — importuna os homens que passam por ali, pedindo um isqueiro.

A moça de top vence. Um grupo de arruaceiros — todos os finais de semana a cidade é invadida por eles, rapazes que só querem bagunçar ou que não possuem passaportes ou vistos, espalhando vômitos de sangria sobre o concreto espanhol quente — para, acende o isqueiro, começa a conversar. Tudo parece bem, uma gargalhada mútua.

Todas as conversas debaixo da janela de Martin são ruidosas, como se os tímpanos das pessoas que paravam por ali já estivessem danificados pelos sons estridentes, e o bom senso delas já estivesse danificado pelo álcool, pelo ecstasy e pela cocaína, que parecem custar menos do que um maço de cigarros nos dias de hoje. E não é nem preciso sair de casa para consegui-los.

A noiva finalmente se levanta. Ela manca, ou finge, e usa o ombro de um rapaz para se apoiar. Martin observa como a mão do homem se arrasta por baixo da saia colada, avançando. A noiva solta uma gargalhada, dá um tapa suave e olha para ele de forma encorajadora. A mão do homem retorna. Eles caminham pela rua, em direção à boate.

A moça de top fica para trás, encostada em uma vitrine, falando com o homem que segura o isqueiro. Ela balança de um lado para o outro, agitada, e nem parece notar que suas amigas desaparecem esquina abaixo. Ajeita a blusa, puxando os peitos esmagados para cima, e tira suavemente o cabelo da frente dos olhos. Sorri para o homem, flertando, empurrando levemente o seu braço. Assim se dá o acasalamento moderno. Você não precisa nem mesmo pagar uma bebida para a garota. Basta lhe emprestar seu isqueiro e ela é sua.

Deixando cair a cortina, Martin volta para a escuridão do seu quarto, a depressão penetrando-lhe os poros. Ele não entende o mundo. Às vezes, acha que as pessoas aproveitam aquele pedaço da rua bem do lado de fora do seu apartamento só para provocá-lo. Para lembrá-lo da diversão que ele não tem, para lembrá-lo do fato de que essas criaturas felizes atravessariam até o outro lado da calçada, caso tentasse se juntar a elas. Whitmouth é uma decepção para ele. Quando sua mãe morreu, pensou que seria capaz de escolher o seu destino, que o mundo seria a sua ostra ou que, pelo menos, a vida seguiria o seu curso, mas, em vez disso, encontra-se observando a diversão de outras pessoas como se assistisse à televisão.

Parecia um conto de fadas — pensa, enquanto acende a luz do quarto —, *quando eu era criança e costumávamos vir até aqui de Bromwich. As famílias se reuniam, chá com torradas e geleia, o tobogã no cais, sem edifícios altos por quilômetros. Foi por isso que voltei aqui: todos os bons momentos, todas as lembranças, toda aquela esperança. Hoje, mal me atrevo a olhar pelas portas das lojas quando passo por elas, para não ver os joelhos de Linzi-Dawn junto ao jeans baixo de Keifer, e eu excluído, indesejado, somente olhando.*

Ela ainda não tinha respondido. A pele de Martin formiga enquanto ele olha para a tela do aparelho.

Quem ela pensa que é?, pergunta-se, jogando o telefone em cima da cama. Liga a TV e vê as notícias passando na BBC.

Caramba, Jackie. Você não tem o direito de me tratar assim. Se você é igual às outras, por que fingiu ser diferente?

Outra gargalhada na rua. Martin pressiona o botão de volume do controle, aumentando ao máximo. A raiva da rejeição rasteja-lhe sob a pele, invisível, corroendo-o por dentro. Tudo que ela precisa fazer é escrever alguma coisa. Ele não quer sair, mas, se ela continuar se recusando a responder, terá de fazer isso. Como sua mãe sempre lhe garantira, a persistência é a qualidade mais importante na vida. E Martin sabe que é o mais persistente de todos.

Capítulo Dois

Amber Gordon limpa o armário de achados e perdidos uma vez por semana. É seu trabalho favorito. Gosta de organizar, de dar um destino às coisas perdidas, por mais simples que fosse decidir que, se alguém não voltou para buscar algo que perdeu após nove meses, com certeza nunca mais voltaria. Ela gosta da curiosidade, da sensação tranquila de espionar a vida de outras pessoas, maravilhando-se com as coisas — dentaduras, brincos de diamante, diários — que, ou não perceberam que tinham perdido, ou não achavam que valia a pena voltar para buscar. Acima de tudo, entretanto, gosta de dar presentes. Para os zeladores de Funnland, o domingo à noite traz a oportunidade de um Natal antecipado.

Aquela noite renderá. Entre os guarda-chuvas esquecidos, as bolsas de plástico de souvenir e o chaveiro *Lembrança de Whitmouth*, encontram-se objetos de ouro puro. A pulseira dourada berrante, corações e cupidos pendurados entre fragmentos de pedras semipreciosas. Um MP3 player, uma coisa barata, sem touchscreen ou funções extras, mas funcionando, e já com músicas baixadas. Uma bolsa enorme da Haribo. E um cartão de chamadas internacionais, ainda na embalagem. Amber sorri quando o vê. Ela sabe quem se beneficiará com um longo telefonema.

Obrigada, estranho que buscava diversão, quem quer que você seja, pensa, deveras satisfeita, *você pode não saber, mas deixou alguém muito feliz esta noite.*

Ela olha para o relógio e vê que já é tarde para uma pausa para o chá. Tranca o armário, coloca os presentes em sua bolsa e corre por todo o saguão iluminado rumo ao café.

Moses está fumando de novo. Há uma espécie de jogo entre eles. Ele sabe que Amber sabe — agora que todos os lugares destinam-se aos não fumantes, uma única baforada de tabaco é tão marcante quanto batom em um colarinho — e ela sabe que Moses é o responsável por aquilo. E, ainda assim, ele gosta de testar, burlar as regras e ver o que acontece. Já tinham chegado a uma trégua tácita: Amber sente que há batalhas pelas quais vale a pena lutar, e batalhas que são perda de tempo, e essa é uma desse tipo. Além do mais, Moses é um bom funcionário. Quando a equipe do café chegar, pela manhã, seu local de trabalho estará brilhando com a higiene e o cheiro de limão do produto químico.

Ela vê o exato momento em que Moses se assusta e joga a bituca na latinha aberta de Coca-Cola diante de si, assim que ela empurra a porta e a abre, suprimindo um sorriso, enquanto ele assume um ar de inocência e, ao mesmo tempo, finge não tê-la notado. Amber, incisivamente, encontra o seu olhar, como sempre faz, e lhe oferece o velho sorriso, como de costume. A vida é cheia de pequenas cumplicidades, e ela descobrira que ser chefe envolve muito mais coisas do que antes.

Amber perde muito pouco de tudo que se passa em Funnland. A sala está cheia de pessoas que ela, decididamente, conhece: Jackie Jacobs, e o fato de que todo o trabalho para quando seu telefone toca, mas que eleva o ânimo da equipe com as coisas que diz de tempos em tempos; o fato de Blessed Ongom ser a primeira a chegar e a última a sair do café todas as noites, mas trabalhar tão pesado quanto qualquer um de seus colegas de turno; e Moses, é claro, que tem o estômago de um robô e pode ser convocado para limpar as sujeiras mais sórdidas dos clientes, que levam os colegas mais fracos às lágrimas.

A sala está lotada. A pausa para o chá é um ritual de que nenhum desses trabalhadores noturnos abriria mão, nem mesmo os mais novos, nem mesmo aqueles cujo inglês é tão superficial a ponto de necessitarem se comunicar por meio de sorrisos e sinais.

Passar a noite limpando as evidências da diversão de outras pessoas é uma coisa cansativa, Amber sabe disso. Se uma pausa para se sentar e uma porção de donuts tornam tudo isso mais suportável, ela não vê razão para cortar o barato. Desde que tudo seja finalizado até as 6 horas, ela não questiona como a sua equipe administra o próprio horário. Não é como se Suzanne Oddie ou qualquer outro membro da equipe usasse cronômetros e pranchetas quando eles poderiam estar debaixo de lençóis de algodão egípcio de quinhentos fios. Essa é a grande vantagem do turno da noite: desde que o trabalho seja feito, ninguém se importa com quem o faz ou como é realizado.

O semblante de Moses se modifica e seus olhos escuros se enchem de dúvidas assim que Amber altera o curso para se aproximar de sua mesa.

Ele acha que lhe pedirei para parar com isso, deduz Amber, em pensamento, enquanto se aproxima, *mesmo que nos conheçamos há anos, o fato de eu ter sido promovida faz com que ele — faz com que todos eles — olhem para mim agora com um ar de desconfiança.*

Ela sorri, e vê a cautela se aprofundar. Força-se a rir, embora se sinta um pouco magoada.

— Está tudo bem, Moses! — tranquiliza-o. — Tenho algo para você — comenta ao parar diante da mesa, pegando o cartão telefônico da bolsa e exibindo-o. — Noite dos achados e perdidos! Aqui há cerca de vinte libras, eu acho. Pensei que você talvez quisesse ligar para o seu avô.

A desconfiança se esvai, substituída por um profundo prazer acolhedor. O avô de Moses, que vive em Castries, não anda bem ultimamente, não deve durar muito mais tempo. Amber sabe que ele jamais conseguirá o dinheiro para voar para o funeral, mas ao menos um último telefonema pode ajudar a aliviar a perda.

— Obrigado, Amber — agradece, exibindo um largo sorriso para ela. — Obrigado, de verdade.

Amber acena a cabeça levemente e joga o cabelo para o lado.

— Não foi nada! O cartão não era meu — explica e segue em frente.

Ela sabe, assim como todo mundo, que aquilo não é totalmente verdade. Seu antecessor no cargo tratava os achados e perdidos como um bônus pessoal. Mas ela não conseguia fazer isso. Amber nunca tinha conseguido nada com facilidade na vida e se sentiria culpada mantendo esses mimos longe de um grupo de pessoas que vivem à base de um salário mínimo. Aquelas pessoas não são apenas seus funcionários, são seus vizinhos. Seus amigos. Se ela mantivesse uma distância no local de trabalho, logo se afastariam dela fora de lá também.

Ela entrega a pulseira a Julie Kirklees, uma moça esbelta de 18 anos de idade, cuja maquiagem gótica ela sempre suspeitara esconder olhos negros, e caminha até o balcão. Prepara a si mesma uma xícara de chá e adiciona dois torrões de açúcar. Olha para o balcão frigorífico e para os pratos na parte superior. Há pouquíssimas vantagens naquele trabalho, mas uma fonte quase ilimitada de sobras de comida constitui uma delas. Amber suspeita de que alguns dos seus funcionários vivem apenas de hambúrgueres com pães meio dormidos, salsichas mornas de cachorros-quentes, batatas fritas frias, sopa de tomate em lata e folheados de maçã como única fonte de vitaminas.

Na verdade, ela não está com fome. Apenas quer esticar o intervalo antes de começar a única tarefa de limpeza que reserva para si, porque não pode confiar em ninguém para fazê-la direito. Seu olhar desliza sobre os pratos com bolinhos até o gigante biscoito de chocolate. A voz de Blessed é ouvida atrás dela, cheia de um carregado sotaque africano:

— Eu não sei — inicia timidamente — o que eles pensam. E os amigos... eles são animais, essas pessoas?

Amber escolhe um sanduíche de presunto com salada do dia anterior. Está com o recheio um pouco empapado, e as cascas do pão parecem papelão, mas não há muitas opções de salgados e ela não quer comer doce.

— Como assim, Blessed? — questiona, virando-se para a mesa de onde vinha a voz.

Jackie dá um gole no café antes de responder.

— Blessed encontrou outro cocô.

— O quê?

Amber senta-se e começa a desembrulhar o sanduíche.

— No carrossel?

Blessed faz uma careta.

— Bem no meio de um assento. Não entendo como conseguem fazer isso. Quero dizer... pense: precisam abaixar as calças para depois agachar.

O rosto de Jackie assume um aspecto imaginativo.

— Fico me perguntando... será que fazem isso enquanto o brinquedo está em movimento?

— Lamento, Blessed — consola Amber. — Você consegue fazer o trabalho? Ou precisa de mim para...?

— Não — retruca Blessed, interrompendo. — Felizmente, Moses já cuidou disso. Mas, obrigada.

— Graças a Deus temos o Moses — diz Jackie, parecendo verdadeiramente aliviada.

Debaixo do seu cotovelo, o telefone salta de repente para a vida, deslizando até o outro lado da mesa.

— Meu Deus! — exclama Tadeusz, como se despertasse, subitamente, de um pequeno devaneio. — Não acredito! Duas e meia da manhã? Quem recebe chamadas a essa hora? Mulher, você é insaciável! — acrescenta, eufórico.

— Vai sonhando! — ralha Jackie, rangendo os dentes; pega o telefone na mão e franze a testa. — Ah, droga!

Amber dá uma mordida no sanduíche. Morno, encharcado, mas de alguma forma reconfortante.

— O que foi?

Jackie desliza o telefone em sua direção. Tadeusz lê o texto na tela por cima do ombro.

Onde você está? Você não tem o direito de fazer isso, me liga!

— Alguém está interessado... — brinca ele, fazendo caras e bocas.

— Doido, desgraçado, isso sim! — contesta Jackie.

Tadeusz a observa de forma diferente.

— Tem alguém perseguindo você?

Ela olha para cima, depois de checar a tela rapidamente.

— Será que isso irá aumentar o meu valor no mercado, Tad?

Tadeusz encolhe os ombros. A aparência magra e ligeiramente lupina dele o acostumou a diversões fáceis e términos pegajosos.

Blessed fica preocupada:

— Quem é esse homem?

— É só um... um idiota. Saí com ele duas vezes.

E fez de tudo, pensa Amber, impiedosamente, sem dizer nada, e desliza o telefone de volta sobre a mesa. Ela aprendera há muito tempo a não julgar. Pelo menos, não em voz alta.

— Você não respondeu, não é? — pergunta Blessed, quase em tom afirmativo. — Não deve responder, Jackie!

Jackie balança a cabeça.

— Não, não respondi. Fui burra e fiz a vontade dele no início, mas não, agora não. Trouxa, idiota! Só saí pela segunda vez porque fiquei com pena dele, pois brochou na primeira.

— Jackie! — protesta Blessed, como se chamasse a atenção de um filho.

Ela odeia conversas assim. No entanto, sempre se senta na mesma mesa que Jackie.

— Você não deve responder. Precisa ter cuidado. Mulheres estão sendo assassinadas, você sabe. Sabe disso. Precisa ser cuidadosa.

— Não acho que ele... — começa Jackie, deduzindo — Não... ele não é um assassino em série, um sanguinário. É apenas um pobre idiota.

— Você não devia brincar com isso! — retruca Blessed, insistindo em seu ponto de vista. — Veja o que aconteceu com aquelas duas meninas, este ano, em Whitmouth, em locais isolados. E você não sabe nada sobre esse homem. Não o conhece.

— Eu não estava brincando, Blessed. Desculpe.

Blessed balança a cabeça.

— Está bem, continue assim. Não entendo como as pessoas podem ficar tão alheias a isso.

— Porque elas não eram daqui — afirma Tadeusz, como se esclarecesse um mistério —, simples assim.

— Isso é horrível — contesta Blessed. — Como pode pensar assim?

— Mas é verdade — insiste Tadeusz. — Ninguém daqui conhecia nenhuma dessas meninas, por isso não conta.

— Ainda assim, eram *pessoas* — afirma Blessed.

— Sim, eram — interrompe Jackie —, mas não eram do *nosso* povo. Se fossem, estaríamos com muito medo de sair. Graças a Deus que eram de fora, eu que o diga.

Blessed balança a cabeça, com tristeza:

— Como você é fria, Jackie.

— Realista — corrige Jackie.

— Há quanto tempo isso vem acontecendo, afinal? — questiona Blessed. — Esse homem...

Jackie suspira e abaixa o telefone.

— Meu Deus. Desde sempre. Desde quando, Amber? Cerca de seis meses?

— Não faço ideia — responde Amber, estranhando a menção de seu nome. — Por que eu deveria saber?

Ela poderia jurar que viu a cara feia de Jackie.

— Bem, talvez porque ele seja *seu* amigo.

Aquilo era novidade para ela.

— O quê?

— Martin. Bagshawe.

O nome lhe é vagamente familiar, mas ela não consegue relacioná-lo a um rosto. Balança a cabeça e franze a testa.

— Quem?

— Do aniversário do Vic.

— Aniversário do Vic? Isso foi há meses.

— Aham.

Amber balança a cabeça de novo. Ela não se lembra de muita coisa do aniversário de Vic. Especialmente em relação ao que as outras pessoas faziam lá.

— Eu te contei... — inicia Jackie — Eu não conseguia espantar aquela fuinha. Onde diabos Vic conseguiu um maluco daquele como amigo?

Amber faz um esforço para tentar lembrar. Uma noite de sábado, no Cross Keys. Não tinha sido exatamente uma festa, mas algo do gênero "Conte aos seus colegas onde você está". Vic estava bonito. O rapaz, com o braço ao redor do ombro dela a noite toda, bebia uísque e Coca-Cola sem dizer uma palavra, enquanto ela entrava no terceiro copo de vinho branco seco. Uma noite agradável, divertida. E vagamente, no canto de sua memória, enquanto se lembra de Jackie no fim da noite e do rapaz bem agasalhado, uma imagem diminuta invade sua lembrança, algo que, tanto quanto se recorda, parecia um anoraque. Um anoraque em um sábado à noite. Jackie provavelmente enxergava mal para ter ficado com ele.

— Não culpe o Vic, Jacks. Você não pode pedir a alguém, com todas as letras, que saia do Cross Keys, pode? Era só um cara que frequentava o lugar.

— Não! — protesta Jackie, resoluta. — Ele disse que Vic era...

Amber não consegue conter um sorriso.

— E você pensou em perguntar ao Vic?

— Bem, se alguém tivesse me *avisado*...

— Se você tivesse *perguntado*, alguém poderia tê-la avisado. Acho que Vic nem mesmo sabe o nome dele. É apenas uma daquelas pessoas estranhas que você encontra em um bar e da qual depois não consegue mais se livrar.

— Viu só — continua Blessed, pegando o gancho. — É disso que eu estava falando. Você precisa ser mais cuidadosa. Não pode simplesmente... pegar pessoas em bares.

Jackie lança-lhe um olhar fulminante.

— Sim, mas a Igreja não é lugar para mim, Blessed. Obrigada, de qualquer forma. E, além disso, só falei com ele lá porque senti pena dele.

— Você é muito sentimental, Jackie... — ironiza Tadeusz.

— É, mas nem todo mundo é como Amber. Nem todos têm um lindo e agradável Vic quando volta para casa todas as noites — explica Jackie.

— Você deveria contar à polícia — afirma Blessed. — Sério. Se o homem está te assediando...

Jackie ri.

— Sim. Está bem.

— Não, você tem que fazer isso. Se está lhe preocupando, deve pedir ajuda.

Amber sempre se espanta ao perceber que, de todas as pessoas que conhece, aquela que mostra uma fé inabalável nas autoridades é uma mulher que passou os primeiros dois terços de sua vida em Uganda.

Blessed tinha vindo do inferno do Saara com uma estrutura moral que deixava os vizinhos envergonhados. Ela se lembra do último presente e o procura na bolsa. Inclina-se para Blessed e abaixa o tom da voz, enquanto os outros continuam a conversar.

— Encontrei isso nos achados e perdidos — diz, segurando o MP3 player com reverência.

— O que é isso? — pergunta Blessed. — Certamente não é algo que perdi.

— É um MP3 player. Pensei que Benedick poderia gostar. Lamento não ser um iPod, mas são quase a mesma coisa.

— Sério? — questiona Blessed, parecendo amedrontada. — Mas isso deve valer muito dinheiro, eu acho...

Novamente, Amber descarta a própria generosidade. Ela sabe não apenas o quão apertada Blessed vive como mãe solteira, mas também que o filho dela não tem diversos aparelhos que outros meninos da mesma idade possuem.

— Acho que não. Não sei. Mas já tem músicas nele, veja. Já é possível começar a ouvir.

— Eu... — começa Blessed, olhando para Amber com os olhos cheios de lágrimas —, eu nem sei o que dizer...

— Então, não diga nada, apenas o aceite.

— Por que você não muda o número do seu telefone? — sugere Tadeusz, pegando o aparelho de Jackie e percorrendo o menu.

— Não... — diz Jackie, tentando recuperá-lo — Porque não posso pagar por isso?

— Ah... — suspira Tadeusz, compreendendo.

Todos ali entendem bem o fato de não poder pagar. Se pudesse escolher, você não trabalharia noites limpando a sujeira de outras pessoas.

Ele pressiona a opção Responder e começa a digitar.

— O que você está fazendo?

O alarme na voz de Blessed é visível.

— Tadeusz! Não faça isso!

Tadeusz continua a escrever.

— Eu já disse, não responda! Se você responder, irá lhe dar a esperança de que eles têm um relacionamento. Ela deve ignorá-lo. É o único jeito!

— Está tudo bem — explica Tadeusz, olhando para cima e jogando-lhe um pequeno sorriso.

— Devolva-me, Tadeusz — ordena Jackie.

Ele clica em Enviar e devolve o telefone.

— Droga — reclama Jackie, nervosa. — O que você fez?

Ela clica nas teclas, percorre a caixa de enviados. Abre a mensagem e começa a rir.

— O que foi? O que ele escreveu? — pergunta Blessed, curiosa.

— "Sua mensagem não pôde ser entregue porque esse número foi desligado." Genial. Você é um gênio.

Tadeusz se afasta da mesa e cruza os braços, satisfeito.

O telefone vibra novamente. Jackie lê a mensagem. "Testando". Ela começa a digitar.

Amber olha o relógio. Três horas. Há muita coisa a fazer antes do amanhecer.

— Vamos lá, pessoal — chama, levantando-se para mostrar que era hora de começarem a trabalhar. — O tempo está passando. Precisamos voltar ao trabalho ou ficaremos aqui a noite toda.

Todos da equipe parecem aceitar a sugestão e começam a se mover. Pela janela, Moses, ostensivamente, pega um cigarro para fumar ao ar livre. Eles se levantam. Tadeusz é o responsável pela limpeza do café naquela noite. Ele pega as canecas dos outros e as leva até a pia.

— Certo — concorda Jackie. — Os maus não merecem descanso.

Capítulo Três

A menina está morta. Não é preciso se aproximar para ter certeza. Queixo caído, sem sinais de percepção da visão, uma boneca de pano sem vida. Vestindo uma blusa listrada e uma saia tubinho, ambas enroladas em torno de sua cintura, seios fartos e coxas brancas refletidas no espelho, e no outro, e no outro espelho, e no outro, até o infinito.

Amber não olha diretamente para o corpo. Na verdade, está distante. Ela limpou o labirinto de espelhos tantas vezes que conhece bem seus truques e reviravoltas, a forma como uma figura lá no final podia parecer estar bem à sua frente quando você entrava no lugar. Ou — no caso da menina morta — meio deitada, com a cabeça e os ombros apoiados contra a parede.

Amber segura no batente da porta, esforçando-se para respirar.

Mas que droga! Por que justo eu tive que encontrá-la?

Ela não deve ter mais que 17 anos. O rosto furta-cor — a boca semiaberta como se tentasse, mais uma vez, tomar fôlego — ainda com vestígios da infância incompleta. Cabelo loiro, emaranhado e jogado para cima. Brincos de argola gigantes. Olhos enormes por causa do efeito do meio pote de sombra azul-3D, um gel brilhoso espalhado pelo decote nu. Botas plataforma com um ângulo pouco provável de definir pelo reflexo que formavam com o chão espelhado.

No mínimo, ela estava na Stardust, conclui Amber, pensativa. *Sábado. É a noite dos adolescentes na boate Stardust.*

Ela se sente mal. Olha para trás, pela porta aberta, e vê que o pátio está vazio. Como se todos os colegas tivessem desaparecido.

Ela dá um passo para dentro e fecha a porta a fim de bloquear a luz. *Não quero que ninguém a veja. Não ainda.* Não enquanto o choque arrancava-lhe a máscara. *Graças a Deus, estou usando luvas de borracha*, pensa, sabe-se lá por quê.

Amber limpara aquele local todas as noites durante os últimos três anos e, no entanto, por mais cuidadosa que fosse, suas impressões digitais com absoluta certeza estariam por toda parte, muito mais do que as de metade dos visitantes que já tinham passado por ali desde a noite passada. Na tentativa de evitar as manchas, distribuem luvas plásticas descartáveis na porta, mas não é possível forçar as pessoas a usá-las, e não é possível policiar o interior do local 24 horas por dia.

A Casa dos Espelhos, chamada de Innfinnityland, é a única atração que Amber limpa desde a sua promoção. O lugar faz com que todos se sintam desconfortáveis, como se tivessem medo de se perder e nunca mais encontrar o caminho de volta, ou como se os próprios espelhos fossem mal assombrados. Muitas vezes, o trabalho, que deve ser autisticamente metódico, fora apressado e economizado, de modo que ainda havia manchas, e, em um lugar como aquele, uma mancha se tornava um número infinito. A única forma de deixar o lugar semelhante ao original é percorrendo dedo por dedo, vidro por vidro. Assim, ela decidiu, há muito tempo, que seria mais fácil simplesmente fazê-lo sozinha. Desejo que, ardentemente, agora não tinha.

Os olhos da menina são verdes, como os da própria Amber. Sua bolsa — de couro — está caída, aberta, espalhando os restos tristes dos planos feitos, das esperanças desejadas. Um batom, um vidro de perfume J Lo, um telefone rosa com uma capa metálica em forma de scarpin, declarações joviais de identidade, espalhadas sob o olhar vítreo de sua proprietária.

Não há sangue. Apenas a lívida impressão de dedos comprimidos em seu pescoço.

Essa é a terceira deste ano, não pode ser uma coincidência. Duas seriam coincidência, três... oh, pobre criança.

Amber arrepia-se até os ossos, embora a noite esteja quente. Segue em frente, lentamente, como uma pessoa de idade, apoiando a mão trêmula contra os espelhos enquanto se move. À medida que avança, novos reflexos atravessam sua linha de visão: um milhão de cadáveres espalhados por um salão de tamanho infinito.

Então, de repente, vê a si mesma. Rosto branco, olhos grandes, a boca, uma linha fina. De pé, sobre o corpo, como Lady MacBeth.

O que fazer? Devo tocá-la?

As suposições a congelam ali mesmo, naquele local. Não consegue pensar. O choque a transforma em uma criatura movida apenas por instinto, um autômato, tornando-a esquecida.

O que você está fazendo? Não pode se envolver. Não pode! Anonimato. Precisa se manter no anonimato. Envolva-se, e irão usar isso contra você. Contra quem você é. E, uma vez que souberem quem você é...

Ela sente o pânico invadi-la. O formigamento do nervosismo, a coceira nauseante. Familiar, como se fizesse parte de sua realidade. Precisa decidir rapidamente.

Não posso ser a única pessoa a encontrá-la.

Ela começa a se afastar. Começa a seguir o caminho de volta à entrada.

A menina morta olha para o infinito.

Maldita seja!, pensa Amber, agora com raiva. *Por que você tinha que morrer aqui? O que você está fazendo aqui, afinal? Já estava fechado há horas. O parque já estava fechado há horas.*

Ela resgata seus próprios pensamentos e emite um som semelhante a um ganido, uma risada irônica.

— Droga — profere em voz alta.

Poucos segundos de silêncio.

— Meu Deus, o que devo fazer? — fala, agora em tom mais baixo.

Vá procurar ajuda. Faça o que qualquer um faria, Amber. Vá lá fora e aja da maneira que está se sentindo: chocada e com medo. Ninguém fará perguntas. Tem alguém matando meninas nesta cidade, mas isso não significa que irão reconhecer você.

Mas certamente tirarão uma foto sua. Você sabe como é a imprensa. Qualquer coisa para preencher as páginas; detalhes para compensar a ausência de fatos. Você estará em todos os jornais como a mulher que encontrou o corpo. Meu Deus, eu não posso!

Alguém tenta abrir a porta de entrada, e o ruído súbito da maçaneta girando a faz saltar. Ela ouve Jackie e Moses: Jackie conversando e flertando, Moses respondendo com monossílabos, mas o sorriso é claro em sua voz.

— Ela sempre está aqui — afirma Jackie — depois da pausa para o chá. Amber? Você está aí? A porta está trancada!

Amber prende a respiração, com medo de que até mesmo o som de sua exalação a revele.

Oh, meu Deus, o que faço agora? Tenho que sair daqui!

— Venha — continua Jackie —, vamos tentar pelos fundos. Talvez ela tenha feito uma pausa.

— Claro — concorda Moses.

Pronto! Não há como escapar agora!

Ela ouve os passos retrocederem e descerem os degraus à medida que caminham em direção à entrada de serviço.

Dois minutos até chegarem aqui, talvez.

Ela não pode fugir, não pode desfazer o momento da descoberta.

Amber se endireita, pula sobre as pernas de marionete da menina e corre para a saída de emergência escondida atrás da cortina preta. Melhor que a encontrem ali fora, nos degraus, ao ar fresco, vomitando.

9h00

A porta do quarto do pai dela está aberta, e o aroma de pele gordurosa e de cobertores não lavados paira no ambiente como gás dos pântanos. Sua mãe ainda não se levantou: ela consegue ver sua massa disforme agrupada sob as cobertas cinzentas. Atravessa a porta e chama:

— Mamãe?

A mãe não responde. Mas ela vê um ligeiro movimento na articulação do braço que empurra os cobertores para baixo, e sabe que ela está acordada.

— Mamãe?

Lorraine Walker emite um de seus grunhidos durante a respiração e se vira de costas; encalhada, como uma tartaruga virada para cima. Com um rosto inexpressivo, derrotado, olha para a filha.

— O quê?

A voz está desanimada, fatigada, indistinta. Ela ainda está sem a dentadura. O dia já está quente, embora ainda não sejam nem 10h e os 125 quilos de Lorraine parecem sufocá-la debaixo das cobertas. Jade consegue ver que a mãe usa uma camisola: na altura do joelho, de nylon com estampa de flores, grande o suficiente para cobrir uma poltrona. Sua pele branca contrasta com ela, os cotovelos saltam por entre os montes de gordura.

— Não há nada para o café da manhã.

— Pelo amor de Deus — diz a senhora Walker, levantando-se.

Jade olha para o rosto sonolento da mãe. Ela ainda não está consciente o bastante para ficar chateada.

— Peça ao seu pai.

— Sim, claro. Isso irá resolver.

Jade se vira e desce a escada. Ziguezagueia ao longo do corredor rumo ao andar de baixo. Desde que conseguia se lembrar, sua vida em casa consistia em ser jogada de um lado para outro. O pai afirma ser um comerciante de ferro-velho, mas, na verdade, é um colecionador de porcarias que outras pessoas jogam fora, e a maior parte dessas coisas ele guarda em casa, porque tem medo de que alguém cobice sua coleção de calotas, dobradiças, ferragens e borrachas.

Na cozinha, ela tenta, sem sucesso, encontrar algo para matar a fome. Não há nada nas prateleiras. Seis caixas de cereal vazias, uma embalagem de plástico que já conteve um pão fatiado, um litro e meio de leite que coalhou.

Anoiteceria antes que alguém percebesse e fizesse alguma coisa. Sua mãe, apesar do tamanho, parece capaz de passar o dia todo sem encostar nada nos lábios. Seus pais mantêm uma dieta de café e cigarro, sem nenhuma tentação por perto para alterar-lhes a rotina.

Acho que ela consegue viver de suas reservas por um tempo — pensa Jade, indo até o ponto mais alto na estrada do julgamento.

Ela ouve o velho martelando e xingando no quintal.

Não vou nem ousar chegar perto dele enquanto estiver com esse estado de espírito. Vou ganhar um tabefe e ainda continuarei com fome.

Ela vê o casaco do pai pendurado no encosto de uma cadeira. O verão realmente deve estar muito quente, pois ele não estava usando-o. Nunca o tinha visto sem ele. Muitas vezes, era possível saber quando o pai estava chegando sem ouvi-lo, em virtude dos aromas combinados de tabaco, suor e merda de porco que havia em cada fibra daquele casaco. Ela observa o quintal para se certificar de que ele está realmente tão longe quanto parece e, então, aproxima-se do casaco, na ponta dos pés, e põe a mão no bolso. A lata de tabaco, alguns pedaços de metal sem forma, um canivete. E — sim! — seus dedos chegam perto de um calor reconfortante e alegre de uma moeda de vinte centavos. Provavelmente, ele nem se lembrará de que a tinha. Aquilo é o suficiente para um Kit Kat, pelo menos. Ou quem sabe para uma barra de chocolate. Não é muito, mas, se ela comer devagarinho, deve sustentá-la ao longo do dia.

Capítulo Quatro

— Porque sim! — afirma Jim.

Isso não vai funcionar por muito mais tempo, pensa Kirsty, *mais 14 meses e ela será oficialmente uma adolescente.*

— Porque sim? Sério? — zomba Sophie. — Você não tem uma resposta melhor do que essa?

As torradas saltam da torradeira. Kirsty coloca outro par de fatias de pão nela e espalha a margarina com azeite nas que ficaram prontas enquanto pensa.

Oh, como eu gostaria que tivéssemos uma daquelas torradeiras de quatro fatias. Devo ter gasto umas três semanas esperando as torradas ficarem prontas desde que me casei.

Jim larga o *Tribune* e desliza os óculos para o topo da cabeça. Recentemente, ele decidira aceitar as entradas em seu cabelo e adotou um daqueles cortes ultracurtos. Kirsty gostou.

É um pouco metrossexual e ressaltou-lhe as maçãs do rosto, fazendo-o parecer mais magro e intenso. Gosto do fato de ainda ter fantasias com o meu marido depois de 13 anos, pensa e sorri para si mesma enquanto leva as torradas até a mesa, *mas ele terá de deixá-lo crescer em breve, se quiser chegar ao estágio de uma segunda entrevista. Ninguém usa um cabelo assim no mundo dos negócios.*

— Porque — explica Jim, calmamente — é horrível, é por isso. Meninas muito jovens com orelhas furadas são horríveis, e eu não quero nem pensar em você na escola usando brincos.

— Mas por quê? Não sou mais uma criança!

— Porque sim!

— Mas mamãe furou as orelhas quando ainda era um bebê!

Jim lança um olhar significativo a Kirsty: "Por que você tinha que contar isso a ela?".

— Sua mãe é uma mulher maravilhosa, mas acredite em mim. Ela é quem é *apesar* da sua criação, não por causa dela. Você gostaria de ir para um lar de adoção também?

As torradas saltam novamente. Kirsty se vira.

Sim, foram os brincos.

Luke desvia os olhos do seu Nintendo. Ele só olha por cima da tela quando vê uma oportunidade para uma travessura.

— Nós somos esnobes? — pergunta Luke.

— Não — responde Jim, com firmeza. — Por que a pergunta?

— Bem... — começa, coçando a cabeça.

Oh, meu Deus, ele está com piolho de novo? Vou ter que raspar a cabeça dele para combinar com a do pai.

— Por muitas coisas.

— Tipo...?

Luke pega a torrada e diz:

— Nós comemos o pão desse jeito, mordendo-o, aos poucos.

— Assim como toda a população da Europa Oriental — conclui Jim, sabiamente.

— E nunca vamos ao McDonald's — afirma Luke, em tom de censura.

— Não quero que você fique com diabetes e quadris enormes. Além disso, estamos economizando. Use a faca, Luke! Não mastigue só as bordas desse jeito!

Sophie examina seu reflexo na parte de trás de uma colher e arruma os cabelos. A adolescência está a centímetros de distância.

— Coma a torrada, Sophie — ordena a mãe. — O que você quer? Marmite ou marmelada?

— Nutella.

Os olhares de Kirsty e de Jim se encontram sobre as cabeças dos filhos.

— Eu *sei*... — continua, Sophie, quase gemendo — Estamos *economizando*, mas até quando isso?

Reina um pequeno silêncio. Em seguida, Jim responde:

— Até eu conseguir um emprego. Vamos lá, gente. Temos que ir.

A resposta costumeira:

— Uuuh, pai!

Jim se levanta.

— Vocês querem carona ou não? Sério, não estou com paciência para bobagens hoje. Tenho muita coisa a fazer.

"Bobagens"? Você teria dito "merdas" quando nos conhecemos, reflete Kirsty, olhando para o marido. O *fato de sermos pais nos transformou.*

— Eu ainda não terminei — protesta Sophie.

Jim faz uma breve pausa.

— Bem, você pode comer no carro ou ir a pé. Você escolhe.

— Não entendo por que preciso ir para um acampamento de verão idiota — resmunga Sophie. — Férias deveriam ser divertidas, não é?

— Sim — diz Jim —, mas, infelizmente, o mundo não para quando você não está na escola.

— Nós achamos que seria mais divertido você ir do que ficar em seu quarto o dia todo... — explica Kirsty.

— Mamãe costumava nos fazer companhia nas férias — argumenta Sophie —, não entendo por que você não pode fazer o mesmo. Não é como se você tivesse...

Ela percebe o olhar da mãe e capta sua advertência, interrompendo a frase. Levanta-se da mesa e vai buscar o tênis, andando com as meias azul-marinho, com os dedões de fora.

Meias, pensa Kirsty, *eles crescem rápido. Tenho que ir ao mercado. E talvez seja uma coisa boa ela não gostar de acampamento de verão, porque, se as coisas não melhorarem, este é o último a que ela vai.*

Ela olha para Jim e percebe, para seu alívio, que ele se acostumara à falta de tato de Sophie. Era difícil ter certeza, nos dias de hoje. Às vezes, uma palavra descuidada, alguma suposição de que ele continuaria disponível, de que não havia nada melhor a fazer, poderia colocá-lo em uma situação de dúvida que impedisse sua busca por trabalho durante alguns dias.

Ele está encarando isso tudo de uma forma tão positiva, mas é uma situação difícil para todos nós, e, algumas vezes, ele parece se esquecer disso. Fico com muito medo de acabar sendo a responsável por colocar dinheiro dentro de casa, mas não posso falar com ele sobre isso. Toda vez que tento falar a respeito, soa como uma afronta.

Jim coloca sua pasta na maleta e se aproxima para beijá-la.

Ele ainda está encarando o fato de procurar emprego como um emprego, graças a Deus.

Quando ele não tirasse mais o pijama, ela realmente deveria começar a se preocupar.

— Desculpe — diz Jim, apontando para a mesa suja —, farei isso quando voltar.

Ela se sente desanimada frente a tanta humildade. Ambos estão desconfortáveis diante da maneira com que ele assumira a maior parte das tarefas domésticas, mesmo que fosse a coisa mais sensata a fazer.

— Está tudo bem, eu só saio depois das 11h.

Ele coloca a bolsa em cima do ombro.

— O que está agendado para hoje?

— Conferência de imprensa. Alguns novos movimentos políticos. Do Partido Autoritarista Independente da Inglaterra, ou algo do gênero.

— Parece uma piada.

— Grande novidade — brinca ela.

Jim ri.

— Em caso de dúvida, seja irônica, ok?

— Primeira lei do jornalismo.

Outra pequena e estranha pausa.

Ela evita ser repetitiva indagando sobre os planos dele para o dia. Desde sua demissão, o fato de todos os seus dias seguirem a mesma rotina de se debruçar sobre os anúncios de emprego, beber café e fazer o trabalho doméstico no período da tarde se tornou um assunto que deixava ambos desconfortáveis. Kirsty sabe como se sentiria se estivesse em seu lugar. Ela adora trabalhar, não seria alguém sem um trabalho. O simples pensamento de não mais exercê-lo a enche com uma profunda e dolorosa melancolia.

— Como eles se autodenominam?

— O Novo Exército da Moral.

Ele ri. Então, pega o chá e dá mais um gole.

— Oh, meu Deus. Crianças, *vamos*!

— Hoje será um dia curto, eu acho — acrescenta ela —, não terei que correr atrás de uma piada. Basta digitar o discurso.

— Nunca ouvi falar deles.

— Eles são novos. Foi aquele tal de Dara Gibson que criou o movimento.

— Sério? O cara da caridade?

Kirsty acena, concordando.

Dara Gibson, um bilionário que fizera grande alarde ultimamente com uma série de contribuições de alto nível para o câncer, animais, ecologia e crianças miseráveis. Todas causas sentimentais, nenhuma doação anônima.

— Mmmmmm — diz Jim —, eu deveria ter adivinhado que havia uma intenção por trás disso.

— Todo mundo tem uma intenção, legítima ou não.

Capítulo Cinco

Um belo jovem policial dá a Amber uma carona para casa, em um veículo do esquadrão, deixando-a em frente à residência dela um pouco antes das 11h. Ela se sente exaurida, suja e esgotada, mas a visão da porta da frente de sua casa exalta seu espírito, como sempre. A porta em si a deixa feliz. Basta olhar para ela. Foi a primeira coisa que compraram depois que se mudaram: uma porta de entrada respeitável, de madeira sólida, para substituir o horror do vidro aramado dos tempos de abrigo. A porta representa muito para ela: solidez, independência, sua ascensão gradual no mundo. Todos os dias — mesmo em dias como o de hoje — pega-se acariciando a pintura azul royal com carinho, antes de colocar a chave na fechadura.

Amber espera que Vic esteja acordado e, assim que abre a porta e sente o perfume de *pot pourri* da mesa da sala, sente frustração ao encontrar a casa em silêncio. Vislumbra a sala de estar, lançando um olhar quase que automático ao redor. Silenciosa, escura e arrumada: o sofá no devido lugar, a mesa de centro de vidro e vime vazia, exceto pelo par de navios que a enfeitam e pelos jornais acomodados ordenadamente no porta-revistas. O tapete aspirado e limpo, os quadros simetricamente alinhados, a TV desligada na parede, e não apenas no modo de espera. Tudo está exatamente como deve estar. Só faltava Vic.

— Olá?

Da parte de trás da casa ouvem-se latidos baixinhos. Os cachorros ainda estão soltos no jardim. Provavelmente, ficaram a noite toda soltos, de novo. Não que ele faça isso deliberadamente, mas os cães não são figuras que compõem sua paisagem emocional. São os cachorros *dela*, não dele, e Vic tem um talento especial para simplesmente ignorar as coisas que não fazem parte da vida dele.

Amber está cansada demais. Larga a bolsa no chão do corredor e caminha pela cozinha — bem mobiliada pelos armários modulados, com um vaso de flores sobre a mesa e paredes amarelas que trazem a luz do sol a seu interior, mesmo quando está nublado — para abrir a porta dos fundos.

O dia tinha sido quente, mas os pelos de Mary-Kate e de Ashley tremem por serem delicadas princesas com pedigree. Ela se curva e as acolhe nos braços: surpreende-se de novo, como toda vez que faz isso, pelo fato de elas realmente não parecerem pesar mais do que as borboletas que deram nome à raça. Delicadas, focinhos curiosos, pelos macios. Ela as comprime perto do rosto e é recompensada por grandes lambidas de amor.

Amber as alimenta, faz uma caneca de chá e sobe para levá-la a Vic. Ela precisa dele. Precisa saber que o mundo continua o mesmo.

Ele ainda dormia. O dia de trabalho de Vic em Funnland começa às 15h, termina às 23h, e muitas vezes ele sai para relaxar depois — como qualquer trabalhador de escritório. Suas vidas estão viradas de cabeça para baixo se comparadas ao resto do mundo e à de todos os outros. Ocasionalmente, encontram-se quando o turno dela começa, mas às vezes as únicas palavras que trocam em uma semana são ao telefone, ou quando ela vai se deitar. É o preço que pagam pela vida que escolheram.

E é uma boa vida, garante a si mesma, *eu nunca imaginei que teria uma vida assim.*

Mary-Kate e Ashley a seguem por entre os seus calcanhares, caminham sobre o tapete, cheiram as roupas descartadas de Vic à meia-luz que passa pelas cortinas finas. Amber fica ao pé da cama por alguns instantes, a caneca aquecendo-lhe os dedos, e estuda a fisionomia dele. Imagina, novamente, o que um homem como aquele fazia com ela. Aos 43 anos, ele ainda é bonito, o cabelo escuro ainda é vasto, as linhas finas que começam a rastejar por sua pele bronzeada em virtude do tempo apenas o fazem parecer mais sábio, não mais cansado, como as dela.

Quem diria que ficaríamos juntos por tanto tempo! O que ele está fazendo comigo, quando poderia estar com qualquer uma?

Ela abaixa a caneca, colocando-a sobre a mesa de cabeceira. Descalça os sapatos do trabalho e joga a jaqueta sobre a cadeira. Percebe o cheiro almiscarado das próprias axilas. Experimentando outra onda de exaustão, lembra-se da face roxa da menina, os cabelos espalhados, e sente vontade de chorar.

Vic se mexe e abre os olhos. Leva um tempo para se concentrar.

— Oh, oi — diz ele. — Que horas são?

Ela olha para o relógio.

— Onze e dez.

— Eita!

Ele desenrola um braço bem formado — um braço que a enchia de luxúria quando ficavam juntos, que a tornava fraca quando ele a envolvia junto dele — das roupas de cama e passa os dedos pelo cabelo. O sono se esvai imediatamente. Esse era Vic: um simples gesto e ele estava pronto para enfrentar o mundo.

— Você está atrasada — diz ele, sem a menor reprovação em seu comunicado.

— Eu trouxe chá — informa, acenando com a mão para a caneca. Ela se senta na cama e esfrega as pernas cansadas. — Você não recebeu as minhas mensagens?

— Mensagens?

— Mandei mensagens para o seu celular a noite toda. Tentei ligar também.

— Sério? Nossa!

Ele pega o telefone de cima da cabeceira e o segura virado para ela, a fim de que ela veja o aparelho desligado.

— Desculpe! Eu o desliguei, estava cansado demais.

Ela sente uma pontada de ressentimento esmagá-la. Ele não imagina que há algo errado. Não pode culpá-lo por isso.

— Meu Deus! Você parece triste.

— Desculpe... — diz Amber e começa a chorar.

Vic se inclina para frente e aperta a parte de trás do pescoço dela entre o polegar e a palma da sua mão, como um massagista.

— Ei... Ei, eu só falei... Amber. Está tudo bem. Não fique assim.

Suas lágrimas somem com tanta rapidez quanto surgiram. Sempre funciona assim com as suas emoções e, embora seja boa em controlá-las, há momentos em que as lágrimas simplesmente surgem.

Ela afasta a mão dele, se levanta e tira as calças, esfregando o lugar onde suas mãos tinham acabado de tocar. Sente-se culpada.

Pare com isso. Pare com isso, Amber. Não é culpa dele. Seja gentil.

De repente, não quer mais contar nada a ele. Não quer contar, pois não sabe como quer que ele reaja. Não sabe se pode suportar compaixão, não sabe se pode suportar descaso. Da última vez em que Amber tinha visto um cadáver, seguiram-se dias de fingimento, de solidão. Uma parte dela quer tentar novamente com Vic, para ver se o resultado será diferente dessa vez. Pensamento estúpido. A polícia está fervilhando por Funnland, o local está fechado. Ela poderia guardar aquilo para si mesma somente até ele começar o seu turno.

— Aconteceu uma coisa... — inicia, mantendo a voz controlada, como se discutisse uma conta de luz surpresa. Com as costas viradas, pois não confia no próprio rosto.

Vic senta-se de frente.

— Que coisa?

Amber dobra as calças e as coloca na cadeira.

— No trabalho. Nessa noite. Eu... Oh, meu Deus, Vic, outra menina foi assassinada. No trabalho.

— O quê? — pergunta ele, ansioso. — Onde?

— No Innfinnity.

— Na Casa dos Espelhos? No Innfinnity?

Ao ouvi-lo repetir o nome, entende a implicação do que acabou de dizer. Amber é a única que limpa a sala dos espelhos durante a noite. Não se demora muito para entender que foi ela que encontrou o corpo.

— Querida... — tenta amenizar ele — Oh, querida. Você deve ter sentido tanto medo. Você deveria ter me chamado. Você deveria ter me contado.

Ela fica chateada. Então se vira e olha para ele fixamente.

— Foi o que fiz. Liguei e mandei mensagens. Eu já te disse. Durante toda a noite. Ligue o seu celular. Você vai ver.

Eles não tinham telefone fixo, apenas celulares.

Vic pega o telefone de novo e o liga.

— Amber. Eu sinto muito...

Ela se senta na beira da cama, assim que o telefone emite uma série de sinais sonoros de entrada de mensagens. Ela esfrega o pescoço de novo. Vic se ajoelha atrás dela, tira a sua mão e começa a pressionar os músculos vigorosamente. As mãos de um trabalhador comprimindo, fazendo pressão, com os dedos fortes apontando para cima, roçando a linha de sua mandíbula. Ela tem outro breve flash do rosto inchado, dos lábios machucados que se separaram para mostrar jovens dentes brancos. Amber estremece e fecha os olhos. Vic aperta a parte central de sua mão contra a coluna dela, puxando o ombro para trás. Ela sente um pequeno estralo no esqueleto, em algum lugar lá no fundo, e suspira de alívio.

Quando eu era jovem, não tinha ninguém para fazer isso para mim. Pensei que a dor nas costas era apenas parte da condição humana. Agradeço a Deus por Vic. Agradeço a Deus por ele.

— Como foi? Quem era ela?

— Uma pobre menina. Não devia ter mais de 20 anos. Toda vestida para sair à noite. Oh, Deus, Vic, foi horrível.

— Mas como assim? O que aconteceu?

Amber suspira.

— Não sei. Se eu soubesse, seria médium ou policial, não é?

Vic abaixa as mãos abruptamente.

— Você entendeu o que eu quis dizer, Amber — retruca ele, parecendo ofendido.

— Desculpe. Não quis ser grosseira. É só que... tem sido uma longa noite.

Ele lhe perdoa, graças a Deus, e suas mãos recomeçam o trabalho. Só se passara um dia desde a última discordância entre os dois, e Amber não suportaria ter de começar tudo de novo. Vic tem diversas boas qualidades, mas guarda rancor por semanas. A frieza advinda do seu aborrecimento enche a casa de silêncio. Ela tinha ficado com um pouco de medo de que aquela briga boba o fizesse continuar com o seu rancor, até que a descoberta lhe tirou aquilo da cabeça.

Provavelmente... era por isso que o seu telefone estava desligado. Mas não vou provocá-lo, enchendo-o de perguntas, quando ele está sendo tão bom.

— E então, como foi? — questiona de novo, abruptamente. — Acho que você nunca tinha visto algo assim antes, não é?

Ela se vira e o fita. Não sabe bem o que esperava, mas seu olhar de prazer agudo a surpreende. Preocupado, Vic disfarça rapidamente, mas ela já o percebera, e agora ele se sente mal.

Não é uma coisa real para você, nada disso. Nem a menina no cais, nem a que encontraram em meio ao lixo na Mare Street Mews, nem esta. Na verdade, agora havia três delas, e só um tolo não se perguntaria se não era a mesma pessoa que cometera tais crimes, provavelmente fazendo com que muitos ficassem apenas um pouco mais animados com Whitmouth por fim surgindo no mapa. Era aquilo que mantinha as pessoas lendo os jornais todos os dias: se não é a sua *família, se não é um de* seus *amigos, um assassinato representa um pouco mais que uma noite no cinema, algo para se discutir alegremente no bar.*

Os flashes do rosto da menina surgem em sua mente de novo, olhos saltados e língua escura, veias finas no rosto lívido. A morte, tão anormal e ao mesmo tempo tão familiar: o choque, o vazio cavernoso por trás daqueles olhos avermelhados, é como sempre parecia. Ninguém morre e fica parecendo como se esperasse por isso.

— Foi...

Precisa pensar nas palavras. Esforça-se para recordar as emoções, para separar sua resposta da cena diante de si e do próprio pânico.

— Não sei. Foi estranho. Era como se eu estivesse em uma bolha assistindo a mim mesma. De uma forma estranha, foi como se eu não estivesse realmente lá.

Vic se inclina para trás e abre a gaveta de sua mesa de cabeceira. Ele procura seu inalador e faz uma inalação.

— Mas aposto que você ficou com medo — sugere, com a voz baixa por segurar a respiração. — Por um momento, você achou que pensariam que foi você que fez aquilo?

— Vic! — grita ela, escandalizada. — Meu Deus!

— Desculpe — diz Vic. E solta a respiração.

19h00

— Não podemos ir para casa assim!

As meninas se entreolham no campo, com capim até a cintura. O sol está baixo, mas ainda está brilhante, e elas parecem figuras manchadas e sombrias que agora estão expostas. Bel olha para as próprias mãos e percebe que as unhas estão rachadas e pretas de tanto cavar. Olha para trás, para Jade. Ela está suja. Terra e musgo, pedaços de folha e um galho, arranhões de espinhos e ralados nos braços e pernas.

— Minha mãe vai me matar — afirma Jade.

— Está tudo bem, basta colocar tudo direto na máquina de lavar. Ela vai colocar outras coisas em cima. Nem vai perceber.

Jade fica chocada. Não há máquina de lavar na casa dos Walker. Ela sempre pensou nelas como coisas que você encontra em lavanderias. Bel tinha que entender isso, que havia um abismo de diferença entre as duas. A mãe de Jade lava as roupas da família à mão, colocando tudo em uma bacia de molho na segunda-feira à noite, e, em seguida, esfregando e torcendo, ofegante, antes de pendurar tudo nos varais espalhados pelo pátio, na terça--feira. Isso é apenas mais uma das coisas que faz Jade se destacar na escola: todas as suas roupas, e as dos seus irmãos mais velhos, são cinza e puídas em comparação com as dos colegas. Todo mundo sabe que os Walker são porcos e não têm amor próprio, alguém faz questão de dizer isso a ela todos os dias.

— Eu não posso, ela...

Mesmo agora, Jade, diante daquela garota com seu sotaque irritante e seu jeans Levi's, não está disposta a admitir toda a verdade. Ela não tem amigos e sabe, instintivamente, que essa nova e brilhante pessoa desaparecerá da sua vida no instante em que descobrir todo o contexto de onde ela vem. Ainda não se dera conta de que a sua breve amizade já tinha acabado.

— Ela vai me matar — expressa convicta. — Olhe para mim.

— Ora, então vamos nos limpar.

As duas seguem o rumo de volta, ao longo do pasto de ovelhas. O caminho estava salpicado de um amarelo brilhante dos dentes-de-leão e tasneiras. Estão em silêncio agora, não se atrevem a olhar uma para a outra. Sua tarefa odiosa lhes roubou a conversa da madrugada. As únicas palavras que conseguem encontrar são práticas, breves. Arrastam-se ao longo da margem da lagoa. Parecia mais funda quando estavam dentro da água, buscando pontos de apoio, mas é profunda o suficiente para alcançar as coxas e limpar a lama, deixando tudo resolvido. Nenhuma delas menciona qualquer palavra sobre o que estão fazendo, mas cada menina procura furtivamente pelo sangue de Chloe, em busca de algum sinal do que tinha acontecido ali.

— Vamos — diz Bel, novamente, retirando a blusa e a calça jeans, e despejando-as na água. Jade fica parada. — Vamos, Jade — insiste.

— Mas ficarão molhadas...

— Vamos torcê-las. E ainda está quente. Elas não vão secar, mas, de qualquer maneira, podemos dizer que caímos no rio. Ninguém sabe onde estivemos durante todo o dia. Anda!

Jade tira a blusa e a saia. Os joelhos estão verdes de tanto rastejar pela floresta. Ela segue relutantemente, com dificuldade, para dentro da água e permanece ali, tremendo, apesar do calor, abraçando as roupas contra o peito. Bel as arrebata e as joga na água.

— Esfregue! — ordena em um ímpeto de fúria. — Vamos lá! Vamos terminar logo com isso!

Bel cai de joelhos, com a água até o peito, e esfrega vigorosamente a sujeira em seus braços e ombros e o suor das axilas. Ela mergulha e emerge pingando, a sujeira de seu rosto gotejando e gesticula para Jade fazer o mesmo.

Eu não posso, pensa Jade, é aí que ela... Onde seu rosto...

— Eu não sei nadar — explica.

— Não importa. Anda logo!

Bel se precipita para a frente de repente e a agarra pelo braço. Então a olha profundamente nos olhos.

— Jade. Não estrague tudo agora. Se você não fizer isso, se você for para casa parecendo que...

Ela evita completar a frase. Não há necessidade. Sabe que Jade consegue completá-la por ela.

Eles irão saber. Eles irão notar.

Já estão se distanciando do que haviam feito. Tentando separar as ações que tinham tomado das razões que as levaram àquilo.

Jade se ajoelha e mergulha, como num batismo.

Ela abre os olhos embaixo da água, percebendo a lama à sua volta.

Está escuro aqui. Silencioso. Foi isso que ela viu, foram assim os seus últimos momentos.

O rosto de Chloe surge diante dela na escuridão. Ela se esforça para subir, em pânico, emergindo, explodindo no ar. Fica patinando pela água, em direção à margem meio rastejando, meio correndo até o topo. Permanece ali parada, tremendo em suas roupas íntimas.

Elas chegam até o portão. As duas estão pingando, grudando em suas roupas molhadas.

— Vamos nos separar — orienta Bel.

Ela está muito mais calma do que eu, pensa Jade, ela parece saber o que fazer. Se eu estivesse sozinha, já teria cometido tantos erros que todos saberiam que fui eu.

— Vou voltar pela vila até a minha casa. Eles não podem saber que estivemos juntas. Você entendeu?

Jade engole em seco e acena com a cabeça.

— Sim.

— Eles não podem saber que estávamos juntas, nunca! Você sabe disso, não é? Nós não podemos nos ver de novo. Se nos virmos, basta fingir que não nos conhecemos. OK?

— Sim.

— Você entendeu? Nunca mais! Você entendeu?

Jade acena novamente.

— Sim. Entendi.

— Muito bem.

Bel se vira e segue pelo outro lado da campina, rumo ao extremo oeste da vila. O sol começa a se pôr e ela projeta uma sombra alongada.

Capítulo Seis

Stan já tinha enrolado um cigarro enquanto a conferência de imprensa terminava. Ele o acende assim que entram no estacionamento.

— Meu Deus! Que tipo de idiota marca uma maldita conferência de imprensa na hora do almoço e nem sequer serve uma droga de um sanduíche? Você tem que servir sanduíches se quiser um bom artigo. Todo mundo sabe que jornalistas precisam de sanduíches. Eu poderia ter ido ao bar...

Stan é antiquado. Muito antiquado. É da época em que o jornalismo, em grande parte, era feito nos bares. De alguma forma, continua a levar a vida como se aqueles dias ainda existissem. Pelos padrões modernos de Fleet Street, ele é um dinossauro, ainda realizando sua pesquisa por telefone e pessoalmente, em vez de assinar feeds de notícias e buscar algumas informações do Google. Mas faz qualquer um passar mal ao vê-lo e faz qualquer jornalista pensar no que o teria atraído para esse trabalho lá no início.

Ele está sentado em um muro cheio de sempre-vivas e há uma coleção de bitucas e latas de refrigerante descartadas ao seu lado. Kirsty sorri e senta-se junto dele.

— Pois é. Isso foi um belo desperdício de tempo, não foi?

Um grandioso arroto, digno do Guinness, emerge de sua garganta.

— Pelo menos isso me levou para longe de Sleaford.

— Você já foi a Sleaford?

— Sim. Até mesmo o nome soa como algo que você encontra na sola do seu sapato, não é mesmo? Tive que me voluntariar para cobrir isto aqui, apenas para sair de lá. O que eu queria saber é por que não começam a matar pessoas em lugares aos quais você realmente deseja ir. Sério. Que tal o litoral, só para variar? Meio cruel e egoísta, eu diria.

— A criança F e a criança M?

Stan assente. Outra semana, outra explosão de violência de estudantes: duas crianças de 12 anos cometeram bullying com outra até que ela pulou de uma plataforma no trilho de um trem. A coisa toda foi registrada pelas câmeras de segurança, por isso não havia dúvida quanto à identidade dos culpados.

— É claro que se não tivessem se livrado dos funcionários daquela estação, não precisariam das câmeras de segurança e alguém poderia ter impedido aquilo. Droga! Que mundo é esse em que nós vivemos? Tudo tem preço e nada tem valor. Parece haver fundos ilimitados para os fiscais do meio-ambiente, mas Deus nos perdoe se quisermos proteger nossos filhos do assédio moral de uma dupla de delinquentes.

Seu coração acelera. Ela sempre achara que Stan fosse relativamente liberal para um repórter policial.

— Sério? Foram dois inúteis?

Stan suspira.

— Sim. Mas esse é o problema, não é? Os pobres merdinhas não têm muita chance de se tornarem alguém na vida. A mesma história de sempre, pais inúteis e ausentes, terceira geração de inocentes. Fui até a casa da mãe da criança F. Exatamente o que você esperaria: ainda deitada às 13h e um monte de crianças brincando na calçada no meio do entulho. E sabe o que ela disse?

Kirsty balança a cabeça.

Stan adota um sotaque universal do norte:

— O que será de mim, agora? Esse cara está fora de controle!

— Sim, mas... — começa Kirsty timidamente. Ela nunca sabia como discutir esse assunto.

— Sim, sim — suspira Stan de novo —, mas seria tão bom se apenas de vez em quando as pessoas não tentassem agir de acordo com os estereótipos, não seria? E pelo menos a mãe de F foi honesta. Sabe o que a outra disse?

Sua voz se eleva, energicamente, ao imitar a mãe da criança M.

— Eu amo o meu filho. Não me importo com o que ele fez, eu o amo de qualquer jeito.

Kirsty se lembra da própria mãe, vislumbrada em uma tela de TV antes de alguém apressadamente a desligar: uma blusa de poliéster com estampas florais sobre as coxas, recém-comprada para o tribunal, e calças alcançando a linha do estômago, com os cabelos penteados e amarrados para trás, em torno de um rosto desafiador. A mesma coisa, exatamente a mesma frase, e, depois disso, o silêncio. Nenhuma visita, nenhum cartão de aniversário. Amor e presença, como Kirsty descobriu, não eram a mesma coisa.

— Se ela realmente amasse o filho, teria feito algo para ensinar a ele o certo e o errado — conclui Stan.

A porta de vidro com a placa do hotel se abre e vários representantes do Novo Exército da Moral saem, com os cartazes que haviam recentemente decorado a sala de conferências sob os braços. Kirsty sorri.

— Parece que você está prestes a se inscrever nesse partido.

Stan ri.

— Sim, parece mesmo, não é? Enfim. Quantas palavras você conseguiu?

— Quase seiscentas. Uma matéria completa. E você?

— O mesmo. Para um artigo, entretanto.

— Que sorte!

Artigos tendem a dar mais margem de manobra em termos de permitir aos seus autores que expressem opiniões, façam analogias, revejam similaridades entre a história atual e a do passado. O que, no caso de uma história como esta, poderia ser uma bênção. O lançamento ao qual ela levou 60 minutos para chegar durou 15, e consistiu em um discurso moralmente malicioso seguido de uma sessão de perguntas e respostas sobre a evasão do Partido Novo dos Trabalhadores. Será difícil conseguir extrair cem palavras citáveis do seu gravador digital e seu bloco está majoritariamente preenchido com rabiscos descritivos desesperados sobre vestuário.

— Você tem mais alguma ideia a respeito do que eles representam?

Stan balança a cabeça.

— O mundo está indo para o brejo e alguma coisa deve ser feita. Algo do gênero.

— Hum. Foi o que pensei também. E o que seria essa alguma coisa?

— Não me pergunte! Este tal de Gibson ganhou dinheiro usando o chavão "O que Jesus faria?", não é? Chaveiros e chinelos e para quê?

— Pois é.

— Bem, eu acho que ele faria o que Jesus faria, então, certo?

— Bem pensado.

— Embora eu creia que Jesus teria começado providenciando sanduíches. O que vocês planejaram para o resto da semana?

Kirsty encolhe os ombros, desconfortável.

Aquela não era a melhor época para ser uma jornalista freelancer em um mundo que se alimentava da reciclagem de notícias. Em especial uma com um marido desempregado e metade da equipe do News International ainda morbidamente freelancer.

— Nada demais. Estou tentando sair um pouco, mas não tenho tido muita vontade.

— Eu entendo. Saco está tão cheio, que preciso comprar uma van para carregá-lo. Chego em casa morto.

Eles olham para os jovens seguidores de Dara Gibson. Ternos escuros, cortes de cabelo certinhos. Com toda certeza, parecem profissionais.

— O que nós precisamos é de um bom serial killer ou um desastre industrial. Algo que nos faça superar a crise das férias.

— Hum. Só não pode ser nada muito glamouroso, ou enviarão pessoas de Londres para roubar os nossos empregos — brinca Kirsty.

Alguém de Londres passa por ali: Sigourney Mallory, do *Independent*, falando em seu celular e os ignorando. Os dois a fitam com desconfiança.

— O que ela está fazendo aqui? — pergunta Kirsty.

— Não faço ideia. Que pobreza! Ela andava fora do meio há anos.

A conferência fora extraordinariamente bem frequentada para um evento de tão pouca importância. Pessoas criam grupos de pressão política todos os dias da semana. Caso o partido tivesse realizado o seu discurso assim que o parlamento retornou e as notícias recomeçaram, teriam conseguido um espaço nas "Notícias em Destaque", se tivessem sorte.

— Você acha que eles talvez possam ser cientologistas? Com certeza, parecem cientologistas.

Kirsty balança a cabeça.

— Muita conversa sobre Jesus, e a teoria da conspiração não é suficiente. Não. Isto é apenas um projeto da vaidade de um homem rico, certo? Não há nada para se ver aqui. Vamos ao próximo!

— Certo! Eu vi um bar no anel viário sobre o qual dizem ter comida. Vamos?

Kirsty salta do muro e engancha sua bolsa no ombro. Já passa das 14h, e ela tem um prazo a cumprir até as 17h.

— Não dá. Tenho que ir para casa e enviar a matéria.

— Meu Deus! Mande lá do bar, como uma pessoa normal.

Seu telefone toca no bolso. Ela o pega e olha no visor. Número privado. Deve ser do *Tribune* ou do banco, um ou outro. Um oferece dinheiro, o outro pede.

Não creio que seja do trabalho, eles sabem que tenho um prazo e, de qualquer maneira, não é a hora do comissionamento do dia, que está começando a ficar agitado. As marés diárias de jornais levam os editores aos telefones para distribuírem trabalhos entre a conferência da manhã e a primeira publicação; depois disso, ligam apenas para gritar com você se houver algum atraso. É o banco, deve ser. Oh, merda! Eu não posso falar com eles agora. Não quando preciso de um cérebro funcionando.

Ela deixa o celular tocar, coloca-o de volta no bolso e sente o tremor da mensagem recebida alguns segundos mais tarde.

— Vamos lá! Uma bebida rápida e uma salsicha com batatas fritas irão ajudar. Vou lhe emprestar o meu pendrive.

— Você sabe como convencer uma garota, Stan! Não, sério, preciso pegar as crianças, tomamos um chá assim que eu terminar a matéria. Não posso ficar sentada lá com você a tarde inteira.

Stan produz um ruído com a língua.

— Ahhh! Eu juro que não entendo. Não há mais jornalistas como antigamente, não é?

O telefone dele também começa a tocar no bolso do casaco velho e mofado. Stan o puxa do bolso e, sem nem mesmo se preocupar em olhar para o visor, atende.

— Stanley Marshall?

Ele coloca a mala do computador no chão e ouve atentamente. E então:

— O quê? Onde foi que você disse? Na sala de espelhos? Alguém tem senso de humor.

Kirsty olha em torno do estacionamento enquanto espera que ele termine a conversa e percebe que todos os seus colegas estão grudados aos respectivos telefones, acenando animadamente, rabiscando coisas na parte de trás das mãos.

Droga! O telefonema... era trabalho. Havia alguma grande história começando e eu deixei que fosse enviada para a caixa postal.

— Sim — continua Stan —, sim, claro. De qualquer maneira, estou em Kent. Sim, de carro. Não se preocupe. Um novo cretino. Sim. Claro. Eu, provavelmente, devo chegar lá em duas horas. Está bem. Sim. Ligo quando chegar ao local.

Ele pega a bolsa logo que desliga, tirando um pacote de balas da jaqueta então, olha para Kirsty ao jogar o telefone de volta no bolso.

— Se era do *Trib*, é melhor ligar de volta, você não vai querer que isso seja repassado para outra pessoa.

— O que aconteceu? — pergunta ela, com o coração ao mesmo tempo apertado e pulando.

— Bem, parece que esse caso está fora da agenda de notícias, com certeza. Um assassinato. Em Whitmouth. O terceiro deste ano, parece que houve mais dois com o mesmo *modus operandi* na última temporada.

— Nossa!

— Sim — concorda Stan, com uma risada feliz —, parece que eu consegui aquilo que desejava. Vamos para o litoral!

Capítulo Sete

— Vivendo um sonho — suspira Jackie, e abre a sua latinha.

— Você se satisfaz tão facilmente — diz Amber, lançando-lhe um sorriso.

— Ora, vamos lá! — contesta Jackie, após beber um gole. — Quem iria querer ser outra pessoa, agora, neste exato momento?

— Jackie! — repreende Blessed, incisivamente.

Jackie franze a testa para ela. Em seguida, olha para Amber e se lembra.

— Oh, desculpe, eu não quis dizer isso. Eu só quis dizer... você sabe. Whitmouth. Em um dia ensolarado.

Amber não consegue reprimir um sorriso ao olhar para a praia. Meio quilômetro de seixos marrons ofuscado por uma montanha-russa em silêncio, um cais degradado, dezenas de barracas luminosas de fast-food enfeitadas ao longo da calçada, toldos de lona batendo ao vento, uma toalha e um refrigerador de cerveja de plástico.

— Você tem um objetivo.

— É por isso que moro aqui — explica Jackie.

— Eu também — afirma Amber, sem desviar o olhar.

O mar tinha sido a primeira razão de sua vinda. Mas ele não é a única razão pela qual permanece. Existem melhores pedaços de mar, ela sabe, melhores cidades e, provavelmente, melhores vizinhos do que este grupo, que tinha vindo para cá junto. Porém Whitmouth, com a sua falta de glamour e seu desdém pela aspiração, com a sua incessante mudança, multidões desatentas, transmite-lhe certa segurança. Ela sentiu, ao chegar aqui, que podia criar raízes, mas ainda se surpreende toda vez que percebe que realmente conseguiu.

— E então, como você *está*, Amber? — pergunta Jackie, a voz melosa desacostumada à compaixão. — Está aguentando bem?

Quer saber? Eu estou uma merda, muito obrigada. Encontrei um corpo assassinado 36 horas atrás e continuo a vê-lo enquanto estou tentando dormir.

— Acho que prefiro quando você age feito uma vaca, Jackie, pelo menos é sincera.

Jackie solta uma gargalhada.

— É verdade — concorda Blessed, sentada sobre uma almofada que ajeitara especialmente, tricotando uma manta para proteger o precioso filho dos ventos amargos do inverno —, mas não é de fato apropriado, não é? Tirarmos vantagem de uma situação como essa.

— Ah, Blessed — contesta Jackie —, o que deveríamos fazer? Nenhum de nós matou a menina e nenhum de nós a conhecia. Não é nossa culpa não estarmos autorizados a ir para o trabalho, não é?

Blessed toma um gole do seu refrigerante de gengibre, pega os espetos e cutuca as brasas do churrasco.

— Acho que está pronto! Sim, entendo o que você quer dizer, Jackie. Mas uma festa... essa é a reação apropriada?

Maria Murphy esfrega protetor solar em sua pele como se estivesse na Costa Brava e observa os filhos brincarem na areia.

— Não é bem uma festa, não é, Blessed? É apenas como se quem vive aqui, na verdade, tivesse utilizado a praia como uma mudança de ares. Não foi nada *planejado*. Oh, meu Deus, ele vai arremessar aquela bola para o mar, tenho certeza de que vai!

Todos seguem a direção do seu olhar. Os homens brincam de luta romana, um jogo divertido, com seis de cada lado, deslizando sobre a areia, e chegando até as ondas para marcar pontos. A equipe de Funnland, inesperadamente vivendo o lazer, fazendo algazarra como estudantes em um dia de neve. Inicialmente tinha sido ideia de Jackie, embora Vic tenha alertado Amber a respeito e a tenha persuadido afirmando que ficar trancada em casa não traria a menina de volta, nem tiraria aquilo de sua cabeça. E ela se sentia feliz por isso. Ele estava certo, é claro. Nada iria desfazer o que ela viu, mas a vida tinha que continuar. Atualmente, ela não passa tempo suficiente com os colegas como amigos, às vezes sente como se uma barreira de vidro transparente tivesse sido criada entre eles desde que ela assumiu o cargo de gerente.

— É verdade — diz Amber —, ficar dentro de casa não vai mudar nada. Ficar deitada em uma sala escura, chorando, não me fará esquecê-la.

— Esse é o espírito! — concorda Maria. — Eu gostaria de ter um pouco disso, seja lá o que a mantém sempre bem.

— Um raio de sol, essa sou eu — confirma Amber, sorrindo.

Maria senta-se bruscamente e olha para o filho mais velho.

— Jordan! Se a bola cair no mar, é você que entra lá para buscar, hein?

Jordan Murphy olha por cima do ombro com toda a insolência dos seus 14 anos. Os irmãos, ambos com cabelos cortados à máquina três e exibindo um brinco de diamante na orelha esquerda, brincam no mar com outros meninos de fora, lutando pela supremacia de uma velha câmara de ar de caminhão.

Jackie estreita os olhos.

— Ah! Quem quer ver o corpinho magro *dele*? De fato, estou esperando por Moses ou Vic — afirma, terminando de beber a lata e jogando-a descuidadamente sobre a areia.

— Se eu achasse que seu Vic iria tirar a blusa, jogaria a bola em mim mesma.

— Bem forte! — aproveita Amber.

— Ah, sério — comenta Blessed. — Se bem que eu também ficaria feliz em ver o seu marido entrar no mar. Você tem que admitir que ele é muito bonito.

Amber ri desconfortavelmente. Ela sabe que a intenção de Blessed é inofensiva, mas as pessoas se referindo à boa aparência de Vic — e invocando um casamento que eles nunca tiveram — sempre a fez sentir como se estivesse dançando à beira de um precipício.

Eu sei que ele me ama, não preciso de um pedaço de papel para me dizer isso. E sei que sou paranoica. Vic é tão fiel quanto o dia é longo. Mas eu gostaria que outras mulheres não ficassem me lembrando de quantas delas estariam na fila se houvesse uma chance.

— Ele não é apenas um rostinho bonito, você sabe. Há muito mais nele do que isso.

— Sim, mas ele *é* um rosto bonito! — provoca Jackie. — E, meu Deus, se eu colocasse minhas mãos no peito dele!

— Pinto? — pergunta Maria. — Jacks, você de fato falou do pinto do marido da Amber? Você é terrível. Você simplesmente não sabe quando deve parar, não é?

— Peito! Eu disse peito!

— Sei, está bem — diz Maria, tentando apaziguar —, vamos. Temos que começar a cozinhar, vamos!

Amber se levanta, agachando-se, e as cadelas, deitadas no canto da esteira, levantam as orelhas. Ela as acaricia e abre o *cooler*. Como é a única com carro, ela tinha ido ao mercado. E, além disso, queria fazer algo por todos eles. A ausência de salário irá atingi-los com força em poucos dias e ela se sente estranhamente responsável. Como se não tivesse apenas encontrado a menina, mas também a colocado lá.

— OK! Hambúrgueres, frango, salsichas. Blessed, há pães naquele saco plástico ali.

— Amber Gordon, eu te amo. O que seria de nós sem você — afirma Jackie.

— Encontrariam outro alguém para atormentar, eu acho.

Mas ela se sente bem e satisfeita. Contente por ter feito o esforço. Separa os hambúrgueres e os coloca na grelha da churrasqueira mais próxima. Eles são enormes. Uma nuvem de fumaça sobe das brasas sobre a carne.

Maria balança a mão na frente do rosto e acende um cigarro.

— Ai, ai, ai — diz ela, olhando para a praia, em direção ao cais —, você tem companhia, Jacks.

Elas se voltam para olhar e veem Martin Bagshawe de pé, perto de uma lata de lixo, a observá-las.

— Meu Deus! — suspira Maria, franzindo a testa para ele, fitando-o até que perceba o seu olhar e desvie os olhos. — Ele nunca tira aquele anoraque?

— Não que eu saiba — confirma Jackie —, nunca o vi sem ele.

Mesmo quando vocês estavam transando no estacionamento do Cross Keys?, questiona Amber em pensamento já se repreendendo pelo julgamento.

— Ele continua te ligando?

— Sim, chega a ser assustador. Eu gostaria tanto que ele *fosse embora*!

— Nós poderíamos pedir aos meninos que tenham uma conversinha com ele, se você quiser — sugere Maria.

— Não se preocupe — responde Jackie —, parece que o seu olhar magnético já fez o trabalho.

Martin se afasta, caminhando devagar em direção ao túnel escuro sob o cais. Há degraus do outro lado que conduzem ao calçadão e uma saída para a estrada costeira.

Não quer passar perto de nós, pensa Amber, *com medo de que digamos alguma coisa. E provavelmente está certo.*

Vindo de trás dele, Moses executa um drible em Vic, espirrando areia para todos os lados. As mulheres caem de joelhos, todas de uma vez.

— Uau! — grita Jackie.

— Ai *meuuu* Deus! — grita Maria.

Amber se levanta.

— Você está bem? Querida?

Os dois homens se sentam, olham para as mulheres com surpresa, ajudam um ao outro a se levantar e correm para longe.

— Você não quer jogar, Ben? — pergunta Amber, voltando-se para o filho de 14 anos de Blessed, inclinado em silêncio contra o paredão, lendo um livro de biologia.

Benedick olha para cima, balança a cabeça e volta para sua leitura. Ele é uma criança séria e um pouco gordinha. Amber suspeita de que a carga das esperanças de sua mãe é bastante pesada para os ombros do menino. Ele está com o MP3 conectado ao fone de ouvidos e dá de ombros, sem tirá-los para escutar o que ela dissera, e continua a leitura.

Espero que ele fique bem, espero que seja feliz.

— Como ele está indo na escola? — pergunta à mãe dele, tirando os hambúrgueres enquanto conversa.

— Bem, ele é o melhor da classe — responde Blessed, orgulhosa.

— Isso é bom. Ele é esperto.

— Ele será um médico um dia! — diz a mãe, com firmeza.

— Tenho certeza disso.

— E ele é bom com computadores.

— É mesmo?

Mas ela não se surpreende. Benedick é exatamente o tipo de criança solitária que você espera que gaste o tempo livre dentro de casa.

— Ele deve adorar a Internet.

— Sim, acho que é uma coisa boa não termos Internet em casa, senão, nunca iria vê-lo.

— Você não tem Internet? Pensei que todos eles usassem a Internet para fazer a lição de casa nos dias de hoje.

— Ele vai até a biblioteca para isso. Há computadores lá.

— Você não tem *computador*?

Blessed balança a cabeça.

— Ele tinha um, mas uma coisa chamada placa-mãe estragou. Foi o que disseram. De qualquer forma, era algo que não podia ser consertado, e apenas uma semana depois que a garantia terminou.

— Oh, Blessed, isso é terrível.

— Estou economizando para comprar um novo, talvez para o Natal. São tão caros!

— Nossa! Eu não sabia. Por que não me contou?

Blessed encolhe os ombros. Começa o tricô novamente.

— Bem, pelo menos isso irá mantê-lo longe dos sites pornográficos — diz Maria —, o meu Jordan é um sem-vergonha. Eu nem entro no quarto dele a noite; tenho medo do que posso encontrar.

Atrás dela, Jason Murphy chuta a bola, que voa em direção ao gol. É um arremesso selvagem, firme. As mulheres assistem enquanto a bola voa e cai ao longo da praia, saltando na superfície da água.

— Aah! — lamenta Jackie, e abre outra lata.

— Hora do show!

Capítulo Oito

Kirsty olha para o conjunto enferrujado de escoras e pilares que sustenta a passagem do torniquete à beira-mar até o fim do cais. Está escuro, úmido e malcheiroso ali — não apenas em virtude da salmoura, dos peixes e das algas, mas do ar abafado das gerações desprevenidas, de piqueniques cuja metade foi comida e a outra descartada, de um vazamento de água por sob as rochas.

Não é a cidade mais bonita na qual já havia estado, mas, considerando as condições nas quais tinha vindo para cá, até que não é ruim. Seu trabalho consiste em encontrar mil e quinhentas palavras para o *Sunday* que façam os leitores se sentirem melhor a respeito de suas próprias vidas. Algo que transponha os passeios, os sorvetes e os balões em forma de animais brilhantes, o requintado prazer das batatas fritas quentinhas e salgadas do pacote aberto diante da brisa do mar, o toque suave da água sobre a pele nua, e mostrar, em vez disso, os quilômetros após quilômetros de condomínios pré-fabricados cinza pós-guerra dentro do terreno pantanoso em torno do estuário, o plástico em ruínas diante das lojas de fast-food, as vidas estressadas de uma população em grande parte itinerante cujas perspectivas de emprego eram sazonais, as fachadas georgianas rivalizando entre o plástico e o neon, para tornar Balham mais agradável diante de uma comparação. Nenhuma cidade com um assassino à solta era uma cidade agradável: esse é um tratado que não necessita ser escrito. Se coisas como essa acontecem em cidades agradáveis — os lugares nos quais as pessoas compram jornais de domingo e os leem —, então onde mais seria seguro?

No entanto, ela não consegue deixar de gostar dali. Apesar das condições e das lojas vazias. Apesar da palidez da pele que deveria ser bronzeada pela vida à beira-mar, do fato de não haver uma coloração natural para ser vislumbrada na estrada costeira. Apesar das lágrimas nas faces dos amigos de Hannah Hardy quando souberem por que ela nunca voltou para casa na noite passada, apesar do fato de que todo mundo ali com mais de 15 anos parece mais perto dos 40, há uma bravura gritante e valente em Whitmouth que ela julga surpreendentemente encantadora. Parte dela, apesar da natureza sombria do trabalho que a trouxera aqui, sente-se de férias. Ela gosta de Whitmouth e acredita gostar das pessoas que moram ali.

Como o grande grupo a cinquenta metros de onde ela está: uma dessas festas da classe trabalhadora nos quais as mulheres se sentam juntas enquanto os homens jogam um futebol de caneladas e pausas frequentes para beber refrigerantes em lata, com uma barreira invisível entre eles.

O tipo de reunião para a qual, em outra época, eu gostaria de ser convidada. Talvez essa seja a razão pela qual eu goste daqui. Em outra vida, teria pensado que aqui era o paraíso.

E ela está bem no local onde Nicole Ponsonh, a primeira vítima desta temporada de verão, fora encontrada. Nicole estava deitada tranquilamente, virada para cima, com um braço jogado para trás da cabeça. Ela olharia para o mundo inteiro como qualquer outra adolescente que adora sol, se não fosse o fato de estar deitada sobre um monte de escombros e garrafas na sombra profunda do paredão à beira-mar, e de o seu rosto estar azul.

Isso tinha sido no dia 13 de junho. Nicole estava há quatro dias em Whitmouth quando encontrou a morte. Ela fora vista cambaleando do lado de fora do bar Sticky Wicket, embriagada, em busca de batatas fritas. Era de Lancashire, tinha 19 anos e tinha acabado de terminar o ensino médio com nota máxima em ciências e administração. Desejava seguir a área de hotelaria e trabalhou como recepcionista no Jurys Inn em Manchester nos três meses anteriores. A viagem para Whitmouth fora realizada com a intenção de conseguir uma colocação melhor em um dos hotéis ao longo da costa Kent. Não tinha namorado e não namorava desde o sexto ano.

Estivera aqui quando criança, duas ou três vezes, com os pais, Susan e Grahame, e os dois irmãos, Jake e Mark. Uma moça agradável, honesta e respeitável na maior parte do tempo — não perdendo o controle com facilidade, mas passeando com seus amigos, como qualquer adolescente costuma fazer. Ninguém tinha notado nada entre o momento em que ela saiu do bar e o que foi estrangulada, doze horas mais tarde. É claro que não tinham notado: ela era uma garota comum, e as ruas estavam lotadas.

Enquanto Kirsty pensa a respeito da menina e das circunstâncias de sua morte, um homem usando um anoraque, com a aparência de um arminho ou um furão, com todos os dentes pontudos e olhinhos redondos, passa perto dela e para.

— Posso ajudar? — pergunta ele. A voz plana, nasal, inexpressiva.

— Não. Obrigada — diz ela, tentando parecer gentil e amigável, mas direta. Em seguida, arrepende-se. — Bem, sim, considerando que perguntou. Você é daqui?

— Sim — ele responde, com uma pitada de irritação, como se isso fosse tão óbvio que qualquer criança pudesse saber.

— Ah, que bom. Tenho enfrentado dificuldades em encontrar alguém que não seja turista.

Aquilo foi uma mentirinha. A verdade é que os habitantes locais que encontrou demonstraram uma lealdade admirável pela cidade e nenhum deles queria alarmar ou assustar pessoas, fazendo com que não viessem mais ali, o que tornaria o povo de Cheltenham grato pelos preços dos imóveis. Se não conseguisse algum depoimento em breve, teria de inventar um.

— Você se importa se eu lhe perguntar como se sente em relação a tudo isso? Esses assassinatos... Como um residente local...

Uma cisma surge.

— Por que você quer saber?

Kirsty retifica. Vira o crachá e diz:

— Oh, sim. Desculpe. Eu deveria ter me apresentado.

Ela lhe estende uma mão trêmula, embora a ideia de tocar-lhe a pele acinzentada faça com que ela se sinta desconfortável.

— Kirsty Lindsay. Do *Sunday Tribune*. Eu estou escrevendo um artigo sobre...

— Eu sei muito bem sobre o que você está escrevendo — interrompe ele e bufa, com orgulho, ao dizer isso.

Isso acontecia às vezes. Embora a maioria das pessoas ficasse nervosa diante de jornalistas, com medo de deixar escapar informações demais a seu próprio respeito, sem saber até que ponto chegaria uma pergunta, havia sempre alguém que conseguia visualizar uma abordagem como sinal de sua importância, algo que o jornalista viu e seus vizinhos não.

— Claro. Certo, sim, claro que sim. Então, eu pensei que...

— Vou lhe dizer o que penso. Acho que todos vocês devem desaparecer. Ninguém quer vocês por perto.

— Mas... temos que relatar as notícias.

— Sim, se você chama isso de relatar. Eu sei o que você fará. Não vai perguntar a qualquer um o que realmente *sabe*. Não é isso que você quer, não é? Vocês só querem dar motivos à Londres para zombar das províncias. Nós estaríamos bem se todos vocês fossem embora e nos deixassem em paz.

— Eu...

Ela olha para os tufos de cabelos sem aparar nas bochechas dele, os lábios comprimidos pela teimosia, a antipatia irracional nos olhos, e sabe a resposta. Não iria conseguir nada de útil com aquele cara. Apenas a desaprovação que culpa os meios de comunicação em vez de culpar o homem que estava matando pessoas.

— OK, obrigada mesmo assim.

— Você não pode me citar. Não lhe dei permissão para me citar.

— Bem, de qualquer forma, nem sei o seu nome — responde ela, afastando-se da praia, antes que ele prolongasse tal encontro. Sente, no entanto, que os olhos dele estão fixos nas suas costas, enquanto contorna a churrasqueira e segue rumo à cerca do perímetro de Funnland, com uma fita amarela da polícia marcando a abertura na cerca de arame entre uma tenda com baldes e pás. Daquele lado, a grande estrutura de concreto do parque de diversões o faz parecer um pouco como um campo de prisioneiros. A parede frontal, na tempestuosa estrada costeira que todos jocosamente chamam de Corniche, é brilhante, com painéis e luzes coloridas.

Além do grande grupo, alguns jovens conversam, outros tiram um cochilo em virtude das ressacas, outros usando camisetas e calções jogam frisbee. Uma equipe com uma câmera caminha entre eles, fazendo a gravação. Kirsty se pergunta como a atração de aparecer na televisão poderia superar o horror de fazê-lo sem maquiagem ou preparação adequadas.

— Sim, é claro que estou com medo — diz uma jovem mulher quando ela passa —, mas o que devo fazer? Eu só tenho uma semana de férias. Preciso me divertir, não é?

— Então você virá para Whitmouth de novo? — pergunta o repórter.

— Provavelmente não! É ruim aqui. A bebida é muito cara e você sabia que o parque de diversões — diz ela, apontando para a imensa parede de Funnland, onde a polícia está gastando seu segundo dia varrendo cada centímetro entre a cerca e o local da morte, passando pente fino — está fechado desde que chegamos aqui? Além de ser alta temporada também!

Kirsty visita a Antalya Kebab House, onde a segunda vítima, Keisha Brown, tinha sido vista pela última vez. O proprietário é um turco, volúvel e hostil.

— Mas, por que, de repente, você parece tão interessada? — pergunta ele. — Quer saber? Isso aconteceu duas vezes no ano passado também. Houve duas meninas no ano passado e elas estavam tão mortas quanto essa, mas vocês não deram a mínima! Nenhum repórter, nenhum jornal, além do *Whitmouth Guardian*. Ninguém da televisão apareceu. Elas eram invisíveis naquela época. Poderiam muito bem nunca ter existido. Mas, *agora*... vocês criaram um certo glamour. Estão todos em busca o seu Hannibal Lecter e agora isso passou a ser importante, não é?

— Pelo menos o senhor tem uma opinião. Há dois assassinatos por dia no Reino Unido. Apenas um terço deles acaba aparecendo em mais de uma simples linha nos jornais. É preciso ter uma importante característica ou pertencer a uma determinada família para a sua morte passar pelos editores de notícias. Mas estou aqui agora. Pelo menos é uma chance de dizer tudo o que deseja, não?

— Você vai comprar alguma coisa? — pergunta ele, rispidamente, olhando com profundos olhos escuros.

— O que é bom?

— Tudo é bom.

— Vou querer um beirute e uma Coca-Cola, por favor.

— Batatas fritas? — resmunga ele.

— Não... — começa a responder e, então, apressadamente muda de ideia e consente.

Não perderia as suas chances por causa do preço de um saco de batatas fritas.

— E a nota, por favor.

Ela espera por alguns instantes e, assim que ele se vira para a fritadeira e mergulha a cesta no óleo, pergunta:

— E, então, você se lembra dela?

Ele está de costas. Kirsty consegue ver o reflexo dele no espelho da parede atrás da grelha e dos guardanapos rabiscados, como se fosse uma fita especial emoldurando-lhe o cabelo preto. Ele tem uns 50 e poucos anos, mas parece mais velho. Todo mundo parece mais velho por ali.

Pare com isso, você se tornou o pior tipo de burguês esnobe. Só porque escreve para um determinado tipo de público não significa que precisa compartilhar seus pontos de vista.

Ele encolhe os ombros.

— Na verdade, não. Sim, talvez. Mas só por causa do que aconteceu. Não me lembro de nada a respeito dela, exceto pelo fato de que achei o corpo no meio dos meus caixotes de lixo. *Então* eu me lembrei dela. Mais ou menos.

— Ela estava com mais pessoas? Sozinha?

— Não sei. Muitas vezes é difícil dizer, especialmente aos sábados. Às vezes, estão sozinhos quando entram e acompanhados quando saem. São como animais no sábado à noite. Você deve achar que aquilo que fazem nas horas de folga, aos sábados, não seja grande coisa, mas ficaria surpresa. Eles se arrumam, ficam bêbados e não voltam para casa cedo. Não sabem formar fila, não sabem esperar. Devia haver uns vinte, trinta, caídos por aí, derrubando suas coisas pelo chão. Batatas fritas, batatas fritas, batatas fritas, vinte bebidas alcoólicas e então pensam que as batatas fritas irão acabar com a bebedeira. Tenho circuito interno de câmeras. Sempre acontece algo errado, todos os sábados. Com as câmeras de segurança, eu me garanto, fico isento de gastar horas dando declarações.

— Quer dizer que ela aparece nas câmeras?

Ele balança a cabeça.

— Sim. Mas não há nada de extraordinário. Ela entrou, pediu batatas fritas e falou com alguns meninos enquanto esperava o pedido. Gostava de ketchup. Colocou quase meio vidro nas batatas fritas. Fanta. Ela bebeu Fanta.

— E os rapazes?

— Não sei. Pergunte à polícia. Se bem que já devem ter lhe contado. Não foram eles. A maioria deles já estava bêbado demais para ficar de pé, quem dirá para estrangular alguém. Exceto por acidente, talvez. Logo que temperou as batatas fritas, ela saiu. Eu continuei atendendo. Ficamos abertos até às 4h no sábado. Chego a vender uns duzentos quilos de batatas fritas em uma boa noite na alta temporada. Somos o único lugar aberto depois que os clubes fecham e a maioria dos jovens venderia a própria mãe por um saco de batatas fritas.

— E depois?

— Meia hora depois, fui levar o lixo para fora, enquanto esperava o óleo esfriar o suficiente para limpar a frigideira, e... — Ele para de falar e dá de ombros de novo.

Como um obituário, não era muito.

— Deve ter sido horrível — diz ela, com simpatia.

— Pois é...

Ele começa a enrolar o beirute em um guardanapo.

— Não é uma coisa que você vê todos os dias. Quer molho de pimenta?

— Obrigada.

— Obrigada não ou obrigada sim?

— Oh, obrigada, sim! Obrigada.

— Aberto ou fechado?

— Fechado, por favor — pede, afinal o beirute entraria na primeira lata de lixo que ela avistasse ao sair dali.

Ele bate com o pacote no balcão.

— Doze libras e cinquenta centavos.

— Doze e *cinquenta*?

— Doze e cinquenta — responde ele, com firmeza — e a nota!

Kirsty suprime um olhar para o alto e pega o dinheiro. A imprensa não é o único grupo de pessoas para o qual assassinatos em série representa uma oportunidade de negócio.

Ela não consegue entrar em Funnland. Um aviso na entrada de serviço, onde um punhado de mercenários e curiosos se amontoa desordenadamente entre pilhas de cravos envoltos em celofane, anuncia que reabriria no dia seguinte. Ela já tinha trabalhado algumas vezes com um dos fotógrafos que ali estava e especula:

— Soube de alguma coisa? Você viu Stan Marshall?

Ele balança a cabeça.

— Acho que está no bar. Não há muita coisa por aqui. A gerente, aquela tal de Suzanne Oddie, e alguns outros.

— Algo a dizer?

— O mesmo blábláblá sem precedentes, blábláblá meus sentimentos à família, blábláblá cooperando com a polícia em tudo que for possível, blábláblá, tranquilizando os nossos clientes. É um relato padrão para a imprensa.

Jeremy, do *Express*, conta-lhe o que sabe. Não há muita coisa. O parque irá reabrir novamente o mais cedo possível, A Casa dos Espelhos está fechada e provavelmente será demolida. Profundo pesar. Ela tira uma foto com o telefone. Verá a imagem depois.

— O que você está fazendo aqui? Pensei que o Dave Park estivesse aqui representando o *Trib*.

— E ele está. Ele é o Senhor Notícias Difíceis. Eu só faço as matérias fáceis disfarçadas. Cidade em tormento. Tranquem as suas filhas. Preço da cerveja. Você sabe.

— Ah, o pessoal do *Sunday* — diz um mercenário do *Mirror*. — Nada de novo a relatar, apenas mais sobre o mesmo assunto. Ainda assim, desejo um bom trabalho, se você conseguir, é claro!

— Alguém tem que usar palavras de mais de cinco sílabas, dar ao resto de vocês algo do qual zombar. Então, o que sabemos? Alguma novidade sobre a víti?

Ela vacila um pouco ao dizer isso. A víti — uma vida reduzida à irreverência.

— Nada de novo. A mãe e o pai estão fazendo um protesto, nesta tarde, com os justiceiros desordeiros do povo que buscam tumulto.

— É onde está todo mundo?

O homem do *Mirror* olha para cima, com desdém.

— Não seja boba! Só depois das 16h! Estão todos no White Horse, lá na Dock Street.

— Coletando dados... — complementa o fotógrafo, piscando.

Capítulo Nove

Amber está na cozinha, ao telefone, tentando conseguir um computador para Benedick, quando alguém toca a campainha, de maneira urgente e insistente, vezes seguidas, com apenas alguns segundos de intervalo entre cada toque. Quem quer que seja, deseja entrar agora.

— Quem será? — questiona ela, desligando o telefone.

Vic olha por cima do exemplar aberto do *Sun*.

— Bem, acho que deve ser uma criança abandonada ou perdida. Perdida, provavelmente, pelo jeito que toca a campainha. Abandonados não insistem tanto.

— Ha, ha, ha — responde ela, e corre para a porta.

A pessoa está de costas, permitindo a visão do capuz de uma jaqueta Adidas por cima da cabeça, bolsa de ginástica nos ombros, olhando os carros e os postes de Tennyson Way como se esperando alguém aparecer a qualquer momento daquela direção.

— Posso lhe ajudar?

A pessoa se vira.

É Jackie Jacobs, com uma aparência simplesmente horrível. Debaixo da jaqueta, ela usa o que se parece mais com um pijama e um par de chinelos que costuma compor o vestuário de Romina. O rosto dela, sem maquiagem, está cheio de marcas e acinzentado, com profundas rugas verticais no lábio superior.

— Eu não sabia mais para onde ir... sinto muito.

— Oh, meu Deus! Entre.

Ela dá um passo para trás, a fim de deixar Jackie passar, e a segue rumo ao interior da casa. Vic a vê do seu assento na mesa da cozinha e a cumprimenta:

— Tudo bem, Jacks?

Jackie empurra o capuz para trás. O cabelo está oleoso, despenteado.

Amber acha difícil acreditar que esta é a mesma criatura exuberante com quem ela tinha ido a praia um dia antes.

— Ele está lá na frente do meu apartamento, dizendo que não vai embora — afirma em meio a uma tempestade de lágrimas.

Amber não precisa perguntar sobre quem ela falava.

— Oh, meu Deus!

— Ele só fica... parado ali. O tempo todo. Ele fica do lado de fora do apartamento, ele está... você sabe. Como ontem. Lá na praia ou no supermercado ou onde quer que eu vá. Acho que vou enlouquecer.

— Não vai — diz Amber, pegando sua bolsa e colocando-a nas escadas.

Ficou claro que tinham uma hóspede. "Lar Amber Gordon para Mulheres Com Problemas", costumava dizer Vic, quando estava bem-humorado. Às vezes, dependendo do convidado, ele chamava de "Whitmouth, o Santuário dos Abandonados".

— Eu entendo como você se sente, mas não vai enlouquecer, não! Você não falou com ele, né?

— Claro que não! — protesta Vic. — Você tem que ignorá-lo.

— Eu tentei, mas o que mais eu poderia fazer se ele fica parado lá, todos os dias, quando você sai às compras, quando está esperando do lado de fora do trabalho, ou tocando a campainha, ou deixando mensagens, deixando... *margaridas* em sua porta... *você* tenta ignorá-lo.

— Oh, meu Deus, Jackie. Você sempre faz piada das coisas. Eu não percebi que era tão grave!

Elas seguem Vic até a cozinha. Ele enche a chaleira. A solução para todos os problemas em Whitmouth era uma boa xícara de chá com biscoitos. E Deus é testemunha que, para a maioria dos problemas, isso funcionava.

— Eu entendo... Mas não imaginei que ele fosse continuar com as mensagens dessa forma. Achei que uma hora se cansaria. Mas desde que você... O corpo. Aquela pobre garota. Em um minuto ela está viva e no instante seguinte... Talvez isso tenha me assustado mais do que eu pensei. E está se tornando pior agora. Eu não posso... eu de fato não consigo mais ficar lá, Amber. Ele está sempre lá e não sai dali e não parece fazer qualquer diferença, independentemente do que eu faça. Não tenho ideia de quando ele dorme, porque parece que ele está lá 24 horas por dia!

— Está tudo bem, você pode ficar aqui, se assim desejar. Até que pensemos em algo que possa ser feito.

Ela olha para Vic. Ele está parado, inexpressivo. Se tinha algo a dizer sobre aquilo, não manifestou de forma perceptível aos olhos.

Jackie assoa o nariz e pega um maço de cigarros do bolso de sua jaqueta. Enquanto procura por um isqueiro, Vic pigarreia.

— Desculpe, Jackie, mas você se incomoda de ir lá fora para fumar?

Ela parece surpresa, como se nunca alguém tivesse lhe sugerido algo similar, mas, segurando seu maço de cigarros, começa a se levantar.

— Vou buscar um cinzeiro para você — diz Vic.

Ela parece surpreendentemente grata.

— Obrigada!

Amber a segue até o lado de fora. Mary-Kate e Ashley estão deitadas nos colchonetes. Ela se orgulha do seu pequeno jardim. O solo estuarino bem adubado era propício para o crescimento de plantas e ela encheu vasos e cestos com beijinhos, gerânios e verbenas, tornando o singelo jardim aconchegante e colorido. As cadeiras ficam protegidas da chuva, com almofadas no assento. Ela as puxa, passa a mão por cima dos assentos e diz:

— Desculpe.

— O quê? Oh, não, imagine! É a sua casa.

Vic aparece carregando o cinzeiro, coloca-o sobre a mesa, sorri e volta para dentro.

Jackie acende o cigarro. Amber vê a nuvem de nicotina atravessando o seu rosto. Ela se lembra bem da sensação. Tinha parado de fumar por causa de Vic, mas ainda sentia falta, todos os dias.

— Nossa, você tem um cinzeiro! A maioria das pessoas não tem mais isso e olha para as bitucas de cigarro como se fossem resíduos nucleares ou algo do gênero. Mesmo que estejam na lixeira, junto com as cascas de batata.

— É verdade, jamais deveríamos fazer isso — entende Amber, com justo conhecimento de causa.

— Tudo bem! Vic tem bons modos, a educação de um padre.

— Bem, eu não iria *tão* longe... — contesta Amber, mas silenciosamente se põe a pensar.

É verdade, é como o mundo resumiria o nosso relacionamento provavelmente: bons modos. Vic é bem gentil. E ele tem bons hábitos, eu acho. Não deixa nada para depois. Tudo em seu devido lugar. Nenhuma louça na pia. Se, depois do jantar, eu decidir tomar um banho quente, e deixar o prato à mesa, com certeza, ao retornar, aquele prato já terá sido lavado e guardado.

Depois de todos aqueles anos, ela tinha ficado com muito medo dos homens, de suas manias e teimosias. Achava-os valentões, interessados apenas na satisfação pessoal. E então surgiu Vic. Mãos sempre limpas, apesar dos consertos que compunham grande parte de suas tarefas em Funnland. Por favor, obrigado e um braço protetor que a conduzia em meio à multidão. Ela se lembra de tê-lo visto pela primeira vez ajudando alguns clientes quando um deles se desviara da rota, a forma como sempre tinha um sorriso e uma risada a qualquer um que precisasse, o modo como conseguia apaziguar o bagunceiro mais fanfarrão em busca de encrenca. As relações de Whitmouth em geral não são longas, mas eles já estão juntos há seis anos e, se a gentileza é o preço que se paga pela longevidade, então ela agradece a Deus pela boa educação. Durante todos esses anos, quando parava para pensar, ainda tinha dificuldade em acreditar no que acontecera.

— Você não percebe como é sortuda? Eu daria qualquer coisa para ter um cara como esse — diz Jackie, querendo chorar novamente.

Amber estende a mão e esfrega seu antebraço, sentindo-se estranha ao fazer isso. Ela não tinha o hábito de tocar os outros, mesmo se a pessoa fosse íntima.

— Tudo bem, Jackie, você vai ficar bem.

Jackie olha para o cigarro, parecendo pensativa. Mary-Kate se aproxima e se levanta nas patas traseiras, com as dianteiras descansando sobre a coxa de Amber. Automaticamente, ela tira a mão de cima da colega e coça a cadela atrás da orelha.

— Não é *justo*! — Jackie explode. — Não é *justo*! Não aguento mais isso!

Vic aparece na porta, calmo como sempre. Ele carrega a bolsa de Jackie.

— Vou colocar isso no quarto de hóspedes, Jackie, OK?

Amber sabe que aquele gesto tem mais relação com manter a ordem do que com a hospitalidade em si. Vic não gosta de bagunça, tudo precisa ter um lugar. A bolsa provavelmente o incomoda desde que ela chegou. Jackie interpreta de forma diferente e vê como um gesto de boas-vindas. Chora de novo.

— Meu Deus, vocês, não sei o que eu faria... francamente. Eu juro, metade desta cidade teria desmoronado sem vocês.

— Ah, bem capaz, Jackie! — diz Amber, desconfortável.

— Ela está certa, você sabe disso! — concorda Vic, da porta.

— O adubo da terra, a nossa Amber. Sabe o que ela fez durante toda a manhã?

— Não — diz Jackie, com pouco entusiasmo. Ela nunca se interessou pela vida das outras pessoas, especialmente quando um drama de sua própria estava em curso.

— Telefonou para todo mundo que conhece na cidade, para ver se alguém consegue um computador para Benedick Ongom. Ela ficou pendurada no telefone durante toda a manhã, não é, querida? Tive que preparar meu próprio lanche.

Ele modera a reclamação com um sorriso brilhante e vencedor, mas o intuito de Amber ouvir aquilo tinha sido atingido.

— Mas sim — continua Vic —, Amber é incrível, realmente incrível. Às vezes, não consigo deixar de me perguntar se ela tem algum peso na consciência. Se está pagando por algo que fez em uma vida passada ou algo assim.

Jackie ri. Amber, corando, muda o assunto:

— Então, conte-me, o que aconteceu? Ainda não tenho certeza se entendi direito.

— É que... não sei por que ele está fazendo isso. Entende? Não consigo imaginar o porquê.

— Não mesmo! Bem, não creio que haja como entender. Ele obviamente está errado, não é? De qualquer forma, pensei que Tadeusz o tinha espantado com aquela mensagem de texto.

Jackie balança a cabeça.

— Acho que só piorou. Ele está com raiva agora. Posso sentir isso. Só fica parado lá fora, o tempo todo. E isso se tornará pior quando eu voltar a trabalhar. E sair à noite... sozinha.

— Tudo bem. Posso lhe dar uma carona — diz Amber, calmamente, acrescentando mais um item à sua lista. Havia espaço no carro. Ela só estava dando carona a Blessed no momento.

— Mas não é só isso! Eu não consigo dormir, também. Sinto medo de acordar um dia e encontrá-lo em cima de mim ou algo parecido. Sério. Ele está ali o tempo todo. Acho que vou ficar louca...

Vic as observa pela janela da cozinha: as duas cabeças loiras, uma perto da outra, a fumaça subindo do cigarro de Jackie. Elas tinham se esquecido dele.

Fora de suas vistas, fora de alcance. Mulheres. No minuto em que você deixa de falar com elas, é como se deixasse de existir.

Ele as estuda em silêncio, inexpressivo. Vic está muito cansado. Ele costumava se sentir alegre repetidamente, durante vários dias, na alta temporada, mas a emoção permanecia cada vez por menos tempo, ano após ano. Ao longo dos anos, ele trabalhou em oito resorts diferentes, mas, atualmente, Whitmouth parecia mais cansar do que lhe trazer emoção.

Deve ser a idade, estou ficando velho demais para isso. Preciso encontrar uma maneira mais leve de viver. Não creio que terei energia por muito mais tempo. Ela realmente está se esgotando.

Jackie havia deixado sua caneca de chá sobre a mesa, com restos de tanino dentro da porcelana chinesa. Ele a pega e a leva para a pia. Esfrega metódica e completamente, enquanto escuta o murmúrio das vozes das mulheres. Seca em volta da pia, faz o polimento do cromo e coloca a caneca sobre a toalha dobrada no escorredor.

Lá fora, no jardim, o telefone de Jackie começa a tocar.

— Não atenda — pede Amber —, deixe tocar.

Jackie olha para o celular como se tivesse encontrado um cocô em sua bolsa.

— Eu não imaginei que daria nisso.

O telefone toca insistentemente. Jackie acende outro cigarro. Amber controla um olhar de reprovação.

— Vou pedir ao Vic que arrume a cama de hóspedes — informa a Jackie.

— Meu Deus, ele é tão maravilhoso. Como você conseguiu encontrar um homem assim?

O telefone toca novamente.

Capítulo Dez

Eu sou uma péssima esposa. Ele está realmente cansado de mim e eu não o culpo. Oh, Deus, não vejo a hora de esta noite acabar. Por que diabos me comporto de modo tão estúpido? Não achava nem mesmo que eu fosse capaz de dirigir quando entrei no carro esta tarde.

Kirsty coloca o avental de cozinha antes de pegar um pouco de água para tomar três analgésicos. Sente-se como se estivesse virada do avesso e sua consciência culpada torna tudo ainda pior.

É como um frenesi! Não a bebida em si, mas a companhia dos jornalistas. Não dá para juntar uma dúzia de mercenários passando uma tarde juntos sem que todo mundo fique tão bêbado que mal consiga ficar de pé. Isso nunca acontece.

Ela esvazia o copo e o enche novamente. Então abre a geladeira e pega o peixe e os pacotes de salada; o tipo de alimento que não se permitiam consumir há meses. Mas a situação a conduziu pelos corredores do supermercado como se não precisasse se importar com a conta. A família toda comerá feijão e arroz pelo resto da semana para pagar esse jantar, mas nenhuma das pessoas em sua casa, naquele momento, sabe disso. Nada gera sucesso como o sucesso e, se Jim quer conseguir um emprego, devem convencer aquelas pessoas endinheiradas de que ele não precisava disso. Os pratos finos estão dispostos na bancada, depois de minuciosa busca para ver se estavam lascados. Tudo que ela precisa fazer é enchê-los, decorativamente, enquanto seus convidados bebem os fundos da poupança de Sofia em vinho fino.

Sente vontade de vomitar enquanto engole o líquido flamejante.

Na sua idade! Em qualquer idade! Que diabos se apossou de você? Porque é divertido. Porque eu amo a companhia de jornalistas. Porque amo a ocasional inteligência competitiva deles, suas opiniões partidárias, a maneira como competem para reduzir tudo na terra a uma manchete de cinco palavras, sua busca cínica pela perfeição pejorativa. Porque estou cansada de ser boa, de ser paciente, porque tenho vivido dessa forma contida durante meses, e agora só preciso me libertar, e porque acordo cedo para a minha rodada no White Horse e queria o meu dinheiro de volta. Porque não há como descrever a quais cidades as pessoas vão para se embebedarem a não ser que você mesma vá até uma delas. Porque, apesar da carapaça insensível que todos nós carregamos, passar o dia desenterrando detalhes das mortes de cinco moças é deprimente o bastante para levar qualquer um à bebedeira. E porque eu, simplesmente, tinha me esquecido desse jantar.

A porta abre num estrondo, Jim entra, o sorriso hospitaleiro e sociável se desfaz em seu rosto quando ele cruza o batente. Larga a porta antes de falar:

— Pelo amor de Deus, Kirsty, onde você estava?

Sua pele se aquece sob a espessa camada de maquiagem que tinha colocado na tentativa de esconder a palidez.

— Desculpe, precisei tomar alguns analgésicos.

A mandíbula de Jim fica tesa como o concreto assim que ele avista a salada.

— Jesus Cristo! Deixe que eu faço isso. Você arruma o salmão!

Ele vira as costas e começa a abrir os pacotes. Brotos de ervilha, agrião e rúcula, o sonho de combinação dos chefs da TV. Um pequeno jarro de barro de molho que ele preparara à tarde está ao lado da saladeira. Ele despeja o conteúdo sobre as folhas. Kirsty encontra a tesoura de cozinha com dificuldade e abre o pacote de salmão. Suas mãos tremem visivelmente.

— Desculpe, Jim — diz pela décima oitava vez, ajeitando o *carpaccio* de salmão no prato da melhor forma que conseguia — estou realmente muito arrependida. Não era o que eu pretendia.

Ele está tão bravo que não consegue sequer olhar para ela enquanto acomoda a salada ao lado do peixe.

— Eu realmente não creio que haja desculpas boas o suficiente no momento. Você *sabia* o quanto esta noite era importante. Você é uma... *egoísta*. Não consigo pensar em outra palavra para o que você fez. Você é uma... *maldita egoísta*.

— Sim — confirma, de modo penitente —, eu sei. Isso mesmo. Eu sou. E estou muito, muito triste.

Também com dificuldade, ela abre o sachê de molho de mostarda que vinha no pacote e aperta-o sobre uma porção de peixe.

— Não! — diz ele, agarrando-lhe o pulso, e seu grito é alto o suficiente para ser ouvido através da porta. O murmúrio de vozes silencia por um momento. Alguém dá uma risadinha.

— O quê?

— Não use esse molho de *pacote*, sua idiota! Eu fiz um molho.

Ele aponta para uma taça de gororoba amarela idêntica à que ela acabara de despejar, que se encontra ao lado, na pia.

— Oh, droga! Desculpe.

Ele balança a cabeça novamente, suprimindo a fúria com dificuldade.

— Certo, apenas saia do caminho. Eu faço isso! Não consigo acreditar que você fez isso comigo. Estas pessoas comem em restaurantes o tempo todo. Como se eles não percebessem que o molho saiu de um pacote!

— Desculpe — diz em piloto automático.

Ela se sente tão mal que se surpreende por ainda estar de pé. Tudo que deseja fazer é se enrolar em frente à televisão e cochilar até dormir.

Nunca mais vou beber de novo — pensa, pela 763ª vez em sua vida, enquanto tira o avental.

Jim distribui o molho, vira e entrega-lhe dois pratos.

— Aqui! Leve esses! Você pode ficar com o do pacote. Vou levá-lo por último. E, pelo amor de Deus, recomponha-se!

Kirsty engole em seco. Juntos, eles voltam até os convidados.

— À minha saúde! — afirma Lionel Baker, e ela brinda. Mesmo em seu estado frágil, frases assim fazem sua pele arrepiar.

— Saúde! — concorda ela, e levanta o copo intocado. Coloca-o junto aos lábios, mas não toma um gole sequer. Em parte, porque teme que o fígado exploda, mas, principalmente, porque os olhos de Jim a atingem como um laser a cada vez que ela desvia a mão em direção ao copo.

Sue Baker ri e levanta o copo:

— Que expressão engraçada — arrisca.

Sue é uma mulher que escolheu "Montar um Lar Amoroso" no momento em que se uniu a um rico corretor, e nunca mais teve uma ideia original como a de usar repolhos como ornamentos dos centros de mesa em seu casamento.

Eu devo ser gentil! Se Jim vai precisar dessas pessoas para conseguir um emprego, preciso lembrar que somos bons anfitriões.

Lionel tem dez anos a mais do que Jim, dez centímetros de cintura a mais e está dez vezes mais satisfeito consigo mesmo. É também sócio da Marshall & Straum há anos, e todos sabem que está recrutando novamente agora que o pior momento da crise financeira passou. Jim e Gerard Lucas-Jones, o outro marido na mesa, pertenciam à mesma equipe quando ele foi promovido. Todo mundo fingia que eles eram velhos amigos.

Sue coloca o copo na mesa e pega a faca e o garfo:

— Que adorável — diz ela, com um ar condescendente.

— Não como carpaccio de salmão há anos. Você mesma o curou?

Claro que não!, pensa Kirsty, violentamente. *Carpaccio é tão anos 1980, querida. Lamento que eles não tivessem sashimi de bacalhau negro quando fui ao supermercado.*

— Sinto dizer que não... — diz Jim, tentando explicar de forma gentil —, Kirsty esteve fora, trabalhando. Mas eu mesmo fiz o molho.

Ela sorri, calmamente. Jim sente orgulho de ser bom nas tarefas domésticas, sempre sentiu.

Mas não era a imagem certa para um Mestre do Universo, ele lembra.

— É uma das grandes qualidades de se trabalhar em casa — acrescenta apressadamente —, duas horas por dia, gastas aqui mesmo, em vez de passar o tempo no caminho para casa.

— E nesse tempo ele cozinha — diz Kirsty, tentando fazer piada.

— Bem — aproveita Jim, de forma mesquinha —, é melhor do que beber até cair, não é?

Todos riem, as farpas flutuando sobre suas cabeças.

— *Sorte* sua — cumprimenta Lionel Baker, soando exatamente como a sua esposa. — Eu gostaria de passar mais tempo em casa, é claro. Mas, diga-me... — ele se vira para Kirsty sem conseguir disfarçar o tom de desaprovação. Lionel é um dinossauro. Esposas que trabalham não são a sua praia. — ...estava *viajando* a trabalho? Como assim?

— Não são viagens, exatamente — responde ela, tentando fazer com que o trabalho que os sustenta não soe como uma tolerância de um marido complacente com o passatempo de sua esposa —, mas algumas horas a mais aqui e ali.

Ela percebe que ele a descrevera como um caixeiro-viajante, o que particularmente não importa, exceto pelo fato de que este talvez não seja o melhor dos cargos para uma esposa.

Jim intervém:

— Kirsty é correspondente para o *Tribune*.

— O que é uma correspondente? — pergunta Penny Lucas-Jones, que leciona francês e italiano para meninas em uma escola fora de Salisbury, o que se encaixa bem com a puericultura.

— Uma jornalista pau para toda obra — explica Jim. — Ela cobre a área abrangida do sul ao leste de modo que a equipe não precise sair de Londres.

— Uma jornalista multitarefas — acrescenta Lionel. — Muito *bem*! Perseguindo celebridades, hein? Gravando conversas telefônicas?

— Não — responde Jim —, eles têm especialistas para isso.

— Na maior parte, crimes — complementa Kirsty. — E, você sabe, pessoas de Londres que visitam as províncias.

A piada não surte efeito.

Ele me compreendeu literalmente. É claro que sim. Tirá-lo de Belgravia foi quase impossível, e eu estou estragando tudo.

Ela sente uma nova onda de refluxo emergindo em sua garganta, e a engole de volta.

Aposto que estou verde. Pelo menos isso deverá cobrir o amarelado dos danos no fígado.

— Que emocionante! — diz Gerard Lucas-Jones. — Nós lemos o *Tribune*, é bem engraçado. Ou melhor, Penny lê. Sou mais displicente, tipo dane-se tudo!

— Eu nem notei que você escrevia lá — diz Sue. — Vocês publicam frequentemente?

— Na verdade, ela teve duas matérias nesta semana — explica Jim. — Escreveu uma página inteira hoje e escreverá *duas* no domingo.

— Menina esperta! — diz Lionel, esticando o i da palavra menina, de modo que dura dois segundos.

Sue olha ligeiramente envergonhada.

— Sobre o quê? — pergunta ela.

— Ah, esse grupo bastante estranho de doidos do rearmamento moral que surgiu nesta semana. Foi como um rojão sem efeitos, para ser honesta. E o outro assunto foi em Whitmouth. Os assassinatos de lá. Ainda estou escrevendo a respeito.

— Ah, sim — diz Lionel —, as prostitutas, não é?

Não devo discutir. Estamos aqui pela carreira de Jim. E, francamente, eu não ia gastar minha saliva com isso. Já usei toda a minha bílis ontem à noite.

— Não — responde Kirsty —, apenas meninas em férias. Adolescentes se divertindo, sabe?

Sua mente evoca a imagem da irmã de Nicole Ponsonby na escadaria da delegacia de polícia de Whitmouth, cercada por muitos microfones, chorando. Implorando a alguém, em algum lugar, para que prendesse o assassino. As famílias sempre acreditam que a dor irá passar se o assassino for preso, que terão algum tipo de "final feliz". Como marinheiros à deriva que se agarram a qualquer palha de esperança, qualquer coisa que sugira que não se sentirão daquele jeito para sempre. Kirsty os via com frequência agora, lutando para conseguir dizer algumas palavras, apoiando-se mutuamente sobre pernas cambaleantes. Ela sabe que o lamento não acaba nunca, não por completo.

— Um pouco ruim, não é? Whitmouth? — pergunta Lionel, enchendo a boca com metade de sua porção, de uma só vez.

— Acho que sim. Depende do gosto, na verdade. Acho que tem um... não sei... um charme vulgar.

— Já estive em Southend. Foi a ideia de alguém para um irônico final de semana espetacular. Lá sim é ruim! É tão ruim quanto lá?

Tinha passado um bom tempo em Southend. Um local fecundo, se você está no circuito do crime, pensa Kirsty.

— Sim, mas com seixos, como Bognor.

— Oh... Bognor — diz ele, como se não precisasse falar mais nada.

A conversa atinge um período de calmaria. Kirsty olha para o seu prato, esforçando-se para encontrar um novo assunto. Lutando para não vomitar. Ela consegue sentir a ansiedade de Jim para que tudo acabe logo, mas ainda é cedo. Têm de esperar até que o *crème brûlée* seja servido. Os negócios nunca podem ser diretamente discutidos até que se esteja comendo *crème brûlée*. Ela sente o seu próprio calor emanando no contato do vinho com os seus lábios. Parece que o suor está prestes a escorrer.

O trabalho precisa continuar na cozinha: é hora de tirar a carne do forno e colocá-la na travessa. Ela pede licença e vai realizar a tarefa.

Tira o lombo de porco do forno. Em seguida, vai até o congelador, pega um pacote de ervilhas e pressiona contra a testa. Está mais perto dos 40 do que dos 30 anos, mas ainda julga o entretenimento formal um esforço. E isso piorava com uma profissional como Sue Baker à mesa. Kirsty percebeu que ela varria com os olhos a sua sala de estar, sua sala de jantar, em busca de sinais de inconformidade ou sujeira.

Vamos lá, Kirsty. Você vai conseguir. Ainda há coisas a fazer.

Ela pressiona as ervilhas contra a nuca e verifica se há sinais de desordem na cozinha. Sue é o tipo de pessoa que insiste em ajudar, pois é uma melhor oportunidade para bisbilhotar. Anotações, listas, fotos penduradas na porta da geladeira com ímãs da Capela Sistina. Um painel de cortiça mostrando os horários das crianças: aula de piano de Sophie, dia 5, terça-feira; futebol do Luke, dia 6, quarta-feira; natação, dia 9, sábado. Sophie tinha organizado as tachinhas que restavam em forma de coração — a sua imagem favorita do momento, além de Justin Bieber. Eles já tinham limpado os potes de cereal matinal e tirado as mochilas da bancada; agora, resta apenas uma garrafa de um excelente vinho tinto (no valor de dois uniformes escolares, digno de um *sommelier* de luxo) — uma respiração profunda — que está logo abaixo, na prateleira de temperos recém-limpa; a máquina de lavar louças cantarolando baixinho.

Uma cozinha normal, de classe média, arrumada para impressionar qualquer pessoa. Minha mãe dizia que eu era esnobe porque eu não precisava de nenhuma galinha debaixo da mesa.

Ela tenta lembrar o que mais precisa fazer. Enche a chaleira e a coloca sobre o fogão.

Só Deus sabe o que ela diria a meu respeito como anfitriã.

De volta à sala de jantar, a conversa tinha mudado de rumo.

— Eu não consigo entender — afirma Lionel — por que eles precisam ficar no anonimato, afinal, a sociedade é a mesma em toda parte, não é? Totalmente enviesada em favor do autor, e sem um único pensamento para a vítima. Você fez essa matéria? — questiona, virando-se para Kirsty, assim que ela assume o lugar novamente.

— Perdão... sobre o que estão falando?

— Sobre a criança F e a criança M.

— Ah, não. Sleaford não está na minha área. Tenho um amigo que cobriu esse caso. Ele tem achado isso muito deprimente.

— Bem, era justamente o que eu estava dizendo. É repugnante.

— Sim... terrível. Aquela pobre criança.

— Não, não é só isso. A forma como a constituição protege os... — ele faz uma pausa, pois estava, obviamente, prestes a falar merda — ...os cretinos que fizeram isso.

— Bem, tudo está *sub judice* — afirma Jim —, você gostaria que eles tivessem um julgamento justo, não é?

Lionel bufa:

— Julgamento justo? Isso é coisa de *filme*, pelo amor de Deus!

Kirsty sente o rubor se aproximar de suas bochechas. Ela sempre considera difícil esse tipo de conversa. Sente-se exposta, ameaçada. Uma parte pequena e paranoica de seus pensamentos julga que, se o assunto fora levantado, significa que alguém sabe mais sobre ela do que deixa transparecer.

— E eles têm irmãos! — protesta ela. — Certamente, você acha que as outras crianças merecem um castigo por aquilo que os irmãos fizeram?

Lionel bufa de novo:

— É esse excesso de sentimentalismo que leva a situações como essa, percebe?

Kirsty consegue ver o excesso de coragem de Jim aumentando.

Não, por favor, não. Você não pode entrar em uma discussão. Não pode irritá-lo, deixá-lo pensar que você não admira cada pérola que sai de sua boca. Não quando já fizemos todo esse esforço.

— Alguém quer mais vinho? — pergunta, apressadamente.

As duas mulheres concordam com facilidade, elogiando a escolha da uva, fazendo um rebuliço por sobre os copos dos maridos: ambas sabem o que significa ser dissidente e unem forças para manter o clima agradável. Lionel não esboça reação. Kirsty imagina se ele está gostando, se sabe por que tinha sido convidado e se está aproveitando plenamente a vantagem do poder de dono da empresa para debater.

— O fato é que — diz ele —, para o bem da sociedade como um todo, devemos identificar os monstrinhos assassinos e trancafiá-los. E fazê-lo *antes* que eles matem o filho de outra pessoa. Não nos preocupamos mais com as vítimas. Tudo gira em torno do criminoso. Pobre criminoso, vamos buscar desculpas. Quando, na verdade, as pessoas de bem deveriam ser protegidas. Deles e de seus familiares vingativos.

As palavras explodem antes que ela possa detê-las. Sente como se o seu coração estivesse prestes a explodir no peito.

— Mas eles têm apenas *12 anos de idade*!

— Exatamente! — conclui Lionel, vitorioso. — Isso vem do berço. Você não pode apenas dizer "pobres crianças" uma vez que outra pobre criança morreu.

— Mas os irmãos não fizeram nada!

— Ainda... — diz ele, olhando-a nos olhos. — Não fizeram nada *ainda*...

Faz-se um momento de silêncio.

Devo parar, estou quase estragando tudo.

Sue, sem dúvidas, tem pensamentos semelhantes. Ela, apressadamente, pega o último pedaço de salmão.

— Muito bem, tenho que comentar que o jantar está delicioso! — elogia, animada. — Vou me lembrar para sempre desse *carpaccio* de salmão.

— Aqui — diz Jim, seriamente, de pé —, deixe-me pegar seu prato.

Kirsty o segue até a cozinha com os outros pratos. Ele está escaldando as ervilhas em água fervente. Há um ruído estridente no centro de sua cabeça, incomodando o seu cérebro, como uma furadeira. Ela pega outro copo de água e o bebe, rezando desesperadamente por socorro.

Nunca mais vou beber, promete, silenciosamente, mais uma vez.

— O que posso fazer?

— Não fique tão bêbada a ponto de se arrepender no dia seguinte — resmunga ele.

— Ah, meu Deus, Jim, já me desculpei. Sinto muito. Estou fazendo o melhor que posso!

— Sim, está bem, mas não se trata apenas de hoje, ok?

— Isso não é justo. Isso é muito injusto, Jim!

— Não do meu ponto de vista.

— Por favor, não vamos começar isso agora.

A água provoca algo em seu estômago. Ela sente uma fisgada, um espasmo na garganta.

Ah, merda! Juro que nunca mais vou beber. Nunca mais! Juro!

— Temos que falar sobre o seu alcoolismo.

— Ah, claro! Como se você *nunca* tivesse ficado de porre!

Jim agita as ervilhas no escorredor.

— Você sabia muito bem o quanto esta noite era importante para mim, você sabia o quanto me empenhei para que as coisas dessem certo hoje à noite! Está *tentando* me sabotar?

Kirsty se cala. Coloca uma mão sobre a boca e sai da cozinha, ouvindo seu murmúrio:

— Meu Deus! — desabafa Jim, assim que ela sai.

Ela vai até o banheiro do andar de baixo, com um segundo de tempo de reserva. Abaixa-se sobre o vaso e cai de joelhos, dando vazão a uma explosão de bebida, água, sanduíche de salsicha do café da manhã e a entrada da noite, bombeando tudo para fora do corpo. Sua digestão devia ter parado em algum momento da madrugada. Assim que tudo aquilo é expelido, começa a se sentir melhor. Felizmente, aprendera o jeito silencioso de vomitar quando era adolescente. Hoje, tinha sido algo, ao menos, útil.

Kirsty fica encostada no assento por um minuto, esperando o suadouro passar. Sente-se fraca e cansada, mas a vertigem começa a retroceder.

Meu Deus, sou uma esposa ruim e ele está certo. Preciso parar com a bebida. É uma maneira realmente infantil de lidar com o estresse.

Ela se levanta e se olha no espelho. A maquiagem dos olhos está um pouco borrada, mas a cor retorna rapidamente à sua face. Ela enxagua a boca usando o enxaguante bucal que fica atrás da cortina e espirra no ar o odor do aerossol de frésias. Passa o batom e comprime os lábios.

OK, assim está melhor. Agora posso enfrentar o mundo.

Ela volta para a cozinha e a encontra vazia. A travessa de carne de porco sumiu da bancada. Os legumes estão em outra travessa, à espera. Ela pega a travessa e vai para a sala de jantar, sorrindo reluzentemente.

— Eu queria falar uma coisa, Kirsty — diz Penny, assim que todos tinham sido servidos. — Fiquei imaginando se eu poderia lhe pedir um favor.

— Claro! — confirma Kirsty, receptivamente. Favores feitos por ela deveriam colocar Jim na *pole position* para favores em troca. — O que posso fazer por você?

— Então, é que nós gostaríamos que algumas pessoas fossem à escola para dar palestras de orientação profissional. O que você acha? Será que poderia ir até lá e falar sobre jornalismo?

— Eu... eu... — começa a gaguejar, em dúvida.

Ela não se sente confortável diante de multidões.

— Imagino que você esteja bastante ocupada — esclarece Penny —, mas nós lhe daremos muita antecedência, pois há diversos preparativos envolvidos. Tudo precisa de muito tempo agora, porque demora meses para a pesquisas de antecedentes ficar pronta.

Instantaneamente, Kirsty fica vermelha. Ela ainda está em condicional. Esse tipo de pesquisa não revelará quem ela é, mas certamente mostrará que tem um registro. E Jim não sabe de nada. Nada sobre o seu passado, nada sobre o que esconde o seu presente.

Penny sorri.

— Eu sei. É ridículo, não é? Muita gente se sentiria ofendida, mas, sinceramente, é apenas uma burocracia que precisa ser cumprida.

— Outro esquema de criação de emprego — conclui Jim.

Lionel toma uma bebida.

— Isso é exatamente o tipo de coisa que venho afirmando! Está tudo de cabeça para baixo hoje em dia. O governo desperdiça milhões de libras do nosso dinheiro tornando pessoas inocentes como você suspeitas quando sabemos onde o problema realmente está.

— Bem, *na verdade*, você não pode saber com certeza — brinca Jim. — Minha esposa pode ter um longo histórico criminal e você nem mesmo suspeita.

Lionel olha para ele de modo impaciente, como alguém sem o mínimo senso de humor.

— Eu só estou dizendo — continua ele, lentamente — que o fruto não cai muito longe do pé.

Kirsty se enfurece e agarra a chance de trocar o foco das visitas escolares.

— É mesmo? Você acha que deveríamos jogar todos eles no lixo?

— Acho que precisamos encarar a realidade. Você pode muito bem prever que crianças irão desenvolver maus hábitos só de olhar para os pais delas.

— Uau! — irrita-se ela. — *Uau*!

— Ora, vamos! — insiste Lionel. — Você não pode negar isso. Aposto que o *apartheid* acontecia nos próprios portões da sua escola. Não tente fingir que não!

— Eu... — balbucia.

— Não é um fenômeno recente. Geração após geração. Onde há uma mãe gorda e desmazelada alimentando os filhos no McDonald's e gritando com o pessoal da escola, é possível garantir que há uma avó gorda e desmazelada bebendo cidra e brigando com os vizinhos.

— Meu Deus! — exclama Kirsty novamente, lembrando-se de sua avó materna muito asseada: vasos de cerâmica alinhados no peitoril da janela; não havia uma partícula de poeira em nenhum lugar. A avó provavelmente pensa (pensava? — Kirsty não tem ideia de quais membros de sua família ainda estão vivos) que o problema era decorrente de sua filha ter andado em más companhias. Ela certamente não tinha percebido que havia uma conexão entre sua respeitável rigidez religiosa e os netos sujos e ladrões que invadiram a fazenda de porcos de Ben Walker. — Você está dizendo que isso é genético, então?

— Bem, você não pode negar que isso acontece nas famílias.

Kirsty, de repente, se lembra de que havia mostarda na cozinha e pede licença para ir buscá-la. Ela não consegue ouvir mais nada por enquanto.

11h da manhã

— Não! Fora!

Bel olha para cima, esperando ver um cão que tinha entrado na loja. Uma menina da sua idade está na porta. Mais baixa do que ela, com um olhar de ressentimento no rosto.

A senhora Stroud sai de trás do balcão e avança, acenando com a mão.

— Fora! — diz, com raiva.

— Ah, mas por quê? — argumenta a menina. — Eu só queria um Kit Kat.

— Eu sei muito bem o que você quer! Saia daqui, já!

A garota é carnuda, mas, de certa forma, desnutrida. Usa uma saia desbotada vermelha com bolinhas brancas, logo acima dos joelhos, e uma blusa listrada. Orelhas furadas, das quais pende um par de argolas douradas de baixo quilate. O cabelo castanho, um pouco oleoso, tinha sido mal cortado com uma tesoura de cozinha, na altura do queixo.

Bel continua escolhendo suas coisas, enquanto a cena se desenrola. Tenta não olhar como se estivesse curiosa, mas não consegue disfarçar direito.

— Não, espere, veja! — explica a menina, abrindo a palma da mão para mostrar uma moeda de vinte centavos. Com certeza o suficiente para um Kit Kat e, provavelmente, algumas frutas também. — Eu tenho dinheiro!

— É mesmo? — duvida a mulher, que tinha chegado até a porta e a segurava. — E onde é que você conseguiu isso?

A menina está pálida.

— Vamos! Fora! Você sabe muito bem que Walkers não são bem-vindos aqui.

Ah!, *entende Bel.* Ela é uma Walker.

Na verdade, ela nunca tinha visto um membro da família Walker de perto, além da mãe obesa de cabelos desarrumados que ocasionalmente empurrava um carrinho de bebê vazio até o ponto de ônibus. Mas toda a vizinhança sabe quem são eles.

— Ah, vai! — tenta a menina novamente.

— Não! Fora!

A menina Walker vira as costas e sai da loja.

A senhora Stroud bate a porta atrás dela com força suficiente para que o badalar dos sinos permaneça no ar durante três segundos completos. Em seguida, caminha de volta até se posicionar atrás do balcão, empoleirando-se em seu banquinho, e recomeça a folhear um volume da revista Histórias Verdadeiras da Vida, *que ainda não está à venda.*

— E a sua mãe e o seu pai? — questiona ela, de repente.

— Padrasto! — corrige Bel.

— Tanto faz.

Ela é uma mulher perversa, mesmo sem um Walker em sua loja para irritá-la. Gosta de descrever o lugar como "o coração da vila", o que significa que é o lugar onde a maioria da malícia local e dos boatos é coletada e divulgada. E ela sabe que, como dona da única loja na vizinhança, tem um público que precisa mantê-la de bom humor e tolerar seus excessos desagradáveis, pelo amor da conveniência.

— Na Malásia — diz Bel.

— Malásia? Como assim? Estão de férias?

Bel solta uns grunhidos.

— E então? Levaram a sua irmã, não é?

Bel suspira.

— Sim! Meia-irmã.

— Fico surpresa por não levarem você!

A afirmação é proposital, bem afiada. Como ela adora uma oportunidade de provocar uma criança!

Bel sente uma pontada de irritação.

— Sim, pois é — aproveita —, mas não creio que fizeram isso pensando na senhora.

A senhora Stroud se ofende. Ofensa é a sua posição de negligência.

— Nossa! Não há necessidade de falar assim!

Bel não responde mais nada. A senhora Stroud lambe a ponta dos dedos e vira algumas páginas, ruidosamente.

— Posso proibi-la de entrar aqui tão facilmente como posso proibir um Walker! — explode ela. — Não pense que só porque mora em uma mansão fará alguma diferença!

De costas, Bel revira os olhos. Ela se vira para observar a loja e dar à velha um largo sorriso.

— Desculpe, senhora Stroud — diz, com a voz cheia de maciez e doçura.

— Está certo, menina. Não creio que seu pai gostaria de ouvi-la falar assim com um adulto.

— Padrasto — corrige Bel.

— Tanto faz — continua a senhora Stroud, apoiando o queixo sobre a mão e olhando para a sua revista.

Bel olha enviesado para ela. Vira as costas e coloca a bolsa na transversal da prateleira para cobrir os movimentos da própria mão. Pega um pacote de wafer e o coloca na cesta. Em seguida, rápida e sorrateiramente, pega um Kit Kat com os quatro dedos e o coloca dentro da bolsa.

— Quanto custa o Confeti? — pergunta, com ar casual.

— Duas libras — responde a senhora Stroud, sem olhar para ela.

— Duas libras? Custa um centavo a menos na loja do Great Barrow.

Meu Deus, a senhora Stroud sabe como tirar o último centavo das pessoas jovens demais para dirigir um carro.

Bel escolhe um branco e um preto e os coloca na cesta, dirigindo-se, até o balcão para pagar as compras. O Kit Kat parece produzir um intenso calor através das divisórias de sua bolsa. Ela tem o dinheiro para pagar por ele, mas a questão não é essa.

Lá fora, no silêncio da vizinhança — muito cedo para os adolescentes, os adultos no trabalho ou ocupados longe de suas casas —, ela encontra a menina Walker sentada no banco, nitidamente triste e contrariada. Ela se senta ao lado dela.

— Oi — arrisca.

A menina ignora.

Bel mexe na bolsa — não há muita coisa lá dentro — até que os dedos alcançam o Kit Kat furtado. Ela o retira e o oferece.

— Que foi?

— Eu trouxe isso.

A menina parece desconfiada. Olha fixamente para Bel.

— Por quê?

— Não importa. Você quer ou não?

— Quanto é? — questiona ela, em sincera dúvida.

— Não seja boba!

— Eu tenho dinheiro — contesta de forma agressiva —, não preciso de caridade!

— Certo! Mas eu não paguei por ele.

A menina olha atordoada. Em seguida, admirada. E, então, curiosa.

— Vaca idiota! — diz Bel.

A menina ri.

— Sim, vaca idiota!

Ela pega o chocolate, encontra o local próprio para abrir a embalagem e prende os dedos na sua beirada, rasgando-a.

— Você quer um pedaço? — pergunta sem entusiasmo. Oferecer coisas a outra pessoa é difícil para ela, afinal, não tinha muitas chances de praticar.

— Não, obrigada — responde Bel alegremente, mostrando-lhe o saco de papel com os doces —, estou bem.

A menina se sente aliviada, mas não diz nada. As duas ficam ali sentadas, calmamente, durante algum tempo, no sol escaldante, saboreando os prazeres combinados do açúcar e das férias de verão.

— Meu nome é Jade — diz a menina, por fim.

— O meu é Bel.

Capítulo Onze

Martin tenta falar com Jackie novamente. Ele ligava todos os dias e todas as noites, desde que ela desaparecera naquele táxi. Tem certeza de que, uma hora, ela vai atender, e, se não o fizer, retornará e esperará até que ela volte para casa.

Ele gasta algumas horas pesquisando sobre Kirsty Lindsay, a jornalista que tentara conversar com ele na praia. Uma parte dele espera descobrir que a mulher apenas fingia ser uma jornalista — afinal, nunca tinha ouvido falar dela, além de parecer muito pouco profissional, pela forma que o abordara, sem se identificar —, mas, para sua surpresa, descobre que ela existe e que, de fato, tem dezenas de matérias publicadas.

Busca no Google as suas principais reportagens, enquanto espera que Jackie o atenda. Ele sabe que seu telefone está funcionando, pois tinha ligado ao segui-la pela Fore Street; ouviu quando o aparelho tocou em seu bolso e a viu retirá-lo de lá para checar quem era.

É só uma questão de tempo até que ela atenda, todas as mulheres querem um homem fiel. Elas dizem isso o tempo todo. Pois bem, se ela quer alguém fiel, vou lhe mostrar fidelidade. Não importa quanto tempo isso leve.

O telefone toca novamente, e de novo, e de novo.

Ele se pergunta se a caixa postal foi desativada.

Pensa sobre os jornalistas enquanto lê. Sobre os atos intrusivos deles, as hipóteses, a forma como conseguem abalar as estruturas com uma única frase. As matérias dos mercenários representam apenas a ponta do iceberg, na verdade. Lindsay não parece muito pior, nem muito melhor, que o resto deles. Ela não parece ter qualquer conhecimento especializado, ou cobrir eventuais assuntos específicos, além do usual da maioria, que escrevia sobre o que acontecia no sudeste. Mas ela certamente tem opiniões. Muitas.

Ele liga para Jackie. Depois que ela saiu em um táxi, Martin aguardou até escurecer, até todas as luzes estarem acesas em seu prédio e as portas, bem trancadas, e então foi embora. Ele não desiste facilmente, mas também não é tolo. Ela saíra por uma noite. Será que já tinha um novo homem? Será que o substituiu assim, tão facilmente? Não. Não pode ser. Ele tinha acompanhado o suficiente a rotina dela para saber que não estava namorando.

Senta-se com o telefone entre os joelhos e os olhos fixos no rádio-relógio: 10h45 — hora do noticiário. Ele telefonará mais uma vez, em seguida assistirá ao programa até o final e, então, tentará ligar novamente. Uma hora ela vai atender.

Continua a busca sobre as matérias de Lindsay, enquanto o noticiário passa na televisão. Percebe, entretanto, que Kristy não segue um padrão. Em algumas poucas matérias, parece fazer um bom trabalho e apenas relatar uma notícia real, enquanto que, em grande parte delas, mostra-se parcial, inserindo-se nos artigos, exibindo atitudes partidárias e ainda fazendo piadas. E esses artigos têm a foto dela.

— Pouco profissional — resmunga, enquanto clica no mouse.

O modo como ela invade e expõe e pensa que está certa, que está sendo irreverente em suas matérias. Talvez eu devesse fazer jornalismo. Talvez devesse começar por expô-la.

Jackie ainda não tinha atendido. Ele coloca o telefone no viva-voz e na rediscagem automática e continua sua pesquisa sobre Kirsty Lindsay. Ela não tem uma página na Wikipédia. Não há nada sobre ela anterior 1999. Formou-se na Open University em 1998 e, desde então, um lento gotejar de matérias de um jornal local em Midlands. Continua a procurar. Tenta Facebook, MySpace, Friends Reunited, Genes Reunited. Ela não tem perfil em nenhum deles. Nada em relação a qualquer escola, reuniões, parentes; claramente nunca ganhou nenhum prêmio, nunca se sobressaiu de alguma forma e ninguém dava a mínima por ela.

De repente, percebe uma voz vindo do celular.

Ela atendeu!

Agarra o aparelho e o coloca junto ao ouvido.

— Alô?

Uma voz de mulher, fria e seca, pergunta desconfiada:

— Quem é?

— Quem *está falando*? — pergunta ele.

— Com quem você quer falar?

— Jackie. Jackie Jacobs. Disquei errado?

Uma pausa.

— Quem está falando?

— Martin.

— Martin de quê?

— Martin Bagshawe.

Ele ouve a respiração da mulher. A voz é levemente familiar. Parece com a de alguém que conhecia. Não muito bem, mas, na verdade, ele não conhece ninguém muito bem.

— OK, Martin — diz ela, calmamente —, preciso que você me ouça com atenção.

Uma onda de adrenalina o deixa zonzo.

Ela está morta. Algo aconteceu com ela.

— Jackie está bem? O que aconteceu?

— Ela está bem — responde a mulher, bruscamente. — E, Martin, em resposta à sua pergunta, *você é* o que aconteceu.

A voz dela muda, como se lesse um roteiro preparado antecipadamente, escrito em um pedaço de papel.

— Ouça, Martin, você precisa entender que Jackie não é sua namorada. Nem é sua amiga. Na verdade, ela acha o seu comportamento agressivo e assustador.

— Eu...

Ele tenta começar a protestar, mas ela o ignora.

— Martin, quero que você ouça com muita atenção. Jackie não quer nada com você. Tudo isso que você anda fazendo, seguindo-a e espionando-a, é assédio. Não é uma demonstração de devoção e não irá convencê-la a mudar de ideia. Você precisa parar com isso, agora!

Quem é essa mulher?, pensa Martin, ainda reconhecendo a voz, mas sem a associar a um rosto. *Essa voz é irritantemente familiar.*

Agora ele ouve a própria respiração, acelerada.

— Eu não sei quem é você...

— Não importa quem eu sou. Tudo o que você precisa saber é que Jackie está em um lugar seguro e quer que você a deixe em paz.

— Lugar seguro...? O que você...

— Você me ouviu, Martin. E estou dizendo novamente agora, você foi advertido para que ouça bem o que estou dizendo. Você tem que deixar Jackie em paz. Você precisa parar!

— Se Jackie quer mesmo isso... — afirma ele, de repente com raiva —, ela mesma pode me dizer. Quem é você? Quem é você para lhe dizer o que fazer?

— Não! Ela não falará com você ao telefone! E vou desligar agora, Martin. E, assim que eu fizer isso, você não irá discar este número novamente. Você não irá ligar, nem mandar qualquer tipo de mensagem para este número. Não irá mais até a casa dela, nem ao seu local de trabalho, e não irá mais segui-la na rua. Você entendeu? Porque, se você fizer qualquer uma dessas coisas, nós chamaremos a polícia! Entendeu?

Ele mal consegue articular. Seus lábios estão frios e dormentes, há um nó na garganta.

— Sim... — resmunga.

Quem quer que seja aquela mulher, ela não irá ouvir a voz da razão. Ela está com a Jackie e irá destruir tudo, distorcer os fatos até que fiquem irreconhecíveis. Ele não discutiria com ela. Com pessoas assim, não vale a pena desperdiçar nem mesmo a respiração.

A ligação foi finalizada.

Ele disca de novo.

Cai direto na voz robótica feminina, informando que a caixa postal havia sido desativada.

Suas mãos tremem.

Capítulo Doze

Ele é um jovem arrogante. Kirsty pode afirmar isso pela sua insolência, pela curva imperiosa dos seus lábios, pela maneira que usa o chapéu ligeiramente inclinado para o lado, como se quisesse se diferenciar dos demais. Pela forma que carrega seu cassetete exposto ao patrulhar e bate com ele na palma da mão, para cima e para baixo, ritmicamente, pela forma com que olha para as mulheres com uma expressão situada em algum lugar entre um sorriso e um olhar malicioso. Há poucos deles em cada cidade. Ele a lembra de seu irmão, Darren: o ar sensual, um quê de predador; um jovem desagradável, mas ele pode ser bastante útil.

Ela não vê a hora de acabar com aquilo. Quer chegar em casa e resolver as coisas com Jim. E ainda tem os resquícios da ressaca de dois dias. Kirsty quer estar à mesa da sala de jantar, que dá o dobro da mesa do seu escritório, de volta em Farnham, com uma xícara de café, o laptop aberto e seu marido apático. E ela estará, em breve. Só precisa se misturar, como o resto da imprensa, com os primeiros visitantes que retornam para Funnland, e logo estará fora dali. Tem 1500 palavras para apresentar na hora do almoço de amanhã e ainda precisa redigir o texto.

A fila segue adiante. Acha engraçado perceber que diversos colegas também se misturam de forma oculta entre os civis, na esperança de conseguir algumas citações importantes, sem permissão, ignorando uns aos outros, embora todos fossem confraternizar, juntos, algumas horas depois. Stan serpenteia pela rua, parecendo sofrer da mesma ressaca que ela.

O proprietário da White Horse provavelmente passará o resto do verão viajando. Poucos consumidores de bebidas gastam tanto quanto um jornalista a trabalho.

Ele passa pela fila e vai direto até ela.

— Desculpe — diz em voz alta, para informar às pessoas de trás da fila —, leva séculos para encontrar uma vaga no estacionamento.

Enfia-se ao lado dela e sussurra.

— Claro que isso não tem nada a ver com a fila.

— Tem a ver com você ser malandro?

Deslizando os óculos pelo nariz, pisca para ela por sobre as lentes.

— Não entendi qual é a relação.

Ele oferece uma bala de menta extraforte e conversam amigavelmente.

— Chegou bem na outra noite? — pergunta ela.

— Acho que sou eu quem deveria perguntar isso. Você parecia flutuar, tão suave como folhas ao vento. Tanto que imaginei que pudesse seguir voando pelo caminho. E como *estava* seu quarto depois que fugiu do estripador?

— Agradeço o comentário gentil! Foi ótimo. Tinha uma pia no canto para vomitar. Mas te digo uma coisa, deixei um cheiro tão ruim em casa que deveria usar um cordão de isolamento. Esqueci completamente que tínhamos alguns convidados da cidade para jantar e que precisávamos convencê-los a conseguir um trabalho para Jim.

— Xi!

— E eu estava tão bêbada que realmente vomitei.

— Não na mesa, espero... — diverte-se Stan.

Ela ri.

— Nós ainda vamos torná-la uma profissional, minha menina.

— Sei, mas não creio que possamos chamá-lo de estripador. Que tal estrangulador? Não lhe parece mais adequado?

Seu rosto assume um olhar contemplativo.

— O estrangulador de Whitmouth. O que me diz da sonoridade?

— O estrangulador de Seaside?

— Muito bom! Gostei! Encontrei uma coisa que se assemelhava a sangue seco na minha colcha. Isso não parece muito propício em uma boa noite de sono.

— Os pernilongos estão dominando o mundo, sabia?

— Pelo amor de Deus! Estou praticamente dormindo em acampamento todos os dias. Quase nunca vou para casa.

— Então você poderia ir à beira-mar todos os dias — conclui Kirsty.

— Ah, isso não seria lindo? Devo admitir que estou gostando desse pequeno interlúdio.

— Eu também. É como estar de férias. Você vai andar na montanha-russa?

— Não perderia por nada neste mundo. E você?

— Ainda estou me sentindo meio mal, acho que vou perder essa emoção.

— Amadores! — generaliza Stan, balançando a cabeça. — Como está a sua matéria? Já está escrevendo?

Kirsty encolhe os ombros.

— Ah, sabe como é. Sempre é preciso encontrar tudo o que seu editor deseja que você encontre. Se Jack quer o "Inferno de Dante", então, é isso que lhe darei.

— É por isso que virei jornalista — afirma Stan, em concordância —, o primeiro requisito implacável para o equilíbrio. Jack não gosta de zombar dos proletários, não é?

— Isso foi um pouco maldoso. Você já viu o que o *Guardian* disse?

— Bem, trata-se do *Guardian*. Ou é isso, ou eles terão que encontrar uma razão para culpar Israel — conclui ele. — E, então, como foi a conferência de imprensa?

— Ah, meu Deus! Eu não fui! Achei que *você* iria!

— Ah! Bom, tudo bem. É tudo a mesma porcaria de sempre! Você estará em casa hoje à noite?

Ela assente.

— Espero que ele não tenha trocado as fechaduras. Pegarei a estrada assim que terminar aqui. Mal posso esperar.

Kirsty nota o olhar da mulher atrás dela, aquela peculiaridade britânica de esnobismo, e se corrige, em voz alta.

— Detesto essas noites fora de casa — diz para Stan, enquanto olha a mulher nos olhos —, não importa o lugar. Sinto tanta falta da minha família!

Stan concorda.

— É verdade! Lembro-me bem dos dias em que eu tinha uma família para sentir falta.

Jim telefona assim que os portões do parque se abrem.

— Ei... — atende Kirsty. — Tudo bem?

— Na verdade, eu queria saber como você está. Nem disse tchau ao sair.

— Mmm. Não sabia se deveria falar algo.

— Entendo... Como você *é* boba, não?

Ela sente um alívio. Se ele voltara a insultá-la, significava que tinha superado.

— Concordo e compreendo.

— Guarde sua compreensão para o juiz Você consegue chegar em casa hoje?

— Confie em mim! Só tomei uma garrafa e meia de vinho. Posso dirigir de olhos vendados.

Eles riem.

A fila vai chegando mais perto do portão e ela segura o telefone com o queixo para mexer na carteira. O desagradável guarda tinha mudado de lugar e se posicionara no quiosque de entrada, sorrindo para as pessoas que por ali passavam, como se soubesse um segredo sujo de cada uma delas.

— OK. Vejo você mais tarde. Ah, e Kirsty...

— O quê?

— Senti sua falta quando você partiu e não disse tchau esta manhã. Não faça isso de novo, ok?

Aquelas palavras a envolvem como um cobertor quente.

— OK, Jim, vou me lembrar de não repetir o erro.

Quem quer andar naqueles carrinhos bate-bate às 10h30 da manhã? Na verdade, há uma fila para eles, embora, talvez, isso represente mais um reflexo do fato de metade das atrações e barracas ainda não estar funcionando, do que qualquer desejo em particular. Há um homem surpreendentemente atraente coordenando, de cabelos escuros e um ar felino. Ele é impecável e não usa brincos ou piercings, nenhum sinal das tatuagens normalmente encontradas nas pessoas que trabalham neste tipo de lugar. Passa pela cabeça de Kirsty como alguém tão bonito acabou em um emprego como aquele, em vez de trabalhar em alguma agência de modelos, e ela segue adiante.

A maioria dos outros repórteres faz um caminho mais curto até os escritórios, esperando que Suzanne Oddie esteja por ali. Kirsty para, de repente, enquanto Stan perambula rumo ao café, observando-o se sentar estrategicamente em uma das mesas externas. Apesar de sempre parecer que Stan não está trabalhando, ele é o único que realmente sente o cheiro da notícia. Valendo-se do fato de que todos acreditam que os homens retornam à inocência infantil quando os cabelos ficam grisalhos, ele consegue tirar informações das garçonetes de uma forma que ela jamais conseguiria.

Outro guarda assume o posto do lado de fora da entrada da Casa dos Espelhos, onde o corpo foi encontrado. Ele conversa com um jornalista do *Star*, cujos braços estão cruzados firmemente sobre o peito e a cabeça se move devagar e com firmeza de um lado para outro, analisando, é claro. Por respeito, o lugar se encontra fechado. A equipe de investigação já tinha saído de lá, mas ninguém poderia entrar.

Ninguém, exceto Kirsty.

Ela encontra o guarda arrogante do portão da frente bebendo uma lata de Fanta atrás da xícara maluca. Agora sim, um homem tatuado. Não chega a ter as palavras amor e ódio tatuadas nos dedos, mas um pedaço de uma teia de aranha aparece na nuca, logo acima do colarinho.

Ela para ao lado dele.

— Oi.

Ele abaixa a lata e olha para ela. O homem se parece um pouco com um Whippet, exceto pelos pequenos e lacrimejantes olhos azuis.

— Aposto que você está feliz por voltar ao trabalho — afirma ela, com entusiasmo.

Ele a olha de cima a baixo, mais uma vez, e em seguida se dá conta.

— Certo, você é uma jornalista!

— Sim — concorda ela, estendendo a mão. — Kirsty Lindsay!

Ele a aperta fracamente, como ela esperava.

— E você é?

— Jason — afirma ele, hesitante.

— Oi, Jason — cumprimenta, tirando a carteira da bolsa. — Aposto que você tem as chaves de todos os lugares daqui, não é?

Ela o encontra na parte de trás do café. Ele não quer correr o risco de ser visto andando por aí ao lado dela. Há uma porta pelos fundos que leva até um beco, onde se localiza um depósito. O beco passa entre a cerca do perímetro e a parte traseira de uma série de barracas e atrações: a velha conhecida Barraca de Argolas, a Galeria de Tiro, a

Câmara do Riso, a Experiência da NASA, o Passeio Fantasma, a Casa dos Horrores e a Casa dos Espelhos — *Innfinnityland.*

À primeira vista, o corredor parece repleto de cadáveres. Corpos nus, mortos. Kirsty sente um arrepio de horror percorrendo-lhe a espinha antes de perceber que se trata apenas de refugos dos bonecos de cera, jogados de qualquer maneira, apodrecendo ao sereno.

Jason emerge entre a Galeria de Tiro e o Passeio Fantasma. Ele olha com safadeza e satisfação, na mesma medida. Enganar os chefes é, para ele, tão importante quanto os vinte mangos que ardem em seu bolso. Ele acena com um movimento de cabeça e caminha em direção à parte de trás da Casa dos Espelhos. Ela se apressa para alcançá-lo. Agora que se encontra na parte dos fundos, onde ninguém se preocupa com a pintura e a estrutura externa aparente, percebe que as atrações são montadas sobre bangalôs velhos: pedaços de fita isolante onde o revestimento se soltara, amarras feitas com arames escuros, improvisados, unindo a barraca junto da cerca.

— Cinco minutos. É tudo que você tem.

— É tudo de que preciso.

Ela quer conseguir algumas fotos, sentir um pouco a atmosfera, só isso, mais nada. Não vai demorar muito. Pode inventar qualquer outra coisa que não conseguir lembrar. Além disso, ninguém entrará ali para contradizê-la.

— E eu não tenho nada a ver com isso. Se aparecer alguém, eu estava ali para tirá-la do local, certo?

— Claro! Agradeço a ajuda.

Ele resmunga e para junto a alguns degraus metálicos.

— OK, é aqui em cima.

Ela sobe, colocando a mão no corrimão tubular. Jason corre para longe.

Quando chega à metade do caminho, a porta no topo da escada se abre. Ela congela. Não há para onde correr. Será pega no flagra.

Uma mulher aparece. Alta, cabelo loiro tingido, curto, um cabelo prático, pele que já teve dias melhores, luvas de borracha nas mãos e um balde cheio de materiais de limpeza pendurado no braço, uma grande pinta negra na beira dos lábios. Ela continua ali parada, olhando intrigada.

— Posso ajudá-la?

— Eu estava apenas...

Kirsty tenta encontrar uma desculpa. Droga! Vinte mangos jogados fora!

— Este local está fechado, o que está fazendo aqui? Você não deveria estar aqui.

— Eu só...

Que inferno! Estou aqui agora. O que poderão fazer? Prender-me? Ela usa sua feição mais persuasivamente simpática, um rosto conspiratório.

— Eu só queria dar uma olhada aqui, será que você poderia...? Apenas por um momento? — A mulher olha como se ela tivesse saído de um esconderijo. *Ela me parece familiar*, pensa Kirsty. *Por que ela me parece tão familiar?* Kirsty lhe abre um sorriso agradável. Tenta lembrar se havia mais vinte mangos em sua carteira. — Por favor, só por um minuto.

Ela franze as sobrancelhas. A mulher grita na direção do beco, em busca do segurança.

— Jason! Há uma pessoa perdida aqui!

Kirsty vê Jason voltando relutantemente até lá. Ela tinha apenas alguns segundos para fazer seu último apelo.

— Ora... vamos... Seja bacana, não vou fazer mal a ninguém.

— Meu Deus! Vocês me dão nojo. Sério! Será que não conseguem perceber? Tinha uma garota *morta* aqui! Não era um filme. Uma menina! Uma doce criança que respirava e ria como qualquer outra. Ela estava viva, e agora está morta, e seus familiares e os funcionários do parque estão *devastados*...

A voz da mulher para no meio da frase e Kirsty exala um suspiro, como se alguém lhe desse um soco, atingindo seu plexo solar.

Ela olha para o rosto da mulher e vê que ela ficara pálida, com os olhos esbugalhados, o queixo caído, exibindo os dentes salientes.

— O quê?

— Não... — reclama a mulher. — Não, não, não. Merda, não! Não! Você não pode ficar aqui! Você não pode! Merda! Você tem que ir! Saia daqui! — Ela segura na beira da grade, como se tivesse perdido todas as forças e não conseguisse nem ficar de pé. — Ah, Jesus Cristo! — continua ela, quase chorando. — Ah, meu Deus! Ah, Jesus Cristo, por favor, não! Jade, vá embora! Você tem que sair daqui, *agora*!

Capítulo Treze

Agora Amber entende o significado de o sangue subir à cabeça. Ela sente uma pressão dentro do crânio, a ponto de ficar com medo de que ele quebre tal qual uma casca de ovo. Sente o bater do seu coração — tum, tum, tum — como se as forças a abandonassem, vendo a escuridão rastejando às margens de seu campo de visão. Isso não pode estar acontecendo. Não pode! Sessenta milhões de pessoas no país, quais são as chances de ela estar... justamente ali?

Jade, ao ouvir Amber dizer seu nome, sente-se envolta pelos mesmos fenômenos físicos que afligiam a outra mulher. Fica zonza, cambaleante no limite. Ela olha para Amber como se visse um fantasma. E, de certa forma, viu. Ambas tinham sido mortas há décadas. Annabel Oldacre e Jade Walker, para todos os efeitos e propósitos, deixaram de existir quando desapareceram no sistema. Não era seguro para elas manter os nomes na detenção, quando ainda eram, teórica e presumidamente, inocentes. Elas nunca recebiam visitas, mas seus colegas arruaceiros, sim e, mesmo naquela época, já se pagava dinheiro suficiente para histórias do interior virarem notícia. Especialmente histórias de Meninas Malvadas e seus Maus Comportamentos

Jason Murphy, o pequeno chacal, marido de Maria, aproxima-se, lentamente e com má vontade.

— Bel...

Amber treme. Ela não ouvia o seu nome proferido daquela forma há décadas. Não era mais aquela garota. Tudo a seu respeito tinha sido alterado. Só a constância pode lhe manter a mesma pessoa, e ela era Amber Gordon por quase tanto tempo quanto conseguia se lembrar.

— Por favor — implora novamente Amber —, você tem que ir embora daqui.

Meu Deus. Jade parece dez anos mais jovem do que eu.

Ela sente uma onda de ressentimento ao olhar aquela mulher. Cabelo bem cortado — não vistoso, mas cada fio em seu lugar — sutilmente realçado, brilhante, pele sem rugas, roupas não chamativas ou caras, mas claramente também não tinham sido compradas no supermercado. No entanto, suas botas de couro pretas são elegantes. Não há esse tipo de couro por ali.

O encarceramento lhe fez bem, então!

Ela olha para cima. Jason Murphy está a poucos metros de distância agora, à espreita, com aquele jeito astuto. Será que ele percebera que algo estava acontecendo? Algo além do que ele esperava? Ela sempre suspeitou que a indiferença premeditada de Jason com o mundo escondia olhos bem atentos, dependendo da situação — desde que essa situação lhe oferecesse uma oportunidade.

Ela chega bem perto de Jade.

— Essa área não é permitida — diz com firmeza —, mesmo que a situação fosse diferente, você, ainda assim, não deveria entrar aqui. Só os funcionários podem entrar aqui.

Jade ainda não recuperara a voz.

Amber vai até o beco, acena com a cabeça para Jason.

— Não sei como ela chegou até aqui e não vou perguntar. Apenas a tire daqui.

Jason avança e segura o braço de Jade, que salta, como se estivesse em uma emboscada, retirando o braço de sua mão como se queimasse.

— Vamos — ordena Jason. — Não crie problemas.

Ela se vira para trás, olha para Amber, os olhos arregalados.

— Bel... — profere, novamente.

Amber finge ignorá-la. Aquele nome, cada vez que o ouve, faz com que ela estremeça.

Pare com isso. Pare com isso. Você quer que eles descubram tudo? Quer? Você quer multidões à sua porta, quer merda em sua caixa de correio?

Ela se afasta e volta para junto da porta.

Uma vez em segurança, Amber consegue dobrar os joelhos. Ela despenca contra a parede espelhada, desliza até o chão e olha para o próprio reflexo branco-acinzentado. Suas mãos e seus pés estão frios.

— Puxa vida, que pena! — diz Jason, soltando o braço de Kirsty, no momento em que percebe que estavam sozinhos. — Que falta de sorte!

Ela se prepara para travar uma luta, caso ela peça o dinheiro de volta, mas a moça parece estranhamente distraída, seguindo-o como um zumbi. Na verdade, Jason não entendeu o que acabou de ver, mas sabia que se tratava de algo mais do que apenas ter sido pega no flagra. Podia jurar que viu algo se passar entre aquelas duas mulheres, até mesmo a possibilidade de elas se conhecerem. Talvez esteja errado. Esta mulher é pequena e magra e não seria páreo para Amber Gordon: talvez só tenha ficado com medo ao vê-la.

A maioria das pessoas ficaria, pensa ele, rindo por dentro.

Aquela mulher tinha um rosto tão sombrio agora que poderia ser convocada para o elenco de *O Senhor dos Anéis*, assim, sem maquiagem, mesmo que não tivesse aquela pinta enorme no lábio superior. Só Deus sabe o que Vic Cantrell vê nela. Deve ser algum tipo de coisa de mãe, pois, com certeza, não é algo relacionado a sexo. Não depois das noites que ele e Vic tinham passado, rondando pelas boates, transando e se divertindo nos finais de semana.

Um dia, ainda vou perguntar ao Vic se Amber sabe por onde ele anda enquanto ela está no trabalho. Talvez ela deixe. Talvez ache que é a única maneira de mantê-lo ao seu lado.

O silêncio da jornalista é desconcertante. Ela parece uma sombra estranha e cinza, segurando a alça da bolsa como um cobertor.

— Está tudo bem — tenta tranquilizá-la à medida que chegam ao parque —, ela não vai contar nada a ninguém. Nem mesmo vai se lembrar de quem você era.

Kirsty engole em seco. Ela olha para ele com olhos enormes, como se só agora notasse que ele estava lá, e segue tropeçando em direção ao café.

Jason percebe que Vic os observa enquanto dirige um carrinho bate-bate, segurando o volante com apenas uma mão. Ele os nota saindo do beco e parece curioso. Jason pisca para ele e, atrás da mulher que se afasta, finge segurá-la pelos quadris, impulsionando a virilha, como em um ato sexual. Vic ri, mostrando o polegar para cima. Em seguida, acerta acrobaticamente a parte de trás de um carrinho para dar emoção às meninas.

Ela quer um café forte. Suas mãos estão tremendo e, apesar do que as notícias sobre saúde afirmam, acha que a cafeína irá acalmá-la. Mas é claro que o café de Funnland não tem um único grão depois de passar pelos dezoito processos de fabricação. Ela enche o copo com creme, esvazia três sachês de açúcar por cima e anda até um banco. Olha o relógio. Surpreende-se ao perceber que apenas 15 minutos tinham se passado desde que falara com Jim.

O parque está lotado. Os brinquedos para crianças funcionam a todo vapor e a primeira troca de fraldas acontece na mesa de madeira ao lado dela. Ela percebe que ainda está tremendo. Tira a tampa do café, o bebe e queima a boca. Esquecera que o instantâneo é muito mais quente. Pensa nas mudanças que ocorreram em sua vida desde que viu Bel Oldacre pela última vez: ela tinha se tornado membro da classe balsâmica de bebedores-de-expressos e comedores-de-pesto. De volta para casa — para o tempo que ela prefere pensar como "*antes*" —, quando uma refeição era composta de chá preto e pão branco com geleia, batatas e espaguete e, ocasionalmente, um excesso composto de carne de porco, quando seu pai usava a espingarda no celeiro de ferro corrugado Nissen, que funcionava como chiqueiro. Um lugar como esse parecia um paraíso inatingível, um lugar para ver na televisão e visitar nos sonhos.

Será que era realmente Bel? Será? Como isso poderia ter acontecido? Debaixo daquela pele surrada pelo tempo, o cabelo pintado e a roupa de poliéster manchada? Meu Deus. Ela está do jeito que eu deveria estar.

Kirsty não acha que ela a teria reconhecido, da mesma forma que não reconheceria a si mesma. Embora não se surpreenda que ninguém tivesse removido aquela pinta — tão reconhecível, tão discutível — do rosto de Bel quando determinaram a sua nova identidade. Acredita que aquela criança que ela sempre foi ainda é reconhecível em seu rosto, com ou sem pinta, e então se dá conta. O pensamento a assusta. Bel permanecera em sua mente, dos 11 anos até agora. Ela mal se lembra dela, verdade seja dita, está mais familiarizada com as características daquelas malditas fotos escolares, as que são tiradas do armário sempre que há um aniversário, quando outra criança ganha a alcunha de indescritível. Elas só se conheceram por um dia. E depois se viram, de pé e em silêncio, lado a lado no banco dos réus, apenas olhando uma para a outra, exceto quando uma ou outra estava testemunhando. Não era como se fossem melhores amigas. Ou mesmo colegas.

Mas aqui estão elas, os nomes intimamente ligados nas mentes do mundo. Era proibido, por lei, que, alguma vez, uma visse a outra novamente, enquanto vivessem. Venables e Thompson; Mary e Bell; Walker e Oldacre — no tempo anterior à que a Custódia de Crianças os tirasse de circulação pública. Os nomes dos assassinos de crianças eram tão conhecidos — muitas vezes, até mais — quanto os nomes de suas vítimas. Se ela citasse seus nomes em um jantar, a maioria dos convidados iria demonstrar conhecimento de causa. "Chloe Francis?" Eles provavelmente saberiam de imediato.

Sua boca está seca como o deserto. Ela levanta a cabeça, olha para cima e força um pouco mais do líquido escaldante por entre os lábios, segurando-o em sua língua e respirando fundo, para resfriá-lo.

— É uma condição para a sua condicional, Kirsty — diz a si mesma.

Ninguém ao seu redor imagina que pode haver algo como uma ordem de prisão preventiva em seu nome, mas, na verdade, há.

Para o resto de suas vidas. Vocês não podem se ver, ou se falar, ou ter contato, uma com a outra, nunca mais.

Como se ela quisesse.

Ah, mas eu quero!, grita uma voz pequena, com raiva, por dentro. *Eu quero. Mais do que tudo. Mais do que qualquer coisa na face da terra. Ela é a única que sabe. A única que sabe como me sinto. A única que representa o outro eu no mundo. Há 25 anos eu tenho aguentado isso, vivendo com a minha culpa, dominando a arte da dissimulação. Vinte e cinco anos sem família, mentindo para os amigos que fiz, mentindo para Jim, mentindo para os meus filhos. Como olhariam para mim, se soubessem? Ele é um homem que sabe perdoar. Mas ainda me amaria se soubesse que tinha casado com a criança mais odiada da Grã-Bretanha?*

Bel Oldacre. Kirsty nem mesmo sabe qual é o seu novo nome.

Está chovendo no momento em que Amber cria coragem de sair. Ela tinha ficado escondida durante horas: primeiro no labirinto de espelhos vazio, depois em seu escritório, entre os arquivos e caixas, até que o turno da tarde acabasse. Com medo de sair, com medo de mostrar seu rosto em público no parque. Lá fora, o barulho da montanha-russa, os gritos dos seus passageiros; dentro dela, o grito silencioso ressoa em seus ouvidos.

Então, assim que começa a tempestade de verão inglesa, os sons findam e a música de cada atração é desligada. Não vale a pena manter os brinquedos funcionando, pois a multidão se dispersa assim que a chuva começa. Se alguém insiste em ficar, recebe um reembolso, ou lhe é oferecida uma entrada gratuita para outro dia. A maioria das pessoas nem sequer pensa em perguntar, apenas sai correndo com os filhos chorosos para debaixo das marquises rumo à estrada costeira.

Ainda assim, sente-se com medo. Sai de seu escritório em direção ao portão, lentamente, como se esperasse ver Jade à espreita nas sombras; puxa o casaco, apertando bem os seios, e pega um lenço — todas as pessoas que moram em Whitmouth carregam um lenço, independente do lugar aonde se dirigem, mesmo no auge do verão — para cobrir a cabeça e esconder o rosto. É loucura, ela sabe: mesmo se Jade tivesse aparecido por ali, rondando, a essa altura já teria ido embora. Mas, ainda assim, sente-se com medo.

Jason Murphy está abrigado em uma barraca, comendo um sanduíche de queijo com pasta de cebola, os pés em cima da mesa. Olha para ela, com toda a insolência em seu suéter marinho e empurra a boina para trás da cabeça, assim que ela puxa seu cartão e bate o ponto.

— Tudo bem? — pergunta o homem.

Ela se irrita, pois sabe muito bem como Jade Walker conseguiu entrar no labirinto de espelhos. E o fato de ele saber que algo mais tinha acontecido conferia-lhe um senso estúpido de poder.

Ele sorria, com ar de superioridade.

— Não — responde, virando-se para ele —, na verdade, não estou nada bem, Jason!

Aquele olhar, aquela sensação horrível de titularidade, a recusa em aceitar aquele "respeito" é uma via de mão dupla. Jason quer respeito o tempo todo: ela o via exigindo dos vizinhos, das crianças, dos homens que passavam aleatoriamente pela rua, sempre exigindo. Mas nunca o viu fazer nada para merecê-lo.

— Se alguma vez você fizer algo assim de novo, vou denunciá-lo.

Ela não é sua chefe imediata, mas gerencia o lugar e tem autoridade sobre todos que não possuem cargo de gerência. E estará condenada se o deixar esquecer isso.

— Fizer o quê? — questiona ele, embora saiba exatamente o que ela quer dizer.

— Você sabe muito bem! Você está aqui para manter a segurança e não para ganhar o dinheiro da cerveja de quem quer que seja. Há computadores aqui, Jason, e dinheiro, e é seu trabalho cuidar para que o local não seja roubado.

— Ela conseguiu passar por mim — justifica, com mau humor evidente.

Amber espera dois segundos e olha para ele com indignação.

— Não me venha com essa! Se um dia eu descobrir que você andou fazendo esse tipo de coisa de novo, vou denunciá-lo, entendeu?

Ele tenta olhar para ela com indignação. Falha. Amber aperfeiçoou a arte de intimidar o inimigo no centro de detenção de Blackdown Hills. Era necessário para a sobrevivência, e tornou-se uma habilidade que ela nunca se permitiu esquecer.

— A começar pelos seus pés fora dessa mesa!

Emburrado, ele lentamente deixa cair um pé, depois o outro, para o chão, batendo com os dedos sobre a própria virilha, vulnerável.

Amber não diz mais nada. Sai pela porta da rua que se fecha atrás de si.

— Vaca — murmura Jason, colocando os pés de volta na mesa e comendo o resto do sanduíche de pasta de cebola. — Vaca — repete, mastigando o pedaço e fazendo grande pressão nos dentes por causa da ira.

Do lado de fora, na estrada costeira, a chuva é horizontal, mal se enxerga qualquer vulto. Amber corre em linha reta, apressando-se para chegar até o ponto de ônibus.

Uma voz chama o seu nome. Seu nome antigo. Ela congela.

— Bel! — chama a voz de novo.

Jade Walker emerge da entrada do melhor peixe com fritas da Costa Sul, e caminha em direção a ela.

Merda. Ela devia estar esperando até que eu saísse.

Amber apressa o passo. Finge não ouvir.

Jade levanta a voz.

— Bel! Por favor!

Ela se vira, uma rajada de vento com pingos de chuva atinge-lhe em cheio o rosto, cegando-a por um segundo. Quando sua visão clareia, vê que Jade ainda está lá, piscando para ela, rabo de cavalo e bochechas rosadas saudáveis.

Amber tem de detê-la. Tem de fazê-la se calar. A mulher tinha ficado doida, parecia não estar pensando direito. Ela precisa fazê-la perceber o que está acontecendo. Segue em sua direção, furiosa, e, ao perceber que a outra recua, sente prazer. Jade é bem menor que ela. Sem dúvida, conseguiria erguê-la com uma única mão.

Amber segura o seu braço, agarrando por baixo do músculo, apertando forte, cravando os dedos para que realmente doa.

— Vá embora — sussurra. — Você entendeu? Não me chame assim. Não me siga. *Foda-se!* Não temos nada a dizer uma à outra.

— Bel...

Amber balança a cabeça, de um lado para outro, repetidas vezes, como um cão raivoso. Ouve a ascensão da própria voz na tentativa de combater o vento.

— Não! — grita. — Eu não conheço esse nome! Esse não é o meu nome! *Cale a boca! Cale a boca!* Você sabe que não podemos nos encontrar. Você *sabe* disso! Está louca? Vá embora!

Ela solta o braço da mulher como se descartasse um osso de galinha. Jade tropeça para trás, olhando-a com ar de desespero. Bom. *Muito bom.*

Amber tenta forçar o controle sobre a sua voz. Ela não consegue suportar tal grau de nervosismo. Mesmo aqui, nessa rua vazia, há gente observando. Não pode deixar que ninguém veja. Bem na saída do seu trabalho, pelo amor de Deus! No que ela está *pensando*?

— Eu não sou Bel! Nunca mais fui Bel, durante anos, você sabe disso! Assim como você! O que *pretende*?

— Eu não queria... — começa Jade, hesitante —, se eu soubesse...

— Certo, mas, então, o que está fazendo agora? Você deveria ter ido embora! O que acha que fariam se...? Merda! Vá embora! Só isso! Não me siga, apenas volte para o maldito lugar de onde veio!

Ela vira as costas e caminha rumo ao ponto de ônibus. Em três minutos deverá chegar um ônibus, e ela estará ferrada se o perder.

Amber treme quando chega ao ponto — raiva, medo, choque, tudo transformado em adrenalina. A respiração raspa em sua garganta e ela quer se sentar no banco grafitado, mas, com tanta emoção, sente dificuldade. Não há ninguém lá, graças a Deus — ninguém que a conhece, apenas um casal de jovens envolvido na luxúria adolescente enfiado em um canto. Eles olham para ela rapidamente, a mão dele por dentro do zíper da frente da jaqueta da menina; em seguida, viram-se, novamente, com indiferença.

Amber respira. Ela mantém as mãos esticadas, com as palmas para baixo, e as observa tremer.

Eu não posso fazer isso, é demais para mim! Não posso perder essa vida. Não por causa de uma coincidência idiota! Ninguém vai acreditar que nos encontramos por acaso! Isso jamais aconteceria! Eu terei que me mudar de novo? O que ela está fazendo aqui, afinal? Que diabos ela está fazendo aqui?

Ela vê o ônibus se aproximando, faz sinal com a mão e sai de debaixo do ponto, pronta para subir. O motorista puxa o aviso: lotado. O cheiro de cabelo úmido e sabão em pó irrompem pelas portas abertas.

Ela sente o aperto de uma mão no braço.

— Eu não... eu não... pegue...

Jade pressiona algo na mão de Amber, que olha para baixo. É um pacote de cigarros, velho, com um número de telefone escrito nele, de caneta preta.

— Eu só... — continua Jade, olhando-a nos olhos.

Amber empurra a mão dela e sobe no degrau do ônibus.

Capítulo Quatorze

Ocupar-se, ocupar-se, ocupar-se. É o que ela faz sempre que quer evitar pensar: encontra algo para fazer em vez disso. É por isso que a sua casa se destaca na vizinhança, um pequeno oásis de limpeza e arrumação em um mundo no qual máquinas de lavar não passam de adornos. Janelas lavadas, lençóis brancos brilhantes, soleiras e madeira pintadas recentemente, cestos coloridos da primavera ao inverno. Vic diz que isso atrai a atenção, destacando o lugar, o que não é uma coisa boa, mas ela não consegue ser diferente. Nos dias em que não pega no sono, vai lá fora com uma escova para esfregar a calçada e os degraus da frente da casa, andando pela área com luvas de borracha e um saco de lixo, juntando as embalagens do cachorro-quente do Gregg.

Há algumas embalagens na calçada em frente ao portão. Amber está na chuva e pega o saco plástico que carrega habitualmente em sua bolsa, esforçando-se para juntá-los. No final, admite a derrota e desiste de pegá-los, a chuva batendo em suas costas, o cabelo grudado no rosto.

A porta da vizinha da frente se abre e Shaunagh Betts sai, com seu bebê, Tiffany, no carrinho.

— Ooh, Amber! — exclama Shaunagh. — Matando todo mundo de vergonha de novo...

Amber se endireita, forçando um sorriso no rosto.

— Bem, alguém tem que fazer isso...

Ela percebe que Shaunagh se ofende, percebe tarde demais que o comentário foi tomado como uma crítica, não como uma autoanulação.

— Sim, está bem... É uma pena que nem todos tenham tempo...

— Não, não... — tenta se justificar, mas mãe e filha já tinham seguido pela calçada. Amber suspira e vai para a casa, seu porto seguro.

A porta dos fundos está aberta e Jackie encontra-se sozinha no jardim. Ao avistar a silhueta, Amber se assusta. Ela esqueceu, momentaneamente, de que tem uma hóspede. Mary-Kate e Ashley estão dentro de casa, juntas e aninhadas, no sofá da sala. Quando Amber entra, ambas assumem um olhar de culpa. *Graças a Deus que eu chego em casa antes do Vic*, pensa, chamando-as de volta à sua cesta. Ele já acha o suficiente ter um intruso na casa, ver as duas no sofá não lhe seria nada agradável.

Felizmente, Jackie não é observadora. Não percebe o estado de Amber e apenas levanta a mão em saudação.

— Você está molhada... — constata Jackie.

— Você também — retribui Amber. — Pelo amor de Deus, entre.

— Não. Vou esperar até eu terminar isso.

— Está tudo bem! Vic ainda irá demorar.

— Mesmo? OK!

Ela entra e fica pingando no capacho, com o cigarro na mão. Há uma toalha úmida sobre o encosto de uma cadeira. Obviamente, esteve entrando e saindo para fumar, durante toda a manhã. Amber alcança-lhe a toalha. Jackie a esfrega sem entusiasmo no cabelo. A cozinha está embaçada com vapores com cheiro de tabaco e moletom sujo.

— Como foi o seu dia?

Jackie dá de ombros.

— Tudo bem. Um pouco chato. Assisti a uns seriados.

— Você poderia muito bem ter ficado só olhando pela janela e economizado eletricidade.

Jackie ri.

— E, então, de volta ao trabalho hoje à noite?

Amber assente.

— Graças a Deus! Já é ruim o suficiente não ser capaz de voltar para casa sem morrer de medo de ser seguida.

— Sim, eu posso imaginar — confirma Amber, que pagara por cada refeição que Jackie fez desde que ela chegara ali, além do saco de batatas fritas que comprara no dia anterior e a amiga deixara aberto, pela metade, na mesa da cozinha.

No final da tarde, Amber pega as chaves de Jackie e vai com os cães até o seu apartamento buscar algumas mudas de roupa. Ela usa o mesmo agasalho desde que chegou, há dois dias e, agora que está úmido, é impossível ignorar tal fato. De qualquer forma, uma caminhada lhe fará bem, pois é uma boa maneira de evitar pensar nas coisas que estão acontecendo. Há sempre coisas para ver e fazer em Wordsworth; um estímulo externo sempre é o suficiente para manter os pensamentos à distância.

A placa escarlate que contém o nome e o número do bloco onde Jackie mora — na parte externa das estruturas cinzentas idênticas em todo o seu redor — já está descolando há algum tempo.

— 1 3–19- -OLE-IDGE –ESCEN- — lê.

Um colchão velho, manchado pela maresia e outros mil incidentes noturnos, está inclinado contra a parede, perto das latas de lixo. Todo mundo sabe que, se não pagar a taxa por excesso de lixo, cedo ou tarde o município acaba recolhendo de qualquer jeito. A cada seis meses, calçadas ficam cheias de camas sem pernas, sofás sem molas e mesas de café chamuscadas; adolescentes se reúnem e os usam para se sentar, como costumavam fazer em Long Barrow.

O elevador não está funcionando. Ela sobe os três andares até o apartamento 191.

O lugar cheira mal, embora Jackie tivesse saído dali há apenas três dias. Tabaco, comida velha e o fraco odor usual que seu moletom emana no calor, tudo misturado com a aragem sintética de um aromatizador de ambiente no corredor. Um saco de roupa suja está do lado de dentro, na porta da frente, esperando para ser levado à lavanderia. Amber o torce até em cima e o fecha com um nó. Ela pode muito bem levá-lo, pois passará em frente à lavanderia em seu caminho para casa.

Ela segue até a sala de estar. Há um cinzeiro do tamanho de um tanque transbordando no meio de uma mesa de café de compensado, com dois pratos, com restos de ketchup e maionese já secos e, ao lado, um copo que claramente conteve cerveja, pois as manchas de espuma tinham endurecido no interior do vidro.

Na cozinha, um par de panelas na pia e uma caixa velha que outrora conteve comida sobre a fórmica amarelada. Jackie não é uma grande dona de casa, mas também não é uma pessoa porca. E não se pode julgar alguém pela forma como mantém a casa em momentos de crise. Amber vira interiores o suficiente na vida depois que saiu de Blackdown para saber que Jackie tem muitos degraus para descer na escada da autoestima. Ela amassa e joga fora a embalagem. Rapidamente lava os pratos, as panelas e o copo, deixando-os no escorredor para que sequem.

A luz do quarto é branda, a lâmpada de quarenta watts é fraca demais para iluminá-lo adequadamente. Amber escancara as cortinas. Ela olha para fora e vê, tomando um susto, a figura à prova de chuva de Martin Bagshawe, em pé, do outro lado, diante do amplo pé de *Forsytia*. Ele deve ter chegado depois dela. Com certeza, ela não o viu quando estava a caminho. Talvez ele a tivesse visto chegar e se escondera?

Não. Não seja paranoica! Ele não sabia que era você ao telefone.

Por um momento, seus olhos se encontram. Ela dá alguns passos para trás, no quarto.

Sim, mas agora ele sabe.

Ela olha ao redor, para as coisas de Jackie, sentindo-se culpada, como se estivesse roubando-a ou lendo o seu diário. As roupas de cama desarrumadas, meio copo de água, uma lâmpada de cabeceira no estilo Tiffany. Não há muitos móveis: a cama, o criado-mudo, o armário embutido. Amber olha as roupas penduradas e se surpreende ao descobrir que Jackie tem alguns vestidos de algodão, com alças finas e saias fartas. Ela está tão acostumada a vê-la usando o uniforme de trabalho ou sua minissaia jeans que nunca pensou que Jackie poderia ter outro estilo de roupas. Pega a mala vermelha que está debaixo da cama, adiciona duas calças jeans da pilha abaixo do aquecedor, algumas calças legging e algumas camisetas. Ela vê a coleção de tônicos de limpeza e cremes na prateleira do banheiro e percebe que a escova de dentes ainda está na caneca. Coloca-a no estojo e não se pergunta como Jackie está escovando os dentes durante o tempo em que está em sua casa.

Talvez ela não escove os dentes, pensa, fugazmente. *Meu Deus, espero que ela não esteja escovando!*

Ele ainda está lá, na garoa. Amber evita cuidadosamente o seu olhar, passando com rapidez, como se não tivesse constatado a sua presença. Ela pode sentir os olhos insistentes sobre as suas costas enquanto caminha rumo à lavanderia, saco de lixo na mão, mala arrastando atrás de si, levando os cães engatados sobre o braço, mas ele não diz nada.

17h00

— *O que vamos fazer? O que vamos fazer?*

— *Cale a boca! Cale a boca! Deixe-me pensar.*

Elas olham para o corpo.

— *Ela parou de sangrar.*

— *Eu sei.*

— *Isso é bom, não é? Ela não está sangrando. Talvez esteja...*

— *Não! — retruca Bel. — Não está!*

Jade olha para as próprias mãos, como se nunca as tivesse visto antes. Como se, de repente, estivessem presas aos seus pulsos por magia. Ela esfrega uma das mãos na saia — lama, sangue, plantas — em seguida, percebe que apenas piorou.

— *Droga!*

Parece que alguém roubou o espantalho da plantação lá de cima e o despejou à beira da água. Desengonçada, suja, rasgada.

— *Chloe? — começa Bel, em uma tentativa, embora saiba que não adiante, e a cutuca com um dedo do pé.*

— *Que merda! — constata Jade. — Estou ferrada!*

A cabeça de Bel estala.

— Cale a boca! Por favor, cale a boca! Quem se importa com você? Quem se importa? Olhe para ela!

Jade olha de novo, então se abaixa e levanta o braço mole pelo pulso, e o observa cair como um pedaço de carne na lama quando o solta.

— Chloe? — ecoa Bel, como se o nome fosse um encantamento, como se, caso o pronunciasse com frequência suficiente, a vida lhe seria restaurada. Há uma grande ferida em seu couro cabeludo, mas quase não sangrara.

Não, não, não! As pessoas não morrem assim. Não sem acontecer quase nada. Meu avô levou seis meses para morrer, no quarto dos fundos, e podíamos ouvir cada passo que dava. Como ela poderia morrer tão rapidamente?

— Chloe? — tenta de novo.

A raiva some do rosto de Bel, deixando-a tão pálida como se houvesse cinzas sob o seu bronzeado. Jade percebe o punhado de sardas em seu nariz, e a pinta feia que mais parece uma mancha de tinta. Ela vai tentar erguer a mão novamente.

Bel agarra seu pulso.

— Não!

— Vamos pensar... — sugere Jade. — Não podemos deixá-la aqui.

Chloe fica parada, como uma boneca de pano, as pernas ainda na água. Bel sente como se estivesse chafurdando abaixo da superfície. A voz de Jade ecoa em seus ouvidos, de longe, como se viesse através do som das ondas do mar. Ela olha novamente para o pequeno corpo, o rosto pressionado contra a margem do rio, que se transformara em uma última esperança desesperada de que a água a trouxesse, de alguma forma, de volta.

— Vamos virá-la.

Quando veem o rosto dela, tudo piora. Agora sabem, de fato, que ela está morta. Há lama em seus olhos. Eles estão abertos, sem piscar, olhan-

do para o sol por uma película marrom de sujeira. O rosto se transformou em um mosaico de lama e cascalho, de pequenas folhas e pétalas; uma série de galhos finos emaranhados no cabelo que se assemelha a ervas daninhas e cipós.

Ai, meu Deus, os olhos dela..., pensa Jade. *Vou me lembrar disso para sempre. Nunca mais vou esquecer isso — o jeito que os olhos dela estão — pelo resto da minha vida.*

Capítulo Quinze

Ele está zonzo de indignação. Sua cabeça está quente e a instabilidade lhe domina por completo. Seu cérebro fervilha enquanto caminha pela London Road, vindo de Wordsworth rumo ao centro da cidade, com a visão prejudicada pelo efeito da adrenalina que, por duas vezes, o fez dar uma guinada na calçada, sentindo raspar a manga de nylon contra as vitrines das lojas fechadas.

Amber Gordon. Aquela vagabunda, Amber Gordon. Quem ela pensa que é? E ainda fingiu que não me conhece!

Está tudo claro para ele agora. Amber Gordon é a razão pela qual Jackie o dispensou. Ela é chefe de Jackie, ele se lembra bem disso. E é *alguma coisa* de Vic Cantrell. Porque não pode haver nada numa vadia daquelas, de rosto grosseiro, que engane qualquer um de que um homem como Vic esteja interessado nela, exceto se fosse ganhar alguma coisa com isso. Basta olhar para ela junto dele — a feição humilde, a velha jaqueta de couro que deve ter pelo menos uns vinte anos, aquela pinta escura no meio do rosto — para saber que não combinam em nada.

Mas e Jackie? Agora consegue entender, pelo menos parcialmente. Jackie é fraca, gananciosa, covarde, mas quem está por trás de tudo isso é a vaca da Amber Gordon.

Seu sangue se transforma em gelo. Segue cambaleando pela rua, do lado de fora da DanceAttack, mal ouvindo os gritos de protesto que seguem seu rastro.

Eu odeio essa mulher. Ela não é digna. Não sei por que, um dia, pensei que fosse.

As garotas saíram em massa naquela noite: outra noite de festa em Whitmouth. Loiros, negros ou avermelhados, seus cabelos são bem-cuidados, lisos, armados ou exibem penteados rebuscados. Mechas chicoteiam seu rosto quando passa por elas, bolsas da moda e piercings de umbigo de brilhante, cartões de crédito escondidos em seus sutiãs com enchimento por segurança. E, como de costume, ele é invisível. Todas essas meninas à procura de diversão e nenhuma delas sequer olha para ele.

Quem ela pensa que é? Quem ela pensa que é? Quem diabos ela pensa que é?

Ele a despreza, agora sabia. Ela não é a sua tábua de salvação: ela é uma fraca, uma vagabunda gananciosa.

Não sei por que pensei que ela fosse diferente. Preciso rever meus conceitos. Ela vai pagar por isso!

Mas ele não sabe direito em qual "ela" está pensando.

Vou fazê-la pagar por isso.

Ele está muito tenso, os músculos doloridos de tanta adrenalina, para ir para casa e se trancar dentro daquelas paredes, enquanto a festa acontece do lado de fora. Já se sente isolado o suficiente em uma noite comum e, em uma noite como essa, com certeza acabará louco. Está desconfortavelmente ciente de que sua raiva lhe provocou uma ereção meia-bomba. Bate, desajeitadamente, contra a frente da calça enquanto caminha, mãos no bolso do anoraque cruzadas para esconder aquilo das pessoas que não estão olhando para ele mais do que imaginando o que suas mães diriam se as vissem agora. Suas têmporas doem com a frustração, com a rejeição, com a raiva. Ele não pode ir para casa. As paredes não o deixarão respirar.

Ele verifica o conteúdo de seu bolso e encontra 15 libras e algumas moedas. Não é o suficiente para entrar em qualquer uma das casas noturnas — mesmo a Stardust custa 12 libras para entrar. E um mero copo de Coca-Cola custa outras 3.

Vou pegar algumas batatas fritas e levar até o Memorial de Guerra. A Mare Street é tranquila a essa hora da noite. Talvez, se eu ficar lá tempo suficiente, o ruído terá acabado na hora em que eu chegar em casa. E, se Tina Tanqueray estiver em seu ponto habitual, não precisarei gastar nada além da minha nota de dez libras.

Ele compra um salsichão no food truck, sua descarada intumescência zombando do volume em suas cuecas, e segue correndo para o outro lado da estrada costeira, com as batatas fritas, o lanche espetado com um garfo de madeira em forma de tridente e um punhado de guardanapos.

A Mare Street está silenciosa, assim como ele esperava, e os sons das multidões atrás de si vão desaparecendo rapidamente, assemelhando-se ao volume de uma trilha sonora de filme. Agora, o centro da cidade é específico para os pedestres, a estrada não conduz a lugar algum e, como as lojas estão fechadas, quase ninguém vem aqui. Ele anda bem devagar ao longo da calçada, sentindo o calor que emana de sua comida através da bandeja plástica, e vira na esquina da Fore Street, despertando sua vontade de comer batatas fritas. Para e puxa um canto do pacote. Não irá desembrulhar tudo agora, pois odeia ver pessoas que comem enquanto andam. Só precisa abrir o pacote o suficiente para pegar uma batata ou duas.

Alguém tosse, à frente.

É possível enxergar a silhueta de Tina, metade às sombras, no final de um corredor: minissaia, jaqueta jeans decorada com tachas e franjas, saltos altos brancos, sem meias. Ela segura uma bolsa preta de grandes dimensões, o tipo de bolsa que você espera encontrar nas mãos de uma mãe. Ele não consegue imaginar uma bolsa daquela contendo algo que não seja lenços umedecidos ou migalhas de biscoitos. E lá está ele, buscando a companhia de uma avó bêbada, que visa apenas o negócio.

— Olá, amor, já faz um tempinho que não te vejo por aqui.

Martin se irrita com a familiaridade. Não importa que tivesse sido forçado a usar seus serviços antes, sentia-se afrontado quando ela o tratava como um cliente habitual. Mas ele enfia o garfo de volta no pacote e vai ao seu encontro.

— Aaah! Você trouxe batatas fritas para mim!

Ele não responde. Segura o pacote com os alimentos mais perto do peito.

— Está querendo um pouco de diversão nesta noite, né?

Martin olha para ela. O cabelo escarlate puxado para trás em um rabo de cavalo alto, olhos enormes e linhas como goivas na testa. Ele consegue sentir o cheiro de fumaça emanando dela, mesmo a quatro metros de distância. No entanto, a nervosa pulsação insistente em sua virilha ainda está lá, e ele teme não ter paz novamente até se livrar daquilo.

Tina dá um passo em direção a ele, estende uma mão e coloca-a sobre a protuberância.

— Ooh! Parece que sim! Vamos comer uma batatinha, estou com uma fome do cão.

— Não abri o pacote ainda.

— Ah! Está bem! E então o que vai querer, Mart?

Como ela sabe o meu nome? Eu nunca disse. Tenho certeza de que eu nunca disse meu nome a ela.

Ele sente sua ira aumentar de novo, profundamente e tinhosa.

É uma rede de bruxas. Elas sabem de tudo, maldição!

Martin balança a cabeça e tenta caminhar. Mas ela mantém o controle, pressionando-lhe a virilha, apertando de uma forma que ambos se excitam e se exaltam.

— Venha, querido. Você não vai querer desperdiçar isso. Posso fazer você melhorar rapidinho.

Oh, Deus! Aqueles dedos, com as unhas vermelhas lascadas, com um centímetro de comprimento e afiadas, são assustadores, mas o pensamento deles bombeando para cima e para baixo em torno do seu pênis, nos movimentos de compressão e torção profissionais da mão de outra pessoa, é demais para resistir.

— Eu não tenho muito dinheiro...

O aperto descomprime. Ela dá um passo para trás.

— Quanto tem?

— Treze libras.

— Treze libras?

Ele balança a cabeça de modo frenético, sabendo que, mesmo para alguém como ela, treze libras é uma oferta lamentavelmente baixa.

— Não tem problema... — entende ele, começando a andar, embora seu pênis pareça ter assumido vida própria. Não haverá ninguém no Memorial de Guerra. Como está tão necessitado, pode se aliviar sozinho rapidamente lá em cima, usando os guardanapos para limpeza.

Ele dá cinco passos ao longo da calçada, quando ouve:

— Ei!

Ele para e se vira. Vê que ela está com uma das mãos no quadril e mantém a outra na bolsa, mais para cima do ombro, como alguém que deseja fazer negócio.

— Treze libras e algumas batatas fritas, mas esse preço não inclui oral.

Martin a segue até o beco.

Ela o conduz até a mais profunda escuridão — mais do que ele acha necessário para escondê-los dos olhos casuais — a alguns passos atrás de uma lixeira. Sorrindo, ele coloca as batatas sobre a tampa, dá alguns passos para a frente e se agita como um lobo, encostando uma das mãos na parede, atrás do ombro dela, com a outra mão ainda segurando o garfo de madeira.

— Vamos lá, então — diz ela, e puxa seus botões.

Martin não quer olhar para Tina, não quer ver aquele rosto avermelhado, a polegada de raízes do cabelo que se inclina sobre ele. Ele olha para cima, olha para o pedaço de céu da noite cinzenta entre as arestas, e sente a mão dela mergulhando em suas calças; a garra da carne sobre a pele macia.

Sim..., pensa, assim que ela expõe o seu membro ao ar úmido da noite, cospe sobre a palma da mão e começa a movimentá-lo, *treze libras muito bem gastas. Eu não preciso de Jackie Jacobs. O que me fez desejá-la tanto?*

Um flashback. No estacionamento, Jackie excitando-o assim, como essa mulher fazia, uma frustração, um palavrão embriagado saindo de seus lábios.

Seu pênis amolece.

— O quê? — espanta-se a mulher. — Vamos lá, querido! Eu não tenho a noite toda.

Martin sente o rosto começar a arder. A excitação acaba. A mulher puxa seu órgão flácido como se fosse a teta de uma vaca, puxa mais, tenta estimular novamente e desiste. Deixa escapar uma risada.

— Mais sorte da próxima vez, as treze libras mais rápidas que já ganhei!

Ele sente-se indignado.

— O quê?

— Não vou ficar aqui a noite toda.

— Você não acha que vou pagar por isso, acha?

Ele está febril, com o ardor desperdiçado, com a humilhação. Dá um passo para trás, colocando o apêndice inútil de volta para dentro das calças úmidas.

— Claro que vai — responde ela, com o seu tom de voz começando a subir. — Eu fiz o que você pediu! Não é minha culpa se você não consegue manter a ereção.

— Claro que não... — resmunga ele.

Seus dedos se unem com os polegares, apalpando os botões, como se anestesiados, o garfo de madeira prejudicando-lhe os esforços. Ele está com raiva de novo, e desapontado. Precisava de um alívio rápido, uma ejaculação que seja e acaba lívido de frustração.

— Eu vi a merda da sua cara, por isso...

Ele se vira e começa a caminhar em direção à Fore Street.

— Ei! — grita ela, novamente.

— Foda-se! — rebate ele, por sobre o seu ombro. — Você está com as batatas fritas, não está?

Um momento de silêncio, e então a mulher solta outro grito de raiva.

— Ei!

Passos vacilantes são ouvidos pelo beco atrás dele. Martin se vira para encará-la, levanta o garfo, empunhando-o em direção ao seu rosto.

Ela para, abruptamente. Olha para ele com admiração por um momento, em seguida, observa a arma que ele está empunhando e cai na gargalhada.

— Ha, ha, ha, seu merda!

Sua ereção está de volta. Ele sente a adrenalina correndo a toda velocidade em seu sangue.

— Não ria de mim!

Ela continua a rir.

— Não ria de mim, ou eu vou...

— Você vai o quê? — pergunta ela, com os olhos arregalados pela curiosidade, fazendo um gesto com seu punho. — Vai me apunhalar com um garfo de madeira?

Martin olha para a própria mão levantada, vê a arma. Pensa vagamente, como se o pensamento viesse de muito longe.

Mas que droga!

Sem pensar mais, enfia o garfo no pescoço dela.

Ele dá um passo para trás, chocado com a própria força. Seus músculos ficam tensos, preparados para uma luta, pois sabia que um contra-ataque deveria vir em seguida.

A mulher coloca a mão no pescoço, em um gesto rápido e tenaz, como um tapa, como se atordoada por uma picada de vespa, e sente a madeira enfiada em sua carne.

Fica surpresa, depois indignada, e, então, muito furiosa.

— Seu filho da puta! Maldito desgraçado!

Ela sente a madeira roçar-lhe o punho, prende-a entre o polegar e o dedo e a puxa para fora. Grita para ele, os lábios repuxados para trás, sobre os dentes amarelos.

— Seu filho da puta!

E, então, ela percebe o sangue jorrando pela calçada, batendo na parede, e compreende o que está acontecendo.

— Merda! — diz ela, colocando uma das mãos sobre a lesão.

É um ferimento estúpido, uma pequena punção dupla, mas a pele está danificada e sua carótida, rasgada. Sua mão imediatamente se torna escorregadia com o sangue que jorra por entre os dedos, derramando pelo seu pescoço. Rapidamente, o colete jeans o absorve em seu ombro.

— O que você fez? O que foi que você fez?

Martin está parado, olhando. Não é o que esperava, mas, agora que aconteceu, sente uma onda de prazer surpreendente, uma sensação de poder que nunca sentiu antes.

Olhe para ela. Olhe para essa cadela idiota! Ela está mergulhada em sangue. Eu fiz isso. Eu fiz isso com ela.

— Porra, me ajuda! — suplica, agora colocando a outra mão sobre a ferida, implorando com os olhos, compreendendo que não receberá nenhuma ajuda. — Meu Deus! Oh, meu Deus!

Ela dá um passo em sua direção e acaba cambaleante.

Ela não pode estar sangrando ainda, deve ser pânico. Está com medo. Sim. A vagabunda está com medo. Eu fiz isso. Ela está com medo por causa de algo que eu fiz.

— Você tem que chamar uma ambulância! Estou muito ferida!

Seu corpo está frio, mas seu pênis, magnífica e triunfantemente, duro. Ele dá de ombros com indiferença.

— Não tenho telefone.

E vai embora.

Capítulo Dezesseis

Ela nunca perdeu a esperança. Desde que se conhece por gente, Amber acorda com o mesmo pensamento: *hoje será um bom dia.* Aprendeu a prática na casa do padrasto e se agarrou a ela rapidamente em Blackdown. Aquilo foi significativo em sua vida, em pequenos marcos de felicidade — os cães, Vic, sua casa e as coisas que tinha conseguido, festas de aniversário, pequenos gestos de amizade — e se recusa a lembrar as coisas negativas.

Deitada de costas, braços espalhados por todo o leito vazio, ela olha para a luz do dia vazando por entre as cortinas até atingir o teto do quarto. Os trabalhadores diurnos começam a voltar para casa. Ela pode ouvir os motores, as portas dos carros e as saudações na Tennyson Way. A cama está quente, o quarto, sonolento. Ela tira as cobertas de cima do corpo e permanece deitada, refrescando-se. O sol, obviamente, nasceu enquanto dormia. Tinha perdido mais um dia de verão.

Mas, obrigada. Obrigada por me dar o verão. Vai ficar tudo bem, posso sentir isso em meu coração. Eu me preocupo muito, esse é o problema. Nada de ruim vai acontecer, já cheguei até aqui.

Amber se levanta, toma banho e tira os restos do trabalho da noite anterior do cabelo. A água morna a ajuda acordar um pouco. Consegue ouvir sons fracos de movimento lá embaixo. Vic ainda está em casa — deve ser o seu dia de folga —, mas não ouve o som de vozes e supõe que Jackie tenha saído.

Ela esfrega os cabelos com uma toalha e olha para o relógio ao lado da cama. Cinco da tarde. Ainda faltam várias horas para ir ao trabalho. Dessa vez, vale a pena colocar roupas de ficar em casa. Procura no guarda-roupa e escolhe um vestido de verão, alegremente estampado com imagens de aves e cores tropicais: Desliza-o pela cabeça, sente o prazer de se vestir bem, confortavelmente, e desce para encontrar o marido.

Ele está sentado à mesa da cozinha, todas as janelas e a porta dos fundos amplamente abertas. Sua bolsa está diante dele, aberta. Há algo na mão dele. Ela o cumprimenta com entusiasmo. Em retribuição à saudação, Vic apenas a olha, permanecendo em silêncio. Amber sente o sorriso sumir do rosto. O dia se torna escuro.

— O que há de errado?

Ele abre a mão e mostra.

— Então, sobre o que mais você vem mentindo pra mim?

Sua voz está fria, reptiliana.

Ela empalidece. O Outro Vic está de volta. Segurando o maço de cigarros que Jade colocou na mão dela ontem. Amber o tinha colocado em sua bolsa e se esquecera.

Ela o fita como um coelho prestes a ser atropelado por um carro.

— Não, Vic, eu... isto não é meu.

Ele levanta as sobrancelhas e depois as abaixa, de modo que seus olhos fiquem quase fechados.

— Mentirosa — diz ele, em tom de acusação. — Eu não te disse? Não minta para mim. Eu te disse, Amber. Eu sempre descubro!

— Vic...

A mentira é o grande bicho-papão de Vic, o seu ódio de estimação. Ele sempre diz: a mentira é a maior traição de todas.

— Vic, eu não estou mentindo para você.

— Ah, não? Você acha que eu sou idiota, então? Não me faça de bobo, Amber!

— Eu não estou... eu...

— Tudo por aqui fede a fumaça. Você acha que eu não iria notar?

— É a Jackie! Você sabe que ela fuma como uma chaminé. Eu sinto muito, mas estava chovendo e eu a deixei fumar na cozinha!

— Sei... Boa tentativa!

— Não! — retruca ela, sabendo que lutava em uma batalha perdida.

Uma vez que ele está tão convencido, não há como pará-lo. Ele irá torcer e retorcer as palavras, até que tudo que ela disser pareça mentira. Vic ficará emburrado por um mês ou mais, e a fará se sentir culpada. Já sabe como tudo acontecerá, afinal, ela o conhece. No entanto, cada vez que ele faz aquilo, Amber tenta protestar, tentando lhe mostrar que está errado, continuando a esperar que um dia o resultado seja diferente, do jeito que fazia quando criança. É como um ritual de dança que eles têm que realizar na calada da noite, à luz da lua. Ele irá pedir desculpas depois, perdão até, mas nos dias subsequentes haverá um inferno frio, uma funesta acusação via olhares e um julgamento silencioso.

— Não, você entendeu tudo errado! Eu juro, Vic!

— Se você tivesse acabado de me dizer a verdade, seria diferente. É isso que não entendo! Por que você tem que mentir sobre as coisas, quando você sabe o que a mentira significa pra mim?

Ela está ciente de que uma grande mentira sairá agora de sua própria boca.

Ora, vamos, você não acredita realmente nisso. Se eu viesse até você e dissesse: "Ei, Vic, decidi ir contra a sua vontade e começar a fumar de novo", você nunca teria dito simplesmente: "Oh, tudo bem, querida, sem problemas, pois você veio me contar". Você sabe que só parei por sua causa. Por causa das indiretas e das observações rudes sobre o cheiro do meu corpo e a sua recusa em me beijar. E a coisa mais estúpida de tudo isso é que eu sei que, no fundo, você realmente não se importa com nada disso. Que o fato de eu parar de fumar era uma questão que não tinha nada a ver com nenhuma dessas coisas, nem com o receio pela minha saúde ou pela sua, mas tudo se tratava de estar no controle. Tudo se tratava apenas de impor sua vontade sobre a minha e vencer.

— Eu não estou mentindo — afirma ela, decisivamente, arrebatando o pacote da mão dele, desdobrando-o para encontrar o número de telefone de Jade.

— Olhe aqui! É por isso que eu tenho este maço. Veja!

Ela percebe seu erro no instante em que as palavras saem de sua boca. Pergunta-se se nunca irá aprender. Agora sim, ela abriu espaço para novas acusações.

Ele pega o maço da mão dela.

— O que é isso?

— Um número de telefone — explica ela, hesitante, desejando que pudesse voltar atrás. — É comum pessoas escreverem números de telefone em maços de cigarros.

— Pessoas?

Um pequeno sorriso se abre na borda de sua boca.

— E que pessoas seriam essas, então, Amber? Você não me contou nada sobre nenhuma pessoa.

Meu senhor! Agora eu tenho que mentir.

Sabe que soará tão culpada quanto ele a faz se sentir, procurando pelas palavras certas.

Vic vira o maço nas mãos enquanto ela fala.

— É só... uma garota que eu conhecia — explica, vendo os olhos de Vic tomarem uma postura investigativa, para ler a expressão que seu rosto emana —, há muito tempo... há séculos.

— Uma garota...

Não faça isso. Não vá contra ele. Você sabe como é quando ele está nesse estado de espírito, ele irá interpretar qualquer tipo de desculpa, qualquer tipo de explicação, como uma ofensiva.

— Sim, uma garota — diz ela, tentando emitir uma voz firme, sem qualquer atitude defensiva em seu tom. — Uma garota de Liverpool. Ela era minha vizinha.

Ele não diz nada.

— Ela estava no parque. Nos reencontramos por acaso. Só isso! Vic...

Ele balança a cabeça, lentamente, enfatizando sua descrença.

— Certo! Certo!

— Certo, o quê?

— OK! Então, você topa com uma garota e não me diz nada a respeito?

— Meu Deus, você não me conta absolutamente todos os detalhes do seu dia, não é?

— Eu contaria se fosse algo assim.

— Puxa! Eu sinto muito! Esqueci! Não é uma coisa tão significativa como você está fazendo parecer!

É claro que ela não tinha esquecido. Não se esquecera do choque de encontrar Jade, jamais esqueceria o dissabor ao tentar afastá-la. Mas um pedaço de papel no fundo de uma bolsa? Sim. Talvez o esquecimento tenha algum elemento freudiano para ele, uma forma inconsciente de evitar lidar com a evidência do encontro, mas, certamente, isso ela tinha esquecido, até que viu o maço na mão de Vic.

— OK! Qual é o nome dela, então? Dessa garota.

Amber entra em pânico. Não pode dizer o nome verdadeiro; provavelmente o nome mais utilizado, em alto e bom tom, nos últimos 25 anos, para que qualquer um de sua geração ouvisse, exceto pela própria Jade. Ela se agita, tenta pensar em uma alternativa, mas parece que todas as mulheres que já conhecera um dia sumiram da sua mente.

— Jade.

Ela percebe um lampejo por trás do sorriso inabalável. Uma forte reação, suprimida de modo que ela não consegue entender. O nome tem alguma ressonância para ele. Mas ela não sabe qual.

— Você não foi rápida o suficiente, Amber. Você levou tempo demais para inventar tudo isso.

— Não! É Jade. Só que eu simplesmente não conseguia me lembrar do sobrenome. Ela só... morava na mesma rua, sei lá! — *Nem sei se eu mesma sabia o que estava dizendo.* — Juro para você, Vic, estou dizendo a verdade!

— Pois bem — diz Vic, e pega o telefone —, só há uma maneira de descobrir.

Ele disca. Há silêncio na cozinha. Vic sorri para ela friamente quando o telefone começa a chamar. Coloca o telefone no viva-voz e espera, olhando, como uma pantera à espreita.

Meu Deus! O que estou fazendo aqui? Eu ainda gosto desse homem? Às vezes sinto como se não o conhecesse.

Uma voz de homem, do outro lado da linha.

— Alô?

A cabeça de Vic balança, um pequeno movimento, mas de enorme importância.

— Quem está falando?

— Jim.

— Jim — repete Vic, e levanta a sobrancelha cínica para ela.

— Quem é? — pergunta Jim.

— Vic. Por favor, Jim, eu gostaria de falar com a Jade.

O homem do outro lado da linha parece calmo, tranquilo, imperturbável.

O marido dela também não sabe de nada. Toda a vida dela é uma grande mentira, assim como a minha.

— Lamento, amigo. Creio que discou o número errado. Não há nenhuma Jade aqui.

— Ah, OK! Obrigado, Jim — agradece, enfatizando as sílabas para que Amber escute.

— OK — concorda Jim e desliga.

Vic coloca o telefone em cima da mesa e diz:

— Jim.

Ela o deixa só por dez minutos, e depois o segue até o andar de cima. Ele se trancou dentro do banheiro, Amber consegue ouvir o som da água caindo no chuveiro. Ela bate à porta e escuta. Nenhuma resposta.

— Vic? — chama timidamente, e ouve a água caindo com maior intensidade.

No quarto, há uma camisa sobre a cama, uma de suas camisas para sair. Seu coração sente um aperto. Ele sempre faz isso quando está com raiva. Sai depois do trabalho, sem dizer uma palavra e, muitas vezes, não volta para casa.

Ela sentiu que aquele mau humor aumentava a cada dia. A presença de Jackie — sua caneca suja do chá, o cinzeiro cheio até a boca no jardim — é cada vez mais difícil para ele. Agora, Amber lamenta ter pedido à colega que ficasse. Não importa que Jackie, na convivência próxima, tivesse provado ser um daqueles indivíduos egoístas que nunca percebe muito além de seu próprio umbigo. Ela fala sem parar, cada pensamento que entra em sua mente sai instantaneamente de sua boca: listas da fonte e o custo de cada compra que faz, contagem de calorias — suas próprias e de outras pessoas — em voz alta, analisando detalhes de cada desfeita, cada afronta, cada negligência capaz de preencher a sua vida.

Ele está usando isso como desculpa. Na verdade, está ressentido com o fato de eu ter imposto um convidado em sua casa sem consultá-lo, e com o fato de que sou muito fraca para pedir-lhe que saia.

Mas levantar um assunto como aquele exigirá uma conversa e Vic fará qualquer coisa para não ter que passar por isso. Ele sempre prefere imperar seu ponto de vista, retirando-se do ambiente.

Ela ouve a porta do banheiro se abrir e se vira para vê-lo sair, com o peito nu, os músculos evidenciados logo acima dos jeans. Ele está barbeado e passou gel no cabelo. Esfrega a parte de trás do pescoço com uma toalha. Uma toalha limpa, ela percebe. Ele a tirou do roupeiro especialmente para isso. Vic passa por ela e entra no quarto, jogando a toalha de modo incisivo em um canto.

— Vic...

Ele ignora. Vai até a cama e pega a camisa.

— Você vai sair?

Ele abre os botões de madrepérola, um por um, ainda se recusando a olhar para ela.

Eu passei essa maldita camisa!

— Sim.

— Vic...

Ela não sabe o que dizer. Quer convencê-lo a mudar de ideia, mas sabe que seu desejo é inútil.

Ainda de costas, ele desliza os braços pelas mangas e começa a abotoar a camisa de baixo para cima. Ela vê que ele está com raiva, pelo posicionamento dos ombros, o que evidencia a sua ira.

O que é pior? Um homem como Vic, que expressa a raiva com o silêncio e o isolamento, ou aquele que, como a maioria dos homens, a expressa em voz alta e, muitas vezes, fisicamente?

Às vezes, quando ele a ignora, doente pela angústia e imaginando aonde irá ao sair, Amber se pergunta se uma breve explosão de raiva não seria melhor.

— Por favor! Não podemos conversar?

Ele se vira para ela, os cantos de sua boca virados para baixo.

— Não há nada a dizer! Não quero mais ouvir mentiras. Já não tenho mais o tempo e nem a disposição de antes para te ouvir.

— Eu não estou mentindo! — ela protesta pela milésima vez. — Vic! Por que você não acredita em mim? Por que não me ouve?

Ele gira e desliza, como uma cobra. Ela recua, tenta fugir, mas ele agarra o braço dela, aperta-o com força e coloca o rosto bem perto do dela. Seus olhos se estreitam e brilham como diamantes. Ela sente o cheiro da hortelã no hálito dele, pois acabou de escovar os dentes.

Ele está planejando sair esta noite, para se vingar de mim. Será que ele acha que eu não sei? Ou é o contrário? Será que ele fez isso para ver até onde consegue me levar antes que eu desabe?

— Não se atreva a falar assim comigo — sussurra ele. — Conheço você, Amber! Sua mentirosa! Sua maldita, imunda, mentirosa! Você vem mentindo para mim o tempo todo, não é? Eu sei quem você é! Sei quem todas vocês são. Pensei que você fosse diferente, mas você não é! É apenas mais uma maldita... vagabunda! — conclui, soltando o braço dela, abruptamente. — Como todas as outras!

Ele continua a abotoar a camisa, as palavras saindo agora mais calmamente e, de fato, sua breve explosão de temperamento acabou:

— Maldita vagabunda!

Ele a empurra no patamar da escada. Ela se segura no corrimão, chocada. Vic sai apressado, pisando forte, com a cara fechada. Momentos depois, Amber ouve a porta da frente se fechar.

11h30

— Você tem alguma cicatriz? — pergunta Jade.

O carrossel está parando e ela não tem certeza se alguém lhes pedirá que saiam de lá. Engraçado como o carrossel é chato, ela nunca se sentiu entediada nos balanços.

— Cicatriz? Tenho.

— Eu também!

Jade arregaça a blusa e mostra uma linha com pontos irregulares que atravessa sua caixa torácica.

— Arame farpado, quando eu tinha 3 anos.

— Legal! — anima-se Bel. — Como aconteceu?

— Caí!

— Você teve que levar pontos?

Jade balança a cabeça.

— Meu pai falou que foi por causa da minha própria estupidez!

— Mmm — diz Bel, tentando seguir a lógica.

— Nunca aprenderei se não sofrer as consequências — argumenta Jade, como um adulto o faria. — Agora é sua vez. Mostre a sua!

Bel pensa, e então arregaça a manga. Mostra a cicatriz abaixo do seu braço.

— Uma operação. Onde eu quebrei. Tenho um pino de metal aqui. Agora os detectores de metal apitam quando passo.

— Que incrível. E como foi que você quebrou?

O carrossel chega a um impasse. Bel considera sua história.

— Foi quando eu tinha 4 anos — informa, sem acrescentar detalhe algum.

Certas coisas você não conta a ninguém. Ela aprendera isso há muito tempo.

Jade tira a sandália para exibir uma fenda entre o dedão e o dedo seguinte que se estendia por mais do que meia polegada em seu pé, uma cicatriz vermelha, delineada nas bordas.

— Caramba! — exclama Bel, deveras impressionada. — Como você conseguiu isso?

Jade relembra.

— Eu e Shane fizemos uma aposta com a faca de caça de Darren e não saí do caminho. Meu pai disse que eu não percebia, mas que tinha nascido de novo.

— Você foi para o hospital com essa, então?

— Você está brincando? Eles teriam jogado o SS em cima de nós imediatamente! Imagine, uma Walker entrando com um ferimento de faca!

— O que é o SS?

— Serviço Social. Pessoas que vêm e levam as crianças para longe, que não aprovam pessoas como nós. Estou no Cadastro de Risco — acrescenta com orgulho — por causa de Shane. Porque ele caiu do telhado da garagem quando minha mãe não estava olhando e é por isso que ele é assim, desse jeito.

— Sério?

— Burrice! Poderia ter acontecido com qualquer um. Tem mais alguma?

— Eu não tenho a unha do dedão do pé — mostra Bel, tirando o sapato.

Jade estuda o dedão do pé da colega com admiração.

— Uau!

Bel sente-se orgulhosa. Ela, entretanto, era muito pequena quando isso aconteceu para ter qualquer lembrança, o que a deixa nervosa em meio às multidões, pois acha que as pessoas podem ser descuidadas onde pisam — mas para impressionar uma Walker, é uma conquista. Ela se pergunta se deve mostrar a cicatriz em seu couro cabeludo, mas decide que não. Já aprendera que não deve dar informações demais, e, além disso, essa marca não a rendera uma ida ao hospital.

— Você quer ir no balanço?

— Claro!

Elas pulam para fora do carrossel e atravessam a grama.

— Se bem que estão uma porcaria agora, com essas mudanças — explica Jade —, colocaram freios neles, para que você não vá muito alto. Steph disse que era possível ir lá pra cima.

— Quem é Steph?

Jade revira os olhos como se fosse a pergunta mais estúpida do mundo.

— Minha irmã. Ela mora em Carterton agora.

— Onde fica Carterton?

Jade balança a cabeça de novo. Essa menina realmente pergunta algumas coisas estúpidas.

— Muito, muito longe, mas ela tem um Ford Cortina. Só que o namorado dela não a deixa dirigir sem estar junto, então, ela precisa esperar para vir para cá. Ela disse que essas mudanças são feitas por segurança, mas, se você for bem para o alto, pode chegar a dar a volta!

— Uau! Aposto que é divertido!

— Sim, eles costumavam fazer competições, ver qual deles conseguia ir mais alto, até o topo. Ela disse que sempre conseguia fazer a volta completa. Até o dia em que Debbie Francis sentou-se lá e quebrou os dentes da frente. Então, os homens do parque vieram e consertaram; agora não dá para ir mais alto do que a metade.

Ela faz uma pausa, enquanto escolhe seu balanço, subindo a bordo de um amarelo.

— Debbie Francis estragou tudo!

Bel escolhe o balanço vermelho e se ajeita no assento. Joga os pés para cima, diante de si, e começa a balançar.

— E então, quantos irmãos e irmãs você tem?

— Seis — afirma Jade, dando-se importância. — Shane, Eddie, Tamara, Steph, Darren, Gary.

— Vocês são católicos?

— Não — diz Jade, suspeitando, como se esta fosse uma pergunta capciosa —, nós somos cristãos. Ninguém pode dizer que não somos! Vamos à igreja todo Natal.

— Não, eu não quis dizer isso. Eu quis dizer... Deixe pra lá...

— Sou a mais nova — conta Jade, com orgulho —, minha mãe diz que sou seu reflexo tardio.

Bel joga os pés mais alto. Ela consegue ver por cima da cerca, na parte superior de arco, e nota um grupo de adolescentes a pé, vindo pela pista em direção a elas. Eles gritam e acenam para ela, pedindo-lhe que pare.

— Bem... eu sou uma bastarda.

Jade franze a testa para ela, em tom de reprovação.

— Quem disse isso?

Bel dá de ombros.

— Todos. É um fato!

— Você não deveria deixar as pessoas te chamarem assim! Meu pai disse que, se alguém quiser te desrespeitar, você deve lhe mostrar o que significa desrespeito.

— Não! É verdade! Eu sou uma bastarda. Uma de verdade! Minha mãe me teve sem ser casada.

Jade se escandaliza.

— Você está brincando comigo? Você sabe o que está dizendo? Acabou de dizer que a sua mãe era uma vagabunda!

— Não, eu não disse isso!

— Sim, você disse! Ah, meu Deus! Você disse isso!

— Ela tinha 19 anos de idade e cometeu um erro — ressalta Bel, fazendo um resumo de sua própria existência.

— Então, essa garota, sua irmã. Ela é uma bastarda também?

— Meia-irmã! Não. Ela é uma filha de verdade.

— E seu pai não é seu pai?

— Claro que não! Meu pai de verdade tem um bar na Tailândia. Tenho duas meias-irmãs bastardas, mas ninguém parece se importar com isso.

— Você as conhece?

— Não seja boba! Eu nunca nem vi meu pai, quem dirá as meninas, minhas irmãs! Lucinda as chama de Nong e Pong.

— Quem é Lucinda?

— Minha mãe.

— Nossa! Minha mãe me bateria até arrancar meu couro se eu tentasse chamá-la de Lorraine.

— Lucinda me mataria se eu a chamasse de mamãe! Ela disse que já a faço se sentir velha o suficiente.

Os adolescentes chegaram. Há sete deles, todos uniformizados. Meninos e meninas de cabelos compridos e delineador nos olhos. Grandes marcas de blush nas maçãs dos rostos, bandanas nas testas cobrem-lhes as superfícies vulcânicas dos rostos. Os meninos usam camisas enfiadas em calças tão apertadas que provavelmente ameaçam a sua fertilidade futura, e as meninas carregam todo o conteúdo dos seus guarda-roupas, em camadas, uma em cima da outra, imitando a Madonna.

Isso é realmente se vestir de dentro para fora, pensa Bel, sutiã em cima do colete, em cima da camiseta.

— Que merda! É o Darren!

Bel olha para cima, interessada. Ela já tinha ouvido falar de Darren Walker. Ele tem 16 anos e é uma espécie de celebridade local. Darren não andava no bom caminho desde que fora expulso de Chipping Norton aos 15 anos. Seis meses antes, ele saía sozinho, sem fiscalização, circulando entre as praças, o Memorial de Guerra e o parque, com o boato de que havia apenas um hiato ocasional de arrombamento nas casas da vizinhança para financiar suas diversões. Nos termos da vizinhança, ele é o equivalente a um senhor da guerra de gangues e, como um vencedor misterioso na loteria genética, abençoado com a força e a boa aparência, o que resulta em brigas regulares nos banheiros da cidade. Apesar da reputação de sua família em relação aos odores e parasitas, Darren saiu com metade das meninas da cidade em seu período escolar final naquele ano.

Bel conhece bem a estrutura óssea de Adam Ant, o tufo de cabelos bem acastanhados, o corpo magro longo, firme, e imagina como essas características podem ser relacionadas à menina com a cara cheia de maquiagem ao lado dela. Como alguém que nunca teve muita sorte em relação à popularidade, Bel já se alinhava a Jade, em sua mente, como potenciais Melhores Amigas. Mas, mesmo assim, ela tem de admitir que a menina parece esculpida em banha de porco. Darren está com um braço pendurado livremente em um dos ombros de Debbie Francis, a menina que quebrara os dentes no balanço, e Bel sente uma pontada de inveja ao vê-lo. Então ele é grosseiro, e sua ilusão temporária morre.

— Saia! — ordena ele.

Jade agarra a corrente do balanço e olha para ele.

— Vá se ferrar, Darren!

— Uooo-OOOO-oooo! — gritam os acólitos adolescentes.

— Trouxemos Chloe para brincar nos balanços — explica Debbie.

Jade dá de ombros.

— Há diversos balanços, é só dar a volta!

— Sim, mas — diz Darren, com ar de propriedade —, nós queremos esses!

Como se fosse a primeira vez, ele olha para Bel. Darren a contempla com doçura, olhando-a de cima abaixo. Ela cora furiosamente, ficando rígida como a torre da igreja que se vê à distância.

— Quem é sua amiga?

— Não te interessa, Darren Walker! — berra Jade.

— Eu sei quem é ela — diz um menino com um par de brincos no estilo de George Michael, com penduricalhos, dando um passo à frente e olhando-a, com os braços cruzados. Ele cultiva uma barba escassa, suave, e Bel o reconhece como Tony Holanda, o filho do homem que é dono da garagem. O padrasto tinha travado uma batalha legal com o pai dele pelos últimos dois anos. — Essa é Annabel Scaramanga.

— Não, isso não é verdade! Meu nome não é Scaramanga. É Oldacre! Sou Annabel Oldacre!

O "Uooo-OOOO-oooo" é emitido novamente. A menina dá um passo para trás, olhando para Bel com espanto, como se ela tivesse aberto a boca e falado alemão.

— Nossa! Que sotaque, hein! Metida a chique! — grita Debbie. — Diga: ar!

— Ar — diz Bel, desconfiada.

— Diga: porta! — pede Tony, em alto e bom tom.

O balanço começa a parar. Ela sente dificuldades em manter o movimento, enquanto aguarda para descobrir o que está acontecendo.

— Porta — diz ela, inocentemente.

— Diga: carne — solicita outro alguém.

A palavra sai calmamente. Sua boca parece no piloto automático.

— Agora diga tudo junto — ordena Darren, aproximando-se.

— Não! — diz Bel.

— Tudo bem, então! Saia do balanço!

— Não! — afronta-o Jade. — Vá se ferrar, Darren!

Ele dá um salto. Num ímpeto para a frente, pega o assento de Jade em ascensão, ocasionando uma violenta parada repentina. Jade perde o controle sobre a cadeira, inclina-se para trás e cai, com as pernas ao ar, sobre a terra empoeirada logo abaixo. Ela fica atordoada, tentando recuperar o fôlego.

— Eu avisei você! — diz Darren.

— Vá se ferrar, Darren! — engasga ela, com o coração querendo pular para fora de sua caixa torácica.

— Eu não me levantaria se fosse você. Falo sério! Você não vai querer começar uma festa onde eu inicio batendo em sua cabeça e finalizo chutando sua bunda! Vamos lá, Chloe! — incita, virando-se para a menina de cerca de 5 anos.

O rosto do bebê espreita para fora do capuz de seu anoraque de nylon rosa, no qual ela está bem envolvida até o queixo, apesar do calor que faz. Ela está vermelha por causa do calor, e encontra-se logo atrás de Debbie, olhando para Jade com olhos ansiosos.

— Vá — diz Debbie.

— Não quero — rebate Chloe.

— Não se preocupe com ela — adverte Darren. — Ela faz tudo que eu mando.

Ele afasta Jade com um pontapé.

— Saia! Você não percebe que está assustando a menina?

Jade senta-se e encara a criança com um olhar assassino, esfregando o braço onde uma pedra lhe atingira. Chloe entende o significado do olhar, e esconde-se ainda mais atrás de sua irmã.

— Pare de se exibir, Darren — diz Jade. — Ninguém está impressionado.

— Vamos, Jade — pede Bel —, vamos embora.

Sua voz gera outro coro de "Uooo-OOOO-oooo" das crianças mais velhas. Ela os ignora, com um olhar de desprezo arrogante.

Jade está fervendo de raiva e de humilhação, mas não é idiota.

— Vamos lá, Chloe! — ordena Darren, novamente.

A menina segue, de má vontade, em direção a ele, impulsionada por sua irmã. Debbie veste uma camiseta justa listrada sem mangas, uma calça de ginástica, os pés estão descalços e ela carrega os tênis nos braços. Uma jaqueta de couro cravejada de enfeites jogada sobre os seus ombros. Ela prendera o cabelo para trás em um rabo de cavalo e usa cílios postiços por cima dos próprios cílios loiros e grossos. Bate o rabo de cavalo contra o rosto de Darren. Os brincos de crucifixo balançam, tocando-lhe as bochechas.

— Você não deveria ser tão egoísta — diz ela, piedosamente, para Jade. — Ela é menor que você.

Em seguida, pega Chloe e a coloca no assento ainda quente de Jade e começa a empurrar.

— Estou com fome! — avisa Chloe.

— Ah, pelo amor de Deus! Eu te trouxe no balanço, não trouxe? — pergunta Debbie, visivelmente cansada.

Capítulo Dezessete

— Lamento, amigo. Creio que discou o número errado. Não há nenhuma Jade aqui — diz Jim.

Kirsty sente as mãos deslizarem sobre a laranja, apressadamente compensadas como os empurrões do espremedor, para a esquerda.

— Mãe! — grita Sophie, da parte de trás.

O suco de laranja banhara todo o seu equipamento de tênis.

— OK — continua Jim, e desliga.

— Desculpe! Desculpe! Não sei o que houve. Minhas mãos escorregaram.

— Estou toda ensopada agora!

— Não faz mal — apazigua Jim —, tudo estará seco até segunda-feira.

Normalidade. Devo agir com normalidade.

— Quem era? — pergunta Kirsty, indo mais para perto do marido.

— Número errado. Um homem procurando por uma mulher chamada Jade.

— Ah...

— O que temos para o jantar? — pergunta Sophie.

— Eu não sei — responde Kirsty, vagamente —, gurjões de peixe?

Jade. Um homem que procurava por Jade. Não era ela. Não era Bel: um homem. Meu Senhor. Há alguém atrás de mim? Ou é apenas coincidência? Oh, Deus, será que o Mail on Sunday *finalmente me achou?*

— Gurjões de peixe? Mas hoje é sábado!

— E daí?

— As outras pessoas pedem comida de algum lugar aos sábados! Comida chinesa ou alguma coisa parecida...

— Sim — diz Jim —, mas as outras pessoas não têm aulas de tênis e piano. É um ou outro, Sophie. Não somos ricos. Pessoas como nós não ganham tanto.

— Affffff...

— Estou preparando um frango assado para amanhã — diz Kirsty, tentando ser encorajadora —, com todos os acompanhamentos. Pare de chutar as costas da minha cadeira, Sophie!

— Mas eu sou vegetariana! — chora a menina.

— Sério? — questiona Jim, virando-se. — Desde quando?

— Vocês nunca ouvem uma *única* palavra do que eu digo!

— Claro que ouvimos, Sophie, cada palavra! Não é de admirar que você não queira peixe empanado. O que acha, querida? — argumenta ele, virando-se então para Kirsty. — Podemos fazer uma boa salada?

— É claro que podemos — assente Kirsty, compreendendo a intenção do marido. — Temos muita salada no jardim à espera de alguém para devorá-la. Sinto muito, Sophie! Se tivesse *dito* antes, colheríamos vegetais para você todos os dias.

Sophie geme.

— Não *esse* tipo de vegetariano. Não sou uma vegetariana que come *salada*.

Jim chama a atenção de Kirsty.

— Ah, é uma vegetariana chocólatra!

Sophie olha para fora da janela.

— Não gosto de peixe empanado.

E se a gente chegar em casa e houver fotógrafos à nossa porta? O que devo fazer? Isso os matará. Não apenas a revelação: a mentira. Ele vai descobrir que esteve morando com uma estranha por todos esses anos. Pensará que, se eu pude mentir para ele sobre algo tão sério, poderia mentir em relação a qualquer outra coisa. Vai acabar se perguntando se eu realmente o amo.

— Pra mim, tanto faz, meu bem. Que tal um sanduíche de alface?

— Um sanduíche de alface não é um jantar!

— Você vai comer um monte de alface, se virar vegetariana. É bom começar a se acostumar com isso.

— E rúculas — acrescenta Jim. — Não se esqueça das rúculas!

Luke está na frente do clube de rugby quando vão buscá-lo, com suas chuteiras penduradas pelos cadarços sobre os ombros.

— Eu gostaria que ele não fizesse isso — comenta Jim. — Ele passa por uma dupla de atacantes por semana.

Ao chegar, o carro emite um sinal sonoro de buzina. Luke salta, gira e serpenteia. Vai correndo, sorrindo, e pula para dentro do carro.

— Como foi? — pergunta Kirsty.

— Impressionante! Marquei na primeira tentativa! E o senhor Jones disse que posso tentar entrar para a primeira equipe dentro de um ano!

— Fantástico! Luke! Sente-se em cima do saco de lixo, querido! Você está sujando tudo de lama!

— Oh, desculpe — diz, e se instala em seu assento.

Sophie olha para ele no caminho do modo que todas as meninas olham para irmãozinhos lamacentos.

— O que teremos no jantar? — pergunta Luke.

— Bem, nós íamos fazer iscas de peixe, mas sua irmã quer uma salada — explica Jim —, ela virou vegetariana.

Luke uiva com nojo.

— Você está brincando! Não posso comer salada! Eu estava jogando *rugby*!

Jim dá de ombros.

— Bem, não cabe a mim. Talvez você possa negociar.

Kirsty engata a marcha e segue para a estrada.

Luke franze a testa para Sophie.

— Tudo bem... vou comer peixe, certo? Serei peixariana, se isso te faz feliz.

— Peixariana — confirma Jim.

— Seja lá qual for o nome de quem come peixe — conclui Sophie, e cruza os braços.

Deve ter sido Bel... É que sua voz é tão profunda que ele pode ter achado que era um homem. Ela não soava como um. Mas... não sei. Por favor, por favor, por favor, Deus, faça com que tenha sido Bel. Faça com que não tenha sido outra pessoa, alguém com outra intenção.

— Mas eu não vou comer nenhum frango fedorento! — argumenta Sophie, incisiva.

— Tudo bem — diz Jim —, mas não acho que isso significa que possa comer o dobro de batatas assadas.

Capítulo Dezoito

Blessed ama Whitmouth quando chega o alvorecer, em parte porque o clima refresca e o ar é puro, mas principalmente porque o amanhecer significa que o final de uma longa noite de trabalho se aproxima e será o momento em que conseguirá ir deitar para descansar em sua cama macia.

Naquela noite, ela limpou e poliu cada assento dos carrinhos da montanha-russa, tirando toda a sujeira e dando um novo visual a cada superfície de contato usando uma garrafa inteira de spray antibacteriano e meia dúzia de panos de limpeza altamente absorventes. Limpou os vidros das arquibancadas, onde as pessoas conseguiam ver tudo que acontecia em todo o resto do parque ao subirem os degraus. Enxugou os vestígios de gel, condicionador e cremes de cabelo que engorduravam cada coluna que ficava à altura das cabeças dos passageiros.

Agora, está na parte de baixo das roletas, juntando as embalagens, as moedas, as camisinhas, e outros pequenos tesouros que caíram dos bolsos dos passageiros durante as voltas dadas no brinquedo. É surpreendente o número de latas de bebidas que encontra ali, uma vez que há um aviso claro para que não portem bebidas durante o passeio na montanha-russa. Se quiser, é possível encontrar os responsáveis depois pelo parque, pois sempre são aqueles com refrigerante no cabelo e aparência de ovelha em virtude do açúcar impregnado nos fios. No fim da temporada, é necessário limpar essa área com uma lavadora de alta pressão, mas raramente se faz isso, pois, nessa época, apenas os zeladores vêm aqui. Blessed sempre deixa essa parte para o final, assim, consegue enxergar melhor com a luz do dia que se aproxima. Esse é um trabalho visado — era do zelador antigo e tinha sido passado a ela quando Amber assumiu a gerência — por ser incrível como as pessoas não conseguem perceber o que perdem até que deixem o parque. Há, geralmente, pelo menos uma nota de dez libras, óculos de sol e de grau, joias, doces e molhos de chaves (que sempre vão para a caixa de achados e perdidos) e, às vezes, uma carteira. Seus proprietários, provavelmente, pensam que foram roubados, por isso nunca mais voltam para buscá-los. Como cristã, Blessed costuma ter dúvidas sobre tirar o dinheiro antes de entregar as carteiras, mas ela sabe que, se não aproveitar a oportunidade, Jason Murphy ou um dos outros guardas, com certeza, aproveitará e usará o valor para pagar uma bebida ou drogas ou alguma outra forma de diversão. Os recursos de sua própria desonestidade vão direto para o fundo de reserva para os estudos de Benedick. Dessa forma, pensa em suas vítimas como benfeitores.

Naquela noite, não conseguiu muita coisa. Ontem foi um dia nublado, então os óculos de sol (que ela podia vender, por cinquenta centavos cada, em uma loja de penhores na Fore Street) devem ter ficado firmemente guardados em seus estojos, e as jaquetas devem ter coberto os bolsos dos passageiros. Mas ela encontrou 3,60 libras (quase meia hora de um salário mínimo, afinal de contas) e três pacotes de chiclete que Ben irá gostar. E uma peruca: um aplique de rabo de cavalo loiro, comprido, de fios sintéticos. Ela está prestes a deixá-lo cair no saco do lixo, espantada pelo esquecimento do proprietário, quando pensa: *não, está em bom estado. Verei se Jackie se interessa antes que eu jogue fora. Nós já desperdiçamos coisas demais neste mundo.*

Estende o braço e confere as horas. Cinco e vinte, o tempo está quase acabando. Ela ficará até as cinco e meia e, em seguida, baterá o cartão. Ninguém dá valor a quem trabalha de forma eficiente em Funnland. Eles são pagos por hora, apenas isso. E, caso consiga, gostará de pegar uma carona com Amber, sempre a última a sair. Decide, então, ir procurar por Jackie. Ela pega o saco de lixo e segue rumo às lixeiras.

Jackie está ao telefone. Mesmo às cinco e meia da manhã, ela consegue encontrar alguém com quem conversar. Está terminando de ajeitar a barraca do Arremesso de Coco, onde não há muito a fazer além de verificar se os cocos não foram abertos, revelando seus interiores, e tirar o pó dos prêmios, assim não fica muito óbvio o quão raramente se ganha. Ela usa as luvas de borracha com punhos de renda e babados, de costas para o parque, e não vê Blessed aproximando-se.

— É isso mesmo, meu bem, até que fique todo dolorido.

Blessed hesita. Aquilo soa como uma conversa pessoal. Não que Jackie mantenha muitos de seus pensamentos em caráter sigiloso.

— E então, quando você achar que está todo esfolado, eu vou lamber o dedo e...

Blessed, apressadamente, tosse. Jackie dá um salto e olha por cima do ombro como se tivesse sido pega no flagra. Ela abre um sorriso quando vê Blessed e abaixa o dedo revestido de borracha, tema de sua conversa.

— Tenho que ir, querido. Sim, mais tarde. Estarei esperando, ansiosa.

Ela desliga o telefone.

— Ei!

— Olá — cumprimenta Blessed. — Como você está hoje?

— Melhor agora, que já está na hora de ir para casa. Amber ainda não está pronta?

— Não sei. Mas tenho certeza de que virá nos encontrar. Eu lhe trouxe uma coisa — informa, enquanto procura o rabo de cavalo na bolsa de plástico —, alguém perdeu. Pensei que talvez você pudesse querer.

Jackie se inclina, chega mais perto e olha, de cara feia.

— Cabelo de segunda mão?

Blessed sente que corou. Sabe que cometera mais um daqueles equívocos culturais que já tinha cometido diversas vezes desde que chegara ali. Não que ela tenha qualquer desejo ardente de se tornar amiga íntima de Jackie. Em vez disso, sabe que deve manter Benedick longe dela, agora que o rapaz chegara à adolescência.

— Nem parece usado — gagueja, ainda na tentativa de fazê-la se interessar —, acho que a pessoa que o usava tinha acabado de colocar, novinho, ontem.

Jackie parece relutante até mesmo em tocá-lo. Sob seu olhar crítico, Blessed percebe que é uma coisa pobre, que, para alguém acostumado aos luxos baratos e abundantes de um país rico, cabelo de segunda mão é um pouco menos nojento do que uma escova de dentes usada.

— Certo, está tudo bem, Blessed! De qualquer forma, obrigada.

Blessed coloca o rabo de cavalo no saco de lixo, tentando não demonstrar seu constrangimento. Se estivesse no lugar de Jackie, teria aceitado o presente com todo o prazer, mesmo que fosse para jogá-lo na primeira lata de lixo que encontrasse depois. Sente uma pontada de nostalgia dos costumes com os quais fora criada.

— Então, está pronta para ir?

Jackie concorda.

— Preciso dormir. Estou exausta.

— Eu também. Foi uma longa noite.

Elas começam a caminhar em direção às lixeiras, cujos sacos de lixo saem das tampas abertas.

— E, então, quais são os seus planos para o resto do dia?

— Dormir o quanto puder — explica Jackie — e, depois, supermercado, acho que não tenho nada em casa.

— Você voltou para casa, então?

Jackie concorda.

— Sim. Voltei hoje.

— Ah, que bom. Fico feliz em ouvir isso.

— Estava ficando estranho.

— Posso imaginar. Ninguém gosta de abusar da hospitalidade alheia.

— Não gosto de viver segundo as regras de outras pessoas, ainda mais sendo gente do meu trabalho.

Blessed levanta uma sobrancelha. Uma parte dela sente o prazer de se lembrar de que Jackie tem dificuldade em ser grata; que não são apenas os seus presentes que a fazem agir dessa forma.

— Então você acha que... o seu problema... já passou? — pergunta, com gentil ironia.

Amber lhe contou ontem à noite sobre a conversa com Martin Bagshawe e ela está interessada em saber quem tinha ganhado.

— Sim... Acho que ele entendeu o recado. No final das contas, você tem que ser firme, não é? Levantar a cabeça sozinha.

Blessed se permite um pequeno sorriso, virando a cabeça para escondê-lo.

Amber já estava esperando nos vestiários, chacoalhando seu molho de chaves no dedo indicador, como um brinquedo de criança. Ela parece cansada e está meio pálida. O rosto apresenta uma tonalidade quase acinzentada, com os olhos vermelhos nas bordas, mas ninguém tem um bom aspecto naquela hora do dia.

— Prontas?

Sua voz soa como se viesse de longe. Blessed sempre se intrigou com a maneira que as vozes soam de modo tão diferente no início da manhã, como se desvanecessem da vida dos seus proprietários na pequenez daquela hora.

Não se passou muito tempo do horário de pico das mortes nos hospitais. Nós todos estamos, provavelmente, meio fora dos nossos corpos, por volta do amanhecer. A sala está cheia de aparições silenciosas que eram a vida e a alma da lanchonete há quatro horas.

As três mulheres pegam seus pertences dos armários e saem na avenida em frente ao mar.

— Hoje fará um dia bonito.

Jackie olha para o céu azul-claro enquanto andam, passando pela frente do parque, e sorri.

— Vamos para a praia, então! Podia muito bem não ir para casa. Afinal, tudo o que eu vou fazer é dormir, de qualquer maneira.

— Sério? — questiona Amber.

— Nãooo! É brincadeira.

Amber balança a cabeça.

— Você deveria pensar melhor ao fazer piadas a esta hora do dia, Jackie.

Jackie pega um cigarro do bolso de sua jaqueta e o acende.

— Tem razão — concorda ela, com sobriedade.

— Como você consegue fumar? — pergunta Blessed. — Isso não te faz mal a essa hora?

— Bem, poderia fazer se eu tivesse acabado de acordar — responde Jackie, liberando uma corrente de fumaça para o ar reluzente —, mas acho que, uma vez que estou saindo do trabalho, é o equivalente às 17h para mim. Que coisas você programou para o dia de hoje, Blessed?

— O de sempre.

Ela vai buscar Benedick, checar se ele fez o dever de casa, alimentá-lo e mandá-lo para a escola. Faz só um ano, mais ou menos, que ela parou de trazê-lo ali, um ritual que causou aumento da discórdia entre eles assim que o menino entrou na adolescência. E, então, dormirá durante algumas horas, levantará, tomará um banho e vai para o trabalho no turno da tarde no Londis. É um turno de apenas quatro horas, o que lhe permite passar a noite com o filho antes de Amber pegá-la às 21h45.

Jackie dá outra tragada no cigarro.

— Juro que não entendo como você consegue trabalhar tanto! Você nunca tem um momento de lazer?

— O problema com este país — explica Blessed — é que ninguém tem ideia do que é o trabalho.

— O problema do terceiro mundo — irrita-se Jackie — é que vocês são todos uns otários.

— Obrigada, Jackie, vou tentar me lembrar disso. Mas somos dois e só um pode trabalhar. Logo, logo Benedick será um médico e então poderá me sustentar.

Amber mal chega até a calçada e bate com a mão na própria testa.

— Merda!

— O quê?

— Desculpe, Blessed. Esqueci. Queria ter dado a você no intervalo do chá. Está no meu escritório. Esqueceria a minha cabeça se não estivesse grudada no meu pescoço!

— Você terá que desacelerar — comunica Blessed —, estou alguns metros atrás. Sobre o que está falando?

— O computador. Eu consegui um computador para o Ben. Maria Murphy, acredite ou não! Eles compraram um novo para Jared e ele não precisa mais do seu velho laptop.

Blessed sente uma chama de esperança se acender.

— Sério? Você fez isso por mim?

— Eu te disse que ia tentar — responde Amber, sorrindo com orgulho.

Ela realmente parece cansada, pensa Blessed, *como se não tivesse dormido. Mas, glória a Jesus, rezei pedindo por um milagre e Amber Gordon o trouxe para nós.*

— Você é um anjo — agradece sinceramente.

A vida a tornara uma pessoa seca e paciente, mas ela sente o escorrer de lágrimas em sua garganta.

— Juro por Deus, como ele ficará agradecido! Sei que ficará. Mas não mais agradecido do que eu estou neste momento.

Amber balança a cabeça.

— Está tudo bem. Não foi nada. Apenas alguns telefonemas. Então, vou buscá-lo agora e você pode lhe dar assim que ele acordar.

Ela puxa as chaves do bolso, joga-as para Jackie.

— Fiquem no carro, eu não demoro!

Elas caminham em silêncio. Blessed feliz com suas bênçãos, Jackie cansada de suas perdas. O cargo de gerência de Amber não inclui uma vaga no estacionamento dos funcionários do parque, de modo que ela sempre deixa o carro no Koh-Z-Nook, o salão de chá anglo-tailandês do outro lado do cais. Ele só funciona do horário do café da manhã até as 18h, por isso sempre há espaço lá, e é mais seguro do que deixá--lo do lado de fora à noite, no clube de strip-tease. É uma caminhada um pouco chata, com uma vista toda de concreto e persianas, mas, uma vez que se transpõem as enormes divisas do cais, tem-se uma bela vista do mar.

— Isso foi bacana — diz Jackie.

— Muito! Nem fale!

— Por que ninguém nunca faz algo assim por mim? — reclama Jackie. — Eu também não tenho computador.

Porque você não sabe como usá-lo?, pensa Blessed.

— Você poderia tentar pedir a Jesus.

Jackie bufa como um cavalo.

— Eu tenho pedido a Jesus para ganhar na loteria há anos! Talvez eu só não seja o tipo de pessoa que recebe resposta às orações.

— Não funciona assim! Precisa pedir a ele uma solução. Que ajude você a ajudar a si mesma. Pedi todos os dias e ele me enviou Amber. Você nunca sabe o formato que a sua solução terá, mas é pouco provável que venha em forma de um bilhete de loteria premiado.

Jackie lança-lhe um olhar maldoso. Blessed para de falar. Ela está acostumada com o ressentimento dos ímpios e nada pode estragar a sua felicidade naquela manhã. A questão do computador pesava fortemente sobre os seus ombros. Livrar-se disso era um milagre.

Ela respira profundamente o ar da manhã e sorri para o céu. Naquela manhã, a rua está tranquila, as águas plácidas do mar batem suavemente sobre as pedras próximas ao cais. Há o canto de um rouxinol. A cidade está tão tranquila que a música ecoa, clara e verdadeiramente, acariciando-lhe a nuca e o rosto. Ela faz uma pausa para escutar. Jackie dá alguns passos e então para, impacientemente, a fim de olhar para ela.

— O que foi?

— Escute... — diz Blessed, colocando a mão perto do ouvido.

Jackie assume um olhar nervoso e tenta ouvir.

Blessed percebe que ela não escuta nada, acreditando, então, ser o silêncio que a colega ouve.

— Sim, muito bonito — responde e segue em frente, como um furacão.

Blessed espera e escuta por mais alguns instantes, feliz pela chance de fazê-lo sem nenhuma interrupção. Os pássaros cantam com toda a alegria no verão.

Obrigada, Deus, por me trazer a Whitmouth. Não era o que eu imaginava quando minha jornada começou, mas estou feliz por ter vindo para cá.

Ela vê Jackie virar a esquina para chegar ao estacionamento do Koh-Z-Nook, mas ouve o som de uma batida e o grito de um palavrão. Blessed abandona seu devaneio e segue, desajeitadamente, tão rápido quanto os chinelos lhe permitem.

Jackie está sentada no chão, esfregando o joelho e olhando para um sapato jogado na rua. É uma bota *peep-toe*, verde-limão, com a correia do tornozelo arrebentada.

— Droga! Merda! — exclama Jackie.

— Você está bem? O que aconteceu?

Ela olha para a palma da sua mão, cheia de pedrinhas do chão e a sacode.

— Inferno! Levei um tombo nessa droga de sapato!

— Oh, querida, você se machucou?

— Sim — diz ela, num estalo. — Bem, não muito. Graças ao idiota que jogou isso bem aqui! Merda de sapato!

Blessed lhe estende a mão. Jackie continua sentada esfregando o joelho, balbuciando.

— Maldito acidente! Tinha que acontecer bem agora! Sou capaz de matar se souber quem fez isso!

— Certo — finaliza Blessed, querendo acabar com o teatro. — Vamos até o carro.

Ela oferece o braço à colega, que manca dramaticamente enquanto atravessam o estacionamento. O Fiat Panda está parado próximo à esquina mais distante dali, à sombra de uma marquise. Quando chegam à parte de trás do carro, conseguem ver a dona daquele sapato em um veículo estacionado logo atrás, o pé descalço sob a porta do motorista, com uma feição desconfigurada, olhando cegamente para um pé de carqueja diante do mar.

Capítulo Dezenove

Amber desce os degraus da delegacia de polícia para descobrir que já há um grupo de curiosos na calçada do lado de fora. As notícias voam em Whitmouth. O carro está sendo filmado no estacionamento do Koh-Z-Nook, apontado como prova após o fato consumado. Blessed e Jackie, as pessoas que encontraram o corpo, devem ficar ali por mais algum tempo. Ela pegará o ônibus para casa, por isso se dirige ao ponto de Funnland.

Já são quase 10h e a estrada costeira está cheia de carros e motos: a demográfica manhã. Esquivando-se em meio a eles, Amber não ouve seu nome sendo chamado até chegar ao cruzamento. Ela olha em volta, confusa, e então avista Vic, braços bronzeados e bem torneados em uma camiseta branca, encostado em um táxi estacionado no acostamento, uns cinquenta metros atrás. Ele acena. Seu coração pula. Ela atravessa a rua e segue em sua direção.

— O que você está fazendo aqui?

Ele a envolve com o cotovelo através do pescoço e beija o rosto dela.

— Eu soube o que aconteceu.

— Você já soube?

— Jackie me ligou. Aí vim para ver se estava tudo bem.

— Graças a Deus que você veio. Eu estava com medo de pegar o ônibus.

— Vamos — diz ele, abrindo a porta do carro —, vou levá-la para casa.

Ela afunda no banco de trás e fecha os olhos. Não reconheceu o motorista, o que a deixa meio surpresa, afinal, a maioria deles morava na região. Vic senta-se ao lado dela e fecha a porta.

— Volte pela Tennyson Way, por favor, companheiro.

Ela sente a rotação do motor e o carro se move para a frente. Sabe que Vic está olhando para ela e abre os olhos para ver. Ele está sorrindo.

— Como você está?

Ela suspira.

— Ah, você sabe.

— Na verdade, não sei, é por isso que estou perguntando.

Amber fecha os olhos de novo e deixa a cabeça cair contra o encosto.

— Você deve estar começando a pensar que alguém está te perseguindo — afirma ele, de forma insinuante.

Seus olhos se abrem de novo.

— Vic! Meu Deus! O que é isso? Isso é coisa que se diga?

Ele encolhe os ombros, transparecendo toda a inocência dos seus olhos azuis.

— Eu só disse que você deve ter pensado isso, Amber!

O motorista olha para ela pelo retrovisor, com certo espanto nos olhos. Amber se cala e vira o rosto. Vic desliza a mão em volta da parte de trás do pescoço dela e acaricia-lhe a nuca.

Amber afasta os ombros e retira a mão dele, olhando para fora da janela.

— Não precisa agir dessa forma, meu bem. Eu vim te buscar, não vim?

Mary-Kate e Ashley vêm correndo no instante em que ela abre a porta, e o fato de ele deixá-las irem ao seu encontro quando chegam em casa mostra muito mais a respeito do seu humor do que qualquer coisa que ele tenha dito. Elas giram e giram em torno dela, circulando em suas pequenas patas, olhando com a alegria arrebatadora dos inocentes. Amber as acolhe e dá alguns beijos em suas cabeças. Nunca tinha sentido uma afeição tão pura e simples da forma que sentia por aqueles pequeninos seres amorosos. O que a fez desejar, por um momento, que as relações humanas fossem mais simples.

Ela vai alimentá-las e percebe que a máquina de lavar está ligada e chegando ao fim do seu ciclo de rotação.

Rápido, como sempre. Nada permanece na bacia por muito tempo na lavanderia desta casa.

— Quer uma xícara de chá? — pergunta ele, tentando ser gentil.

Ela balança a cabeça, negativamente.

— Estou morta, Vic. Vou tomar um banho e me deitar.

— OK. Vou tirar as roupas da máquina. O tempo está bom para elas secarem.

Amber está escovando os dentes quando ele chega e se posiciona atrás dela, olhando-a pelo espelho. Ela olha para trás aliviada, pois, apesar de tudo, a briga tinha acabado. E, então, ele toca a parte de baixo das suas costas e ela percebe que o outro Vic ainda não tinha desaparecido.

Seus braços deslizam em torno de Amber e ele se inclina em um abraço apertado, pressionando a virilha contra o seu quadril.

Droga, ele ainda está aqui. Este não é meu Vic. Este homem com um sorriso alegre e maníaco, de gestos físicos bruscos.

Às vezes, ele volta para casa com um humor assim, mas ela nunca aprendeu a aceitá-lo. Ele não iria largá-la. Amber não se sente abraçada, mas presa.

— Ei, Amber — chama, em voz baixa.

Ela sente sua respiração em seu pescoço, seu torso pressionado contra o dela. Vic beija o seu pescoço, logo acima de sua clavícula, e Amber tem que lutar contra a vontade de empurrá-lo para longe. Ele estava com tanta raiva ontem! Ela deveria sentir-se grata pelo mau humor ter passado tão rapidamente. Obriga-se a relaxar, a levantar a mão e a acariciar-lhe o rosto. Amber sente o início de um endurecimento em sua virilha.

Que merda!

Em seguida, questiona-se por estar reclamando. Há semanas ele não a tocava assim e Deus sabe o quanto ela desejava que aquilo acontecesse. Deveria estar agradecida. Deveria estar feliz.

— Como foi a sua noite? — pergunta, na tentativa de distraí-lo. — Esqueça. Desculpe.

— Oh, querida — resmunga ele, virando-a para encará-lo.

Seu jeans agora está totalmente apertado. Ele comprime a virilha contra a dela. Amber mexe o quadril em resposta, mas lhe parece algo desagradável, sujo.

— Tudo bem. Fui a um bar. Bebi um pouco e me acalmei. Eu sinto muito. De verdade, muito mesmo. Não quero magoar a minha garota, você sabe disso.

— Então, quer dizer que acredita em mim?

Vic levanta a cabeça para trás, olha em seu rosto com uma expressão estranha, um bom humor particular. Começa a conduzi-la para a cama. Ela vai, contra vontade, mais para evitar novos desentendimentos do que por qualquer desejo de participar.

— Não importa se acredito em você.

— Ah, Vic, como assim? Se não confia em mim, então de que adianta...

— Não se trata de confiar, trata-se de perdoar. É disso que se trata. E eu lhe perdoo.

Ele coloca um joelho entre suas coxas, empurrando-a contra a parede. Coloca a mão em volta de uma de suas nádegas e se agacha sobre ela, como um cão.

Eu não quero isso agora, quero conversar. Não entendo os homens. A forma como conseguem ignorar tudo quando seus hormônios estão atuando. Simplesmente não consigo...

Ela sente as mãos dele subindo para puxar-lhe as calças.

— Vic — tenta mais uma vez distraí-lo, mudar seu rumo —, tive uma noite difícil. Estou toda suada. Cansada.

Ele não olha para ela. O queixo cravado em seu pescoço.

— Eu vou te ajudar, então. Vou fazer você suar um pouco mais.

— Eu...

Ele já está com as calças abaixadas até as coxas.

Merda! Ele vai fazer isso de qualquer maneira. Quer eu goste ou não.

Ele a aperta fortemente e ergue-lhe o corpo, colocando-a na cama.

— Isso — sussurra ele, lânguido —, isso. Assim...

Que merda!, desiste, *Basta acompanhá-lo. Fazer o que ele quer. Talvez depois ele me deixe falar. Sorte Jackie não estar mais por aqui. Sorte que não entrará aqui e se deparará com isso. Sabe-se lá o que ela pensaria, depois de uma manhã como essa.*

Ao lado da cama, Vic coloca um pé atrás do seu tornozelo e a empurra; Amber cai para trás, por baixo dele. Ele abaixa as calças dela e agarra seu púbis com propriedade.

— Sim... — murmura em seu ouvido. — É isso que você quer. Você sabe que é isso que quer.

Com a outra mão, puxa o pênis para fora. Estava grosso, inchado, roxo.

Ele fica por cima dela e começa a investir.

Capítulo Vinte

O nome dela é Stacey Plummer, enfermeira veterinária. Era. Com 25 anos, é mais velha do que as outras vítimas, e o *post-mortem* mostrou que não estava nada sóbria, que tinha, inclusive, vomitado. À meia-noite de sábado, cansada da companhia dos amigos, que tinham a intenção de continuar a beber no bar Hope and Anchor antes de irem a uma casa noturna, decidiu ir para casa a pé. Seu corpo foi encontrado seis horas mais tarde, no estacionamento de um bar da praia, por outra zeladora do parque que voltava para casa, depois de trabalhar no turno da noite. Essas mulheres devem estar realmente começando a odiar o seu trabalho.

Demoram quase dois dias para identificá-la, principalmente porque seus amigos estavam com uma ressaca tão grande que mal saíram dos quartos, a não ser para comer e afirmar que ela tinha ido para casa em protesto. E em parte porque o assassino tinha intensificado o seu jogo. O rosto de Stacey havia sido espancado de tal maneira que suas feições foram quase obliteradas.

A outra vítima é um tipo completamente diferente de pessoa, embora a ocorrência de dois assassinatos tão próximos tenha lançado um frenesi de medo e especulação: Tina Bentham, uma avó de 45 anos, alcoólatra e prostituta ocasional, encontrada pelos lixeiros na segunda-feira à tarde em um beco da Fore Street com o corpo intacto, exceto por algumas contusões mais antigas, provavelmente não relacionadas, e uma ferida irregular com dois pontos no pescoço que rompeu sua artéria carótida, fazendo-a sangrar até a morte. As vítimas, bem como a forma que morreram, são tão diferentes que a polícia — e mais ainda a imprensa — começa a especular se há apenas um assassino.

Kirsty chega na terça-feira à tarde, antes que o nome de Stacey seja liberado para a imprensa. Ela não quer estar a uma distância inferior a cem quilômetros de Bel, mas Dave Park tinha sido enviado para Sleaford, onde a criança F e a criança M vão ser ouvidos pelos magistrados do tribunal, e trabalho é trabalho.

Vou manter minha cabeça baixa, não é uma cidade pequena, e provavelmente nunca irei topar com ela, especialmente se eu ficar longe do parque.

Naquele instante, deseja intensamente nunca ter lhe dado o seu número. Não entende que momento de loucura a possuiu.

A cidade está movimentada, o oposto das imagens nas notícias. As caixas registradoras nos bares e cafés bombam enquanto a imprensa se amontoa por trás de suas janelas para conseguir informações uns dos outros, entre os intervalos comerciais. O mar está agitado, apagando evidências e deixando os banhistas em suas esteiras na areia. As fitas que marcam o local do acidente foram espalhadas rapidamente pela polícia ao longo da avenida, atraindo os incautos e curiosos. As ruas se encontram cheias de oficiais e agentes de saúde distribuindo panfletos que dizem "Cuide-se", além de grupos feministas e políticos oportunistas, grupos religiosos e militares, e membros da secretaria de turismo, garantindo a segurança do lugar. Há vans que vendem hambúrgueres estacionadas nas faixas amarelas duplas, todas juntas como medida de segurança. Os quartos dos hotéis estão cheios e o bacon está prestes a acabar nos cafés. Na atmosfera fumegante, os banhistas frustrados se amontoam sobre as máquinas caça-níqueis, vendo seu dinheiro sumindo em um piscar de olhos. O parque de diversões Funnland, com seus muros altos, está lucrando muito. Ao que parece, não há nada melhor do que um assassino em série para promover um *boom* de turistas.

Kirsty não consegue encontrar um lugar para estacionar ali perto, por isso deixa o carro no Voyagers Rest (sem apóstrofo, ela queria se sentir menos incomodada ao notar essas coisas). Com um lenço enrolado na cabeça, cobrindo-lhe o rosto, ela segue por um labirinto de pedestres pelas calçadas rumo ao mar.

Há uma fila para entrar em Funnland, exatamente como se fosse mais um dia normal. Ela olha para as pessoas além do portão de entrada e se pergunta se Bel está lá dentro.

Amber analisa a pele de Suzanne Oddie. É brilhante e bronzeada e não fornece nenhuma pista sobre a sua idade. E ainda assim deixa bem claro cada ano vivido.

É assim com essa tal de cirurgia plástica e tudo o mais que essas mulheres ricas tanto gastam, não para fazer você parecer mais jovem, mas para fazer você parecer mais cara.

Suzanne está olhando para os livros, franzindo a testa junto a um par de óculos de grife. Ela veste um terno que Amber reconhece como um Chanel. Sob a mesa, um salto agulha rosa com solado resistente. Ela tem três anéis em sua mão esquerda — um de noivado, um de casamento, um de bodas, com pedras do tamanho de grãos de milho — e uma enorme turmalina na mão direita. Amber sente-se deselegante e pobre diante dela. Claro, só pode se sentir assim, atualmente. Hoje, Suzanne está vestida para deixar a hierarquia clara.

— *Dezoito* lixeiras para absorventes? Sério?

— Sim, precisamos de uma em cada cabine — diz Amber.

— Por que não podemos simplesmente ter uma por banheiro? E deixar sacos plásticos nas cabines?

Amber encolhe os ombros.

— Você que sabe. Eu acho que seria uma economia porca, considerando os gastos que temos para desentupir o encanamento. Acho que você está superestimando o senso de responsabilidade comum.

— Mmm — pensa Suzanne.

Parece-lhe suspeito uma zeladora usando tais palavras. Ela bate as unhas sobre a mesa e então, olha para cima, bruscamente.

— Bem, nós precisamos cortar alguns custos, Amber.

Por quê?, queria gritar Amber. *Por quê? Graças ao assassinato, e seu efeito incrível de esquecimento em Whitmouth, estamos tendo a melhor temporada de que podemos nos lembrar. Há filas de trinta minutos, durante muito tempo, apenas para passar pelo portão da frente.*

— Sério? — questiona então, fracamente.

— Sim. Nós estamos em uma recessão, você sabe.

Ah! Sim! A recessão.

— Mas estamos indo bem agora — argumenta, consciente de que está perdendo tempo — A julgar pela quantidade de lixo que descartamos, os numerários devem estar aumentando bastante.

Suzanne não olha para ela.

Será que ela sempre evitou meu olhar dessa forma e eu estava tão ansiosa para agradar que nunca percebi?

Suzanne vira a página enquanto fala.

— Sim, mas esses assassinatos logo cairão na mesmice e há uma tendência geral de queda. Não podemos contar com eles para sempre.

Os olhos de Amber se arregalam. Não tinha visto os assassinatos pela perspectiva do negócio.

— Tem razão, suponho que não possamos.

— Especialmente com a Casa de Espelhos fechada, isso significa a perda total de um ativo. Vamos ter que investir capital para encontrar outro uso para o espaço.

Sim, é verdade, aquele estrangulador é um desgraçado egoísta.

Ela espera, enquanto Suzanne bate com as unhas sobre a mesa um pouco mais, perguntando-se o que estaria por vir.

— Vinte e seis zeladores — diz com ar de descaso —, é muita coisa!

— Mas a maioria deles ganha salário mínimo — ressalta Amber, tentando justificar.

— Isso ainda significa... — inicia ela, virando-se para a calculadora e digitando — vinte e três mil e tantas libras por mês. Isso é demais para gastar com limpeza!

— Mas há muito para limpar. Coca-Cola e sorvete não são coisas fáceis de remover.

— Mesmo assim, nós não *somos* uma fábrica de dinheiro. Ao contrário, precisamos dele.

Ela mexe no colar de pérolas ao redor do pescoço e olha para Amber com ar paternalista:

— Parece que você está descobrindo o lado negativo da gestão! Às vezes, você tem que fazer as coisas difíceis. Afinal, é paga para isso.

Não o suficiente, pensa Amber.

— Posso apenas... saber qual é o percentual que você está imaginando cortar aqui, Suzanne?

Ela sorri, com os lábios comprimidos.

— Bem, em termos de percentual, eu diria... uns vinte por cento?

Amber sente uma pontada, como se fosse ter um infarto.

— Vinte por cento? Do total salarial?

— Oh, não — diz Suzanne, alegremente —, de onde quer que você consiga cortar gastos.

Seus pensamentos se agitam.

— Você quer dizer de todo o orçamento?

O olhar de Suzanne Oddie encontra o seu, friamente.

— Sim, Amber. É exatamente isso o que eu quero dizer.

Meu Deus. Ela quer que eu reduza centenas de milhares de libras de um orçamento que já está explodindo de tão justo. Estou usando o que há de mais barato de tudo. Não há lugar onde conseguir qualquer um desses materiais mais barato, a menos que eu mesma vá para a China e os traga aqui a pé.

— Suzanne... — recomeça ela, em mais uma breve tentativa.

O sorriso de novo.

— Sim?

— Eu... é que seu pedido foi muito repentino.

— Oh, está tudo bem — entende Suzanne, transmitindo-lhe um olhar compreensivo —, não estou pedindo a você que faça isso até amanhã. É ao longo de todo o ano.

— Sim, mas... vinte por cento?

Suzanne olha para seu bloco.

— Amber, quanto é o seu salário?

Ela sente um rubor. Afinal, não contara seu próprio salário na informação anterior.

— Vinte e dois mil e quinhentos.

— Hmmm — murmura Suzanne, enquanto faz uma anotação.

Martin sente-se forte, poderoso, confiante. Sente-se da maneira que sempre julgou que deveria se sentir. É como se sábado à noite trouxesse uma grande seringa cheia de autoestima e a injetasse diretamente em suas veias. Ele raramente saía de casa antes do meio-dia, mas hoje já está caminhando pelas ruas de Whitmouth desde as 9h, ouvindo os ruídos das multidões, ouvindo a conversa nas ruas e os rumores em sua glória.

Eu existo agora! Realmente existo. Estão todos querendo saber quem eu sou.

Ele passeia pela Mare Street, após a cena de seu triunfo, e sente a onda de orgulho assim que avista a fita amarela balançando com o vento. Deixa-se levar pela memória de um momento sensual — a prostituta cambaleando para um lado e para o outro, com as mãos comprimindo a ferida. Ele precisou recuar algumas vezes, para evitar respingos de sangue em suas calças novas.

Preciso ser mais cuidadoso, essa não é a maneira certa de fazê-lo, se não quiser ser pego. Tenho que aprender algumas coisas com aquele outro cara. Tentar algo menos complexo da próxima vez.

Mas ele não acha que a próxima vez deve acontecer logo. Embora seja a melhor sensação que já sentiu.

Meu Deus! Nem mesmo pensei em Jackie Jacobs durante algumas horas. Ela não significa mais nada para mim agora! Ela não me merece. Não agora que sou alguém. Mereço algo muito melhor do que ela. Ela e aquela sua chefe, Amber Gordon. Elas não podem mais me colocar para baixo.

Enquanto pensa, sua atenção é desviada por alguém que esbarra em sua manga ao passar apressadamente ao seu lado, pedindo desculpas. É aquela jornalista que o incomodou na praia: Kirsty Lindsay, dando-lhe um sorriso rápido, enquanto caminha apressadamente diante dele.

Uau!, continua introspectivo. *Andei tão ocupado com o meu triunfo que me esqueci completamente de olhar o que ela escreveu no domingo.*

Faz uma anotação mental para se lembrar de olhar o site do *Tribune* quando chegar em casa, mas decide segui-la por um tempo, primeiro. Ela não será capaz de afastá-lo do mesmo modo que fizera antes. Quando ela o vir, perceberá que é Alguém.

Kirsty veste uma calça jeans e um casaco, mas Martin percebe que há um belo corpo sob as roupas. Ela não está espetaculosa e nem chamativa como as belezas efêmeras que cambaleavam por ele nas noitadas, mas é o tipo sólido de mulher feminina que evidencia respeito próprio, o que deve ser destinado a Alguém. Ela está falando ao telefone, tem uma maleta de notebook enorme pendurada no ombro, presa ao seu corpo pelo outro braço, parecendo mais jovem do que ele se lembra em seu breve primeiro encontro. Martin espera até que ela esteja alguns metros mais à frente e, em seguida, vai atrás.

Quem quer que esteja do outro lado da linha, não se sente feliz com ela.

— Eu sei, querido, e já disse que lamento. Não estou aqui para me divertir. Eu preferia estar em diversos outros lugares a estar aqui, pode ter certeza disso.

Ela para e Martin quase corre para posicionar-se logo atrás dela. Rapidamente desvia, fingindo ler os anúncios na banca de jornal. Ele não precisa se preocupar muito em disfarçar, pois ela está entretida demais em sua ligação para perceber o que acontece ao seu redor.

Devo avisar a ela que tome cuidado. As pessoas são roubadas o tempo todo porque não estão prestando atenção. Talvez essa fosse uma maneira de fazê-la falar comigo. Ela se sentiria grata.

— Sim, sim, eu sei, Jim...

A voz dela é menos elegante do que ele se lembra e surpreende-se com isso.

— Mais uma vez, peço que me desculpe. O quê? Sim, eu sei. Caramba! Como se as mulheres não vivessem reclamado *disso* há séculos.

Ele começa a se preocupar com o tom de sua voz, quando Kirsty solta uma risada.

— Eu te disse para não me ligar quando estou trabalhando — afirma ela, em alto e bom tom —, sim, sim, mas que droga, que droga, mas que droga, seu cachorro, eu estou aqui trabalhando pra caramba para manter o estilo de vida que você deseja e tudo que você sabe fazer é reclamar. Você nem mesmo deixa a casa limpa!

Martin realmente não entende o que está acontecendo. Aquilo não parece um casamento feliz.

Ela nunca falaria assim comigo! É preciso respeito em um relacionamento, ou não dá certo.

Ela ri novamente.

— Sim, sem chance. Eu gostaria, mas não dá. Volto amanhã e vou fazer essa matéria nesta tarde. O quê? É. Sim. Está chovendo muito e o vento é daqueles que rasga até a sua calcinha. Aham. Sim, eu *sou* sua putinha. No Voyagers Rest. O *Trib* realmente sabe como tratar uma garota, não é? Não, ainda não. Ainda não. Amanhã, talvez. Sim. Eu te ligo depois. Sim. Eu prometo. *Prometo*. Certo.

Ela desliga e deixa o celular cair na bolsa. Anda mais um pouco e, então, entra abruptamente no Londis. Ele a segue e a observa enquanto compra um sanduíche de ovo e uma garrafa de água com gás.

*

A cabeça de Amber está tão cheia que parece que vai estourar. As reuniões com Suzanne Oddie sempre a deixam mal, sentindo-se como uma pessoa pobre e sem importância, mas, hoje ela ficou apavorada.

Eles vão me odiar. Todos eles. Os que eu demitir e os que terão de assumir trabalho extra sem remuneração extra. E quem posso demitir? Quem? Não há nenhuma maneira de reestruturar isso, não de modo que tenhamos um bom resultado.

Uma voz diz baixinho: *Jackie*. Ela a cala. *Apenas por ser egoísta, não significa que mereça perder o emprego.*

Merda, merda, merda, merda, merda, merda!

Ela vê Vic trabalhando no Waltzer. Duas meninas na fila obviamente o tinham notado e estão se cutucando e comentando, como as garotas sempre fazem. Sente uma pontada na parte inferior das costas e fica subitamente consciente das contusões nas coxas, como se a visão dele tivesse feito a dor voltar.

Espero que ele volte logo, o verdadeiro Vic, eu não posso, não consigo mais suportar o amor desse Outro.

Vic a vê e um sorriso cintila em seu rosto. Ele se sente no auge de novo, com a antiga onda de adrenalina. Parece durar dias, desta vez, como nos velhos tempos.

Sim, pensa ele, saindo dos bastidores, *estou de volta. Mas estarei em casa hoje à noite de qualquer maneira, não estarei? Quando me sentirei como antes.*

Ele vê as meninas na fila e as observa com os olhos brilhantes. Percebe que elas se encaram, uma a outra, e começam a rir.

Como é fácil, não é? Tão fácil. Mulheres... Estão lá apenas para você escolher. Uma olhadela para os seus músculos, um Bacardi e uma Coca-Cola, e você pode fazer o que quiser. É por isso que fico com ela. Ela não é uma boba. Uma mulher com um pouco de autoestima, que é o que eu gosto. Se bem que, não demonstrou tanta autoestima ontem...

As meninas entram na fila novamente, fingindo não olhar, uma cutucando a outra. Ele conhece a rotina. Mais três circuitos e serão todas dele.

Vic dá um passo até a gôndola mais próxima e a faz girar, arrancando gritos de prazer cheios de medo. Os arranhões em seus dedos estão começando a cicatrizar, e se partem um pouco quando ele agarra no encosto do banco. Ele gosta daquela sensação. Faz com que se sinta vivo. Gira a gôndola de novo e as ouve gritar.

Amber não quer ficar em Funnland. Sente como se todo mundo — exceto dois zeladores que estão trabalhando, esvaziando lixeiras e correndo para as atrações quando Tannoy chama para uma emergência — soubesse o que Suzanne acabou de dizer em sua reunião privada. Ela volta para o seu escritório e pega a bolsa e o casaco, deixando o guarda-chuva para trás. Não adiantaria de nada em um dia como hoje e, antes que chegasse à loja da esquina, ele já teria virado do avesso, de qualquer forma.

A estrada costeira está praticamente deserta, embora emane dali um delicioso cheiro de cebolas fritas dos food trucks. Amber se dirige ao ponto de ônibus, sentindo-se péssima. Tudo dói, em parte, pelo cansaço, em parte, por causa de Vic, em parte porque (ela percebera) as más notícias sempre são colocadas, primeiro, sobre os seus ombros.

Continua caminhando, olhando para um grupo de pessoas reunidas que fazem algumas perguntas em voz alta.

Imprensa, imagina.

No meio das pessoas, reconhece dois vereadores, cabelos penteados e ternos especiais para a ocasião. Percebe, em um frisson, que uma das jornalistas — às margens da multidão, Martin Bagshawe de pé, perto dela, aparentemente escutando tudo que ela diz — é Jade Walker.

Meu Deus, tenho que sair daqui.

Ela intensifica seu ritmo.

Kirsty tira o MP3.

—... então, o que você está dizendo, na verdade, é que elas pediram por isso?

O representante da Câmara de Whitmouth olha para o alto e entra em modo de negação.

— Jamais sugeriria isso, você está colocando palavras na minha boca.

Martin Bagshawe se afasta, esforçando-se para ouvir o que falavam, mas acha difícil, com os sons emitidos pelo mar. Consegue ouvi-la dizer: "pediram por isso" e pensa:

Meu Deus, ela é destemida.

Lembra-se de Tina e de sua provocação, e continua a refletir:

Sim, mas ela não está errada, não é?

-- Na verdade, não... — sustenta Kirsty, com firmeza.

— Eu só falei que deve haver um elemento de responsabilidade pessoal envolvido — diz o vereador, atropelando a fala da repórter —, não é a mesma coisa.

— A responsabilidade pessoal de não ser assassinada de forma aleatória?

Ele sorri, inquieto, desejando nunca ter dobrado aquela esquina.

— Você não anda descalça em um campo minado, anda?

— Se eu soubesse que havia uma única mina terrestre em algum lugar, em vários milhares de quilômetros quadrados, e que eu precisava chegar em casa, provavelmente arriscaria, sim! Você está dizendo que os homens são vítimas indefesas de seus próprios impulsos, então?

— Não! Claro que não! Mas o fato é que há um homem, que parece ser qualquer um da cidade — defende-se ele, tentando dar uma explicação, —, e, gostem ou não, as nossas jovens, nossas turistas, precisam levar isso em consideração! Pelo visto, temos um problema, com uma minoria de nossas turistas, de excessos em álcool e o álcool torna as pessoas descuidadas. Nós estamos simplesmente pedindo a essas jovens que se mantenham em segurança, só isso! Não queremos mais mortes em nosso lindo resort familiar.

Kirsty está vagamente consciente de que alguém os vigia. Ela olha ao redor para ver um homem pequeno e maltrapilho, vestindo um anoraque, fingindo ler. Parece-lhe familiar, mas ela precisa de mais um momento para lembrar.

Ah, sim, o cara da praia. Um desses malucos que aparecem onde há notícias, boquiabertos, aproximando-se e tentando aparecer na câmera.

Ele exibe um sorriso medonho, o tipo de sorriso que sugere que ele não tem muita prática em sorrir.

— É hora de *alguém* admitir seu erro — diz o esquisito —, há milhares de pessoas decentes nesta cidade, mas você nunca sabe a maneira que a *imprensa* reagirá.

Ele faz uma pausa, parecendo encontrar alguma coisa errada no que tinha dito.

— A *maior parte* — acrescenta, tentando se corrigir imediatamente —, a maior parte da imprensa. Nem todos.

O vereador aproveita a oportunidade para se afastar da conversa, cumprimentando com um aperto de mão o pequeno homem como se ele fosse um dignitário visitante. Kirsty se pergunta se vale a pena persistir. Mas haverá uma entrevista coletiva em vinte minutos na delegacia de polícia, e ela deve ir para lá. Dali poderá, realmente, surgir alguma notícia.

Ela olha para cima, avistando a calçada, e vê Bel correndo para longe.

Meu Deus, essa é a última coisa da qual preciso. Por favor, não permita que ela tenha me visto.

— ...vestidos como se fossem a uma festa, uivando debaixo da minha janela — explica o homem.

Ele lança um olhar tão cheio de saudade a Kirsty que a pele das suas costas se arrepia. O vereador coloca a mão calculada sobre o braço do homem, logo acima do cotovelo, a forma como um vigário gentilmente faria.

— E queremos que você saiba que nós ouvimos as suas preocupações — diz ele, compondo seu discurso convincente.

Kirsty aproveita a oportunidade para se afastar enquanto a mão ainda está lá. A última coisa que ela quer é ser sugada para outra discussão com aquele cara da praia. Ela se sente esmagada pela tensão.

Bel parece estar indo para a praia. Vou para o outro lado, posso pegar um desvio para chegar à delegacia de polícia.

Ela joga o MP3 na bolsa, dá um sorriso ao homenzinho com cara de rato e, no momento propício, vira-se para a calçada.

Amber se refugia nas sombras entre a tenda de búzios e a tenda de baldes e pás, e fica observando a direção que Jade segue. Seguindo a própria intuição, levanta sua gola para proteger o rosto da chuva horizontal e caminha pelo beco da Cross Keys, indo para a Fore Street.

Louca! O que estou fazendo? Estou me escondendo? Esta é a minha casa! A minha cidade!

Mas ela para por um momento. Todos os dias pensava nessa mulher, mesmo que só de passagem. Elas se conheceram por um único dia, e têm sido companheiras constantes desde então, embora pareça que seus desfechos tenham sido diferentes.

Jade parece ter prosperado. É como se a reabilitação tivesse sido tão boa para ela quanto foi ruim para mim.

Ela sente um gosto amargo na boca; como se a vida tivesse sido injusta. *Sabe* que fora injusta de alguma forma, Jade havia sido recompensada enquanto ela tinha sido punida.

Olhe para ela... Passeando em plena luz do dia, com a cabeça erguida, enquanto estou andando pela sombra. Será que ela ainda pensa em mim?

Da mesma maneira que penso nela? Metade amor, metade raiva, a amiga que nunca cheguei a ter, a fonte de tudo que é podre na minha vida?

Percebe que há lágrimas em seu rosto, misturando-se com a chuva. Ela para e comprime as alças da sua bolsa, enquanto uma onda de tristeza cai sobre si, chocando-a com o seu poder.

Eu era uma criança. E tudo — tudo — aconteceu em uma tarde perversa.

Ela passa o dorso da mão sobre os olhos e dá alguns passos de volta para a estrada costeira.

Ela é a intrusa, não eu! E, se ela pode invadir o meu território, pode, também, responder a algumas perguntas.

Martin tenta parecer imperturbável, embora por dentro esteja se contorcendo de vergonha.

Não posso acreditar que disse aquilo sobre a imprensa. Ela deve pensar que eu acho que ela é como o resto deles agora, embora eu tenha tentado corrigir o que falei. Estraguei tudo e nem sequer consegui falar com ela adequadamente. Vou ter que continuar tentando. Ela vai querer me ouvir, assim que perceber quem sou eu.

Ele cumprimenta o vereador, e caminha em direção à cidade, sem se preocupar em dizer adeus.

Kirsty se apressa, conferindo as horas. Dez para as três. A entrevista coletiva começará em dez minutos. Ela precisa chegar lá, no local onde as multidões começam a se reunir, passar pela entrada mostrando as credenciais e se posicionar em um lugar que não lembrava qual era. Não será fácil e, com um tempo como aquele, fazer anotações na chuva é comer o pão que o diabo amassou. É assim quando se tem um cérebro funcionando.

Ela para perto de uma loja que vende brinquedos coloridos de plástico e olha para os moinhos de vento fluorescentes que chacoalham com o vento.

Talvez eu devesse comprar um para Sophie. Sim, porque o que falta para Sophie é um moinho de vento fluorescente. Cai na real, Kirsty! Você está aqui para trabalhar! Não pode perder o foco! Você é tão boa quanto o seu trabalho atual, sabe disso. Não importa o quanto fez antes: um escorregão e você cai, é assim que o mundo dos freelancers funciona, especialmente com metade da equipe do News of the World *vagando pelas ruas à procura de trabalho. Ela estará te evitando tanto quanto você está, os riscos são igualmente elevados para ambas.*

Um toque em seu ombro. Ela se vira. Bel recua um passo, sentindo-se igual, com a mesma mistura de medo, curiosidade e repugnância.

— Amber, esse é o meu nome, quem eu sou. Amber Gordon.

Kirsty leva um momento para encontrar a voz, e é surpreendida pelo tom estável, quando ela finalmente surge.

— Kirsty, eu me chamo Kirsty.

Meio-dia

Jade está imitando a Madonna. Todo mundo está imitando a Madonna nesse verão, e as meninas mais velhas acrescentam pedaços de rendas e luvas sem dedos em seus acessórios para parecerem mais convincentes. Jade teve que se contentar em usar um lenço de algodão úmido e um pouco sujo que elas encontraram, no portão da igreja, amarrando-o à cabeça e levantando sua saia para exibir coxas volumosas. Ela está perto da parede da igreja, girando e jogando as mãos acima da cabeça e, depois, segurando-as unidas, para flexionar seus músculos do peito.

— "Like a virgin, oh!"

Ela arfa, pois a dança é enérgica e sua resistência é baixa. Corre as mãos para cima e para baixo do corpo, sugestivamente.

— "Fucked for the very first time."

— É "touched for the very first time" — corrige Bel, rapidamente —, "touched", tocada!

— Você não acredita nisso, não é? — pergunta Jade, rindo. — "Luuuuh -like-a-vur-ur-ur-ur-gin', uh-when yuh heartbeat's nuh-nuh--nuh next to mine..."

Ela oscila, estabilizando-se com um giro dos braços. Mexe o quadril para um lado, em seguida, para o outro, como uma dançarina burlesca.

— "Wuh-hoooo-uh uh-uh-woah-o-uh-woah-oh woah-oh..."

Bel pensa por um minuto, depois, para ao seu lado e faz uma pose.

— Não, não — ajuda Jade, corrigindo-a positivamente —, não é assim. Você tem que mexer os quadris. Como se estivesse em uma gôndola.

Bel não tem permissão para assistir ao programa de música pop, então, não tinha visto o vídeo. Na verdade, ela só conhece a música por escutá-la, com o alto-falante do rádio pressionado no seu ouvido, no volume baixo, sintonizado no show da Rádio Luxemburgo, antes de ir para a cama, no último domingo.

Mas imagina como seria estar em uma vacilante gôndola em um canal italiano e empurra os quadris para fora como se tentasse manter o equilíbrio.

— É isso aí! — incentiva Jade, e ambas riem.

A porta da igreja se abre num estrondo, e uma das mulheres do "Comitê Florido das Mulheres do Bem", como o padrasto de Bel, Michael, costuma chamar, sai carregando duas jarras de vidro verde incrustado. Ela usa uma jaqueta matelassê de nylon e calças xadrez, seu cabelo acinzentado está escondido debaixo de um lenço de seda estampado com pequenos bridões e esporas. Ela joga o líquido dos vasos no dreno lateral da igreja, endireita-se e se dirige a Jade e Bel.

— O que vocês estão fazendo, meninas?

— Nadica de nada — responde Jade, brincando e rindo, usando sua resposta padrão.

— Não parece — ruge ela com sua voz ajustada para dispersar cães, ecoa pelo ar, pelo pátio, como um furacão. — O que vocês estão fazendo perto da parede? Espero que não estejam danificando-a!

— Não, nós não estamos — diz Bel, imitando seu tom pulmonar. — Estamos apenas dançando.

— Bem, vocês podem ir dançar em outro lugar. Se essa parede cair, chamaremos seus pais para pagarem por isso!

Jade olha para as pedras centenárias sob seus pés.

— Nós arriscaremos — desafia, impetuosa. — Não creio que irá cair.

— Não seja atrevida! — berra a mulher. — Eu sei quem você é, Jade Walker. Não pense que toda a vizinhança não está de olho em você!

— Sim, senhor! Não, senhor! Não encha o saco, senhor!

Jade retruca e Bel ri silenciosamente.

Meninas do seu mundo não falam assim com os adultos. E, se o fazem, são enviadas aos seus quartos. Ou, no caso dela, ao porão.

A mulher bufa e segue de volta para a varanda, lançando uma ameaça por cima do ombro:

— Estou muito ocupada agora, mocinha, ou eu daria um jeito em você neste minuto! Vou terminar de arrumar as flores, e, na hora que eu voltar, espero que vocês tenham ido embora!

— Ou o quê? A senhora vai chamar o vigário? — pergunta Jade, ainda persistindo na diversão.

— Hunnhh! — reclama a mulher, batendo a porta da igreja.

— Vagabunda idiota — diz Jade, cruzando os pulsos acima da cabeça e movendo os quadris sugestivamente. — "Yuh so fine, and yuh mine" — continua a cantar, como se nada tivesse acontecido.

Bel copia a postura e se junta para cantar com sua voz fina, em contra-alto:

— "I'll bbe yoz, till the enduv tiy-yime..."

— Uau! — diz uma voz masculina. — Se não é a dupla de gordinhas!

Bel para e oscila, procurando o braço de Jade para se apoiar. Elas mantêm o equilíbrio por alguns segundos e depois despencam, juntas. Bel bate a coxa ao cair, rasgando a pele.

— Oh! — lamenta ele, olhando para baixo, tentando se infiltrar através do algodão rosa de suas roupas de baixo.

Jade luta para ficar de pé e se apoia com um dos braços em um degrau cheio de musgo.

— Cai fora, Shane! — ordena ela.

Bel olha para cima. O mais velho dos garotos Walker está no pavimento, uma imitação barata de Martin Kemp vestindo uma jaqueta de couro, com cabelos esvoaçantes e um sorriso misterioso.

— Quem é sua amiguinha, Jade? — questiona ele.

— Cai fora, Shane! — grita Jade, de novo.

Bel olha para ele, examinando-o muito detalhadamente, pois nunca teve uma chance de vê-lo de perto antes. A política geral da vizinhança é a de disfarçar e ignorar quando ele aparece, desviando os olhares. Shane, aos 19 anos, tem uma série de condenações por roubo e furto de automóveis, mas, faltando-lhe a malandragem do seu irmão Darren e habilidades de condução, sempre é pego. Só escapa da prisão por causa do seu famoso QI baixo, mas todo mundo sabe que acabará lá, mais cedo ou mais tarde.

— Você acha que pode mandar em mim? — pergunta ele, ironicamente.

Seu queixo parece destoar do seu crânio, como se os seus encaixes não tivessem sido devidamente apertados, de modo que os lábios parecem soltos e desconexos.

Jade puxa um tufo de grama e terra debaixo do seu pé e joga sobre ele.

— Eu disse pra nos deixar em paz, Shane!

Ele se vira e diz, displicentemente:

— Eu estava indo para a praia mesmo! Ah, e Jade?

— O quê?

— Você andou roubando de novo? Nosso pai está atrás de você.

— Ah, que merda! — exclama Jade, e se senta com força na grama.

Bel nunca tinha conhecido alguém que xingasse com tanta calma, como se tais palavras fossem meros adjetivos. Ficou impressionada e enervada ao mesmo tempo por causa disso. Se ela deixasse esse tipo de palavras que Jade usava sem sequer parecer registrá-las, escorregar da sua boca, seria trancafiada por dias. Ela olha para a menina com admiração, com a mão ainda lhe comprimindo a perna.

— Eu odeio esta maldita vila — desabafa Jade.

— Eu também.

— Está doendo? — pergunta Jade, realmente preocupada.

— Um pouco.

— Vamos dar uma olhada.

Bel levanta a mão e mostra. Há um arranhão de um palmo em sua coxa, um hematoma já se formando. Pequenos círculos de sangue dentro da ferida, preenchendo a área raspada, completando-a por inteiro.

— Caralho! — exclama Jade, admirada.

— Não está doendo. É sério, não dói nada — diz Bel com orgulho.

Jade atira dardos envenenados com os olhos pelas costas de Shane.

— Filho da puta! — diz ela, responsabilizando-o pelo ocorrido. — Você deveria lavar isso!

— Ah, já, já para de sangrar — assegura Bel.

— Foram só 20 centavos — explica Jade, consternada —, como é que ele pôde notar o sumiço de 20 centavos?

— Os adultos — conclui autoritariamente Bel, com propriedade das ideias — percebem tudo!

Bem, isso se for algo que eu faça. Quando é a Miranda, ninguém nota. Ou, se notam, encontram uma maneira de pôr a culpa em mim.

Ela fica de pé e sobe com dificuldade pela parede.

— O que o seu pai vai fazer?

Jade dá de ombros.

— Só Deus sabe! Mas é melhor eu ficar longe dele por um tempo.

— Ele não vai bater em você, não é?

Jade reage escandalizada, da forma que tinha sido ensinada.

— Claro que não! Quem você acha que somos?

É, melhor não falar sobre isso. Não até conhecê-la melhor.

— Vou dar um jeito, é melhor não voltar para casa por enquanto. Talvez eu consiga colocar o dinheiro de volta e aí ele pensará que cometeu um erro.

— Isso! Boa ideia!

Jade suspira.

— Maldito Kit Kat! Não me sustentou nem até a hora do chá!

— Bem — sugere Bel, tentando ajudar —, você pode vir para a minha casa!

Jade levanta as sobrancelhas, pois não está habituada a receber convites. Ela, certamente, nunca tinha feito um convite a ninguém, mesmo se tivesse a quem fazê-lo.

— Sua mãe e seu pai não se importarão?

— Padrasto! Eles estão de férias — explica com uma indiferença afetada —, na Malásia.

— Como assim? E não levaram você junto?

— Não! Eles levaram a Miranda. Sou desobediente, por isso me deixaram aqui.

— Então, eles deixaram você sozinha?

Bel quase assente com um gesto da cabeça.

— Não seja boba. Romina está lá. Mas ela faz o que eu mando.

Capítulo Vinte e Um

Está escuro dentro do bar. Leva um tempo até que os olhos se habituem e localizem Amber, sentada em um sofá, em um canto, na parte de trás, as feições meio escondidas atrás dos óculos de sol gigantes, apesar da escuridão. Ela não tem certeza do que deve fazer em seguida, agora que finalmente a viu.

O que você faz em uma situação como esta? Sorri e acena?

Assim que se aproxima e a fisionomia dela começa a ganhar nitidez, percebe que o rosto de Amber está solene, um tanto desafiador, um pouco assustado.

Amber oscila entre olhar fixamente para Kirsty e olhar para qualquer outro lugar, mas percebe Kirsty se aproximando.

Ela deve se sentir do mesmo jeito que eu, pensa Kirsty, *não sabe o que fazer ou por que está aqui, exatamente como eu.*

Kirsty chega, permanece de pé, sem jeito, diante de Amber, que continua em seu assento almofadado como se estivesse pregada lá.

— Oi — diz Kirsty, finalmente.

E agora? Um aperto de mãos? Um beijo?

Elas não se cumprimentam. Ela coloca sua bolsa sobre a mesa do Café Bali Teak e senta-se na ponta vaga do sofá no qual está Amber. É um sofá Chesterfield, de couro antigo, com as partes gastas cobertas por uma manta de veludo. Há um candelabro para cinco velas, com cera derretida descendo graciosamente pelos elaborados suportes de aço, sobre a mesa, à sua frente.

Olham uma para a outra. Kirsty fica pasma, mais uma vez, pela idade que Amber aparenta, além de estar tensa. Ela brinca com o maço de cigarros no qual Kirsty tinha anotado seu telefone, girando-o entre os dedos, porém mantendo-se inexpressiva.

Eu queria que ela tirasse esses malditos óculos.

— Bem, vou tomar um café! Você quer alguma coisa?

Amber movimenta o queixo em direção ao balcão.

— Eu já pedi um chá, deve estar vindo.

Kirsty afasta o tronco um pouco.

— OK.

Parecem muito distantes uma da outra para cobrir o silêncio. Kirsty olha ao redor. É o tipo de bar que parece um dos lugares onde ela costumava ir em Londres, um lugar perto de sua casa, em Brighton: alvenaria despojada, chão de tábua pintado, cortinas de veludo, relógios em formato de bússolas, espelhos marroquinos, as arandelas das paredes pintadas de dourado. Há vinte mesas ao todo, cada uma rodeada por sofás de segunda mão e cadeiras antigas, canecas, copos e pratos combinados maravilhosamente, comprados em lojas de antiguidades. Com um ruído ao fundo, relaxante, que ela não tinha visto nessa cidade, onde perseguir a próxima emoção constitui a ordem do dia. Whitmouth fora colonizada por artistas, por isso há lugares muito caros. Mais alguns anos e alguns bares gays, e esta cidade será como qualquer cidade costeira do resto do mundo.

Perto da janela embaçada, ela vê o jornalista do *Mirror*, com um café e uma torrada de *ciabatta* com pimenta e mussarela perto do seu cotovelo, digitando freneticamente no laptop. Seu prazo é até 19h e ela não tem ideia alguma do que escreverá. Mal se lembra de uma palavra dita na entrevista coletiva. Ele não a vê, e ela espera que continue assim.

Amber a analisa em silêncio, com a boca voltada para baixo.

— Não deveríamos estar fazendo isso.

Kirsty se vira a fim de olhar para ela.

— Não. É uma loucura. Somos duas idiotas.

— Se descobrirem...

Kirsty sabe o que ela dirá. Elas estão violando as regras, deliberadamente e de forma clara. Se alguém as vir agora, será uma desgraça, o fim, para ambas. Elas tinham passado dos limites e não há mais como dizer que se trata de uma coincidência.

— Só uma vez, Amber, só uma vez. E, depois disso, nunca mais. Não vão descobrir. Não é como se tivéssemos marcado ou algo assim.

— Quantas vezes você tem que mandar o relatório agora? — pergunta Amber.

— Uma vez por mês. Ou se eu mudar de endereço, o que nunca aconteceu. Se eu sair de férias. Se viajar ao exterior. Você sabe como é.

— Mas como consegue fazer isso? Quero dizer, como você faz em relação ao seu trabalho... — questiona, apontando para o netbook, o bloco de anotações e o telefone celular que ela colocou sobre a mesa.

— Eu sou freelancer. Na verdade, posso dizer que estou em qualquer lugar, a qualquer hora, e ninguém dirá nada diferente.

— Esperta... — elogia Amber.

— Mmm.

Ela não tem certeza de como responder.

— E você?

Amber encolhe os ombros.

— Eu trabalho no período noturno.

— Mmm — diz Kirsty novamente, e olha ao redor, tentando encontrar uma garçonete.

— Eu nem saberia como conseguir um passaporte — explica Amber, como se aquilo justificasse a diferença entre ambas.

— Não é tão difícil, você precisa de sua certidão de nascimento e título de eleitor...

Kirsty percebe que se trata de uma declaração retórica e se cala. Tão acostumada, por ser mãe, por causa do seu trabalho, a ser a pessoa que tinha todas as informações, a única que dava conselhos, que acabou se esquecendo de que nem sempre estava sendo realmente questionada.

Os lábios de Amber continuam franzidos e seu olhar fica distante de novo, por sobre o ombro de Kirsty.

— Desculpe — diz Kirsty, esfregando as mãos.

— Tudo bem.

Ambas se calam novamente, estudando as feições uma da outra. Como se tentassem visualizar as crianças que, certa vez, tinham conhecido.

— Então, parece que a vida tem te tratado muito bem — solta Amber, incisivamente.

— O que você quer dizer com isso? Para uma pessoa que recebeu tudo que eu recebi da vida? Sim. Não posso reclamar.

— Sim... É claro — concorda, humildemente.

As linhas verticais atropelam o lábio superior de Amber, como se a boca tivesse sido muito comprimida. Dois riscos mais profundos dividem suas sobrancelhas. Kirsty tem linhas muito finas, quase como as de uma marionete, horizontais, em sua testa, e pés de galinha ao lado dos olhos: marcas de expressão de interesse ou de sorrisos dados, nenhuma tão profunda ou tão firmemente cravada, como Amber. Os cabelos loiros de Amber crepitam em seu couro cabeludo, como algas marinhas. As mãos, os pulsos, o pescoço, as orelhas, todos estão desprovidos de ornamentação, além de um relógio prático e simples com uma pulseira à prova d'água. Kirsty se sente desconfortável. Excessivamente enfeitada, está consciente do custo do seu anel de noivado, que, por tradição, corresponde a um mês inteiro do salário de Jim; ou do fato de que seu colar e brincos não apenas combinam, mas são um jogo de esmeraldas legítimas, ainda que pequenas.

As unhas de Amber estão curtas, as cutículas, secas e ásperas, e a pele das mãos, visivelmente ressecada por causa do seu trabalho. Kirsty passa muito tempo em um teclado para manter a manicure, no entanto, tem as unhas mais compridas, protegidas com uma camada de base, e a pele está constantemente nutrida por um creme que ela guarda na bolsa.

Nada poderia ser mais evidente do que o contraste em nossas vidas.

— Então, você é uma jornalista?

— Sim.

— Você mal conseguia ler quando te conheci.

Kirsty fica vermelha, sentindo-se envergonhada com a lembrança. Recorda a luxuosa Bel Oldacre em um dia de verão e sente vergonha novamente.

— Bem, você sabe, tive sorte em Exmouth... Não permitiram que eu me escondesse no fundo da classe e eu precisava atender às expectativas...

Amber fica pálida e se move para trás. Ela parece escandalizada. Brava.

Uau!, pensa Kirsty, assustada. *Acertei uma ferida.*

— Exmouth? Eles enviaram você para Exmouth?

Todos que vivem nos abrigos juvenis sabem uns sobre os outros, pelo menos sobre os grandes. Eles são comentados — constante, temerosa, invejadamente —, afinal os internos vêm e vão, são transferidos e liberados. Kirsty sabe a sorte que teve sendo enviada para Exmouth. Lembra-se disso todos os dias, toda vez que tem de redigir alguma história com qualquer assunto relacionado, pensa no quanto teve sorte.

— Ah... sim... — confirma com cuidado, ainda se sentindo estranha.

— Você sabe para onde me mandaram? — pergunta Amber, com palavras que soam mais como uma acusação do que como um questionamento.

— Não! Não, claro que não faço ideia, Amber! Você sabe que eu não faço ideia!

— Blackdown Hills!

— Meu Deus!

Mais uma vez, ela está sem palavras. Sente-se mal com o choque.

— Ouviu falar de lá, então?

O olhar de Amber brilha, novamente no tom acusatório.

— Está fechado agora, é claro!

— Sim, claro! Cobri o fechamento.

— Sim — diz Amber, amargamente —, e eu ouvi falar que Exmouth também.

Kirsty balança a cabeça, sentindo um desejo estranho de se desculpar, como se sua própria fuga do mundo de amarras e prisões fosse a razão da infelicidade de Amber. Mas Blackdown Hills... Costumavam usar Blackdown Hills como uma ameaça em Exmouth. Era o lugar para onde te enviariam, a fim de que nunca mais saísse de lá.

— Sim. Deus sabe. Roda da fortuna, eu acho — conclui, querendo explicar.

— É... Acho que sim.

Amber olha para Kirsty e sente uma pontada de dor no coração. *É claro que pensei que você teria a mesma punição que eu! Claro que pensei. E agora olhe para nós. Somos o oposto diametral do que qualquer um teria dito que aconteceria se tivessem nos visto, sentadas no banco dos réus. Sinto-me como um rato de laboratório em um sangrento experimento de psicologia.*

Kirsty olha para baixo e para longe, suas bochechas estão levemente rosadas. Parece envergonhada, como se o destino de Amber fosse culpa sua. Ambas estão sem palavras, à deriva das lembranças.

— Você tem filhos? — questiona Amber, mudando de assunto abruptamente.

Ela não sabe por que essa foi a primeira pergunta que lhe veio à mente, mas ocorreu-lhe perguntar.

— Sim, dois. Luke e Sophie. Ela tem 11, ele tem 8 anos.

Instintivamente, estende as mãos para procurar em sua bolsa, no intuito de encontrar as fotos que mantém em sua carteira, mas muda de ideia, e coloca as mãos sobre a mesa.

— Que bom para você — diz Amber, estupidamente.

— E você? — pergunta Kirsty, tímida.

Por favor, permita que ela tenha algo de bom. Não sei se posso suportar a culpa.

Amber balança a cabeça.

— Não! Nada de filhos.

Kirsty se pergunta, como sempre faz quando essa questão vem à tona, como deve responder. Será que deve lamentar? Disfarçar? Mencionar um daqueles velhos paliativos que os pais muitas vezes se sentem obrigados a usar e que todos sabem que não são sinceros?

— Você queria? Queria ter filhos?

— É claro! — responde Amber, e olha em seus olhos. — Mas lá vai! Roda da fortuna de novo, hein?

— Eu... sinto muito — diz Kirsty, parecendo envergonhada de novo.

— Nós temos duas cachorras — conta Amber. — Bem, eu tenho, na verdade. Não creio que ele se importe. Mary-Kate e Ashley. Da raça Papillon.

Kirsty ri.

— Bons nomes.

— Eu sei. Uma escolha um pouco maldosa, mas...

Sua expressão suaviza de repente e seu rosto assume um brilho. Ela parece bem, por um momento. Mais jovem. Bondosa.

— ...não é a mesma coisa, é claro, mas é que... eu as amo. Muito!

— Eles são ótimos, os animais — comenta Kirsty, inconsequentemente.

— Você tem algum?

— Um gato. O gato mais peludo do mundo. Ele só fica sentado, dormindo.

— Qual é o nome dele?

— Barney.

— Certo — diz Amber, e Kirsty não consegue captar o que ela está imaginando depois de ouvir aquele nome.

Por Deus, ela está indecifrável! Além do ímpeto de raiva, não consigo captar quase nada dela. Uma pessoa normal estaria derramando tudo que sente. Sei que sou uma pessoa normal.

A garçonete chega com o chá de Amber, servido em uma caneca de barro, do tamanho de uma tigela de cachorro.

— Aqui está! Quente e saboroso!

Amber pega e mal agradece.

— Eu gostaria de pedir um *latte* — solicita Kirsty, com muita educação.

— Claro!

— Obrigada.

Seu primeiro *latte* em Whitmouth. Será como um alívio.

— Volto em um minuto — afirma a garçonete, retribuindo a mesma gentileza no tom de voz.

Kirsty se volta para Amber, vê que o ilegível se tornava aparentemente divertido.

— Sim! Nós temos *latte* em Whitmouth — diz de modo incisivo.

Amber abre quatro sachês de açúcar e os despeja na caneca. Vê Kirsty olhar e dá um pequeno sorriso.

— Hábito! Toda a energia contida em um biscoito, e é grátis!

Percebe como Kirsty a observa enquanto mexe o chá.

— Então você mora em Londres, suponho?

Kirsty deixa escapar uma pequena risada.

— Não. Por que você acha isso?

— Ah, você sabe. *Latte* e tals.

Kirsty ouve sua própria risada com falsa sonoridade de novo, desejando fervorosamente não fazer isso sempre que está nervosa.

— Não. Farnham.

— Sério? Legal!

— Sim — concorda Kirsty, experimentando certo tédio.

Ela está me rotulando. Agora ela sabe tudo que fiz, desde o começo, nada será algo além de sorte para ela.

— Bem, nós tivemos que trabalhar duro para chegar lá, mas enfim...

— Tenho certeza — concorda Amber, novamente com uma tonalidade desagradável em sua voz. — E o que ele faz, o seu marido?

Kirsty nunca tinha imaginado que a situação desastrosa de Jim poderia ser válida para ela, em algum momento. Agarrou aquilo de qualquer maneira, exibindo-a à sua velha amiga como se fosse um distintivo de honra.

— Neste momento, ele não está fazendo nada. Nossa recessão já dura um ano. Não sei quando todo esse tempo passou. Nós estamos... bem, eu estou fazendo tudo que posso, sabe?

Amber suaviza a expressão um pouco.

— Puxa... Eu sinto muito. Isso é difícil.

Sim! É. Está realmente difícil. É assustador e inquietante. Estamos fazendo malabarismos com as contas, tirando de Pedro para pagar Paulo, sacrificando tudo para evitar que o banco perceba que não podemos cobrir a hipoteca. Mas, sim, somos classe média. Sei disso. E, ao menos, ainda não estamos sendo perseguidos.

Ela sabe que precisa fazer algumas perguntas e que esta pode ser a oportunidade única que nunca tivera. Mas não sabe por onde começar.

— E você? Você mencionou ter alguém.

— Sim, seu... seu marido, eu acho... falou com ele no outro dia. Vic. Nós moramos juntos. Já são seis anos agora.

— Que bom. Eu... Eu fico feliz — diz ela, sem jeito, sem saber se o seu comentário fora tão condescendente quanto deveria parecer. — Como é que vocês se conheceram?

— No trabalho. Trabalhamos juntos. Bem, não exatamente juntos, mas ele trabalha no parque também. E vocês?

— Ah! O velho jeito de sempre. Amigos em comum. Nós apenas... você sabe... Conversamos algumas vezes em festas, e... sabe...

Festas, outra coisa que perdi. Pelo menos esse tipo de festas às quais ela se refere: aquelas onde as pessoas se vestem elegantemente e convidam uns aos outros para dançar. Por que sinto como se ela estivesse esfregando tudo isso em meu nariz?

— E... então... ele sabe? Seu marido? Sobre você?

— Jim?

Kirsty sente os pelos dos braços se arrepiarem apenas diante da hipótese.

— Deus, não! Nem sonha! Eu não poderia... Não saberia como...

O tom de Amber se torna duro, de interrogação.

— Mas, então, o que você disse a ele? Qual é a sua história?

— Eu... tive pais ruins. Assistência Social. Não quis voltar. Sabe como é.

— E ele aceitou essa desculpa?

— Bem... Ele... No começo, acho que ele costumava ter uma fantasia sobre fazer algum tipo de reunião miraculosa, sabe? Mas desistiu há muito tempo. Acho que agora apenas aceita a situação. Pensa nisso como o que me tornou eu mesma. Que não desejo voltar lá para encarar quem realmente sou.

— Aposto que você não quer...

Kirsty engole em seco. A conversa não está indo bem, ela sabe. Embora tenha poucas expectativas em relação a isso.

— E o seu... Vic? Ele sabe?

— Ele nunca perguntou, acho que talvez seja por isso que estou com ele. Ele nunca pergunta nada, na verdade. É a pessoa menos curiosa que já conheci.

Indiferente, diz o editor mental de Kirsty. Ela tenta apagar essa ideia. Mas Deus, aquilo soava tão... vazio.

Amber percebe o pensamento atravessando o seu rosto.

— Ah, não sinta pena de mim — solicita, num impulso. — Não preciso da sua piedade. Tudo está exatamente do jeito que gosto, pode acreditar.

Kirsty sente a face corar e olha para baixo. A garçonete retorna com o seu café.

— Coloquei um pouco de chocolate por cima. Espero que não se importe.

— Obrigada — agradece Kirsty, que era mais adepta à canela.

Ela mexe a bebida, dando pequenas espreitadas em Amber.

— Eu sinto muito, Amber.

Amber assume uma posição desconfiada, na defensiva. Uma feição emburrada.

— Sente muito? Por quê?

— Não — diz Kirsty, apressadamente. — Não foi o que eu quis dizer! Eu não... eu estou tentando pedir desculpas se, por acaso, a ofendi. E porque... Eu... não sabia sobre Blackdown Hills. Não sabia o que tinha acontecido com você.

— É mesmo? E se você soubesse, o que teria feito? Viria a galope para me resgatar?

— Você sabe que eu... Ah, meu Deus. Eu apenas não sabia... é isso! E eu sinto muito.

O olhar defensivo ainda paira no rosto de Amber.

Estou lidando muito mal com tudo isso! Jim lidaria muito melhor. Ele saberia como falar com ela. Como eu gostaria de perguntar a ele...

Amber sacode a cabeça repetidamente.

— É que... bem... na verdade, não sou a tragédia que você acha que sou, Jade. Da forma que tudo aconteceu... Posso não estar em Farnham, mas estou indo bem. Para sua informação, compramos a nossa casa também. Não sou um caso de caridade. Não preciso de piedade, mas agradeço, de qualquer forma.

Kirsty se envergonha.

Falei coisa errada, percebo no tom de voz dela. Ela está com raiva de mim? Eu não fiz aquilo! Eu não a mandei para Blackdown!

— Sim. Desculpe. Meu Deus, estou fazendo tudo errado! Sei que estou! Eu não queria...

Ela se cala. Mexe seu café de novo, tristemente, enquanto Amber analisa o papel de parede por trás dos óculos de sol idiotas. Kirsty avista uma figura na janela: o cara de rato de antes. Ele inclina o braço ao longo do vidro para sombrear os olhos e olhar para dentro. Homenzinho engraçado.

Essa praga vai entrar aqui, aposto.

Ela olha para trás.

— Sabe o que eu acho?

Na verdade, Kirsty não quer saber. Mas deve isso a Bel. Precisa deixá-la falar. O que quisesse...

— Não...

— Acho que você foi para Exmouth e teve a oportunidade da terapia e da educação porque era a criança que estava no mau caminho — explica, desafiando-a a contradizer sua declaração. — No fim das contas, foi isso o que aconteceu.

— Amber, eu tive que dar duro! Eles não simplesmente me trouxeram a universidade servida em um prato. Fiz isso por minha conta!

Os olhos de Amber se estreitam e ela interrompe.

— Sim, mas todos nós sabemos por que você teve a chance de fazê-lo, não é?

— Por quê? — questiona Kirsty, sem aguentar mais.

Amber mexe o chá com a colher e olha pra ela.

— Porque eu era má e você foi mal orientada. Foi o que eles disseram nos jornais, depois que tudo aconteceu. Nada como um sotaque gritante em uma criança para torná-la uma puta do mal, não é?

As palavras saem em um ímpeto, seguem o fluxo e param de repente, como se ela ficasse sem fôlego.

— Ah, meu Deus, Bel...

Ela não consegue acreditar. Uma criança é apenas uma criança. Certamente isso é verdade, não é?

— Eu sinto muito. Sinto muito. Tenho certeza de que foi apenas uma loteria. Tem que ter sido.

Amber desvia o olhar novamente, o rosto inescrutável por trás dos óculos escuros.

— Pois é... Muito bem... Não pense que você pode simplesmente vir aqui e conseguir o meu perdão. Não é hora de absolvição, Jade. Só para você saber, não acho correto que você tenha sido ajudada e eu punida. Não importa o que o resto do mundo pense. Eu não era mais responsável do que você pelo que fizemos. E agora eu sei que parte de mim vai odiar você até o dia em que eu morrer.

Capítulo Vinte e Dois

Amber percebe que não conseguirá pegar no sono antes do seu turno começar, por isso vai para o trabalho mais cedo. Sente-se inquieta, incerta a respeito de tudo, desejando estar entre pessoas porque é a melhor maneira de fazê-la parar de pensar. Amber nunca vem ao parque como visitante e, de repente, sente-se ansiosa ao ouvir a música, os risos de estranhos, o turbilhão de luzes em movimento, sem pensar nas caixas de conexão e nos pistões, as polias e os guindastes, a fumaça e espelhos que davam vida a tudo.

Entra pela porta traseira. Percebe que Jason Murphy não está. Um homem negro, solene, fino, que ela não reconhece a observa enquanto pega o seu cartão e abre o armário. Acena para ele e recebe um aceno neutro — nem amigável, nem hostil, nem curioso nem entediado — em troca. Coloca a bolsa no armário, mas fica com a jaqueta, esvaziando os bolsos abotoados, que contêm as chaves e dinheiro.

Ouve os acordes de "We Are Family" vindo do Waltzer, "Blue Suede Shoes" do Túnel do Terror, "Echo Beach" da Piscina com os tobogãs; seu ouvido está tão sintonizado com o repetitivo repertório que consegue ouvir cada música separadamente, sabendo que a sequência de cada uma seria "I Feel for You", "Rock Around the Clock" e "Once in a Lifetime". Em algum lugar, lá fora, ela sabe que Vic e seu companheiro Dave estão fazendo seu trabalho juntos, seu pequeno show, todo baseado nos ombros largos e nas mãos viris; um pouco de teatro que faz com que os apostadores riam e sintam como se testemunhassem um momento de alegre improviso. Improvisação essa que perduraria por muito tempo, que eles iriam começar a ver a cada 11 minutos, após cada hora. Em 17 minutos, enquanto os estudantes estão na fila da montanha-russa, irão espontaneamente cantar Take That, batendo no peito e apontando para suas virilhas com uma coreografia que parecia não ensaiada.

Automaticamente, ela olha para os cartões perfurados no rack. Funnland ainda usa o sistema de cartões perfurados, de modo que Suzanne Oddie sabe se qualquer um dos funcionários se esgueirou para ter um pouco de diversão sem pagar. Poucos cartões já tinham sido perfurados: apenas a turma do início da noite que circula pelo lugar, esvaziando lixeiras e catando lixo com pinças de cabo longo. Amber teve que lutar arduamente para conseguir tais pinças. Antes, a limpeza constituía-se em um ciclo oneroso entre se inclinar e ficar de pé, inclinar-se e ficar de pé, e o absenteísmo se tornara um problema sério. Ela percebe que Jackie já tinha batido o cartão, então fica imaginando por que a funcionária mais preguiçosa, de repente, está empenhada no trabalho. Começa a se preocupar, de novo, com o que faria a respeito da redução no orçamento.

Que merda! Não conseguirei ter um único minuto de paz. Se eu não pensar no que aconteceu esta tarde, vou ficar preocupada com isso. Não vejo nenhuma alternativa. E se eu reduzir o número de horas de todos, para que ninguém tenha que ser mandado embora? Meu Senhor! Assim seria injusto para todos.

Percebe que já está parada ali, de pé, durante um minuto inteiro: olhando para a porta do armário como se estivesse em transe, e que o guarda olha para ela, desta vez, com curiosidade no olhar.

Recomponha-se, Amber. Vamos lá.

Ela balança a cabeça com impaciência e dirige-se ao parque.

Parou de chover e o parque tem cheiro de umidade e fritura. Mais adiante da torre, além dos ruídos da montanha-russa, Amber consegue vagamente ouvir o bate e volta das ondas no mar. Ela anda um pouco e para, apenas a alguns passos da multidão agitada, ponderando suas opções. Já mora em Whitmouth há anos, mas nunca andou na sua famosa montanha-russa. Não tinha dinheiro para pagar a taxa de entrada quando chegara aqui pela primeira vez, e, ultimamente, a familiaridade tornou-a quase imune à sua existência, além da necessidade de limpar e esfregar as suas superfícies, retirando as gomas de mascar que ali eram grudadas.

Ela balança a cabeça, como um cavalo sob o ataque de uma mosca. Não é hora de trabalhar ainda. Recusa-se a pensar no trabalho até que seu turno comece. Seu trabalho já se intrometeu o suficiente em seu dia e, à medida que o dia passa, ninguém poderia dizer que fora ruim. Foi um erro encontrar Jade, pensando que ia resolver tudo, ela sabe disso. Dirige-se para a frente da fila.

A equipe que trabalha na montanha-russa sempre é composta por adolescentes e jovens de 20 e poucos anos, pessoas contratadas com base nas aparências. É a atração principal do lugar e a política dita que, a exemplo disso, deve ter uma equipe exemplar. Eles se vestem de forma diferente do resto das pessoas do parque, enfeitados com acessórios, bermudas e shorts e camisetas justas com a estampa nas costas: EXPLOSÃO!!, além de um logotipo rabiscado na frente. Ela conhece todos, é claro. Dois são filhos de funcionários de sua própria equipe e um deles é uma menina chamada Helen, que mora a quatro casas na Tennyson Way e irá para Manchester Uni no outono.

Helen está no portão. Ela desfaz a barreira formada por pessoas e permite a passagem de Amber.

— Oi, senhora Gordon! Tudo bem?

— Bem, obrigada.

— Aconteceu alguma coisa? — pergunta Helen, com educada preocupação.

Amber sempre admira a forma que aquela menina fala com os adultos, como se fossem professores, numa época em que até mesmo os professores não falam como professores.

— Teremos que parar?

— Não, não! Nada disso. É que, de repente, percebi que trabalho aqui há seis anos e nunca andei nessa coisa.

— Ah! — admira-se Helen, rindo. — Ha! Ha! Ha! Que engraçado! Eu andava seis vezes por dia na minha primeira semana aqui.

— Mas considere que não estou aqui quando a montanha-russa está funcionando, na maior parte do tempo.

— Não mesmo — concorda Helen, entendendo a colocação. — É verdade. Enfim... Vamos resolver isso!

Ela acena com a mão para o portão de embarque dianteiro, no qual quatro pessoas — os vencedores do sistema de filas — encontram-se orgulhosamente à espera do próximo trem.

— Fique na fila para subir no primeiro lugar e a senhora já será a próxima.

Amber fica receosa diante do pensamento de estar na frente. Sua zona de conforto natural seria mais bem servida tendo alguns outros carrinhos, em vez de ar, é claro, diante dela. Mas sabe que está sendo homenageada, então, aceita. Enquanto toma o seu lugar, é recompensada com o silêncio, o escrutínio funesto da reserva britânica para quem fura a fila.

O trem para e as pessoas da fila já começam a se movimentar, uma vez que a ansiedade é grande para entrar. Amber recua, para preservar a sua pressão arterial, vira-se e analisa o parque.

Do outro lado do saguão, o portão dos funcionários se abre e várias pessoas saem. Ela reconhece uma delas como Suzanne Oddie, que está cercada pelo profundo azul e amarelo que só pode corresponder aos uniformes policiais. Ela não pensa muito a respeito. Há policiais espalhados pelo parque, dentro e fora dele, desde o assassinato, e não parece nada estranho estarem ali todos os dias, mesmo nos momentos de menor movimento. Move-se para a frente do portão, assim que a fila é liberada para seguir e vê diversos rostos decepcionados ao avistarem-na ali parada. Raramente apenas um assento é ocupado no carrinho. As pessoas gostam de andar em pares: coragem em grupo.

O que Jade está fazendo agora? Será que está tão perturbada quanto eu? Meu Deus! Eu não faço ideia. Por todo esse tempo, acreditei que ela tinha vivido como eu, dominada pelo medo, esmagada pela vergonha, afastada do caminho do mal, mantendo a cabeça baixa. E agora, jamais conseguirei esquecer que tudo foi diferente para ela. Eu deixei o gênio sair da lâmpada. Ele não vai voltar. Não é justo. Droga! Não é justo!

O trem range com a sobrecarga e sua pele formiga com a alteração da pressão do ar. Ele tinha sido projetado dessa forma, para que os gritos vindos de cima elevassem os níveis de adrenalina. Com três trens no circuito, é possível ouvir isso em dobro, quando se está na fila, aguardando e o que quer que seu cérebro racional diga cai por terra no momento em que as barras de segurança se fecham, fazendo-a crer que está correndo perigo. Para Amber, acostumada a esperar no escuro para ouvir o som de passos que se aproximavam, esforçando-se para nunca atrair a atenção, é um som perturbador. Quer virar as costas e fugir, mas o trem já está parado e as pessoas de trás se sentem ansiosas para subir a bordo. Ela sabe que já é tarde demais. Assim que a plataforma é liberada, pisa com os tornozelos bambos no casulo e toma o seu lugar.

Merda, o que estou fazendo? Isso é maluquice, uma estupidez. É mais castigo do que diversão. Mas talvez seja exatamente por isso que esteja aqui. Eu me sinto mal, então agora estou me punindo. Estou fazendo o que fui treinada para fazer. Afinal, em um lugar como Blackdown Hills, o melhor que poderíamos fazer era assumir a culpa e esperar pelo castigo.

A barra desce, travando o lugar, fechando-se. Os passageiros próximos dela respiram fundo, riem e trocam olhares magnéticos. Amber agarra as barras de ombro acolchoadas e fecha os olhos. Engole em seco algumas vezes.

Odeio coisas assim. Por isso nunca andei nisto. Qualquer outra razão é apenas uma desculpa. Várias vezes, na minha vida, eu me senti como se estivesse fora de controle. Jamais seria voluntária a andar numa coisa dessas para me divertir.

— Segurem firme que aqui vamos nós! — diz o locutor autômato, e as rodas se encaixam na pista.

Que merda! Agora não há mais nada que eu possa fazer para impedir isso.

Lembra-se de sua primeira noite em Blackdown Hills. Ainda gritando depois da sentença, com a garganta rouca, mas sua voz continuava a sair espontaneamente. O chuveiro, meio frio, a dor causada pelo sabão medicinal, o vazio, a escuridão.

Minha mãe. Ela não estava no tribunal. Eles me odeiam. Sou a desgraça da família.

Recorda a escuridão da noite, vista através das grades nas janelas, o silêncio caindo enquanto se dirigia ao refeitório pela primeira vez. Estava tarde e úmido, e ela sentia medo. Foi difícil, os olhos especuladores voltando-se para verificar a notória recém-chegada. A policial Hills empurrando-a para a frente por um dos braços, sem nenhuma compaixão em seu comportamento.

Chegam ao topo da primeira subida. Não há nada entre ela e a pista, apenas ar limpo antes do mergulho. O trem se arrasta adiante, ganha impulso e arrebata-se violentamente em uma parada, lançando-a para a frente, contra a barra. Ela está pendurada com o rosto para baixo, uma centena de metros de queda diante de si. Sente o estômago dar uma guinada. A mulher ao seu lado começa a cacarejar nervosamente.

Deitada acordada. Foi em Blackdown Hills que aprendeu a não dormir. Depois que as luzes se apagavam, vinha a hora selvagem, quando gangues perseguiam outras meninas pelos corredores e desajustados choravam de medo. Bel Oldacre, acordada, no escuro, pronta para fugir através das paredes, noite após noite, ao ouvir o clique e o ranger de metal quando alguém tentava romper o bloqueio de sua cela. Às vezes, um choro abafado, um grito ou o ruído de uma perseguição invadia a escuridão. Eles sabiam quem ela era. É claro que sabiam. Quantas crianças de 12 anos que falavam como a Rainha estavam lá, nessas instituições do país?

Eu não posso voltar para lá. Isso me mataria.

O trem avança. Seu coração salta e sua coluna vertebral parece se deslocar. A mulher ao lado solta um grito emanando um misto de alegria e terror. A garoa paira no ar, como um milhão de alfinetadas. Ela percebe que mostra os dentes, em uma feição desconfigurada pelo medo. A pista desaparece na frente dela, tudo que vê é o vazio e, incrivelmente distante, a uma velocidade cada vez maior, os milhões de pedras da praia de Whitmouth.

Amber grita.

Ela está verde e fraca ao fim do passeio. Cada membro se transformou em geleia. Seus companheiros riem, saboreando as endorfinas, gritando: "brilhante — incrível — que foda — vamos de novo!". E ela apenas sente a fraqueza. Se alguém lhe dissesse que deveria dar mais uma volta, morreria ali mesmo, naquele local, certamente.

Pergunta-se, mais uma vez, o que Jade está fazendo. Ela tinha um prazo para cumprir, tinha ciência disso, mas o anoitecer já se aproximava.

Ela deve ter acabado. E, se conseguiu, provavelmente está pensando em mim. Ou será que apenas deixou pra lá? Como uma de suas matérias, voltando para a sua vida ordenada?

Suas mãos tremem. Aos poucos, a audição permite a entrada de mais do que o som do sangue correndo em seus ouvidos, e reconhece a música "Could It Be Magic".

Já devem ser 20h30. Se eu me sentar e tomar um café, talvez possa encontrar alguém conhecido para conversar e me tranquilizar. Pelo menos não me sentirei assim, tentando ficar em pé com as pernas bambas, querendo cair.

A multidão começa a sair da plataforma, e ela é a última pessoa a deixar o lugar, seguindo pelo caminho, apoiando-se à parede até que encontra as escadas e cambaleia para baixo, segurando firmemente no corrimão.

O trajeto rumo ao café passa pela barraca de tiros, pelo trem fantasma, pelo carrossel ainda cheio de crianças — apesar da hora —, e pelos carrinhos bate-bate. Ela meio que espera ver Vic lá, mas então se lembra de que ele e Dave haviam trocado de lugar naquela noite apenas para variar.

Depara-se com Suzanne Oddie, franzindo a testa o máximo que pode através do seu botox, enquanto espreita ao redor, à procura de alguém. A um passo atrás dela, três policiais e outro oficial cujo uniforme indica uma patente superior na cadeia alimentar.

— Ah! — diz Suzanne, indicando Amber. — Ela deve saber!

Amber reconhece o policial mais velho. Tinha sido aquele que as acompanhou — a ela e a Jackie; lembra-se do sotaque do policial e ri pela primeira vez naquele dia — até a delegacia na noite em que encontraram Hannah Hardy. Ele sorri e a cumprimenta pelo nome. Suzanne parece surpresa, depois desconfiada, e então faz uma cara de reprovação.

— A senhora Gordon conhece todo mundo.

— Sim — responde o policial, concordando efetivamente —, eu percebi.

— Estão procurando por alguém em especial? — pergunta Amber, na tentativa de auxiliar.

— Sim — responde Suzanne —, Victor Cantrell. Ele deveria estar trabalhando nos carrinhos bate-bate. Será que você o reconheceria?

Amber sente as pernas amolecerem, mais uma vez, como se estivesse caindo.

15h30

Jade se arrasta pelo buraco da cerca e sai direto em um local cheio de urtigas. Xinga em voz alta, porque sabe que Chloe encontrará um jeito de achá-la, por mais que tente fugir. Ela está começando a realmente, realmente odiar aquela menina. Ela é um ímã de problemas. E, cada vez que cai, a gritaria começa: um barulho tão irritante e invasivo como uma sirene de polícia, reverberando em seu crânio como uma broca de dentista. E agora será queimada pelas urtigas.

— Eu disse que deveríamos ter seguido o caminho ao longo da estrada — rosna, irritada.

— Não, você não disse! — contesta Bel, igualmente nervosa. — Foi você que falou que era mais rápido por aqui. Eu perguntei se tinha uma trilha!

São dias de verão escaldantes e o chão está seco e duro. As três estão machucadas e arranhadas por causa das quedas e subidas e escaladas, e agora as mãos e os joelhos de Jade estão ficando brancos e gotejando onde rastejara sobre as urtigas. Sua boca está seca, a secura dominando toda a sua garganta, e a sensação que experimenta é como se suas pálpebras estivessem revestidas com uma lixa. Seu temperamento está intolerante, combinando com o de Bel. Seu cérebro ferve de calor e ressentimento.

— Vamos por aqui, mas tomem cuidado com as urtigas.

Bel empurra Chloe na frente. Tinham aprendido, na última hora, que a pequena precisa ir no meio, entre elas, aonde quer que vão. Ela é muito jovem e tola para liderar o caminho, e, se ambas forem na frente, ficará para trás até que alguém precise rastejar ou escalar de volta para buscá-la.

Eu nunca vou ter filhos, pensa Bel, *não, se houver uma única chance de que eles sejam como essa menina.*

Ela olha para o rosto roxo — as bochechas sujas, com listras de barro, o queixo em uma massa esponjosa de lágrimas — e sente uma onda de desprezo. A menina lembra Miranda — a mimada, a inútil, a favorecida Miranda —, e o desprezo se transforma em raiva.

Sempre me culpam. Toda vez que algo dá errado, eles me culpam. Não é justo!

— Sua maldita patética, ande!

Chloe perdeu um sapato em algum lugar, para trás, na lama na lagoa Proctor, e suas meias, antes brancas, estão imundas. Ela se agacha, olha para o buraco na cerca, e começa a choramingar de novo. Em seguida, fica de quatro, mãos e joelhos no chão, e começa, lentamente, a engatinhar.

Meu Deus!, pensa Bel. Ela tem uma bunda do tamanho de um elefante. Como alguém tão pequeno pode ter uma bunda tão grande?

Só para ver o que acontece, dá um pequeno empurrão com o pé. Chloe estoura através do buraco, como uma rolha de champanhe, caindo, de bruços na cama de urtigas. O silêncio paira por um momento, até que ela se dá conta de sua situação, e então o uivo inicia.

— Buáááááá! Buáááááá! Buáááááá!

Jade coloca as mãos sobre as orelhas.

Eu não aguento mais isso! Como é que ninguém nunca colocou uma mordaça nela?

— Cale-se, cale-se, cale-se!

O rosto, as mãos e as coxas de Chloe estão cobertos por vergões. Ela olha para baixo, para as palmas das mãos, e começa a gritar. Todas as pessoas de Banbury devem conseguir ouvir aquela gritaria. Jade sente os tímpanos chacoalharem. Agarra a criança pelo braço e a coloca de pé.

— Cale a boca! Ou vou te dar motivos de verdade para chorar!

Jade é a mais jovem de sua família. Ela passara muitas horas felizes sob os cuidados dos ressentidos irmãos mais velhos, e nunca teve de se encarregar de um mais novo. Dessa forma, faz o que Tamara, Steph e Cary tinham feito muitas vezes para lidar com as suas birras: dá um tapa em sua bochecha.

Chloe se cala imediatamente.

— Vou colocar uma maldita mordaça em você se começar de novo — ameaça Jade, sem entender por que sente tanta raiva.

Ela não sabe nada sobre desidratação, superaquecimento e perda de açúcares; sabe apenas que Chloe é um fardo que ela nunca pediu e não quer carregar.

— Nós vamos encontrar algumas folhas de malva — explica, com certa cordialidade —, elas vão resolver o problema.

— Eu quero ir para casa! — lamenta Chloe, ainda em lágrimas. — Eu quero a minha mãe!

Bel se arrasta pelo buraco e se levanta. Aquela tarde parecia não ter fim.

Capítulo Vinte e Três

Kirsty aprendeu anos atrás que o trabalho compensa. Na verdade, foi Chris, seu conselheiro em Exmouth, quem lhe apresentou tal conceito. Durante um ano, sentiu-se como se a cabeça estivesse cheia de vespas: pensamentos repetitivos bloqueando todo o resto. Descobriram, rapidamente, que não tinha sido bem alfabetizada, que o tempo passado na escola fora desperdiçado pelas expectativas dos professores. Aos 11 anos, nunca tinha sido ensinada a se concentrar. Agora, sempre que tentava, imagens de Chloe surgiam em sua cabeça; fotos de sua mãe, seus irmãos, a multidão do lado de fora do tribunal, e ela ficava irritada, chorosa, sem esperança.

Então, certo dia, passou uma hora inteira com Chris, lendo, entre todas as escolhas loucas possíveis, um capítulo de James Herbert: *A invasão dos ratos*. Durante uma hora, outro mistério dominou a sua mente. Queria ler e descobrir o que aconteceria em seguida. Assim, por meio de descrições gráficas, pessoas sendo mastigadas vivas, compreendeu o consolo dado pela leitura, e, a partir daí, conheceu lentamente o prazer de aprender, e, em seguida, de escrever, e depois de fazer perguntas e ouvir respostas, e de fazer algo com essas respostas. E, um dia, descobriu que havia se tornado uma história de sucesso — a criança que foi resgatada. E nunca mais esqueceu.

Quando deixou Bel no café, tinha duas horas para redigir a matéria e, como sempre, a pressa da entrega, a pressão para que voltasse logo era feroz. Todo dia é a mesma coisa: a teleconferência das 11h, o momento de pânico quando percebia a extensão da tarefa à sua frente, a corrida para descobrir tanto quanto possível e a tradução do que descobrira em uma matéria escrita, com forma e conteúdo, por meio de uma história trabalhada, a maldita corrida que a pega de surpresa a cada vez que a imprensa publica as suas palavras que voam pelo éter para acabar às mesas de café da manhã de estranhos. Não há tempo para pensar em qualquer outra coisa.

E, naquela noite, cumpriu o prazo, como de costume. Está escrevendo as notícias para o jornal diário; o dia seguinte e o próximo não passam de mesmice; e mais outra matéria para o domingo. As pessoas adoram detalhes lascivos, diz o editor, e o *Trib* vende muito por causa disso.

Três minutos após o envio, e após ligar para comunicar a remessa, abre uma garrafa de Frisante que encontrou no frigobar, e cai em lágrimas. Deita-se pesadamente sobre a colcha laranja e deixa as lágrimas fluírem, a boca aberta como se fosse capturá-las tão logo escorressem por suas bochechas. Naquele momento, deseja não ter concordado em se encontrar com Amber. Sempre lidou com o passado simplesmente não permitindo que ele fosse lembrado. Kirsty consegue passar dias — semanas, às vezes — sem pensar nisso. Vivendo o presente, planejando o futuro, achava que seu passado tinha virado uma espécie de história.

Deseja ter contado com mais tempo para se preparar. Um milhão de perguntas rondam a sua mente agora que não está mais na presença daquela pessoa que poderia respondê-las. De certa forma, aqueles dias se parecem mais como um filme a que assistira do que um drama no qual fora parte ativa. Parece tão distante, tão sem relação com a pessoa que sente ser hoje que, embora se desenrole em sua mente com frequência, tem o brilho tecnicolor da irrealidade dos eventos vistos em uma tela de cinema.

Imagina se Amber tem a mesma sensação, ou se aqueles acontecimentos ainda lhe provocam o pânico doentio que ocasionalmente persiste em impedir o seu sono quando sua guarda está baixa. Quer saber como Amber lida com a mentira no dia a dia, diante das pessoas que mais ama. Acima de tudo, quer saber se Amber tem medo, da mesma forma que ela. E, em caso positivo, deseja ainda saber o que mais ela teme: a violência que vem dos estranhos ou a destruição daqueles que ama?

O pensamento sobre Jim e sobre seus filhos lhe arranca mais lágrimas. A bondade de Jim, sua confusão quando encontra dolo ou malícia é, ao mesmo tempo, sua grande força e sua maior fraqueza. O pensamento a respeito da dor, da perda dos filhos, se alguma vez descobrissem que amavam alguém que não existia, tudo isso a deixa sem chão. Seu marido acredita que ela é uma pessoa boa maltratada pela vida. Mas ela sabe que, no fundo, é — deve ser — podre, e que a única coisa que devia fazer é protegê-los da terrível verdade.

Chora até se sentir cansada, com os ombros doloridos, a pele seca sob os olhos vermelhos. E, quando consegue se acalmar, quando acha que o perigo de simplesmente derramar a verdade em uma tentativa destrutiva de desabafo passou, liga para o marido.

— Oi — diz ele —, onde guardamos as pilhas?

— Na gaveta esquerda do armário da garagem. Vai trocar a pilha do quê?

— Alguém se esqueceu de desligar o seu jipe *Monster Truck Duelling* novamente.

Ela se sente cansada e distante, mas confortada pela vida acontecendo em outros lugares, sem a sua presença.

— Ele precisa parar de fazer isso.

— Sim, é verdade, só que ele não vai parar enquanto não tiver um incentivo.

— O que podemos fazer?

— Fazê-lo pagar!

— Do próprio bolso?

— É o que traria resultado.

— Mmm — pensa e acrescenta condescendente —, ele não tem dinheiro suficiente para comprar pilhas.

— Você é resistente! Desculpe, mas de que outra forma ele irá aprender?

É bom falar sobre algo tão mundano. Mesmo que seja um fato que estejam evitando — a interminável, aterrorizante, visível situação do seu orçamento é, de alguma forma, reconfortante.

Seu nariz fica entupido e ela respira pela boca.

Ela não quer entregar o jogo, assoando o nariz, mas suas constantes fungadas o alertam.

— Você está bem?

— Sim, só estou cansada. E sentindo a sua falta.

— Ah, querida!

Kirsty pode imaginá-lo, deitado no canto do grande sofá, com os pés em cima do assento, afinal ela não está lá para reclamar. Provavelmente, a essa hora da noite, tinha tirado os óculos, expondo os olhos grandes e vulneráveis.

— Odeio quando você viaja.

Agora que ele sabe do seu sofrimento, não vê mais sentido em esconder as lágrimas, entregando-se a um enorme sopro, assoando o nariz em uma toalha de papel descartável.

— Eca! — exclama ele, imediatamente.

E então ela o ouve dizer:

— Obrigado por compartilhar isso comigo.

Kirsty ri baixinho de si mesma.

Como uma pessoa pode ser capaz de fazer a outra se sentir tão melhor? Quanta responsabilidade sobre os ombros de outra pessoa!

— Como é o seu quarto? Quero imaginar você aí.

— Um pouco cedo para isso, não é? — brinca ela.

Ela ouve o sorriso através do éter.

— Dê-me uma imagem para eu levar ao banho comigo.

— Certo...

Ela olha em volta, tentando encontrar algo para descrever. Já tinha se hospedado em diversos hotéis daquele estilo para saber que eram parecidos.

— Há quatro colunas aqui — explica.

É um jogo antigo, muito antigo, que eles costumam fazer desde que se conheceram.

— Com mulheres nuas, uma em cada coluna.

— Minha imagem favorita — concorda ele, solenemente. — Há cortinas?

— Claro! Cortinas de veludo vermelho com franjas douradas.

— Sofisticado.

— Sexy — corrige ela, enfatizando o x. — O piso é dourado também. Parece ouro de verdade, eu acho.

— Deve ser frio.

— O piso é aquecido. Ah! E tem um balde de gelo de platina.

— Elegante — define ele, entusiasmado. — Há serviço de quarto?

— Não — responde ela, suavemente —, mas há um bistrô.

— Um *bistrô*?

Ela ouve quando Jim se levanta.

— Querida, vou dispensar as crianças e vou correndo até aí. Por que você não me disse que tinha um *bistrô*?

— Fica aberto das 24h às 9h da manhã — lê no cartão de informações —, e serve uma variedade de dar água na boca quando se trata de refeições rápidas. Lasanha parece ser a especialidade.

— Droga! — reclama Jim. — Por que não me contou?!

— Eu não sabia, Jim! — justifica ela. — Você conhece o *Trib*. Sempre surpreendendo.

— E então, você enviou o arquivo? — pergunta ele.

— Sim, enviei.

— E quais são as novas?

— Nada que você não tenha visto no noticiário da noite. Uma pobre moça espancada até a morte, mas ainda não sabemos o nome dela. Sem bolsa, sem telefone, sem documentos, sem amigos que tenham dado pela sua falta.

Ele faz uma pausa como se pensasse a respeito.

— Ah, sei... — concorda, gentilmente.

O medo de morrer sozinha e despercebida sempre a atormentou.

— Terrível! Desculpe, Kirst. Você deve odiar esse trabalho às vezes.

— Está tudo bem — diz ela, com tristeza —, volto logo para casa.

— Eu espero. Sinto muito a sua falta, você sabe disso.

— Eu também. Meu Deus! — suspira Kirsty. — Como vocês estão se virando? As crianças já comeram?

— Sim.

— O que eles comeram?

— Mingau e pão. Por que você não pega o carro e volta para casa?

Kirsty suspira de novo. O pensamento de sua casa, de um banho quente e de Jim massageando-lhe as costas é quase insuportavelmente atraente.

— Não posso, querido. Me perdoe. Eu chegaria quase meia-noite e terá uma entrevista coletiva às 8h amanhã de manhã.

Entrevista coletiva. Um casal de pé, na plataforma, lendo mecanicamente uma declaração e, em seguida, respondendo a perguntas.

— Receio que não consiga comentar muito a respeito, por enquanto, preciso de respostas para tantos questionamentos. E, se eu não sair cavando alguma coisa nesta noite, precisarei adicionar tempo ao meu programa, prorrogando o fim da viagem. Farei tudo por você, prometo — diz ela, gentilmente —, no fim de semana.

— Hummm... Devo enviar os pirralhos a uma festa do pijama?

— Por que não? Ou isso ou podemos simplesmente trancá-los no porão até terminarmos

O efeito do frisante já parece ter ido embora, mas ela nem mesmo se lembra de ter sentido algum efeito. Fraco, meio aquoso, feito para mulheres, e não para profissionais. Ela sai da cama e verifica o frigobar. Há meia garrafa de *Beaujolais* gelado e algumas minigarrafas de vodca. Ela checa os preços e vê que o vinho custa 11,25 libras.

Meu Deus!

Devia ter comprado algo no bar quando esteve lá, mas tinha prometido a si mesma que esta seria uma noite seca. Não tinha pensando, entretanto, em passar a tarde junto com alguém com quem ela, certa vez, cometeu um assassinato. Ela abre a garrafa e derrama metade do conteúdo no copo. Vou pensar sobre o meu hábito de beber amanhã. Ninguém saberá que tomei um copo ou dois nesta noite.

— Ei — diz ele —, eu estava imaginando...

Argh!

O vinho é amargo e pouco encorpado. Ela nunca gostou de *Beaujolais*. De fato, é preciso apreciar uma bebida para querer bebê-la. Toma mais um gole e faz uma careta enquanto engole.

Sei o que ele diria se estivesse aqui comigo no quarto. Às vezes, ficar um pouco sóbria é uma bênção.

— Estava pensando... que talvez devesse me reciclar. Não sei por quanto tempo mais consigo me enganar de que vou conseguir voltar para aquilo que eu costumava fazer. E nós não podemos continuar assim para sempre.

Ela pensa.

— É uma ideia, eu acho. Sem sorte hoje, então?

— Sem... Nada.

Eles ficam em silêncio por um momento.

— Eu odeio isso! — desabafa ele, em um ímpeto de fúria mesclado com desânimo. — Odeio ser um inútil! Nunca imaginei que seria um inútil aos 42 anos. Isso não estava nos meus planos.

— Oh, Jim. Você não é um inútil! Você não é nada do que está dizendo! Eu não saberia o que fazer sem você. Você sabe disso, não sabe?

Ela o ouve suspirar.

— Nós vamos superar isso! — garante, enquanto recarrega seu copo. — Essa situação não é para sempre. Há muita coisa boa ainda por vir, tenho certeza!

Ela ouve alguns sinais sonoros. Afasta o telefone de sua cabeça e vê que há uma chamada em espera.

— Deve ser alguém do trabalho, é melhor eu ir.

— OK — assente Jim, mais calmo —, você liga de volta mais tarde?

— Vou tentar, querido. Mas falaremos melhor sobre isso quando eu chegar em casa, OK?

— OK — responde ele, com uma voz quase inaudível.

— Eu te amo — despede-se ela, automaticamente.

— Eu te amo mais — responde ele, também de modo automático.

Eles nunca pensavam no que estavam dizendo quando diziam isso.

Ela desliga e atende a outra linha.

— Kirsty Lindsay!

— A que horas você vai dormir? — pergunta Stan.

Ela nem sequer pisca diante do excesso de familiaridade; sabe que ele fala sobre o prazo inicial de envio do seu arquivo.

— A primeira edição será às 23h30, por quê?

— Para sua informação, o nome dela é Stacey Plummer. A garota. E a polícia deteve um homem para interrogatório.

— Qual é a alegação?

Kirsty já está alerta, de volta ao trabalho, o vinho drenado do seu cérebro como se alguém tivesse apertado um botão.

— Você sabe de alguma coisa? Quais são as novidades?

— Algo a ver com as impressões digitais no labirinto de espelhos. Ou melhor, alguém que não deveria ter estado lá. Um empregado do parque de diversões aparentemente, mas não há muito que fazer com apenas essa informação.

— Ah, que merda! — desabafa ela, desapontada. — Deve haver centenas de digitais naquele lugar. É um espaço público, pelo amor de Deus!

— Não, parece que não é bem assim! Eles têm alguém que fica lá, na porta de entrada, entregando luvas de plástico. Óbvio, realmente. Não imaginei isso, afinal, o lugar ficaria coberto de digitais se não o fizessem. Então, na verdade, não é bem assim. Há menos impressões digitais lá do que num centro cirúrgico. Apenas uma quantidade ímpar de ranho na altura em que um garoto encostou-se a um dos espelhos. E, de acordo com as minhas fontes, a supervisora de limpeza é uma fera e limpa o local pessoalmente. Não existe uma mancha lá há quase um milênio.

— Suas fontes?

— O guarda. Jason Murphy. Paguei-lhe umas bebidas no Cross Keys.

— Entendi. Certo. Obrigada!

— Falando nisso, estou indo para lá — afirma ele, animado —, o bar mais próximo de Funnland, ver se consigo mais alguma informação. Vejo você lá?

— Sim, claro! Só preciso dar alguns telefonemas primeiro. Stacey Plummer?

— Sim. Com dois emes.

— Tá — diz Kirsty, agradecida —, te devo uma!

— Pague-me uma bebida!

Ele desliga o telefone.

Ela liga para o jornal, pedindo que esperem por seu novo arquivo.

Capítulo Vinte e Quatro

Detido para interrogatório. O que significa detido para interrogatório? Será que isso significa que ele está sob suspeita? Ou é o mesmo que ajudando a polícia nas investigações? O que definiria isso melhor? O que acontece em seguida?

Amber força sua memória para lembrar o que fora dito de si mesma e de Jade todos aqueles anos atrás e percebe que, trancadas na delegacia de polícia em Banbury, não tinham a mínima ideia do que estava acontecendo no mundo lá fora. Por trás daquelas paredes, antes que as multidões vissem o jornal das 18h e começassem a se reunir — com placas e cartazes e pedaços de tijolos quebrados, o bom povo de Oxfordshire mostrando a sua solidariedade com a família Francis —, havia apenas elas, os impassíveis policiais, as assistentes sociais sinceras, a mãe de Jade chorando pelo corredor (sua mãe, em trânsito para o seu resort no Extremo Oriente, levou três dias para ser encontrada e retornar) e Romina, andando de um lado para outro, fumando, e, mais tarde, os advogados. Apenas quando o seu advogado a aconselhou, de repente, a tomar cuidado com o que dizia, percebeu que não sairiam de lá; que aquilo tudo não fazia parte da rotina; que a polícia sabia o tempo todo que elas haviam matado a menina e apenas esperava pelas suas versões para separá-las.

Ela anda pela casa como um animal enjaulado, com medo de sair, com medo de mostrar o rosto caso a notícia repercutisse por todo o estado. O que certamente aconteceria. Elas jamais teriam sido tão expostas ao público da maneira que foram, se tivessem procurado por isso.

E, claro, provavelmente estavam tentando. Cinco mulheres estão mortas, e tudo que parecem fazer são entrevistas coletivas. Não querem apenas fazer algo, mas também ser vistos fazendo algo. O frisson de um assassinato sempre gera uma revolta contra a polícia se forem muito lentos para apontar suspeitos. O que significa detido para interrogatório? Será que sabem de alguma coisa que eu não sei? Sobre Vic? Eu estive cega?

Mary-Kate e Ashley pulam para cima e para baixo em seus calcanhares enquanto ela anda. Vic já está lá há dezesseis horas. Dezesseis horas.

Isso não é uma xícara de chá e uma conversa rápida, não é? Meu Deus, o que eu não faria por um cigarro! Cinco anos sem, mas a saudade ainda é muito feroz.

Ela imagina se Jackie deixara ao menos um para trás e vira a gaveta da cozinha em busca de um maço, mas sabe que, se houvesse algum, Vic já o teria descoberto e eliminado.

Droga, Vic. Dia após dia, e eu sem dormir. O que você fez comigo? Ele não fez nada. Amber, o que você está dizendo? Há um milhão de razões pelas quais suas impressões estariam ali. Ele trabalha lá, assim como eu, pelo amor de Deus. Ele poderia ter ido à minha procura. Ele poderia ter entrado lá para se refugiar da chuva. Ele poderia ter entrado lá há anos. Talvez eu não seja uma zeladora tão fenomenal quanto penso que sou. Não pode ser ele. Não o Vic. Não é possível algo assim acontecer mais de uma vez na vida, é? Não, a menos que você esteja fazendo algo para que isso aconteça.

Mas ela sabe que pode. Um assassino tem exatamente a mesma chance de ganhar na loteria como qualquer outro portador de um bilhete. É a mesma probabilidade de ser atingido por um raio, ou ser morto a tiros por terroristas, ou sucumbir à gripe suína. Desafiando as probabilidades, não poderia, sozinha, conferir proteção para isso não acontecer novamente. E ela assistiu a programas de televisão o suficiente para saber tudo sobre autoestima e que as pessoas, sem convite algum, podem trazer problemas para suas vidas sem mesmo perceber que fazem isso.

Não! Não, isso não está acontecendo comigo! Não pode ser. Não! Há outra explicação. Tem que haver. Sim, mas... Amber, na verdade, você não sabe nada sobre ele. Todos esses anos que vocês vivem juntos, e você não sabe mais sobre ele do que ele sabe sobre você. Nem mesmo o que ele faz quando você está no trabalho. Poderia não estar fazendo nada. Poderia estar fazendo um doutorado em astrofísica, diante de todos os detalhes que vocês compartilham em suas vidas.

Da mesma forma que a manhã chegou, foi-se embora. Primeiro ela permaneceu ali, sentada, e depois deitada, escutando os sons do mundo exterior: desde os gritos e os estrondos das portas dos carros até os latidos raivosos dos cães e o ruído de motores. Os gritos de fim de noite dos bêbados, o burburinho de crianças na escola. Às vezes, ela fala com as cachorras, simplesmente para tranquilizar a si mesma que ela ainda existe. Elas erguem as cabeças, sacodem as caudas e, por um instante, fazem-na se sentir confortada.

Amber está deitada na cama, quase cochilando com o cansaço, quando ouve o ruído da chave abrindo a porta da frente. Sentando-se, balança as pernas ao lado da cama, mas tem que parar porque o movimento repentino a deixa zonza. Ela agarra a colcha e fecha os olhos até a tontura passar. Em seguida, chama:

— Vic?

Ele não responde. Ela consegue ouvi-lo na cozinha, abrindo e fechando as portas do armário, enchendo a chaleira.

— Vic?

Ainda sem resposta. Ela fica de pé e desce as escadas.

Na cozinha, Vic está de costas para a porta, olhando para a caneca de chá como se estivesse em transe.

— Você está em casa — afirma ela, tentando uma aproximação amistosa —, graças a Deus!

Ele continua sem reação alguma por mais alguns instantes e, então, finalmente diz:

— Você quer uma xícara de chá?

Amber se controla para não brigar.

Maldita xícara!

— Não — responde ela, conseguindo controlar a fúria e a curiosidade ávida. — Não. Quero saber o que aconteceu.

Vic encolhe os ombros, os músculos protuberantes debaixo de sua camiseta. Ela se inclina para a frente, mas volta para trás... Não tem certeza de como agir. Tocá-lo? Abraçá-lo? Colocar a mão em seu ombro? Amber estica a mão e ele sai de perto quando ela se aproxima.

— Não — diz, justificando-se —, estou fedendo. Não tomo um banho desde ontem.

Ela puxa a mão para trás, num solavanco, sentindo-se inútil no meio da cozinha. As costas dele estão rígidas, e percebe que Vic bate o pé, inquieto, enquanto espera a chaleira ferver.

Ele está tenso. Sabe que não pode simplesmente não falar sobre o que aconteceu. Mesmo comigo, a mulher que menos faz perguntas da história.

— Você já comeu? — pergunta ela, na tentativa de iniciar uma conversa.

— Sim. Eles pediram comida no Antalya. Qualquer coisa que eu desejasse. Eu não sabia disso. Você sabia?

— Não. Eu de fato não sabia.

Ele se apressa, as palavras saindo rápidas e aleatoriamente, sugerindo uma cabeça cheia de cocaína.

— Pois é... bem... é aonde eles sempre vão. Porque são *halal*, portanto não precisam se preocupar com isso. Não sei o que eles fazem em relação ao *kosher*. Provavelmente, não se incomodam. Quer dizer... Você sabe qual é a diferença, afinal? *Kosher* e *Halal*? Enfim. Pedi um hambúrguer de cordeiro. Estava bom. E uma omelete no café da manhã. Eles pegaram daquele Koh-Z-Nook. Colocam até pimenta nos ovos, se você pedir.

Amber interrompe.

— Vic...

Ele finalmente se vira. Olhos brilhantes, animado, como se tivesse ficado fora apenas por uma noite e acabasse de retornar. Parecia mais um homem que tirou a sorte grande.

— O quê?

— O que aconteceu?

Ela espera alguma coisa, uma reação. Desconforto, constrangimento, vergonha — uma necessidade de se explicar. Em vez disso, vê os dentes brancos, o lábio superior retraído de uma maneira que sugere tanto um rosnado quanto um sorriso, os olhos sem vida alguma. É o sorriso de um tubarão.

— Você já sabe o que aconteceu, Amber — diz ele calmamente. — Por que está perguntando?

Ela fica em silêncio, sem fôlego. Não quer perguntar. Suspeita de que já sabe a resposta.

— Ficou acordada a noite toda, não é?

Ele olha para ela. Seus olhos se movimentam de cima até embaixo, olhando o seu corpo.

— Sim, fiquei.

— E no que estava pensando?

— No que acha que eu estava pensando?

Vic se afasta, de volta para a chaleira.

— Eu nunca sei no que está pensando, Amber. Porque você nunca me conta. Você é a guardiã de segredos número um, não é? Deveria trabalhar no Serviço de Segurança MI5.

Não! Não, ele não vai conseguir acabar com isso! Eu não vou... só podia haver uma razão pela qual eles o levaram para a delegacia, e eu quero saber.

— Você me deve uma explicação — sustenta Amber, desafiadora e cansada de mistério. — Vamos lá! Estive acordada a noite toda e a manhã também. Fiquei preocupada.

Ele se vira para trás e zomba dela com sua risada. Encosta-se contra a bancada com caneca na mão, e cruza as pernas na altura dos tornozelos.

Ela começa, vacila, perde o fio da meada.

— Como você pode ser tão...? Por que está agindo assim, Vic?

— Você está horrível! — instiga ele, ainda zombando. — E nem imagina, na verdade.

— Nem imagino o quê?

Ela ouve uma ponta de pânico em sua própria voz.

— Vic, o que você fez?

Ele bate a caneca no balcão. Respingos de chá quente voam com urgência pelo ar.

Então, ela registra o hiato momentâneo entre a ação e seu rosto assumindo uma expressão correspondente.

Ele está jogando comigo, apenas finge estar chateado. Não sente nada.

— Quer realmente saber? Não seria melhor ficar na ignorância, Amber? Afinal, uma vez que saiba, não poderá voltar atrás.

— Sim, tenho certeza. Pelo amor de Deus...

Ele faz uma pausa para o efeito. Olha para ela, alegremente.

— Acha de fato que eu fiz isso? Acha que matei essas garotas, não é?

Ela sente sua interrogação como um soco no estômago. Sente como se o ar saísse dos pulmões, sente os dentes posteriores se unindo, como se entrasse em choque. Como se toda a noite e todo o dia que se passaram desde que o levaram tivessem voltado num ímpeto.

Como não poderia ser? Só um lunático se recusaria a aceitar a ideia, diante das circunstâncias.

— Eu não sei — responde, cautelosamente —, seria culpada se achasse?

Vic emite um triste riso amargo.

— Que amor verdadeiro, hein, Amber?

— Bem, o que você pensaria? Se estivesse em meu lugar?

Ele sorri. Triunfante. Pronto para dar o bote.

— Você quer saber, então? — questiona ele, novamente, como se quisesse vencê-la pelo cansaço.

— Sim, quero!

— Vá em frente, então! Pergunte!

Ela luta para manter o controle.

Ele está amando este jogo. Eu não sei o porquê, mas ele está adorando.

— Certo — diz ela, de modo lento, após respirar profundamente —, por que a polícia o prendeu?

O sorriso de novo.

— Eles não me prenderam.

Outra respiração profunda. Ela conta: um, dois, três, quatro, cinco.

— OK. Por que a polícia quis interrogá-lo?

Vic pega seu chá, que já está morno, e toma um pouco, fazendo um ruído, com os olhos nunca deixando de fitar seu rosto.

— Por que você acha que eles queriam me interrogar?

— Porque eles encontraram suas impressões digitais nos espelhos...

— Certo, então, se você sabia, por que a pergunta?

Ela não consegue segurar um palavrão.

— Mas que merda! — explode, fatigada. — Não faça assim! Tenho o direito de saber!

Vic ri.

A tensão é insuportável. Ela se sente muito irritada, como se os tendões do pescoço fossem partir ao meio. Mais uma vez, respira. Mais uma vez, conta até cinco. Vic realmente parece ter usado algum entorpecente. Talvez fosse apenas adrenalina.

— OK — começa ela de novo —, certo, OK. Posso perguntar por que eles deixaram você voltar para casa, então?

— Porque contei a eles o motivo de eu estar lá.

— Procurando por mim? — pergunta ela, com ironia.

— Ha, ha! — explode a risada de Vic. — Não! Mas eu estava procurando *alguma coisa*, com certeza!

— Droga, Vic, pare de falar em enigmas!

— É melhor você se sentar, diz ele.

— Por quê?

Ninguém pede a você que se sente quando é uma boa notícia.

*

Ela inclina os cotovelos sobre a mesa e vê as lágrimas escorrerem pela fórmica.

— Por quê? — pergunta, inconsolável. — Por que, Vic? Você nem *gosta* dela!

Ela não conhece aquele Vic tão cruel. O que pensariam agora todas aquelas pessoas que lhe dizem o quão cavalheiro ele é, a sorte que ela tem... O que ela tinha conseguido? Será que Jackie estaria tão interessada em apoiar-se contra os espelhos e levantar a sua saia, se pudesse vê-lo agora, reclinado contra o fogão, sorrindo enquanto ela chorava, como se tivesse obtido uma vitória?

— O que há de errado com você? É algum tipo de *psicopata*?

Vic dá de ombros. O sorriso ainda em seu rosto.

— Por quê? — insiste Amber, novamente. — Por que fez isso? Eu não entendo!

— Na verdade, não sei — responde Vic, com calma, sem ao menos titubear. — Porque ela estava lá? Não, não, vou te dizer o porquê. Porque ela não era você. É por isso! Porque ela não era *você*!

Ela escuta seu próprio choro como se viesse da extremidade de um túnel. Como se ouvisse aquilo de forma subaquática. Os cães parados na porta, sem saber se lhe oferecem conforto ou se fogem.

— Mas você nem *gosta* dela...

— Você não tem que gostar de uma mulher para transar com ela! — afirma ele, cruelmente. — Com certeza, pela sua idade, você sabe disso.

— *Vic*! — protesta Amber, desolada.

Ele dá de ombros de novo.

— Eu avisei que não queria que ela ficasse aqui.

— Mas você não *transou* com ela aqui.

Silêncio.

Ela olha para cima.

Ele não apresenta nem mesmo um olhar desconcertado.

— Oh, que *merda*! Não! Não na minha *cama*! Diga-me que não foi na minha *cama*!

— Não! Não foi na sua cama! Até *ela* achou que isso estaria além dos limites.

Por que estou chorando? Por que estou chorando, porra? Deveria estar gritando e jogando coisas. Não me comportando como uma chorona imbecil!

Ela solta um suspiro do fundo dos pulmões, sente tremer o corpo.

— Então... agora você sabe! Eu disse que não queria que ela ficasse aqui!

— Quantas vezes isso aconteceu?

Ele balança a cabeça.

— Não importa.

— Para mim importa!

— Não *importa*, Amber!

— Merda! — explode ela, pegando a xícara de chá da mão dele e jogando-a em sua cabeça.

As lágrimas param no momento em que a porta se fecha. Ela fica espantada com a velocidade com que tinham secado. Olha para ele, andando na calçada, e, em seguida, fecha as cortinas. Não quer que ninguém a veja.

Amber desaba no sofá. Deita-se por inteiro e coloca os pés, ainda com os sapatos, em cima do braço. Ele odeia isso. Odeia.

Mas quem se importa?

Ela arrasta a manta azul que estava debaixo do encosto e a puxa sobre si. Permanece lá, com os olhos secos e cansados, olhando para o teto.

Há em sua cabeça agora uma imagem que não irá embora. Jackie Jacobs no salão de espelhos, pressionada contra a parede pelo seu marido. Por alguma razão, em sua mente, ela usava um vestido amarrado no pescoço, de bolinhas vermelhas, do tipo que Marilyn Monroe costumava vestir. Está com as unhas pintadas de vermelho, cravadas na parte de trás do seu pescoço forte e familiar. Seu rosto está comprimido em um grunhido enquanto transa com ele; um milhão de gritos de orgasmo, um milhão de bombeamentos das nádegas.

— Que merda!

Ela fecha os olhos e pressiona a palma da mão e os dedos sobre eles.

Ora, vamos! Não é bem assim!

Raramente vira Jackie usando outra coisa que não fosse um agasalho e uma camiseta. Na noite em que todos foram ao aniversário de Vic, ela usava uma saia jeans curta e justa, que deveria ser branca, mas parecia mais um cinza. Ela não tinha uma vida dupla, uma identidade secreta que o seduziu com surpresas.

— Merda!

Agora, na sua mente, ela a vê com aquela saia arregaçada sobre os quadris. Ela nem sequer se preocupou em tirar a calcinha, apenas levantou o salto agulha rosa de uma perna para facilitar o acesso. E ela fica gemendo — uhh — uhh — uhh — uhh — enquanto ele martela entre suas coxas.

Pare com isso! Pare de se torturar! Por que as mulheres são assim? Por que temos que imaginar se os fatos são suficientes sem os detalhes?

Ela não precisa daquelas imagens aparecendo em seu cérebro, ficando no caminho, quando, na verdade, tem que pensar, tem que tomar decisões.

O que vou fazer? Ainda me importo tanto assim? Tirando a humilhação, o ultraje, o desgosto que a minha própria natureza me faz sentir ao ter sido abusada dessa forma, honestamente, eu me importo?

Ela se surpreende pela forma como se sente desprendida, em seu interior. Parte dela simplesmente observa fascinada, como um cientista observando um inseto. Seis anos perdidos, e uma parte dela sabe muito bem que as lágrimas de antes tinham mais relação com as expectativas do que com a dor real.

— Merda!

Mary-Kate entra e fica ao lado do sofá. Chora.

— Ei! Vem cá, minha querida.

A cadela se levanta sobre as patas traseiras e sinaliza, como querendo um lugar ao seu lado. Amber estende a mão e a coloca em volta dela, sua barriga surpreendentemente redonda, e a puxa para junto do seu peito. Ela fica ali, abanando o rabo, sorrindo seu sorriso canino. Amber a move depois de alguns segundos, porque a pata está apoiada em uma das contusões deixadas no outro dia por Vic, durante a sua rapidinha.

— Eu o odeio! E você? Ou estou apenas pensando que o odeio, porque acho que isso é o correto, que deveria odiá-lo? Sério, eu ainda me importo o suficiente para odiá-lo? Ou isso tudo é apenas uma questão de costume? Meu Deus! Talvez ele esteja certo! Talvez ele não esteja dizendo isso para se justificar. Talvez eu seja a culpada de tudo isso!

Surge uma lembrança de uma voz do passado — de sua mãe:

O que você esperava, Annabel? Depois de todas as coisas que ele fez por você, e é assim que nos agradece. Você é uma criança tão ingrata, tão desagradável...

Amber fecha os olhos e coça atrás das orelhas da cadela.

— Pelo menos agora posso demiti-la sem sentir um pingo de remorso, hein, Mary-Kate? — conclui brilhantemente.

Mary-Kate se mexe para a frente e cobre o rosto de Amber com lambidinhas.

— Puta do inferno! — diz Amber, embora não tivesse certeza, na verdade, a quem se referia.

Capítulo Vinte e Cinco

Embora achasse que tinha certo talento para isso, Martin decide desistir da carreira de detetive particular, pois logo descobre que seguir as pessoas é extremamente caro. Em todo caso, o glamour do detetive particular já tinha se dissipado desde o escândalo de Milly Dowler.

Kirsty Lindsay é uma mulher muito ocupada. Desde que a avistara na entrevista, pôs-se a segui-la por toda a cidade, e gastou o que normalmente seria o dinheiro para se manter por uma semana em ingressos e despesas relacionadas. Ele a seguiu no parque de diversões, no trem do cais, três vagões atrás dela, comprou cinco xícaras de chá, dois copos de Coca-Cola, um x-bacon, um hambúrguer de frango, gastou 3 libras em créditos para as máquinas caça-níqueis, dois jornais e quatro passagens de ônibus e, agora, depois de ir ao caixa eletrônico, gastou mais 15 libras para entrar no DanceAttack. Ainda não tinha reunido coragem para falar com ela e, para seu espanto, ela agia como se não o notasse.

Para perto da pista de dança e a observa.

Ela se destaca como uma freira em uma fábrica de cerveja, em uma multidão da Idade Média que ultrapassa o limite legal para bebida. Olha com aprovação quando percebe que Kirsty compra água com gás no bar. Qualquer pessoa mais fraca do que ela, ou ele, precisaria ingerir álcool para suportar o incessante barulho — tuntz-tuntz-tuntz —, a neblina provocada pelo suor sob o teto baixo demais, as luzes piscantes da pista de dança, os brincos chacoalhando, os drinques azuis, as íris brilhando na escuridão, os quadris remexendo e a fraca sensação de ameaça que caracteriza o DanceAttack ou qualquer boate desse estilo por todo o país. O ruído e a multidão normalmente o deixariam desesperado, mas, naquela noite, ele não está sozinho.

Embora, ao que parece, ela esteja. Seus colegas a tinham deixado sozinha. Quatro dias já se passaram desde o último assassinato, e agora que Vic Cantrell — *Vic Cantrell, quem poderia imaginar?* — fora solto, o país estava, de novo, à deriva de Britney e Katie e como elas se atreviam a gastar suas economias em saques no centro da cidade. Agora, faltam 15 minutos para a meia-noite e ela está de pé, à beira da pista de dança, local oposto ao dele, olhando para o relógio. Parece que se juntará aos outros jornalistas a qualquer minuto. Ele precisa agir, ou vai perdê-la.

Martin caminha pela pista de dança em direção a Kirsty, que confere o relógio e um olhar — o reconhecimento, a especulação — cruza suas feições. Ele não desvia os olhos, como um estranho o faria, detém o olhar até que um grupo de adolescentes cruza o seu caminho e lhe obscurece a visão. Quando a avista novamente, vê que ela tinha se molhado, o copo de plástico no chão, e dois rapazes cambaleavam, apoiando-se um ao outro, ambos trocando as pernas de tanta bebida, gesticulando em sinal de desculpas. Kirsty acena, encolhe os ombros, e os deixa pra lá. Muito bem, muito educada e muito mais gentil de como ele mesmo teria agido.

No entanto, essa é a oportunidade de ser o seu cavaleiro de armadura brilhante. Corre em sua direção, assim que ela pega um lenço de papel da bolsa e dá umas batidinhas ineficazes em sua coxa úmida. Posiciona-se diante dela, perto o suficiente para que, quando se endireitar, a única coisa que possa ver seja ele.

Ela se ergue e dá um passo ligeiramente para trás assim que o avista diante de si, sorrindo. Recupera a compostura e olha para ele com seriedade.

— Olá, Kirsty — grita ele, para se fazer ouvir em meio aos ruídos estrondosos do lugar.

Kirsty dá mais um passo para trás, ele, para a frente.

Ela leva um tempo para responder. Educada, sem interesse, sem medo.

— Olá — diz ela, com cuidado.

— Vou pegar outra água para você — sugere Martin, com a voz suave, como a de um cavalheiro.

— Não, não precisa, obrigada. Eu só estava bebendo por... beber.

Kirsty espera que ele diga alguma coisa. Eles olham um para o outro enquanto o incessante bim-ba-bim-ba-bim-bim-bim-bim da música eletrônica agita o lugar.

— Posso te ajudar em alguma coisa? — pergunta ela, educadamente, questionando-o de forma fria e sem perder o controle.

Ele esperava, de alguma forma, mais prazer diante de sua presença, e não consegue esconder a surpresa.

— Você não se lembra de mim?

É inimaginável que o encontro da praia não tivesse significado nada para Kirsty. Não depois do jeito que ela deixou tão claro que desejava conversar.

Um lampejo. Se ele não soubesse, teria pensado que era um lampejo de incompreensão.

— Nós já nos conhecemos? — aventura-se ela.

— Na praia... — explica Martin, ainda desapontado pela falta de memória da jornalista.

O subtexto da declaração é tão claro que ela não pode deixar de se lembrar.

— Ah, certo! — concorda Kirsty, visivelmente tentando se lembrar.

Ela olhava por sobre o ombro, como se estivesse esperando alguém, então, olha para ele de novo, com aparente indiferença.

Tentando uma estratégia! Muito justo.

— Lembrei! Era você que estava na frente da delegacia mais cedo.

Ele sente uma satisfação repentina. Sabia que ela se lembraria.

— Isso mesmo! Era eu!

Kirsty se sente cada vez mais vulnerável. Afinal, é raro estar cara a cara com alguém exageradamente gentil, em especial alguém que parece estar seguindo você.

— Mmm... — diz ela, tentando dar mais um passo para trás. Ela olha por cima do ombro, mais uma vez, esperando que alguém tivesse notado a sua situação, sem sucesso. Perdidos no meio da multidão, ela e seu companheiro indesejado não se destacam, os seguranças se dirigiram para o outro lado da pista de dança e estão cuidando de dois rapazes que se estranhavam. A equipe do bar, numa correria, nunca desvia os olhos das chopeiras, a não ser para registrar as características do cliente atual, caso alguém tente lhes passar a perna.

Ela se vira para trás. Observa que Martin tem os olhos de Simon Cowell e a boca de um castor.

— OO-K — titubeia Kirsty —, foi ótimo encontrá-lo novamente.

— Eu queria lhe pagar uma bebida. Temos muito o que conversar — insiste ele, fazendo um gesto suntuoso, daqueles que se vê nas novelas.

Naquelas circunstâncias, em um lugar extremamente lotado, aquilo tinha sido um erro. Os restos de sua própria bebida, com uma coloração marrom, caem sobre as costas nuas de uma jovem mulher, provocando um grito de protesto. Ele olha para a mulher, parecendo se divertir. Volta-se para Kirsty e faz uma careta, dizendo:

— Bando de vagabundas!

Por um momento, Kristy chega a crer que Martin referia-se à ela, e, então percebe que ele aguardava por sua concordância. Ele não saberia identificar a diferença entre um comentário de um jornal e a vida real. Ela se recompõe e sorri levemente.

— Obrigada, mas não estou bebendo hoje à noite. E já estou indo embora. Prazos. Sabe como é.

— Ah! — exclama ele, ofendido.

Kirsty muda a feição e abre um largo sorriso.

— Mas, obrigada. Agradeço a oferta. De verdade!

Tudo está indo bem. Ela tenta, mais uma vez, dar um passo para trás, e se depara com uma parede sólida de corpos. Ele franze a testa, confuso.

— Mas nós íamos conversar — insiste ele, frustrado e, de certa forma, irritado.

Kirsty se surpreende.

— Íamos?

— Eu queria dar uma volta por aí.

Martin claramente acha que Kirsty deve saber o que ele está dizendo.

— Ah! — diz ela, tentando soar familiar com todo o seu âmago, para construir uma mentira convincente. — Eu sei. É só que... tenho um prazo a cumprir. Talvez, em outra oportunidade? Se eu lhe der o número do escritório...

Não estarei lá, pensa, triunfante, *porque trabalho de casa.*

Mas ele sabe que está sendo iludido.

— Não! — ordena ele, impaciente. — Agora! Esperei o dia todo para falar com você!

Merda! Então, ele estava mesmo me seguindo. Será que ele me viu junto com a Bel? Com certeza nos viu juntas. Será?

— Você não pode voltar para Londres! Não ainda!

— Farnham — contesta ela, automaticamente —, nem todos vivem em Londres. Jornalistas... Nem todos têm cobertura na Docklands.

— Farnham, que seja... — aceita ele, com o tom de voz mudando — pensei que você fosse diferente.

— Eu...

— Vocês são todos iguais. Você não se importa com o que o resto de nós pensa, não é?

— É apenas um trabalho! É como ganho a vida.

— Você acha que é famosa só porque está nos jornais!

— Não! — corrige ela, com propriedade. — Não sou famosa! Eu torno as outras pessoas famosas colocando-as nos jornais.

Ela sabe que cometeu um erro terrível, respondendo daquela forma. *Meu Deus, Kirsty, você já deveria saber que não pode bancar a esperta sem alguém por perto para cobrir-lhe a retaguarda. Olhe para ele. Ele é maluco! Um homenzinho maluco e assustador. E ele não irá embora.*

— Ah! — grita ele, mais alto que a música. — Você *acha* que é importante, então?

— Escute — protesta ela, descuidadamente —, sinto muito. Eu não quis insultá-lo, e, se o insultei, lamento muito. Isso é tudo que posso dizer.

Martin puxa um papel amassado do bolso e balança perto do rosto dela. Ele tem uma bolha de sangue sob a unha do polegar; deveria ter prendido em uma porta ou algo assim. Kirsty consegue ler a manchete do papel, com data do último fim de semana: DOZE COOLERS, UM BEIRUTE E UM ASSASSINATO: UMA NOITE HABITUAL NO SUBMUNDO DE WHITMOUTH — é uma impressão da Internet. É um lixo de título e Kirsty sabe disso, mas ela não escreve as manchetes e não escolhe as fotos.

— Esta é a minha casa! — grita ele, espirrando gotículas de saliva em seu rosto. — Como você se *atreve*? Se você não conversa com as pessoas reais daqui, não tem direito de julgar!

Ela titubeia. Sabe que o que ele diz é, pelo menos, parcialmente verdadeiro. Se alguém fosse concordar com o que ele diz, seria Jade Walker, a menina má, a criança sem consciência. Mas Kirsty, propensa ao repensar jornalístico, lembra-se apenas dos seus bons trabalhos, sempre negará os maus, para eximir-se da responsabilidade pessoal. Assim como todo mundo, em todos os escritórios, em toda parte.

— Isso não é culpa minha!

— Você *sabe* que é culpa sua, sim! — continua ele, aos gritos. — Este lugar precisa de esclarecimento. Achei que você tinha entendido isso. Parecia que você tinha entendido pelo que escreveu aqui. Mas você não se importa, não é? Você só está... ganhando o seu dinheiro, e...

Uma voz — profunda e confiante — fala de trás do ombro esquerdo de Martin, e o rosto dela se enche de alívio.

— Ele está te incomodando?

Martin olha para trás e sente um arrepio.

Victor Cantrell. O marido de Amber Gordon. Só pode ser brincadeira. Ela conhece Victor Cantrell? Como ela pode conhecer Victor Cantrell?

Ele se volta e a vê encantada — analisando as características dele, o cabelo espesso e escuro, a camisa modelo cowboy ao estilo Elvis, a elegante barba por fazer — com uma expressão que se assemelha a gratidão.

— Acho que é melhor você deixar esta mulher em paz, Martin.

Isso não é possível. Como isso é possível? Isso é uma espécie de conspiração? Algum tipo de... complô para acabar comigo?

— O que... você está fazendo aqui? — balbucia Martin.

— Não importa o que estou fazendo aqui — diz Vic, calmamente. — O que importa é que estou dizendo para você deixar a senhorita em paz.

— Vá se ferrar! — retruca Martin, com uma coragem desafiadora. — Você não tem nada a ver com isso!

— Tenho, sim, Martin. Você precisa parar de incomodar as pessoas.

— Eu faço o que quiser!

Vic tem uma reação que o assusta. Um pequeno empurrão do cotovelo, para trás, combinado com meio passo para a frente: um gesto pequeno demais para atrair os seguranças e, claro, o suficiente para revelar a sua simples intenção. Martin pula para trás e sente uma onda de medo e frustração.

— Mas eu a *conheço*! — grita ele, resistente, apesar do temor que o invade.

Ele realmente acha que a conhece, após segui-la pelos últimos dois dias, depois de ler tudo o que ela já tinha escrito, até tarde da noite, ele a conhece tão bem como qualquer outra pessoa.

— Não, você não a conhece, e está claramente a incomodando.

Que merda, Vic a conhece. Deve mesmo conhecê-la, ou não estaria dizendo isso.

Os flashes na mente de Martin o levam para a tarde anterior, ao olhar pela janela do bar Kaz para ver o que ela fazia. Em um estalo de compreensão, percebe que a pessoa que a acompanhava era — embora não pudesse vê-la claramente, com a escuridão à luz de velas e o par de enormes óculos escuros que escondia o rosto — Amber Gordon.

Oh, meu Deus. Eles se conhecem desde o princípio. Estão todos... juntos nisso.

— Escute — continua Vic, cansado da apatia de Martin —, já o avisamos por mais de uma vez. Eu não quero ter que fazer isso de novo. Você é um maldito incômodo e precisa parar com isso!

De repente, Martin encontra-se em lágrimas. Ele se afasta, passando a mão pelo rosto.

Não é justo. Todos sempre contra ele, ignorando-o, fazendo-o de bobo. É esta cidade. Estas pessoas. Estão todos... doentes. Conspirando para mantê-lo afastado, para mantê-lo por baixo, recusando-se a reconhecer que ele é alguém. Ela é um deles, sempre foi, o tempo todo.

Ele se vira e grita, impotente, para Kirsty Lindsay. Ela dá um passo para trás; provavelmente mal conseguia ouvi-lo com a música, mas seu autocontrole tinha ido embora.

— Sua... sua vagabunda! Vou te pegar! Você vai ver! Você vai ver!

Victor Cantrell repete o movimento anterior e ri da cara de Martin assim que ele recua.

Martin some no meio da multidão. Ele sabe quando deve parar. Mas alguém irá pagar por isso. Alguém. Ele sente o suor escorrendo pela testa e treme. Tem vontade de pegar um copo e esfregá-lo em um dos rostos que riem ao seu redor.

Contém-se, por ora, dando alguns empurrões nas costas das pessoas, enquanto caminha para a saída. Por enquanto.

Ela vê o homenzinho sumir e percebe que está tremendo. Olha para o rosto de seu salvador.

— Obrigada!

— Por nada. Imagine! Ele é o problema.

— Agradeço imensamente. Achei que ia me dar mal.

O homem dá de ombros.

— Você não deveria estar aqui.

Kirsty suspira.

— Sim, eu sei. Mas eu tinha que dar uma volta, eu acho.

— De qualquer forma, você não *parece* uma vagabunda — diz ele, em tom analítico —, mas, então, por que estaria num lugar como este? Você é uma prostituta? Nos dias de hoje, não dá mais pra diferenciar. Talvez seja.

Kirsty fica chocada. Vê o esboço de um sorriso meio brilhante em seu rosto e não gosta. Ela não pode suportar o DanceAttack nem por mais um minuto. Quer sair correndo de Whitmouth. Corando, sai de perto dele, sem dizer uma palavra.

Capítulo Vinte e Seis

Vou gostar disso. Tenho certeza de que vou.

Amber está sentada em seu escritório, maquiando-se, lenta e cuidadosamente. Encontra-se trancada ali desde que o seu turno começou. Ela mostrou o rosto brevemente, pelas sombras do saguão principal, logo que a equipe chegou, e, em seguida, correu para o bloco administrativo a fim de colocar uma camada de MDF entre si e o mundo.

Agora, está se arrumando, do mesmo jeito que faz todos os dias: base, blush e iluminador, acabando com as linhas e marcas, enquanto suas fantasias acabam com o seu passado. Ninguém perceberá nada. As mãos já não tremem, e os olhos, embebidos por horas com saquinhos de chá, não demonstram inchaço algum.

São quase 2h, o ritual do intervalo para o chá se aproxima. Amber desenha as linhas negras com o delineador nas pálpebras ansiosa pela doce vingança.

A cafeteria está cheia quando ela entra. Vapor e odores de alimentos, além do estrondo da cansada mundanidade. Uma noite como qualquer outra.

Mas não. Hoje à noite, ela é uma nova Amber: sem bobagens, sem tirar vantagem. Os zeladores acham que ela é uma pessoa tranquila, a branda chefe que irá ignorar a maioria das infrações em busca de uma vida tranquila. Pois bem, isso não será mais assim. Ela sempre foi uma mulher que concordava com tudo, durante toda a vida adulta, aceitando e acatando, mas não mais. Vic, os funcionários de Blackdown Hills, Suzanne Oddie, sua mãe e seu padrasto, todo homem de merda que ela conheceu, cada senhorio, cada empregador, cada mulher que se dignou a ser sua amiga: tudo que não a levou a lugar algum. Jesus Cristo, se ela não tivesse obedecido a Deborah Francis e a Darren Walker, inquestionavelmente, em um dia de verão, vinte e cinco anos atrás, nada disso teria acontecido. Mas isso tinha acabado. Depois de hoje, ela é outra pessoa.

— Moses! — chama.

Ele olha para cima, sorrindo, esperando a palavra tímida usual de reprovação, e seu rosto desmorona assim que vê a expressão.

— Hã?

— É proibido fumar aqui dentro!

— Eu não estava... — começa, e para assim que percebe que ela está realmente muito séria. — Desculpe — resmunga.

Amber cruza os braços. Conta até três.

— É hora de você parar com isso! Não dou a mínima para o que você faz com os seus pulmões, mas fumar em lugares fechados é contra a lei. Você não está cumprindo isso! Há um parque inteiro lá fora para você fumar à vontade. Faça isso lá fora, ou lhe darei uma advertência por escrito. Entendeu?

Ele olha para ela por baixo das sobrancelhas pesadas. E então, sem dizer nada, levanta-se e faz um show exagerado para pegar seu maço de cigarros e o transbordante copo de isopor em que pegara o café.

Ela percebe que as mesas ao alcance da sua voz estão em silêncio. As pessoas fazem de conta, exageradamente, que não olham.

Muito bem!, pensa Amber, triunfante. *Isso é o que se sente ao exercer o poder. Eles não gostam de mim. Grande merda! Nenhum deles gosta-*

va de mim, na verdade. Não de forma genuína, lembrando-se de mim quando não estou presente. Nem mesmo um telefonema para ver se estou bem ou com problemas, como ontem. Você foi cuidadosa, durante toda a sua vida, na esperança de que as pessoas gostassem de você, e tudo que fazem é desprezá-la. Faça-os pensar que podem tirar proveito. Faça-os pensar que podem ganhar a sua hospitalidade e...

Segurando sua prancheta como um escudo, ela caminha para a frente. Ouve um surto de comentários sussurrados por trás de suas costas e sorri severamente.

Aguardem... apenas isso... se não gostaram disso, esperem para ver o que ainda está por vir.

Jackie está na mesa de sempre, junto com Blessed. Sentada lá, com sua jaqueta de couro, a calça de agasalho rosa (aquela que deixa o seu traseiro murcho interessante), o Nike batido, argolas douradas balançando nas orelhas e uma joia *Diamonesque* pendurada entre os seios. Está falando de homens. Não é o que sempre fazia? Amber olha para aquela mulher e o ódio toma conta.

—... e então Tania foi falar com ele e perguntou de que tipo de garotas ele gostava, e ele disse que gostava das magras, com pele cor de oliva, então pensei, imagine só, oooh, eu tenho uma chance...

Amber sente a repugnância correr pelas veias e fica imaginando como é possível a pena se transformar em desprezo apenas com o pressionar de um único botão. Mantém sua expressão constante: neutra, mas séria. Ela não permitirá que as emoções interfiram no caminho de sua vingança. O prazer será muito maior se a notícia vier do nada.

— ...e, quando ele tirou a roupa, tinha um pau do tamanho do bracinho de um bebê — finaliza Jackie.

Blessed se afasta para trás da mesa, como se Jackie tivesse jogado um balde de gelo em seu rosto.

— Jacqueline! Me poupe! Não quero ouvir coisas desse tipo!

Jackie finge inocência, sorri para ela.

— O que tem de mais nisso? — pergunta, fazendo pouco caso.

Blessed fica sem expressão, e então olha para baixo, lambendo os lábios.

Jackie bufa em desprezo.

— E vou te contar, ele parecia um daqueles coelhinhos Duracell, durante toda a maldita noite, e eu não conseguia me livrar dele pela manhã. Fiquei com hematomas em cima de hematomas...

Amber não quer ouvir mais nada. Pigarreia. Jackie olha para cima, apresentando uma falsa expressão de boas-vindas em seu rosto. Agora que Amber sabe, a dissimulação é óbvia. O fino traço que paira em torno da borda dos lábios, o quase imperceptível movimento dos olhos, para cima e para baixo. Jackie é o tipo de mulher cuja vida sexual significa muito mais uma conquista de pontos do que um simples prazer.

Amber deveria ter adivinhado que ela mesma não estaria imune.

— Oi — diz Jackie.

— Gostaria de um pouco de cheesecake? — oferece Blessed.

— Não, obrigada, Blessed, na verdade, eu queria falar com a Jackie, se fosse possível.

Mais uma vez, a pequena oscilação.

Jackie sabe que ela sabe.

— Claro — concorda.

— Em particular, talvez? — sugere Amber.

— Não, não, pode ser aqui mesmo — provoca Jackie.

Um desafio. Você sabe que jamais irá se expor ao ridículo, Amber Gordon. Vá em frente. Eu te desafio, pensa Jackie.

— Tenho certeza de que não tem nada a dizer que não possa ser dito aqui — completa.

Amber não hesita. Senta-se com uma postura ereta e coloca sua prancheta sobre a mesa, com a face para baixo. O cálculo e o acerto de Jackie estão encaixados na parte inferior, mas não quer que ela os veja, ainda.

— OK, vamos lá — começa, lentamente. — Tenho más notícias.

Jackie fica tensa.

— O que foi?

Blessed se inclina para a frente.

— Bem... — diz ela, após ensaiar durante horas, trancada em seu escritório, estudando o rosto e as expressões inapropriadas —, tive uma reunião com Suzanne Oddie, há alguns dias.

Jackie olha para ela com desconfiança.

— Vou ser direta. A gestão está preocupada com os custos.

— Ah, certo...

Um rubor se arrasta até o seu pescoço. Ela sabe onde isso vai acabar.

— Estamos em *recessão*, você sabe — prossegue Amber, levantando a voz, para ser ouvida além daquele pequeno grupo. — De qualquer forma, não vamos fazer rodeios. Ela quer que eu faça alguns cortes, e eles são grandes. Estive tentando fazer isso de outros jeitos, mas não há alternativa.

Jackie fica silenciosa. Blessed também, em seu assento. Amber percebe, com prazer, que as pessoas das mesas ao redor também ficaram. Todos estão escutando. Ela sabe que alguns dos ouvintes, com certeza, ficarão preocupados em relação aos seus empregos.

Ora, fodam-se! Eles não são meus amigos. Agora eu sei disso.

Ela continua, seguindo o plano de comunicação que tinha visto na Internet.

— Então, lamento não ter alternativa a não ser cortar pessoal.

Espera alguns instantes para que as palavras sejam bem assimiladas. Espera que ela engula a saliva e aperte os lábios. Vira a prancheta e olha para ela.

— Jacqueline — diz ela, apreciando a sensação do nome rolando sobre sua língua —, terei que dispensá-la.

— O quê? — berra Jackie.

Amber olha e sorri — uma expressão que apenas Jackie consegue entender.

— Eu sinto muito. Tentei de todas as formas, mas não consegui encontrar outra solução.

— Por que eu? — pergunta Jackie, com o rubor passando-lhe por todo o rosto.

Amber mantém o sorriso constante. Estende a mão e acaricia a mão que mexe com o velho Nokia preto na mesa. Jackie retira a mão como se Amber tivesse uma doença contagiosa.

— Sinto muito — justifica Amber, mais uma vez.

Obviamente, o fato de que um drama se desenrola já se espalhou pela sala. Tudo está em silêncio, ouve-se apenas respiração por todos os lados.

— Não é nada pessoal. Estou com os cálculos aqui e a sua rescisão, e iremos lhe pagar até o final da semana.

— Você não pode fazer isso! — protesta Jackie, a voz trêmula, os olhos arregalados.

Amber finge pegar do lado errado da caneta.

— Muito bem. Veja... é claro que não precisaríamos lhe *pagar* até o final da semana, e não o faremos se assim preferir. Afinal, você é temporária. Na verdade, você não possui qualificação alguma. Mas eu não gostaria que passasse necessidade.

Nem mesmo a espessa camada do falso bronzeado do rosto de Jackie consegue disfarçar o fato de ela ficar muito pálida. Seu corpo inteiro começa a tremer.

— Por que eu? — pergunta ela, de novo.

— Você de fato quer fazer isso aqui? — questiona Amber, amistosamente. — Na frente de todas essas pessoas?

— Sim — atesta Jackie, sem pensar. — Sim, eu quero.

Amber encolhe os ombros.

— OK, então. Como preferir. Escolhi você por ser a pessoa que trabalha menos. Considerei o que todo mundo faz, e você faz a menor quantidade de trabalho durante as horas em que está sendo paga. E, além do mais, você é somente a primeira, Jackie... E temo que não seja a única.

Um frisson corre em torno da sala.

Certo, pensa Amber, *aposto que você sentirá na pele mais ou menos a mesma dor que eu senti, pelas próximas semanas.*

— Eu pensei que nós éramos amigas... — diz Jackie.

Amber quase explode. Quase despeja o que realmente deseja dizer.

Amigas o caralho, Jackie Jacobs!

Ao contrário, ela pisca, ao estilo Suzanne Oddie e diz:

— Sinto muito. Não podemos misturar sentimentos pessoais com negócios.

Ela destaca o acerto e o envelope cheio de dinheiro e os empurra sobre a mesa.

— Claro, vou entender se não quiser terminar o seu turno.

Meu Deus! Como é fácil ser uma vaca maldita. E levei todos esses anos para descobrir isso!

Como se pudesse ouvir seus pensamentos, Jackie empurra a cadeira para trás da mesa e diz, baixinho:

— Sua vaca maldita!

Amber encolhe os ombros.

— Eu compreendo — diz no estilo ensaiado e reensaiado durante toda a noite, em seu escritório — que você esteja chateada.

Em se tratando de perda de emprego, Amber teve muita experiência em sua vida, estando do outro lado, mas nunca tinha notado o quanto a forma de comunicar isso poderia ser ofensiva.

— É uma ocasião estressante para qualquer um — completa Amber, ainda em sua encenação.

— Sua puta de merda! — retruca Jackie, levantando a voz.

O rumor fraco de conversa, que começara nos mais longínquos arredores da mesa, cessa novamente. Todos os olhos estão sobre elas.

— Nós duas sabemos por que você está fazendo isso!

Ela não faria isso. Não na frente de todas essas pessoas, não é?, pensa Amber.

— Você vai se livrar de mim só porque transei com o seu namorado!

Um silvo de ar penetra atrás dela. Tadeusz e Blessed sentam-se rígidos em suas cadeiras. Amber pisca. Mantém-se firme, não diz nada.

— Não tente fingir que não sabia! — insiste Jackie, furiosa.

Amber permite-se uma imitação rancorosa das próprias palavras de Jackie.

— Mas... *Jackie*! Pensei que éramos *amigas*!

Não há um único movimento na sala.

— Você descobriu, e agora está se vingando!

— Bem, o que você esperava? Um buquê de flores? Olhe, Jackie — explica com uma cadência de humor em sua voz que enfureceria um santo —, se, como você diz, *transou*... com o meu namorado, isso significa que você não é apenas preguiçosa. Significa que você é uma *vagabunda* preguiçosa.

Jackie parece ter sido golpeada. Amber é tentada a chegar perto e a empurrar-lhe a mandíbula, fechando-a com um dedo. Em vez disso, pega o cálculo da rescisão e o envelope e os joga sobre a mesa.

— Enfim... você está despedida.

12h30

— Oh, meu Deus! — exclama Jade. — Você é, tipo, tão chique!

Bel não tinha pensado muito a respeito do caminho, ou a respeito da casa, ou do efeito sobre a sua colega. Afinal de contas, nada daquilo é dela, mas de Michael, e sua vida é refém das escolhas de Michael e Lucinda desde que se entendia por gente.

— Não, eu não sou, não! O que faz você pensar que sou chique?

Jade ri alto, com desdém.

— Você está louca? — pergunta ela, olhando para as árvores bicentenárias enfileiradas, a forma como são plantadas em uma linha reta perfeita, em uma determinada distância precisa, ao longo de todo o comprimento do caminho, mascarando a casa ao final.

A casa de Jade também fica afastada da estrada, igualmente escondida dos olhos e dos veículos que passam, mas a vista é composta de uma pista enlameada onde os espinheiros lutam pela primazia. Para ela, chique é ter um chuveiro no banheiro, em vez de ter de usar uma caneca para enxaguar o cabelo. É comer coisas que você tinha visto nos comerciais da televisão. Para Jade, as crianças da propriedade do outro lado da vizinhança são chiques.

De onde Jade vem, "chique" é um insulto. Para pessoas como Bel, é uma expressão da aspiração.

— E você tem piscina?

— Não.

— Pôneis?

— Miranda tem um pônei. Michael diz que não há por que eu ter um, pois é preciso começar a montar na idade de Miranda para ser bom nisso.

Mesmo para Jade, aquilo soa como uma desculpa para a injustiça. Ela lança um olhar atravessado para Bel, mas seu rosto fica impassível.

Agora eu estou sendo chique, pensa.

Aquele rosto — o que nunca transparece o que você realmente está sentindo — é algo que somente as pessoas chiques sabem como fazer. Ela encontra uma vara caída sobre o cascalho e agita junto aos pés de salsa de vaca à beira do caminho.

— Estou morrendo de fome!

— Estamos quase chegando.

— Afinal, quem é Miranda?

— É minha meia-irmã. Tem 6 anos. Ela é filha de Michael — explica Bel, sem perceber a forma que seus lábios assumiam ao fazer tal declaração.

Toda família tem o seu código moral, e o da paternidade múltipla é uma violação do código moral da família de Jade. Seu pai pode ser grosseiro e violento, mas nunca teve outras mulheres. Se bem que nunca lhe ocorreu imaginar quem gostaria de ter um caso com um criador de porcos que levava o seu casaco fétido aonde quer que fosse.

Elas passam pelo muro alto, sob o olhar maligno de leões de pedra, e avistam a casa logo atrás.

— Quantas pessoas moram aqui? — pergunta Jade.

— Quatro. E Romina. Ela mora na casa do caseiro — diz Bel, mostrando com alguns gestos a construção mais à direita.

É uma casa vermelha de pequenos tijolos à vista, atrás da casa grande, perto das chaminés altas, caneladas e não funcionais. Ela sente uma pontada de vergonha ao falar. Espera que Jade não a julgue pela ostentação da superfluidade desinibida do seu padrasto. Contenta-se ao perceber que os carros não estão na garagem, deduzindo que Jade não tem uma Range Rover, um Porsche e um Golf GTI alinhados em sua calçada.

— Chique! — admira Jade, parada na calçada que direciona à porta da frente.

— Por aqui — orienta Bel, seguindo pela lateral da casa.

— Você não entra pela porta da frente?

— Ninguém faz isso no país — justifica Bel, grandiosamente, imitando os adultos e, em seguida, fica corada. — Na... não. Eu sempre uso a porta dos fundos.

Jade dá de ombros e a segue. Mesmo porque ela não gostou da parte da frente da casa: as persianas estão fechadas em toda a fachada, os olhos mortos da casa mirando cegamente para o quintal vazio. Ela segue Bel, pelo caminho úmido da lateral. Depois de alguns minutos vislumbrando a umidade da vegetação, as meninas chegam até a porta dos fundos.

Bel coloca a mão na grande maçaneta de bronze da porta e empurra. A porta não se move.

— Droga!

— O que foi?

— Está fechada.

— Nós nunca trancamos as portas! — conta Jade. — Não há nada em minha casa para roubar. E, de qualquer maneira, os cães ouviriam qualquer intruso antes que ele se aproximasse a centenas de metros da casa. E, caso isso não acontecesse, qualquer ruído traria Ben Walker e sua calibre 12 antes que chegassem até o chiqueiro.

Bel tenta, inutilmente, abrir a porta mais uma vez. Em seguida, vai em direção do estábulo. Jade a segue, pacientemente.

— Quem é Romina?

— É a babá de Miranda. Fica de olho em mim também. Ela deve estar em casa.

Bel segue pelo caminho até um beco, onde há um grande arco indicando a entrada do estábulo. É um lugar tranquilo, com sombra: duas cabeças curiosas, um cavalo baio e um alazão surgem às portas do estábulo para vê-las enquanto cruzam as lajes. Bel os cumprimenta e recebe uma relinchada amigável do cavalo baio em resposta.

— Trigger e Missy — apresenta.

Jade se aproxima e estende a mão para ser cheirada. Sente o deslizar suave dos lábios de veludo pela sua pele, o ar úmido e quente da respiração do animal em seus dedos.

— Esse é Trigger.

— Oi, Trigger — cumprimenta Jade, continuando a esfregar a mão no nariz do cavalo, enquanto olha ao redor, reconhecendo o ambiente.

É um estábulo grande, construído para abrigar carruagens. Uma porta, formada em um arco elegante advindo das colunas do campanário, pela qual acabaram de passar, conduz a um celeiro.

Engraçado, pensa Jade, eu sempre ouvi dizer que esta casa era antiga, mas parece nova. Não há nada fora do lugar aqui.

Cada porta, além daquelas duas baias habitadas, está fechada e travada; um alarme visível na parede do ambiente lateral.

Que estranho! Eu esperava ver um carrinho de mão ou um monte de feno, redes ou algumas ferramentas, sei lá, algo assim. Mas todo o lugar parece desinfetado, como se nada nunca acontecesse para estragar isso tudo. Parece que alguém passou por aqui com um vidro de detergente e esfregou cada pedaço com uma escova de dentes.

Trigger, percebendo que Jade não tem comida, morde-lhe levemente os nós dos dedos. Ela tira a mão e, em seguida, empurra o nariz dele suavemente para longe, com o punho fechado.

— Qual deles é o de Miranda? — pergunta, embora ambos pareçam muito altos.

— Nenhum dos dois. Trigger é do Michael e Missy é da Lucinda. São para caçar. O pônei de Miranda fica no campo de baixo.

— Mmm... é melhor não caçarem pelas terras do meu pai. Ele iria matá-los.

— Não creio que iriam querer caçar nas terras do seu pai. Eles perdem o olfato em meio a toda aquela merda de porco.

Ela olha atravessado para Jade assim que diz isso, para verificar qual será sua reação. Está testando, vendo o quão longe pode ir com provocações, Jade está rindo.

— Verdade! E suponho que não ficariam felizes com o arame farpado. E, então, onde fica essa casa do caseiro?

— Por aqui — indica Bel, liderando o caminho até uma porta com sulcos pintada de branco ao lado do celeiro, com ornamentos feitos do mesmo ferro preto trançado que decora todas as outras portas e janelas do lugar.

— O carro dela não está aqui, ela não iria estacionar no celeiro. Nunca estaciona lá quando Michael e Lucinda não estão em casa.

Bel toca a campainha e ambas esperam enquanto o som ecoa pelas escadas. Sem resposta. No jardim, uma cotovia levanta voo, seguindo o seu caminho rumo ao céu imensamente azul.

— Droga! — diz Bel.

— O quê? Ela saiu?

— Não sei. Parece que sim.

— Estou morrendo de fome! — reclama, novamente, Jade.

— Sim. Eu também!

— Não existe uma chave escondida em algum lugar?

Bel olha para ela.

— Não se preocupe — adverte Jade —, não vou voltar aqui e roubar você.

— Você jura?

— O que você acha? — retruca Jade, insultada. — Posso voltar para casa agora mesmo, se quiser.

— Não! — diz Bel às pressas. — Não, não faça isso! Eu não quis dizer... É que, você sabe como é, se eu contasse a alguém, eu estaria... você sabe, fu-fu.

— Fu-fu? — pergunta Jade, rindo. — Fu-fu?

— Ah, cale a boca! Vamos lá. Mas, se alguma coisa acontecer, estou avisando... Não quero nem ver a confusão que vai dar.

Bel abre a porta do celeiro e as duas entram. Pela escuridão, Jade consegue ver que a mesma arrumação intocada prevalece no lugar, uma coleção de carros que brilham, sem nenhuma ferrugem e completamente limpos, alinhados simetricamente, como se o espaço entre eles tivesse sido medido com uma régua. Paredes e teto caiados, de um branco puro, sem teias de aranha. Nenhuma gota de óleo ou marca de pneu no áureo e brilhante chão.

— Meu Senhor! — exclama Jade, embasbacada. — Quantos carros ele tem?

— Dez! Michael é um colecionador.

— E todos eles funcionam? — pergunta Jade, pensando na coleção do próprio pai.

— Acho que sim. Ele não os dirige. Exceto nas exposições de carros. Ele os leva às exposições, mas contrata um transportador. A Range Rover está no aeroporto. E o carro de Romina não fica aqui. Ela tem que estacionar lá. — Aponta para um canto escuro.

— Meu Deus, ela deve trabalhar duro!

— O quê?

— Para manter tudo isso assim tão limpo!

— Não seja boba! Romina é uma babá. Ramon e Delicious fazem as coisas da casa.

— Delicious? — pergunta Jade e começa a rir. — Que tipo de nome é esse? Delicious!

— Um nome Filipino! — responde Bel, arrogantemente. — Todos eles têm nomes assim.

— Onde fica o Filipino?

— As. As Filipinas. Perto de Hong Kong. É lá que Michael as conheceu. Hong Kong. É onde ele morava. É lá que ele conseguiu todo o seu dinheiro.

Jade dá de ombros. Hong Kong não significa mais para ela do que a França. Ela sabe que ambos ficam no exterior, mas o mais longe que já fora tinha sido até Oxford, duas vezes. Londres é tão estranho e tão exterior — e desinteressante — para ela como qualquer um desses países que Bel mencionou.

— Mas por que não os avisa para que a deixem entrar?

— Eles tiraram férias, foram para as suas casas, enquanto a casa está vazia.

— Mas não está vazia!

— Você entendeu o que eu quis dizer — afirma Bel, e vai até uma pilha de pneus, limpos e sem marcas, como se eles nunca tivessem visto uma estrada, empilhados ordenadamente em um canto.

— Quem cuida dos cavalos?

— Suzi Booker.

— Ela não pode abrir a porta para nós?

Bel pensa.

— Ela trabalha aqui fora. Os jardineiros também não têm as chaves.

Ela põe a mão sobre a parte superior do pneu mais alto, e cutuca em torno, dentro do aro.

— Se você contar a alguém... juro que vou te matar.

— Não vou contar.

A barriga de Jade está roncando. Começa a se sentir um pouco fraca. Tudo o que consegue pensar é na enorme coleção de alimentos de luxo que imagina haver na geladeira daquela casa.

Eles provavelmente têm presunto de verdade, com osso, e Coca-Cola, não imitações.

Bel vasculha e, então, parece surpresa. Puxa a mão, segurando um pedaço de papel dobrado.

— Hunh — resmunga, com um semblante de dúvida.

Desdobra a folha e lê o rabisco de Romina, franzindo a testa.

— Essa não!

— O que foi?

Bel entrega a carta a ela. Jade a devolve.

— Não consigo ler.

— Por que não?

Bel olha para ela com surpresa, por um momento, em seguida um olhar de compreensão agradável domina o seu rosto.

— Você não sabe ler?

— Claro que eu sei ler! — zanga-se Jade. — Só que não esse tipo de letra. Leia você!

Bel olha para as palavras em letras de forma na página. Romina não é tão alfabetizada, especialmente em um idioma que não é seu de origem.

— "Você disse que voltava às 11h" — lê em voz alta —, "mas não voltou. Fui a Bicester. Levei a chave. Você sabe que não pode entrar na casa sem mim. Você é uma menina má. Agora terá que esperar até que eu volte. Assim verá como é ruim ficar esperando."

— Droga! — conclui Jade.

Capítulo Vinte e Sete

O nível de barulho diminui quando Kirsty vira a esquina da Mare Street. Até chegar à Fore Street, é como se o mundo tivesse acabado e ela fosse a única sobrevivente. Ela está andando pela calçada de pedestres repletas de redes de lojas com liquidações e descontos promissores — todas fechadas desde as 18h — e escritórios nos andares acima. Uma área deserta, criada por idealistas de uma era apaixonada por motores de combustão interna e canteiros com jardins.

Nenhuma luz em nenhuma janela. As lojas são protegidas por grades e persianas, como se participassem de um protesto globalizado. Whitmouth saía em pequenos grupos nos motins, principalmente porque não é o tipo de cidade que pode manter uma loja de sapatos caros. A única iluminação vem das luzes do arco de sódio que brilha fracamente através das mudas de folhagens, agindo sobre as ervas daninhas. Ela olha a hora, já é 00h15 e o frio já parece suficiente, por se tratar do outono.

Ela corre, desconfortável com a solidão e ansiosa para chegar à estação e à segurança de seu carro. O encontro no DanceAttack a deixou agitada, com medo de sua própria sombra. Já faz muito tempo desde que atraiu tal ódio aleatório pela última vez, mas a lembrança é tão perturbadora quanto a própria experiência. Seus saltos raspam sobre as pedras da calçada, o som ecoando, inexpressivo, fachada acima. Algumas vezes, o eco causa um efeito como se houvesse alguém atrás dela. Ela para, duas vezes, e olha drasticamente para trás para checar.

Burra! Que tipo de idiota anda sozinha à noite na beira-mar do estrangulador? Eu deveria ter esperado no ponto de táxi. Eu tinha tempo. Não tinha hora para chegar em casa. Havia só vinte pessoas na minha frente, pelo amor de Deus!

Ela ouve o barulho do mar batendo nas pedras a meia distância da cidade, mas não ouviu uma única voz nos últimos três minutos. Como isso é possível? Em uma cidade tão cheia, que leva dez minutos para andar cem metros, onde um espaço para estacionar é tão raro quanto diamantes, como as multidões conseguem simplesmente desaparecer?

Da mesma forma que as mulheres desapareceram. Todo mundo especula sobre a moral e a estupidez e como esse homem, quem quer que ele seja, pode ser tão plausível de modo que todas essas garotas ficaram a sós com ele, e, no final das contas, é uma questão de planejamento urbano. Você pega uma cidade antiga, o seu desregrado centro cheio de pessoas, circula-a e controla o seu trânsito; aí você coloca as pessoas para um lado, para o outro, para cima e para fora, e, de repente, quando a noite cai, você está no cenário de "Eu sou a lenda". Como alguém pode estar seguro quando não há ninguém por perto para ouvi-lo gritar?

Ela ainda tem mais seiscentos metros pela frente. Enquanto corre, vasculha em sua bolsa, procurando as chaves e a carteira. Ela quer colocá-los no sutiã, para certificar-se de que, o que quer que aconteça, conseguirá entrar no carro e abastecer para chegar em casa. É um velho hábito desde que atingiu a idade adulta, vivendo anonimamente na Stockwell Park Estate, arquivando requerimentos habitacionais para o Município de Lambeth durante o dia e fazendo faculdade à noite. Não saía muito à noite naquela época, mas, caso precisasse voltar tarde e surgisse algum drogado pelo caminho, sempre fazia questão de se certificar de que teria como chegar em casa.

Pensa naquele homenzinho. É aquele tipo que sempre atrai a atenção da polícia, pairando pela vizinhança, rondando nas sombras, incomodando as mulheres, brincando com réplicas de armas e, agora, encontrando grupos para partilhar as suas fantasias medíocres na Internet. Eles não precisam fazer nada, mas deixam as outras pessoas desconfortáveis e, muitas vezes, isso é o suficiente. Você não pode mudar a natureza humana. Os excluídos sempre criam situações difíceis. Eles perturbam as pessoas.

Ela encontra a sua carteira, escondida, bem onde deveria estar, no bolso com fecho no interior da sua bolsa. As chaves provavelmente saíram do compartimento usual na confusão geral. Sua frustração aumenta assim que atinge as profundezas da bolsa: um toque, a chave escorrega, mais um toque, escorrega novamente.

Quem é ele? O que ele queria? Será que eu descobriria, mesmo se aquele homem não tivesse interferido? Não me lembro de tê-lo conhecido. É apenas um daqueles malucos solitários que achava que tinha alguma coisa a me dizer.

— Merda! Espero que não esteja me seguindo de novo.

Ela chega até o mercado que fica quase no meio da Fore Street. Pode seguir o caminho mais curto — continuar até o morro, andando por mais quinhentos metros de terrenos baldios até a estação ou pode virar à esquerda, pela Tailor's Lane, e seguir pelas luzes e pessoas da Brighton Road. Era uma rota mais longa, com um pequeno desvio desagradável, mas há movimento no final dessa rua. E, naquele momento, isso é tudo o que ela mais anseia.

Olha para as profundezas da mal iluminada Tailor's Lane, tentando recordar as suas impressões durante o dia. Está longe de ser uma rua — assemelha-se mais a um beco, estreito e com uma curva no meio. Alguns metros até uma esquina, em seguida, outros cem metros até a estrada principal. Atrás dela, a rua é tão silenciosa, que ela consegue ouvir até o próprio pensamento.

Kirsty não quer seguir por ali. Não gosta da ideia de adentrar aquela escuridão. Duas áreas — se é que um punhado de lixo agrupado no fundo das lojas poderia realmente ser chamado de área — conduzem para a esquerda e para a direita: na imensidão do desconhecido, iluminadas apenas quando as lojas estão abertas. Por ser composta em sua maioria de paredes brancas e contêineres, a estrada é superficialmente iluminada — ela consegue ver a lâmpada que clareia a esquina e a pequena poça de luz lançada por outra entre elas, mas são velhos candeeiros vitorianos que parecem não ter sido trocados desde que foram convertidos à eletricidade. E, no meio, lá no fundo, a sombra malcheirosa.

Poderia haver qualquer coisa lá em cima, Kirsty. Qualquer um. Sim, mas... pelo menos você sabe o que está do outro lado. Fore Street fica a seiscentos metros do desconhecido, sem caminho de volta; de qualquer forma, era preciso escolher entre ir para a frente ou para trás, e a droga de um longo caminho a percorrer. São duzentos metros, Kirsty. Dois minutos a pé. Basta seguir com confiança, não olhar nem para a esquerda nem para a direita, não perscrutar sombras. Não pense no que há naqueles becos. Basta caminhar e olhar determinadamente. Por que alguém iria se esconder em uma estrada onde não há ninguém? Apenas dois minutos e você estará fora daqui, onde há pessoas de novo.

Ela começa a andar.

O chão está áspero; o asfalto, deteriorado pelos caminhões e negligenciado, porque não é uma rua movimentada. Ela quase torce o tornozelo, por duas vezes, antes de chegar às áreas. As chaves continuam a escapar-lhe do alcance, distraindo-a de seu entorno; o chaveiro tem um penduricalho redondo que desliza por entre os dedos quando o puxa. Ela reluta em ir além, no escuro, sem ao menos ter o conforto desses objetos metálicos pontiagudos saindo por entre os nós dos dedos.

— Merda! — profere em voz alta, e para.

Em algum lugar no escuro por trás dela, o barulho de um único passo soa no silêncio.

Um fragmento irregular de medo acaricia-lhe o corpo até atingir a sua nuca. Ela sente cada músculo, cada tendão: tudo. As costas travam antes que tenha consciência do seu próprio movimento. Kirsty fica rígida, com olhos atentos, arregalados, tentando escutar e se vira para ver se há alguém pelo caminho que já percorreu.

Nada.

Contra as luzes de Fore Street, as silhuetas das lixeiras parecem dragões. Ela não tem como saber o que se esconde nas sombras. Mas sabe, também, que precisa seguir em frente. Cada vez mais, rumo a escuridão.

Obriga-se a andar rápido, usando a ponta dos pés como força propulsora, deliberadamente, de forma constante. Suas pernas estão moles e as mãos tremem. Kirsty prende as chaves entre os dedos, com o chaveiro na palma da mão. Elas terão pouco uso como uma arma, mas podem ser o suficiente para assustar, para deixar marcas no rosto ou para colher DNA em suas partes serrilhadas.

Meu Deus! Pare com isso! Pare de fazer planos de como vai ajudar a polícia do além!

O som externo está bloqueado pelo barulho do sangue correndo em suas veias, pelo silvo de sua respiração. Seu coração bate aceleradamente, como o de um animal feroz com raiva, ameaçando perfurar-lhe o peito através do esterno.

Respire. Respire. Continue em frente.

Kirsty conta os passos, concentra-se em mantê-los constantes, em manter o equilíbrio, em projetar uma sensação de calma e controle. Se ele não souber que ela o ouviu, ela pode conseguir alguns metros extras de vantagem inicial.

Respire. Respire. Um passo de cada vez.

A luz na esquina dança diante de seus olhos, nada além da escuridão ao seu redor.

Alguém chuta uma lata pela estrada atrás dela. Lançando-a chacoalhando, vazia, ao longo da calçada, mais perto do que ela tinha imaginado.

Kirsty corre. Ouve um som — meio um gemido, meio um grito — explodindo em sua garganta. Ela prende o salto em um buraco e cambaleia, então bate o ombro contra a parede, e se ajeita. Ouve passos pesados, sem necessidade de subterfúgio, em sua direção, e ouve um respingo quando ele pisa em uma poça e atravessa para o seu lado.

Ele a alcança em sua mente. O pequeno homem rato se transforma em um ogro gigante de dois metros de altura, com dentes de lâminas. Sua bolsa bate contra as suas costas — tac, tac, tac. Pensa em jogá-la, mas decide não fazê-lo... não, se é a primeira coisa que ele pode alcançar, é a primeira coisa que pegará, o que lhe renderia mais um precioso segundo.

Sua mente implora por ajuda.

Alguém me ajude!

Acelera pela esquina, em um solavanco, dando um salto ao fazer a curva. O homem, atrás, ganha mais terreno. Agora, ela consegue ouvir a respiração dele pesada, mas não exaurida. Não exaltada como a dela... Mais lixo pelo caminho: pilhas de caixas de papelão e pallets de madeira empilhados — e as luzes da Brighton Road a um milhão de metros de distância.

Se ele me deixar atrás de uma pilha dessas, ninguém na rua irá me ver... nunca...

Seus dedos roçam a bolsa como uma promessa das coisas que estão por vir. Kirsty solta um suspiro, encontra uma reserva de velocidade e atira-se adiante.

Meu Deus, me ajude! Devo gritar? Pedir socorro?

Ela ouve a cacofonia da Brighton Road — uivo, risos e jovens conversando — e sabe que qualquer respiração que desperdice passará despercebida.

— Merda! — grita, esforçando-se, e sente uma mão puxar a alça da sua bolsa. Sente uma força puxando seu corpo de volta.

Sua resposta foi pela raiva. Medo, sim, mas uma sobrecarga feroz, uma raiva animal. Ela solta um grito, gira em volta com o braço certeiro e atinge o ar com as chaves. Em seguida, agarra um couro cabeludo;

um grosso cabelo sob os dedos. Ela ouve um gemido, e então sente a mão agarrando-lhe a cabeça.

Kirsty desliza o ombro fora da alça da bolsa e sacode os cabelos com força. Ela nunca tinha se sentido tão grata ao seu prático corte de cabelo, pois não há o suficiente para ele agarrar um punhado. Fortes e duros, os dedos vasculham, deslizam, agarram uma mecha pela raiz e escorregam, deixando-a livre novamente. Ela empurra a bolsa em direção ao rosto da pessoa e corre. Ela atravessa até a estrada e vê o asfalto em relevo assim que a luz começa a penetrar na escuridão.

Ainda totalmente exaurida, agora sabe que ele não está mais atrás, que aquela fora a última tentativa. Mas ela corre e corre, pula um buraco do tamanho de uma roda de caminhão e surpreende-se com a habilidade felina com a qual cai. E não para até que tenha alcançado — no meio de uma despedida de solteiro — a luz.

Capítulo Vinte e Oito

Agora que havia começado, Amber está chocada com o quão fácil é mudar. Tinha tanto medo da sua raiva, de ser incapaz de controlá-la uma vez que a impulsionasse que se impressiona ao perceber quão contida ela consegue ser ao extravasar.

Em vez de o frenético preencher de sacos de lixo, ou da chuva de roupas sendo jogadas das janelas do andar de cima, a fogueira da vaidade dos fracos, ela entra calmamente em casa, espera que Vic acorde e lhe pede que vá embora. Sem gritos, sem aumentar o tom de voz, sem lágrimas: apenas uma calma declaração. A hipoteca está em seu nome e, pela primeira vez, em vez de correr quando as coisas ficam difíceis, mantém a postura e afirma seu posicionamento. Ela não jogou as coisas dele na rua, não mudou as fechaduras — embora achasse que provavelmente o faria, assim que ele levasse as suas coisas dali — ou limpou as contas bancárias. Apenas lhe disse que ele precisava seguir seu rumo e, para isso, tinha de ir embora. E, então, com toda essa mesma calma, foi dormir.

Já passou da hora do almoço quando acorda. Tinha dormido por apenas algumas horas, mas o sono foi profundo, sem sonhos e restaurador, de modo que mal consegue se lembrar. Sente-se acordada e viva; forte e decidida. A casa está em silêncio. Mary-Kate e Ashley estão enroladas, uma perto da outra, sobre a colcha, focinhos nas patas, atentas. Uma cauda bate assim que ela se senta, e ambas saltam para baixo a fim de segui-la pelas escadas.

Ele ainda está sentado à mesa da cozinha, exatamente onde o deixara, olhando para o nada, com o rosto pálido, como se tivesse apertado o botão de reiniciar, as mãos abertas, com as palmas para baixo sobre a mesa. Amber tem uma sensação estranha, como se ele tivesse ficado ali por todo aquele tempo, desligado e aguardando um estímulo. Ele não a reconhece de imediato, ao menos não de um jeito que ela possa perceber; nem mesmo pisca quando Amber passa na sua frente e coloca a chaleira sobre o fogão. As cachorras o rondam, com olhos fixos em seus ombros rígidos, como se esperassem que ele renascesse de repente. Amber abre a porta de trás para deixá-las sair, vai até a geladeira e pega o leite.

Ele se levanta, como se uma mão invisível o movesse.

— Deixe-me pegar isso — oferece-se.

— Não, está tudo bem — responde ela, tentando se posicionar entre ele e a porta da geladeira.

Mas ele continua. Arrebata o leite de sua mão — ela cede ao seu ímpeto para evitar mais uma sujeira a limpar —, e o leva para a bancada. Vai para o armário e pega as canecas.

— Chá preto?

Atrás dele, ela dá de ombros.

— Chá preto — concorda ela, em um tom de voz quase inaudível.

Ela nunca aprendeu a gostar de verdade de chá preto.

— Obrigada — acrescenta, sem nenhuma questão de manter a civilidade, sabendo que tudo, mais cedo ou mais tarde, vai terminar.

Vic coloca os saquinhos de chá nas canecas e derrama a água.

— Você quer algo para comer? Deve estar com fome.

— Não, obrigada. Eu mesma preparo algo depois.

Ele acrescenta o leite e algumas colheres de açúcar.

— Vamos. Eu posso fazer um sanduíche para você.

Ela balança a cabeça negativamente.

— Não obrigada.

— Amber, você tem que comer — insiste ele, com uma voz racional.

Ela não consegue se segurar.

— Não, Vic! Já disse que não!

Ele faz o movimento irritante de encolher os ombros, que indica que todas as mulheres são loucas. Toma um gole do chá e senta-se à mesa.

— Dormiu bem?

Seu humor está se deteriorando rapidamente. Ela resmunga, leva seu chá até a porta e olha para as cadelas. Elas estão farejando, abanando os rabos em torno da abertura da parte inferior da porta.

Preciso levá-las para um passeio. Pobrezinhas, não se exercitam suficiente.

— Eu estava pensando — inicia ele — sobre talvez construir uma churrasqueira. Você sabe, tijolos e tudo o mais. E então nós poderíamos convidar pessoas. Não teríamos que sair o tempo todo.

Que merda! Ele está fingindo que nada aconteceu!

— O que você acha? Nós não temos nos divertido o suficiente, não é? Você não gostaria disso?

Amber suspira e se volta em direção ao quarto.

— Não, eu não gostaria, Vic. Eu não quero que você faça qualquer coisa aqui ou que esteja comigo nas refeições ou que tente ser agradável. Obrigada, mas não há mais nada a tratarmos.

Vic levanta as sobrancelhas.

— Uau!

— Já te disse o que acho e não quero que você pense que não foi bem isso que eu quis dizer.

— E não tenho direito a resposta?

Ela entorna o chá na pia. Não quer mais beber nada.

— Não! Você perdeu qualquer direito quando transou com a minha amiga.

— Cometi um erro — explica ele.

Ela sente vontade de gritar. Deseja não ter jogado o chá fora, porque a satisfação de jogar o líquido quente no rosto dele seria requintada. Em vez disso, coloca a caneca com força na pia e pega as coleiras e as guias das cachorras do gancho perto da porta.

— Vou dar uma caminhada.

Ela se agacha para colocar as coleiras nelas. É difícil fechar as guias com as mãos tremendo e as duas se agitando felizes, em antecipação. Sente que ele está atrás dela, observando-a, na porta de entrada. Ela puxa Mary-Kate pela coleira a fim de prepará-la para sair.

— Meu Deus! Você realmente consegue guardar rancor — continua Vic.

— Eu me recuso a falar disso. Me recuso!

— Você me deve isso! — exige ele, falando um pouco mais alto.

Ela se levanta e anda apressada rumo ao portão.

— Não devo, não! — grunhe.

Ela luta com o trinco do portão. É difícil sair por ali, pois eles sempre usam a entrada da frente da casa, mas ela não quer passar perto dele, não quer se confinar dentro daquelas paredes, até que tenha recuperado o controle sobre si mesma.

— Ei, deixe-me ajudá-la — oferece-se Vic.

— Não! — ela mal percebe que está gritando. — Apenas vá se foder, OK?

— Amber! — chama ele, com a voz calculadamente razoável, concebida para deixá-la ainda mais irritada. — Vamos, amor. Acalme-se.

De repente, o trinco funciona. Ela puxa e arranca um pedaço enorme de pele do seu polegar.

— Merda! — grita. — Merda, merda, merda!

— Ah, meu Deus! — diz Vic, aflito. — Deixe-me ver.

Ele dá um passo para a frente, a voz carregada de preocupação, mas o rosto inundado de prazer. Ela não entende o que ele está tentando fazer. Apenas o quer longe. Amber puxa o portão, abrindo-o e dá alguns passos em direção à rua, gritando:

— Fique longe de mim! Vá se ferrar! Não me toque!

Ao se virar, percebe que a vizinha Shaunagh está ali parada, com seu carrinho de bebê, além de outra vizinha curiosa, Janelle Boxer, da casa número dez. Elas parecem assustadas. Amber não se importa.

— Quero você fora desta casa, Victor Cantrell! — berra a plenos pulmões. — Saia da minha casa!

Ela se vira para as mulheres e rosna:

— E vocês, o que estão olhando?

Capítulo Vinte e Nove

— Luke, por favor. Desligue o som.

— Eu preciso ouvir — reclama ele. — Como vou saber se há um inimigo vindo se eu não ouvir?

— Você já jogou esse jogo, pelo menos, mil vezes — afirma Kirsty. — Já deve ter memorizado isso!

O barulho a está deixando louca. Os bipes atacam-lhe os ouvidos como minúsculos dardos. Mais o tilintar vindo dos fones de ouvido de Sophie e o pigarro de Jim, e sente-se alvejada por todos os lados. O ombro dói e uma contusão na parte posterior da coxa a deixa desconfortável ao se sentar, agitando-a mais ainda, mesmo com o estresse fulminante de um prazo a cumprir e o seguro do carro não pago.

Luke não tira os olhos da tela.

— Espere eu acabar com este... — concatena ele, mexendo os braços assim que um gnomo salta de trás de um pilar e pega um frasco de veneno.

— Aaaaaaa, *mamãe*, olhe o que você fez!

— Vá jogar lá em cima — ordena Kirsty, desejando pela milionésima vez que ela fosse o tipo de mãe que fizesse os filhos dividirem um quarto para abrir espaço para um escritório. Sente-se como uma adolescente estudando.

Você jamais imaginaria que sou a principal mantenedora desta família. Sou a única pessoa aqui que não tem um espaço próprio. Até o Jim tem um galpão, porra!

— Em um minuto — diz Luke.

— *Agora*! Estou trabalhando!

— Não é *minha* culpa você não terminar o seu trabalho no prazo — explica Luke, apertando o botão de atirar fogo, repetidamente.

De repente, ele pula fora do seu assento, socando o ar.

— *Yesssssss*!

Kirsty bate a tampa do laptop para baixo.

— Luke! — grita.

— OK, OK — concorda ele, pressionando o botão de volume, ostentosamente, para sorte dela. — Não precisa mais falar!

Ele se senta novamente e se inclina em direção à sua tela. Kirsty respira fundo, conta até dez, e deixa pra lá. Ela abre o notebook e olha para a coleção lamentável de frases que conseguiu reunir desde as 9h. Não consegue se lembrar de vez que tenha sido tão difícil encontrar palavras como esta, mas, então, recorda-se de já ter escrito sob tal pressão.

Jim ficou quieto e despretensioso durante todo o dia, mantendo-se claramente fora de seu caminho e trazendo suas xícaras de café na hora, o que a fazia se sentir pior.

Não posso me ressentir com ele. Não é culpa dele. Ele está tentando, Deus sabe que está. Mas ele não podia ir para lá, se sentar naquele maldito sofá e me dar algum espaço? Faço tanto por esta família e eles parecem não ter a menor ideia! Eu não deveria ter ido para aquela boate idiota. Já conhecia lugares assim e sabia o que poderia encontrar lá. Podia ter voltado para casa antes e usado minha imaginação, em vez de ficar morta de medo por causa de uma maldita matéria.

Ela havia escapado praticamente ilesa de sua experiência. Tinha uma noção, mas isso não a ajudaria a se acalmar. Havia muitos vagabundos na Brighton Road, no beco; seu agressor já tinha ido embora, sua bolsa e todo o seu conteúdo tinham se espalhado ao longo da rua. Mas ela tinha ficado com o telefone, suas agendas, seu MP3 player e todos os apetrechos do seu cotidiano. Ficara evidente que o objetivo do homem não era roubá-la, mas não podia se dar ao luxo de pensar nisso agora. Ela não tinha contado ao Jim. Na verdade, não contou a ninguém. Estaria ferrada se perdesse o seu prazo.

Kirsty lê para si o que escreveu e brinca com as teclas do cursor, como se aquilo fosse, magicamente, evocar palavras na tela. Mesmo para os padrões do *Tribune*, estava ruim. Repetitivamente ruim. Não há uma frase, uma observação, um adjetivo que já não tivesse usado na semana passada. Essa é a parte do jornalismo que odeia, o dia das histórias não resolvidas. Não quer pensar em Whitmouth de novo, não quer voltar àquele lugar, nem mesmo em sua mente. E ainda mais agora que a equipe dá preferência ao drama que está acontecendo em Sleaford, como ela é especialista, deve escrever alguma coisa até que algo aconteça.

Eu odeio aquele lugar. Não consigo acreditar que realmente gostei de lá na primeira vez. E não é apenas por causa da noite passada — é tudo! O fato de ir até lá trouxe de volta um passado que pensei ter superado, minha dívida impagável. O fato de que as pessoas me fazem lembrar a família que jamais verei novamente, o fato de eu sentir minha bunda aumentar após todas as refeições horrorosas em seus restaurantes inundados de gordura. A chuva horizontal que penetra nos poros com sal, as coisas que deslizam sob os pés na avenida à beira-mar. O mar borbulhante a seiscentos metros da praia até o fim do cais, os assentos de plástico nos bares. O cheiro enjoativo de óleo de cozinha. Eu poderia afirmar que é algo novo? Eu disse tudo isso na semana passada. O lugar não mudou.

Ela lê, mais uma vez:

Apesar de tudo, multidões ainda vão a Whitmouth. As vans da prefeitura que percorrem a beira-mar removem cinco toneladas de lixo, cada uma, todos os dias: lixo esse que inclui 8 mil latas de refrigerantes, 5 mil embalagens de isopor, 30 sapatos abandonados e 220 fraldas sujas. Nenhuma empresa local quer discutir as especificidades de sua renda, mas é claro que o negócio é bom. Funnland, o parque temático onde o corpo da presumida quinta vítima, Hannah Hardy, foi encontrado há três semanas, abre os portões para cerca de 3 mil visitantes por dia. Aproximadamente 1.250 ingressos são vendidos para o pequeno trem elétrico que vai até o final do cais, sendo metade do caminho mão única, e a tradicional loja de doces vende mais de 10 quilos de delícias de Whitmouth...

— Blábláblá — seleciona o texto e exclui.

Pressiona a tecla Ctrl + Z para desfazer. Ela tem pouco mais de 100 palavras e precisa de 1.500, e não pode simplesmente inventá-las. Kirsty abre o arquivo MODELOS em seu desktop, recorta, cola, salva e tenta de novo.

Em 2007, o ano mais recente para o qual existem estatísticas, 1,37 milhão de pessoas visitaram Whitmouth, gastando, em média, 46 libras por pessoa, por dia. Destas, 236 mil passaram uma noite, um final de semana, uma semana — uma média de quatro noites por pessoa — em um dos 17 hotéis da cidade. Isso representa um total de 95 mil libras para a cidade. O turismo é um grande negócio em Whitmouth — o único segmento com real importância. Metade dos profissionais em atividade, dos 67 mil habitantes, está empregada — a maioria recebendo salário mínimo e atuando por temporada — no ramo turístico. Dessa forma, esperava-se que o impacto do estrangulador de Seaside fosse muito mais abrangente do que a devastação de famílias e amigos das vítimas. Pensava-se que o Estrangulador ameaçava o sustento de toda a comunidade. Aparentemente não.

Kirsty se ajeita em sua cadeira, sente o lamento de vasos sanguíneos rompidos e suprime um gemido. Ela faz uma nova contagem de palavras.

Isso está uma bosta! Por que estou me incomodando? Levei vinte minutos para transformar tudo isso, e foi a parte fácil. E tudo para quê? Sei que será desprezado, que algo mais interessante irá ocorrer em outro lugar neste país entre hoje e sexta-feira, quando finalizarem as reportagens. A menos que o estrangulador aja novamente, Whitmouth será notícia ultrapassada, nem mesmo servindo para embrulhar os peixes na feira.

— Bosta! — profere em voz alta.

Jim desvia o olhar das páginas da revista *Private Eye*.

— Desculpe!

Eles tinham um acordo de que linguagem chula não faria parte da vida familiar.

— Problemas?

Ela acena com a cabeça.

— Estou cansada. Nada vai me ajudar agora.

— Quer que eu traga um café?

— O café já está saindo pelos meus poros.

— Então, como posso ajudar?

— Tire as crianças daqui, invente alguma coisa com elas — suplica. Kirsty não tinha vontade de fazer mais nada.

Luke bufa e joga o Nintendo sobre a mesa.

— Luke! — grita Jim.

Kirsty coloca as mãos sobre os ouvidos, soltando um grito em desabafo:

— Não se *atreva* a tratar seus brinquedos assim!

— Você tem alguma ideia de quanto isso custa? — complementa Jim.

— Não é minha *culpa*! — responde Luke, gritando. — Foi ela que me *fez* agir assim!

— Se você quebrar esse, nós não compraremos outro!

Sophie tira um dos fones do ouvido, olhando imperiosa para a sua família.

— Ei! Estou tentando *ouvir música*!

Kirsty sente o pulsar de uma veia em sua testa.

Isso é tudo de que preciso. Vou ter um derrame bem aqui, nesta mesa, e então ele verá de onde vem o dinheiro do seu Nintendo!

— Nós vamos sair para dar uma volta — diz Jim a ela.

O telefone toca.

Deus nos livre das crianças. Não é de admirar que as pessoas tenham cachorros em vez de filhos.

— Não posso atender — explica ao marido, ainda nervosa —, se for do trabalho, diga-lhes que estou presa no trânsito.

Jim atende.

— Uma volta... — lamenta Sophie —, quem disse alguma coisa sobre *dar uma volta*?

— Alô — diz Jim.

O cérebro de Kirsty começa a pulsar.

— Ah, olá, Lionel. Obrigado por retornar a ligação. Não, não tem problema. É difícil conseguir muita coisa para fazer nas férias de verão. Creio que é por isso que temos escritórios. Certo, eu aguardo. Enquanto isso, fico descansando.

Ele sai da sala.

— Não entendo por que preciso sair daqui só porque você não consegue fazer o seu trabalho no prazo — declara Luke, olhando para ela.

Kirsty abaixa a tela do computador, fechando-o, e corre para o andar de cima, para o seu quarto, batendo a porta incisivamente.

Ela se senta na cama e recomeça a escrever.

Aparentemente não. Em um triunfo bizarro da natureza humana sobre o instinto de sobrevivência, Whitmouth está desfrutando um ano de crescimento de uma forma que não se tem observado desde a invenção dos pacotes de férias. Um fenômeno que prova, mais uma vez, o velho ditado de que não existe publicidade negativa.

Becca Stokes, 23 anos, que foi a Coventry com um grupo de amigos, disse: "Eu costumava vir aqui com a minha mãe e meu pai quando era criança e adorava aqui naquela época. E então aconteceram todas essas coisas que os jornais divulgaram, e eu e meus amigos pensamos: veja só! Não tinha ideia de que havia tantas casas noturnas, e os hotéis são muito baratos. Então nós pensamos em passar um fim de semana, sabe? Para conferir...".

Não posso, eu não posso incentivar as pessoas a irem até lá. Sou a hipócrita das hipócritas: escrever de forma a desaprovar tal fenômeno. Assim estou ajudando a promovê-lo. Não é seguro. Cada vez que alguém ler estatísticas como esta, verá quantas pessoas estão lá, calculando as probabilidades em suas cabeças, e vão pensar que é seguro. Mas ele ainda está à solta, se misturando no meio das pessoas, e ninguém sabe quem ele é.

Kirsty confere o relógio. Tem mais uma hora e, depois disso, a cada dez minutos, será um ano a menos na sua carreira.

Mas não posso manter esse "equilíbrio". Estão todos tão obcecados com isso que se esquecem de que, algumas vezes, trata-se apenas da mais pura verdade, o preto no branco. Whitmouth é um lugar horrível. É perigoso e decadente, e as pessoas devem saber disso. Não posso deixar que enganem a si mesmas de que podem passear ali, sem nenhuma preocupação. Tenho uma história.

E uma pequena voz em sua cabeça diz: *sim, e, se eu contá-la corretamente, conseguirei fazê-lo com muito mais palavras. E preciso conseguir o dinheiro para pagar o seguro do carro. Eu preciso. Há apenas mais dois dias e, depois disso, não serei capaz de ganhar um maldito centavo. Maldita Whitmouth. Maldito equilíbrio. Fiquei com um medo idiota ontem à noite, e não ligo de botar a boca no trombone, contar a todas as pessoas. E, se o cara de fuinha ler sobre si mesmo e não gostar, então talvez aprenda sua lição!*

Ela seleciona as palavras mais uma vez e recorta seu conteúdo, até que a página fique em branco. Então, começa:

> Mulheres morreram em Whitmouth. E, na segunda-feira à noite, quase me tornei uma delas...

Capítulo Trinta

A metade inferior do rosto de Ashok está cheia de maionese. Ele fala com a boca aberta, mastigando, e pedaços de alface pulverizam o ar da noite.

— Não acredito que entraram sem a gente!

— Claro que entraram — retruca Tony —, mal viam a hora de ficar longe de você, seu idiota.

Rav e Jez riem, enquanto Ash dá um tapinha nele. Nenhum deles consegue ficar de pé, e Rav escorrega na calçada, caindo na Brighton Road, quase atingindo um carro, que buzinou ao passar de raspão, gritando e fazendo sinais pela janela.

— Meu Deus, é perigoso andar por aqui — afirma Jez.

— São 2h da manhã — explica Tony —, o que você esperava?

Ash morde o último pedaço do seu beirute de frango e amassa o papel que o embalava, jogando-o no chão.

— Malditos sapatos! — reclama. — Esses custaram mais de 100 libras.

— O quê? — pergunta Rav. — Do que está falando, companheiro?

— Cerveja! — define Ash, e coloca os braços em volta da parte de trás da sua cabeça.

Eles seguem, cambaleando. Ainda falta um quilômetro e meio até o hotel. Outros grupos de homens passam por eles: pessoas que já gastaram tudo o que tinham e não podem pagar um táxi, pessoas que foram expulsas de alguma casa noturna ou cansaram de esperar nas filas, outras, indo na direção oposta, ainda na esperança de entrar em algum lugar. Tony pega seu último falafel e enrola o pacote de papel, colocando-o no bolso.

— Isso é o que você deveria fazer com o lixo — diz ele a Ashok.

— Merda! — pragueja Ash. — Se eles não tivessem acabado com todas as lixeiras da cidade, eu teria jogado fora.

— Aham — concorda Jez. — Se os seus amigos parassem de explodi-las, elas ainda estariam pela cidade.

— É verdade — adiciona Rav, junto com um arroto. — Aquelas bombas caseiras eram perfeitas, não eram?

A compressão da bebida na bexiga passava dos limites. Ashok queria ter usado o banheiro imundo da sala de jogos, mas a vontade de jogar nos fliperamas tinha sido mais importante naquele momento. Ele olha para Tony e Jez e sente uma pontada de ciúme de sua educação pagã que os deixara sem inibições para fazer aquilo de que necessitavam, a algumas centenas de metros. Mas ele precisa se aliviar antes de chegar ao hotel. *Lager* não lhe cai bem, mas você não deve beber vodca e água tônica em uma despedida de solteiro se quiser sair ileso.

Eles passam pela fachada de um ferro-velho, e ele se lembra de ter notado, no caminho para a cidade, que o próximo terreno antes do centro está abandonado com muitos escombros de construções, coisas velhas e urtigas, tudo cercado por uma frouxa cerca de arame.

Isso irá servir, pensa, *e eles podem esperar.*

— Eu preciso mijar — anuncia, assim que chegam junto à cerca. Ele agarra um fio de arame e o sacode, agitando-o. Uma das pontas do fio está solta da viga de concreto e presa no arame logo acima, formando uma abertura de passagem. Obviamente, ele não é o primeiro folião obrigado a ter essa ideia. — Fiquem de olho! — solicita.

— Por quê? — pergunta Tony, que já acende um cigarro: a fumaça pairando no ar, acima de sua cabeça. — Está com medo de que alguém vá atrás de você?

Ashok se abaixa e passa pela abertura. O terreno baldio está escuro e fede. Claramente funciona como banheiro para os foliões de Whitmouth há anos.

Precisarei tomar um banho assim que sair daqui. Espero não pisar em nada muito nojento.

Cinco passos além de uns grandes blocos antigos, ladeados de mato, longe do alcance das luzes da rua.

Por aqui.

Ele anda pelo caminho com cuidado, sobre pilhas de tijolos quebrados e cacos de vidro — a última coisa que quer é atolar os sapatos naquela selva fétida — e segue em frente até o final da trilha. Sente alívio só ao desabotoar a calça jeans, deixando escapar um gemido de prazer quando o fluxo com aroma de cerveja evapora no ar da noite.

— Achei que você ia mijar, e não bater uma punheta! — grita Rav. — Você não podia esperar até chegar em casa?

O mijo parece durar para sempre. Ashok perde o equilíbrio, enquanto espera sua bexiga esvaziar. Agora, aquela tensão inicial acabou. Ele quer parar e segurar o resto até estar no banheiro em Seaview. Não gosta de ficar ali, naquela escuridão, e não consegue afastar a sensação de que não está sozinho ali. Tenta controlar os músculos internos, mas não consegue, o fluxo diminui, mas não para e só levará mais tempo para terminar se continuar tentando.

Na rua ao lado, ouve o som de uma cerca, em seguida, o deslizar de pés descuidados sobre os escombros por onde ele acabou de passar.

— Onde você está? — pergunta a voz de Tony, arrastada, em alto tom.

— Aqui!

— Certo! — diz Tony, seguindo a voz do amigo.

Ashok consegue vê-lo contra a luz e, então, ele se posiciona ao seu lado.

— Vá mais pra lá!

— Eu não consigo! — exclama Ash.

— Tudo bem, então. Não reclame se os seus pés ficarem molhados.

— Mas você não acabou de mijar na rua?

— Bebi demais...

Ele ouve o som do zíper de Tony descendo. De repente, por trás de ambos, algo se agita no escuro, entre os arbustos e contra a parede branca do vizinho.

Ashok e Tony se entreolham no escuro, com sobriedade imediata causada pelo susto.

— O que foi isso? — questiona Tony, com os olhos parecendo enormes naquela escuridão.

— Não sei — diz Ashok, igualmente espantado.

— Deve ser só uma raposa, ou algo assim — comenta Tony, tentando despistar o próprio medo.

— Não sei — repete Ashok —, parecia maior, não é?

Tony concorda, esquecendo-se da sua bexiga apertada. Eles conseguem ouvir os outros na rua, rindo e brincando.

— Anda logo, vocês dois! — brada a voz de Rav, por entre a folhagem.

— Shhh! — sibila Tony, redundante.

Eles se viram, examinam o terreno baldio.

— Olá! — chama ele.

Paira o silêncio.

Os dois ficam lado a lado, esticando as orelhas na tentativa de ouvir qualquer som.

É uma sensação estranha, pensa Ashok, *da mesma forma que acontecera antes, quando eu estava sozinho, como se houvesse alguém por ali, só escutando.*

Tony balança a cabeça.

— Texugos!

— Texugos? — pergunta Ashok, incrédulo. — Você já *viu* texugos na cidade?

— Bem, não sei, eu... — balbucia Tony, olhando para as calças, fechando o zíper. — Vamos sair daqui — sugere, afastando-se e voltando em direção à cerca.

Ash espera por alguns segundos, tentando ouvir um pouco mais. Não há nada lá fora agora: apenas o som do vento, farfalhando as folhas por detrás de seus ombros.

Não é nada, apenas os sons que se ouvem normalmente. As coisas se movendo e se arranjando, coisas escorregando pelos telhados.

Um grito surge da escuridão; assustado, retumbante, agudo. Não é um texugo é uma menina. É a voz de uma mulher lá fora, em algum lugar.

Ele ouve Tony rezando, ouve os outros, as vozes subitamente em estado de alerta. Nos arbustos, algo balança, farfalha e cai.

— Merda! — afirma Tony, exasperado. — Droga... Isso foi... Meu Deus!

Rav e Jez aparecem pela cerca.

— O que foi isso? — pergunta Jez.

— Eu não... — começa Ash, nervoso —, acho que foi um...

Tony corre desajeitadamente em cima dos tijolos empilhados no meio do terreno, sempre liderando.

— Olá? — grita ele. — Cadê você?

Num canto mais distante, ouvem um esforço, uma respiração penosa e curta. Os três retardatários partem em busca do amigo, que correu em direção ao barulho.

Estou com medo, pensa Ash, *não sou um herói. Não sirvo pra esse tipo de coisa!*

Ele esbarra na ponta de alguma coisa afiada, tropeça e bate o ombro no braço de Jez. Uma mão o segura e o empurra na posição vertical.

Tony cambaleia em direção aos arbustos. Consegue ver algo por detrás agora: algo estranhamente branco, algo que não se encaixa. Algo se movendo.

Jesus Cristo! É um homem. Há um homem lá dentro!

— Aqui! — grita ele, chamando os amigos.

Não está mais pensando agora, apenas age instintivamente, correndo em meio galhos, enquanto escuta os passos dos demais vindo em sua direção.

Um corpo surge e o agarra em torno dos joelhos, fazendo-o cair. Tony grita, por causa do choque, e depois pela raiva ao bater no chão e sentir o estalo de um caco de vidro entrando em sua pele. O cara está em cima dele, mas o intuito não é esse. Ele luta para fugir dali, usando as pernas de Tony como tração, preparando-se para sair em disparada.

— Merda! — berra Tony. — Isso dói!

O filho da puta apoiou o joelho em seu quadril e está deslizando sobre ele. Tony agarra a sua camisa branca, puxa-o e o arrasta para baixo, prendendo-o até que os outros chegam, ajudando-o a segurar o homem no chão. Ele vê um flash dos cabelos escuros e um brinco de ouro. Então Jez chega lá, segurando o homem e ajudando-o.

A mulher se esforça para respirar por detrás dos arbustos. Ash e Rav chegam até ela. Tony consegue ouvir suas vozes agressivas pelo susto, tentando parecer calmos, seguros de si.

— Está tudo bem. Está tudo bem. Nós estamos aqui. Está tudo bem!

Ela está pálida, baqueada e quase inconsciente; a saia amontoada sobre os quadris e as mãos em frente ao rosto.

— Tudo bem — diz Ash, tentando alcançá-la.

Ao avistar as mãos dele, a moça começa a gritar — um grito rouco, um som quebrado, como se sua garganta estivesse machucada — e salta sobre ele na tentativa de arranhá-lo com as unhas quebradas. Ele lhe agarra os pulsos para detê-la, ajoelhando-se diante dela, com o joelho entre as suas coxas nuas.

— Aaah! — grita ela. — Aaah não, aaah!

Uma luz pálida é lançada pela sombra e ele vê o rosto dela a poucos centímetros do seu. A mulher está machucada, sangrando, e o nariz dela escorre. Ela tem um olho tão inchado que não dá para ter certeza se há alguma coisa por trás da pálpebra.

— Está tudo bem — tenta ele de novo, sem saber o que fazer para ajudá-la. — Você está segura agora. Está tudo bem! Calma!

Atrás dele, ouve-se o som das botas cortando o ar, quando seus amigos começam a chutar o homem caído.

Capítulo Trinta e Um

Martin sabe que precisa fazer alguma coisa, mas não sabe o quê. O choque foi muito grande na noite passada: a descoberta de diversas relações entre alguns fatos e as terríveis tramas, que ele não entende, deixaram-no impotente, zonzo, cambaleando, fervendo de raiva e impotência. Sua ira é tão feroz, quase erótica, que pensa em subir pela Mare Street novamente para ver se alguém assumiu o ponto de Tina, mas, num último momento de autopreservação, detém-se. Afinal, teve sorte no último sábado. Não pode contar com a mesma sorte de novo. Se for repetir a experiência, precisa ser muito mais cuidadoso.

Então planeja e pensa, enquanto prossegue com a rotina habitual — o que, em uma manhã de domingo, é comer um pão com salsicha e uma barra de chocolate, depois que toma seu banho e se arruma.

Domingo de manhã é um bom momento para ir à lavanderia. A clientela usual — turistas e famílias cujas máquinas de lavar tinham estragado — não costuma estar por lá, então, em geral, consegue uma máquina de imediato. E os diversos bancos disponíveis, quando singelamente bem preenchidos, criam um clima acolhedor e intimista. Certa vez, fez amizade com uma jovem chamada Carly, que trabalhava como caixa na sala de jogos do cais. Conversaram durante três domingos seguidos, mas, quando ele ia convidá-la para jantar, seu turno mudou e sua rotina de lavagem de roupas também. Ele foi até o salão de jogos algumas vezes, tentando encontrá-la, mas nunca mais a viu.

É uma bela manhã. Um sol fraco irrompe pelas nuvens da noite anterior, refletindo nos milhões de pingos brilhantes na balaustrada do calçadão. Um daqueles dias em que Whitmouth, lavada pela chuva, parece reluzentemente mais bela. Martin coloca a alça de sua bolsa que contém um saco de roupas sujas por cima do ombro e se apressa pelo ar cortante. A rua está surpreendentemente cheia. Há um grupo de pessoas do lado de fora da delegacia, apenas olhando para a porta, como se esperassem que aquele lugar explodisse em chamas. Ele não espera por nada daquilo. A delegacia teve um efeito magnético sobre a imprensa no início e no fim de cada dia naquele verão. Ele passa pela Canal Street, margeada por uma pilha de caixas de papelão do lado de fora da loja da esquina.

A lavanderia está vazia. Duas máquinas funcionam, na metade do ciclo, mas não há ninguém por perto. Através do vidro jateado da porta do escritório, ele vê a versão pixelada da romena que administra o lugar. Ela fala ao telefone e ele a vê jogar a cabeça para trás e rir. Martin escolhe uma máquina, coloca a boca aberta do seu saco nela e despeja a roupa. Ele nunca separa a roupa.

Você só tem que separar se não planejar com antecedência, pensa.

Tudo o que ele possui foi deliberadamente escolhido para caber dentro do estreito espectro azul-escuro, cinza e preto. Ele acrescenta o sabão em pó que está em um saquinho plástico transparente no bolso do seu anoraque e gira o regulador da máquina para sessenta minutos. Quando está prestes a bater a porta, sente um cheiro vindo do seu anoraque e percebe que já faz um ano que o comprou. Ele tira os conteúdos dos bolsos: moedas, dois chicletes que tem desde antes do seu primeiro encontro com Jackie Jacobs e um garfo de madeira de reserva — e joga o casaco em cima do resto das roupas. Em seguida, sai para fazer as compras do dia. O ciclo de lavagem irá demorar uma hora.

Logo que sai na Canal Street, quase colide com alguém correndo ao longo da calçada. É Amber Gordon — mas não da forma que ele a conhece. É uma sombra estranha em um tom de cinza-pálido, com os cabelos despenteados. Ela anda tão rápido que mal desviou dele, dando-lhe um esbarrão ao passar. Por um momento, Martin acha que aquele balançar imprevisto foi por reconhecê-lo, mas depois percebe que ela está totalmente desligada deste mundo. Ele espera que Amber o reconheça e fica desapontado quando isso não ocorre. Seus olhos estão vermelhos e parece que ela saiu de casa sem se olhar no espelho.

— Desculpe — murmura, distraída, e segue apressadamente pela avenida abaixo.

Balançando a cabeça, ele continua andando. Na realidade, Martin não se importa com o que acontece na vida daquela mulher, mas sente um ligeiro prazer ao testemunhar a sua angústia.

Espero que alguma coisa ruim tenha acontecido. Bem feito pra você, pensa ele.

A banca está quase sem jornais, o que é excepcional para aquela hora do dia. Há apenas dois *Mail on Sunday* e um *Tribune*. Ele não consegue ver o porquê: a manchete de primeira página tem alguma relação com os imigrantes e os preços dos imóveis, e o jornal de esquerda concentra-se em um colossal escândalo no Tory, nome do antigo partido de tendência conservadora do Reino Unido, que reunia a aristocracia britânica. Ele agarra o *Tribune* apenas alguns segundos antes de outro cliente, morrendo de curiosidade para saber o que Kirsty Lindsay tinha a dizer para si mesma esta semana.

Martin pega um enroladinho de salsicha e uma pequena garrafa de suco do balcão refrigerado. Em seguida, fica por uns cinco minutos olhando para as barras de chocolate e acaba escolhendo um Snickers. Há vinte por cento mais chocolate na barra de Snickers, por isso, durará por mais tempo enquanto espera até acabar a lavagem das roupas.

Ele precisa esperar enquanto um dos caixas desses locais entediantes finaliza uma venda. Uma mulher corpulenta conta os trocados para pagar por uma garrafa de dois litros de Coca-Cola, enquanto a senhora Todiwallah espera, impassível, atrás do balcão.

— Você já ouviu falar quem é? — pergunta a mulher corpulenta, enquanto encontra uma nota de 5 no canto da sua bolsa. — Ah, sim! E, como já está com a mão na massa, um pacote de tabaco mentolado.

— Não — responde a senhora Todiwallah, voltando-se para as prateleiras e tabaco. — Há uma diferença entre um jornaleiro e uma agência de notícias, sabe como é. Nós vendemos jornais. Eles reúnem as notícias.

— E os filtros? — questiona a mulher volumosa.

A senhora T se abaixa vagarosamente em seu shalwar kameez plus-size e pega a caixa.

É por isso que as pessoas fazem compras nos supermercados, pensa Martin, *você não tem que ficar batendo papo em supermercados. Você só tem que fazer as compras e ir embora.*

— Não — responde ela, endireitando-se devagar, batendo com a mercadoria no balcão. — Não foi dito nada no rádio. Apenas algo sobre um homem sendo interrogado e que deverá ser acusado hoje, talvez, mais tarde.

— E ninguém sabe de mais nada?

— Eu ousaria dizer — afirma a senhora Todiwallah — que tudo que acontecer sairá imediatamente nos jornais. Não pago pela notícia, você sabe. Apenas a vendo.

Martin fica pensando vagamente sobre o que elas estão falando. Ele não é o tipo que invade a conversa de alguém. Avança pé ante pé, desejando que, se elas insistissem nas fofocas, o gerente fosse atendê-lo nesse entremeio.

— Bem, isso já é uma boa notícia — confirma a mulher obesa.

— Sim, de fato é — concorda a senhora T. — São 5 libras e 23 centavos, por favor.

A mulher encorpada começa a contar o dinheiro de novo, centavo por centavo.

Martin olha para baixo, para o jornal, e vê, escondida no canto inferior direito, uma pequena manchete que pode explicar sobre o que elas estão falando: PROGRESSO NO CASO DOS ASSASSINATOS. ÚLTIMAS NOTÍCIAS, 3H. O texto, logo abaixo, diz: "POLÍCIA PRENDE SUSPEITO DE SER O ESTRANGULADOR DE WHITMOUTH". MAIS DETALHES NA PÁGINA 2.

Ele mal pode esperar para abri-lo e lê-lo, mas aguarda pacientemente até pagar e sair. Tem tempo de sobra. A palavra impressa não irá mudar se forem necessários cinco minutos a mais para começar a ler. No entanto, ele se vê apressando-se ao longo da Canal Street, demasiadamente ansioso.

Martin senta-se em um banco, desembrulha o enroladinho de salsicha e dá uma mordida. Abre a página e vê, para sua decepção, que os detalhes eram, de fato, muito vagos. "A POLÍCIA PRENDEU UM HOMEM SUSPEITO DE COMETER OS ASSASSINATOS DE SEASIDE À 1H DA MANHÃ", diz a reportagem assinada como "da redação".

Oficiais foram chamados a um terreno baldio fora da estrada principal de Whitmouth e prenderam um homem identificado pelos transeuntes. Uma jovem foi levada para um hospital próximo a fim de tratar dos ferimentos, das contusões e do choque. O homem, após tratamento no mesmo hospital, foi levado para a Delegacia de Polícia de Whitmouth e acusado de agressão, lesão corporal grave e de comportamento ameaçador, e deve continuar detido nas próximas 48 horas. Nenhum nome foi divulgado.

É isso?

Preciso ir até a delegacia, ver o que consigo descobrir. Por isso tinha tanta gente ali. Ele está preso lá, quem quer que seja.

Ele lê a reportagem de novo, dá outra mordida e toma um gole do suco. Na parte inferior, em negrito, uma manchete atrai a sua atenção: "MINHA NOITE DE TERROR PELAS RUAS DE WHITMOUTH", página 27.

Sim, aqui está ela.

Folheia pelas histórias do showbiz até encontrar a página, e sente o rubor em suas bochechas. Lá está ela, novamente, sorrindo na foto ao lado da manchete; há uma foto da parte de trás da cabeça de outra mulher, olhando para um beco, segurando sua bolsa, como ilustração. Não é Whitmouth — ou algum lugar de Whitmouth que ele está vendo; parece mais um daqueles lugares ao norte. Martin começa a ler, e sente o rubor espalhando-se pelo rosto enquanto vê seu retrato, pouco lisonjeiro, derramado diante dos próprios olhos.

"MULHERES MORRERAM EM WHITMOUTH. E, NA SEGUNDA-FEIRA À NOITE, EU QUASE ME TORNEI UMA DELAS."

Capítulo Trinta e Dois

— Bela matéria a de ontem — parabeniza Stan.

Kirsty fica sem graça.

— Obrigada, estou na merda agora, é claro.

— Pois é — concorda Stan, rapidamente —, o desgraçado maldito foi preso e o *Features* já tinha ido dormir. Ele podia ter esperado até hoje, assim não seria tão óbvio. Pelo menos por enquanto. Bom, eles não devem estar *tão* putos, senão você não estaria aqui.

— Não acredite nisso. Só estou aqui porque o jornal diário e o de domingo são independentes. Suponho que eu nunca mais vá escrever para o jornal de domingo. E Dave Park não trabalha às segundas-feiras. Estarei de volta ao circuito da previsão do tempo num piscar de olhos depois do dia de hoje.

Stan empurra a alça da sua bolsa transversal sobre o ombro.

— Infelizmente acabou assim, K. Mas a parte do homem te seguindo foi bem escrita. Um bom drama.

— Sim — concorda ela, encolhendo os ombros tristemente —, e agora eu pareço uma louca histérica.

Stan ri.

Eles começam a sussurrar assim que Nick, do *Mirror*, entra passando pela multidão e se posiciona ao lado deles.

— Kirsty Lindsay! — diz Nick. — Eu teria usado o meu anoraque se soubesse...

— Não enche! — resmunga ela, sem paciência.

Para ser justa com os meus colegas, pensa ela, nós *ficamos tão satisfeitos com os infortúnios dos outros quanto ficamos com a má sorte dos civis.*

— Nem se incomode — suaviza Stan. — Todos nós jogamos no mesmo time. Jesus Cristo! Lembre-me de te contar como eu ofendi o chefe de polícia de Humberside um dia. Perdi o sono por causa disso, vou te contar! Você só precisa colocar uma pedra sobre isso, e eles se esquecerão de tudo.

— Espero que sim — declara Kirsty —, porque, do contrário, estou ferrada!

Nick afaga-lhe o ombro.

— Foi uma boa matéria, se isso lhe serve de consolo. Deixou-me de cabelo em pé, isso é o principal. E você sempre pode trabalhar por conta própria, sair do foco um pouco, até que todos esqueçam.

— Obrigada, Nick.

— Não agradeça, só não quero que você fique me perseguindo.

Ela lhe dá um soquinho no braço.

— E, então, qual é o objetivo disso? — pergunta Nick.

Eles estão do lado de fora da delegacia. Ninguém sabe realmente por que, assim como é óbvio que ninguém irá sair de lá para falar com eles, durante um bom tempo. Mas os bares não irão abrir até o meio-dia, por isso, poderiam muito bem estar aqui como em qualquer outro lugar.

— Droga! — desabafa Stan. — Agora que ele foi acusado pelas ocorrências da noite de sábado, eles basicamente podem ficar quietos durante o tempo que desejarem. Acho que agora só haverá especulação e boatos até amanhã.

Uma van da BBC estaciona do outro lado da rua.

— Uh! Oh! — faz Stan. — Aí vem a realeza!

— Não deixe que os desgraçados saibam de nada! — avisa Nick. — Se não conseguiram aparecer na hora certa, devem continuar nos bastidores.

— Não diga nada a eles — concorda Stan.

— Jamais me perguntariam — afirma Kirsty. — Mas então, Stan. Que rumores e fofocas você ouviu?

Stan conhece todo mundo. E qualquer um que ele não conheça conhece alguém que ele conhecia. Se alguém sabe de alguma fofoca, só pode ser ele.

Ele baixa a voz. Não quer entregar o que sabe ao mundo inteiro especialmente à BBC.

— Não mencionem meu nome, mas ouvi dizer que é o mesmo cara que interrogaram na semana passada.

— Sério? Mas eu pensei que ele tinha um álibi.

— Era mais uma explicação do que de fato um álibi — explana Stan, em tom cada vez mais baixo. — Só porque ele tinha uma razão para estar lá em outro momento não significa que ele não estivesse lá no momento em questão.

— A turma do politicamente correto que deveria se lembrar disso — comenta Nick.

— Uhhh — diz Stan, e ri.

— Como está a garota? — pergunta Kirsty.

— Ainda na UTI. Foi bastante espancada. Sua traqueia ficou inchada por causa da contusão, por isso a entubaram. Parece que perdeu um olho também. Ele está ficando cada vez mais violento, à medida que cada crime acontece, não é?

— Bem, se *é possível* classificar assim depois de um assassinato... pobre criança — lamenta Kirsty.

— Criança sortuda — corrige Stan. — Se não fossem os malditos jovens, ela estaria morta.

— Você tem os nomes dos heróis?

Ele verifica o seu bloco de notas.

— Ashok Kumar, 23, Anthony Langrish, 22, Ravinder Doal, 24, e mais um impedidos de entrar na boate Stardust porque usavam tênis. Deus abençoe os porteiros do litoral sul!

— Então, é Victor Cantrell — constata Kirsty. — Esse era o nome, certo? É o cara que eles tinham interrogado antes?

— Sim — confirma Stan —, mas eu manteria essa informação fora da sua matéria por enquanto, afinal, não queremos nenhum processo por difamação em nossas mãos.

— Especialmente você... — brinca Nick.

Ela revira os olhos.

— Fiquem tranquilos. OK, mas... ele trabalha em Funnland, mora na cidade, frequenta o Cross Keys, é bastante popular, ninguém jamais teria imaginado, não é? Você conseguiu o endereço dele quando o soltaram?

— Sim — responde Stan. — Vou aparecer lá de novo, mais tarde. E eu diria que a melhor forma de checar é ver se ele está em casa.

— E como a mulher reagiu? — questiona Nick.

— Bem, ela não está atendendo à porta no momento, as cortinas estão fechadas.

— Pobre infeliz — menciona Kirsty. — Fico imaginando como ela deve estar se sentindo hoje.

— Culpada, eu acho — alega Nick —, você não acha?

— Por quê?

— Ah, fala sério! Ela deve ter tido suas suspeitas.

— Por quê? — questiona ela, de novo. — Está sendo meio rigoroso, não?

Kirsty se lembra do olhar de incompreensão no rosto de sua mãe quando viu a viatura subindo a sua rua. Lembra-se do horror quando ela se virou e olhou para a filha, entendendo por que estavam lá. Ela pensa em Jim e nas crianças, e sente-se mal.

— Um grande número de parceiros não tem a mínima ideia.

— Bem, então eles *diriam* isso, não? — responde ele.

— Obrigado, senhorita Rice-Davies — diz Stan. — Seja como for, ela buscava um pouco de diversão. Não creio que as pessoas por aqui sejam muito adeptas à persuasão empática.

Há uma agitação na rua onde se encontra a multidão. Os mercenários, instintivamente, formam fileiras; não querem que nenhum recém-chegado pense que pode lhes roubar os lugares. Kirsty se ergue e vê o topo de uma cabeça loira andando por um caminho, pelas fileiras de trás. Vê as bordas de um par de óculos de sol grande.

Oh, meu Deus, eu conheço aqueles óculos!

— Vem alguém aí — afirma ela —, e não é nenhum de nós!

— Ah, certo — entende Stan e começa a se posicionar mais ao lado, sabendo que ser lembrado por sua utilidade poderá tender as probabilidades a seu favor mais tarde.

— Vamos, pessoal! — grita ele. — Deixem a senhora passar!

A contragosto, a multidão se afasta e a cabeça loira começa a se aproximar. Vários flashes são disparados: fotos de oportunidade, do tipo que, na era digital, quando ninguém tem de se preocupar com o desperdício de filme, todo mundo tira umas mil, apenas para o caso de elas acabarem tendo relevância mais tarde.

— Meu Deus! — exclama Stan, que é mais alto e pode ver melhor.

— O que foi?

— Na mosca! — orgulha-se ele. — É a patroa de Victor Cantrell. Definitivamente!

E Kirsty fica sabendo, com grande desgosto — antes que seu rosto inunde com lágrimas branco-acinzentadas, vedando-lhe totalmente o campo de visão —, que a mulher de Victor Cantrell é Amber Gordon.

01h30

— Estou com fome!

Debbie Francis olha para a irmã com um olhar tão intenso que parece querer fulminá-la.

— Cale a boca, Chloe! — ordena.

Chloe se agacha, como um duende, na beirada, do outro lado da rua, chupando um pirulito.

— Mamãe disse que era pra você cuidar de mim...

— Ah, sim, pelo amor de Deus! — retruca Debbie, descendo do colo de Darren Walker.

Ela puxa sua camiseta para baixo sob sua jaqueta de couro — está muito quente para usar couro, mas aquele blusão preto enfeitado é a melhor peça de roupa que tem, e ficará no maldito desconforto para manter o estilo. Ela anda com os saltos de dez centímetros e se aproxima da irmã.

— Se você não calar a boca, vou beliscar você. Mamãe me deixou no comando, e isso significa que tem que fazer o que eu mandar. Entendeu?

— Mas... — começa Chloe.

Debbie estica dois dedos com as unhas pintadas de vermelho e belisca a pele acima do cotovelo dela. Chloe grita e, em seguida, começa a chorar. Debbie a fez tirar o anoraque uma hora atrás, mas sua pele já assumiu uma coloração rosa, como uma lagosta; o beliscão foi forte o bastante para fazer seus olhos lacrimejarem.

— Agora cale a boca!

Ela ouve a voz de Debbie junto com a sensação de dor, temendo que houvesse mais de onde aquele tinha vindo.

— Mas ela disse... Ela disse!

Chloe vê os dedos surgirem novamente em sua direção e se afasta, rumo ao gramado.

— E eu estou ocupada, droga! — reclama Debbie, visivelmente nervosa. — Apenas se sente lá e coma seu pirulito, e eu comprarei o jantar para você assim que eu estiver afim e pronta pra ir, OK?

Ela se vira de costas para a criança chorando, e se admira ao ver seu Romeo, de pernas afastadas, sentado no banco, apoiando-se nos braços esticados para trás, ao longo do comprimento de suas costas. Com a virilha ligeiramente impulsionada para a frente, ela vê o contorno de sua ereção e sente um orgulho adolescente. Não é qualquer um que chega aos pés de Darren Walker. Ele pode ser um bronco, mas é demais. Ela vai até junto do namorado e vislumbra o seu sorriso de satisfação quando sobe em seu colo.

Eu não deveria gostar dele. Nenhuma garota gostaria de um menino que olha para ela assim. Mas eu gosto e não consigo evitar. Há algo nele que desperta alguma coisa em mim.

Não há sutilezas com Darren. Os rapazes que ela conhecera antes eram imaturos, hesitantes e ficavam se sentindo culpados. Eles nunca retomavam de onde tinham parado depois de uma interrupção. Em dez segundos, sua mão está de volta dentro de sua camisa, dentro do seu sutiã, acariciando-lhe o mamilo com o polegar. Ela está habituada a toques firmes, a apertões nos peitos. A sensação a faz amolecer, a faz se acomodar melhor no colo dele, para melhor sentir a sua intumes-

cência. Ouve um som surpreendentemente delicado — meio suspiro, meio gemido — escapando de algum lugar profundo dentro dela e fica imaginando: de onde veio isso? Vê o sorriso — o olhar de triunfo — voltar ao seu rosto e sente quando ele enterra a mão livremente em seus cabelos, na parte de trás do seu pescoço. Ele tem cheiro de fumaça de cigarro e chicletes.

Com as coxas sobre as dele, ela pressiona a virilha contra a dele, sentindo um espasmo familiar em seu ventre.

— Muito bom — diz Darren Walker —, e então? Onde estávamos mesmo?

— O que vocês estão fazendo? — pergunta Chloe, puxando a respiração ranhosa, como se quisesse dar ênfase à sua pergunta.

— Nada que seja da sua conta — retruca Darren, ajeitando Debbie em seu colo, enquanto se move no banco. Ele ergue a mão para tentar desabotoar o sutiã dela na parte de trás, e a menina lhe dá um tapa, afastando-o.

— Alguém pode ver — adverte.

Darren ri dela, com sordidez.

— Um pouco tarde para se preocupar com isso, não acha? E, além disso, estão todos lá no lago, lembra?

A maioria da população da vila tinha ido até um trecho da Evenlode, pela estrada de ferro, a alguns quilômetros de distância até um lago que gradualmente se transformou em uma piscina comunitária desde o aterro que o tornou impróprio para pastagem, exceto por ovelhas.

— Nem todos — diz Debbie.

— É — concorda ele, lançando um olhar de desgosto à irmã dela.

Darren já não tentava mais impressionar Debs, levando a pequena Chloe nos passeios ou lhe dando chicletes baratos; ela já tinha servido ao seu propósito e agora não passava de um estorvo.

— Podemos ir até o celeiro Chapman, se você quiser — sugere ele.

Debbie tenta esconder a empolgação em seu olhar: o celeiro Chapman é um dos lugares mais fabulosos para os adolescentes da vila, lugar para o qual os adultos raramente vão. Ela sabe que o celeiro Chapman é o palco de muitas conquistas de Darren Walker; que meninas mais velhas e mais experientes do que ela já estiveram ali com ele, sobre os fardos de feno empoeirados. E, por saber disso, a simples menção do lugar é o suficiente para produzir um gosto de almíscar salgado em sua boca. Ela sabe que isso será um rápido acasalamento selvagem; que será algo sem embromação, sem afeto, ou mesmo sem muito esforço para garantir a sua satisfação, mas só de imaginar o pênis grosso de Darren Walker dentro dela, com o toque do feno em suas nádegas e a excitação deixando-a sem fôlego quando ele a comprimisse descuidadamente sob ele, a deixa lânguida de luxúria, impaciente com qualquer coisa que se colocasse entre ela e tal satisfação. Ela tem 16 anos de idade, toma pílula há um ano e já é tempo de começar a viver.

Como se lesse sua mente, ele pressiona a pélvis acentuadamente contra ela, fazendo-a gritar.

— O que vocês estão fazendo?

Agora os dois falam juntos:

— Calada!

— Esse rapaz chamado Darren Walker — anuncia Chloe —, mamãe disse que não era para você chegar perto dele.

Eles se separam, sentam-se lado a lado no banco e a encaram.

— Você não sabe o que está falando, Chloe Francis! — contesta Debbie. — É melhor calar a boca ou vai se arrepender!

— Quero ir para casa! Estou com fome!

Darren grunhe.

— Maldição! Você não consegue se livrar dela?

— Você sabe que não posso.

— Quantos anos ela tem, afinal?

— Eu tenho 4 — afirma Chloe.

— Maldição! — declara ele novamente.

— Estou com sede! — implora Chloe, mais uma vez. — E quero jantar...

Darren coloca a mão no bolso interno do casaco e pega um único cigarro. Ele o acende com um isqueiro Zippo e fica lá olhando para o sol, abrindo e fechando sua tampa.

— Nem oferece... — diz Debbie.

— Você não tem idade para fumar — justifica ele.

— Tenho, sim — surpreende Debbie —, desde abril.

Darren segura por muito, muito tempo, a tragada, profundamente nos pulmões, e depois exala um fluxo espesso de fumaça no ar.

— Sério? Dezesseis, hein? Já pode ser presa, então!

Debbie não sabia se ria ou se fazia uma careta, então, contenta-se com algo entre os dois. Chloe olha para eles de onde está, afundando os saltos das sandálias cada vez mais e mais no relvado, expondo um par de sapatos marrons pela terra. Ela é uma criança muito bonita — vestida de rosa, em uma roupa sem apetrechos, e covinhas nas bochechas —, mas parece um duende sujo agora, mal-humorada sob a crosta de lama.

— Vou contar tudo sobre vocês pra mamãe! — ameaça ela.

— Contar o quê? — provoca Debbie. — Além do mais, em quem você acha que ela vai acreditar?

Meu Deus! Tenho 16 anos. Começo a trabalhar em dois meses. Esse deveria ser o melhor verão de todos e, em vez disso, estou presa aqui, bancando a babá, porque minha mãe não pode se incomodar em levar a filha no ônibus para Chipping Norton. Ela não deveria ter tido outra criança se não pode cuidar dela.

Darren pega um pequeno cacho dela de trás da orelha e o enrola em torno do seu dedo. Ela sente a pequena e luxuriosa excitação mais uma vez.

— Quero beber alguma coisa! — insiste Chloe. — Me leva para casa!

— Por que você não vai para casa? — pergunta Darren, rudemente. — Vai logo. Xô!

Chloe parece obstinada.

— Droga! — desabafa Debbie. — Eu te dou 10 libras.

— Você não tem 10 libras... — afirma Chloe, em dúvida.

— Tá, mas eu tenho! — diz Darren, com orgulho. Sua ereção já está dolorosa e ele teme que isso lhe provoque um infarto.

— Aqui! Tome! Você pode comprar uma barra de chocolate importado.

— Não gosto de chocolate importado.

— Não importa! — diz ele, jogando a moeda para ela. — Apenas suma daqui, pentelha!

Chloe está dividida entre o choro e recolher o dinheiro, então, faz as duas coisas.

— Vou contar tudo pra mamãe! — garante à irmã, novamente. — Você me chamou de pentelha.

— Eu não — corrige Debbie —, foi ele, e vá direto pra casa depois de comprar seu chocolate, entendeu?

Chloe pega o anoraque que está sobre a cerca viva e começa a vesti-lo lentamente.

— Vai logo! — ordena Debbie. — Estou falando sério! Você tem um minuto antes que eu comece a jogar pedras em você!

A mão de Darren desliza debaixo de sua saia e um único dedo enfia-se por dentro do elástico de sua calcinha.

Chloe começa a se arrastar rumo à estrada. Depois de andar cerca de vinte metros, para, incerta.

— Eu não sei o caminho! — grita.

— Aaaaah! — berra Debbie, levantando os olhos, frustrada. — Chloe! Fazemos esse caminho todos os dias! Basta seguir em frente!

Os olhos de Chloe se enchem de lágrimas.

— Eu não quero ir sozinha! Mamãe disse para você cuidar de mim!

— Ai! Meu Senhor! — reclama Debbie, derrotada. — Então, devolva as 10 libras!

— Mas que merda! — xinga Darren, balançando no banco, no intuito de aliviar a pressão sobre os testículos. — Temos que nos livrar dela! Não vou levá-la conosco!

— Sim, mas Darren — começa Debbie, chateada —, mamãe vai me matar se acontecer alguma coisa com ela!

— Ah, sim, mamãe... — diz Darren, e vira as costas para ela.

Silêncio.

Eles podem ouvir a sonolenta vila, ouvir o gado mugindo por todo o caminho abaixo da casa na fazenda.

— Você é só uma criança — conclui ele, emburrado. — Não sei em que eu estava pensando!

Debbie solta um suspiro. Ela odeia a irmã, odeia a sua mãe. É assim que passará o seu verão. São todos tão egoístas!

Ela olha para a estrada, em desespero, sentindo que aquele momento irá lhe escapar.

Ele é o garoto mais sexy que eu já conheci. Maldita Chloe.

Duas pessoas surgem, ao longe, da esquina do Memorial. Uma figura robusta, de cabelo castanho e roupa vermelha, e a outra que parece esbelta, em comparação à primeira, e é loira.

— Darren — diz ela, esperançosa —, não é a sua irmã?

Capítulo Trinta e Três

Ela já está chorando antes mesmo de se sentar. Humilhada, seu nariz escorre e as lágrimas inevitavelmente fluem de seus olhos, descendo pelos cantos da boca escancarada, enchendo-a de vergonha. Procura nos bolsos — eles tinham retido a sua bolsa na recepção — por um lenço, mas não encontra nada. Vira-se para pedir à policial que a acompanhava, que permanece impassível ao lado da porta, e percebe que ela não irá ajudá-la.

Eles quebraram o nariz dele. Seu rosto se transformou em uma massa de hematomas, mas ainda é Vic, olhando para ela do outro lado da mesa, sem piscar. Tudo ainda está lá: a beleza, a estrutura óssea nobre, o vasto cabelo escuro com os cachos enrolados, a testa ampla, as mãos fortes com os dedos longos de artista. Sua feição, de repente, assume aquele largo sorriso social, com o qual mantinha as pessoas à distância.

— Ei, querida — cumprimenta ele. — Eu estava começando a pensar que você tinha se esquecido de mim!

Ela está tão atordoada, que as lágrimas param. Olha para ele, boquiaberta — em parte por causa da surpresa e, em parte, porque não consegue respirar pelo nariz há mais de trinta horas. Não acreditava naquilo enquanto ele ainda estava sob custódia, enquanto não tinha permissão para vê-lo; ainda podia tentar se convencer de que um terrível engano acontecera e acordaria e descobriria que tudo tinha sido um sonho. Mas, agora que está aqui e ele é acusado — com mais denúncias por vir —, ela vê seu sorriso ensolarado e acredita em tudo, em cada palavra.

— *O quê?* — questiona ela.

O sorriso mais uma vez, a mão estendida sobre a mesa, virada para a dela.

— Trouxe as minhas camisas? Como pedi?

— Eu...

Ela está sem palavras. É como se tivesse ido visitá-lo em um spa de um dia.

— Sim, estão lá fora. Ficaram no balcão da entrada. Não me deixaram trazê-las para dentro.

— Essa é a minha garota! Eu sabia que podia contar com você. Colocou a blusa estilo Elvis lá dentro? Com o bordado?

— Sim — afirma Amber, como se fosse uma situação normal —, e a verde. Aquela de amarrar. Você sempre gostou dela.

— Você é uma joia! Boa garota!

Meu Deus! Eu não te conheço. Não sei quem é você!

— E então, como tem passado? — pergunta Vic, como se ela fosse uma tia solteirona vinda de Sevenoaks. — O que tem feito? Como está o trabalho?

Ela quer gritar, dar um soco nele.

O que você acha que eu tenho feito, seu cretino? Acha que tenho saído e me divertido? Eu não fui para o trabalho. Como acha que estou me sentindo para ir ao trabalho? Nem mesmo posso sair pela porta da frente, pelo amor de Deus!

— Tem visto alguém? Alguém está lá com você?

— Eu... — desabafa ela —, eu não te conheço. Não sei quem você é. Pensei que te conhecia, mas não...

Vic se inclina para trás, aperta as palmas das mãos para baixo sobre a mesa e levanta as sobrancelhas.

— O que você quer que eu diga?

Ela sente outro ataque de choro se aproximando. É como um furacão: destrutivo, imparável.

— Você... Ah, meu *Deus*, Vic! O que *você* fez?

— Eu não sei — diz ele calmamente. — O que *você* fez, Amber?

Ela quer dar um tapa nele, adicionar suas marcas às de seus agressores. Mas ela sabe que mal chegará até a metade da mesa e os guardas a impedirão e a colocarão de volta em seu lugar. Agora ele está a salvo.

Vic está protegido. As cortinas de Amber estão fechadas, o telefone foi tirado da tomada e os móveis estão cobertos. Ela se alimenta de comida enlatada porque não consegue sair de carro e muito menos ir até o supermercado sem os flashes acusadores e aterrorizantes das máquinas fotográficas — e ele ainda é, pelo menos em teoria, apenas um suspeito.

Ele estuda a expressão dela, do mesmo modo que um cientista estuda um inseto, fascinado por sua demonstração de emoção, como se fosse um incomum ritual de acasalamento. É como ser esfaqueada com um cristal de gelo. Ele não se sente nada incomodado, nem parece se importar, como se nada — a multidão, a acusação, o problema em que se meteu — o afetasse.

É assim que pareço? Eu estava congelada de medo. Talvez estivesse assim também, talvez fosse por isso que me odiassem tanto. Se chorasse ou brigasse ou tivesse ataques histéricos... teria feito com que eles me enxergassem de outra maneira?

— Meu Deus, Vic. Coitadas daquelas mulheres...

Vic dá de ombros e revira os olhos, como se ela sentimentalizasse insetos.

— Você não sente nada? Meu Deus! Quantas foram? Cinco, sete? Você não sente *nada* quando pensa no que fez?

Ele revira os olhos novamente.

— Mas que merda! — exclama ele, agora nervoso. — Não acredito que ainda estão contando aquele trabalho sujo da Fore Street. Isso é uma palhaçada! Alguma vez você já me viu coberto de sangue?

Ela engole em seco, sentindo o ar congelado em sua garganta. Tem consciência de que é a primeira respiração que completa o ciclo desde que ele começou a falar.

— Cara de pau do caralho — continua ele. — Até parece!

Ela para e apenas olha, por um momento.

— Eles estão dizendo que eu deveria saber. Não posso nem sair de casa.

— Bem, você está aqui agora, não é?

Ela capta o olhar de entretenimento leve em sua feição e entende que isso — essa falha em seu caráter, essa inabilidade à empatia, de se colocar no lugar do outro — é, de fato, uma das coisas que fez seu relacionamento durar, depois de sua própria adaptação: afinal, ela nunca teve de lidar com emoções assustadoras ou perigosas. Por toda a sua vida emoção significou dor e, quando ela encontrou Vic, com sua alma distante e vazia, parecia um oásis em meio ao deserto.

Eu me sinto vazia, sou uma assassina também. Não me admira que eu achasse que ele era um espírito de natureza semelhante à minha.

— Por que eu? — pergunta ela, de repente. — Por que você me escolheu?

O sorriso de novo. Brincalhão. Cândido.

— Ah, acho que você sabe...

— Não. Eu realmente não sei.

— Ah, Annabel — insiste ele, em tom de reprovação. — Tenho certeza de que sim!

Durante o intervalo de um segundo, ela acha que entendeu mal, que sua angústia e semelhança entre os dois nomes pregara peças em seus ouvidos. Em seguida, vê o amplo sorriso dele e percebe que ele sabe. Que ele sempre soube. Que está esperando a satisfação do momento em que ela percebesse que a mentira na qual vivia não é aquela que imaginava.

A sala parece transbordar de tanta emoção.

— Há quanto tempo você sabe?

Ele não pode mais negar. Não quando está olhando para ela daquele jeito.

Seu sorriso o denunciara agora.

— Achei que você me parecia familiar — explica. — Costumava vê-la e pensar: conheço essa mulher. Como se supusesse alguma coisa, acho. Mas vou te contar quando eu soube com certeza. Foi quando vi você com aquela criança. Tudo ficou incrivelmente claro quando vi você com a criança.

— Criança?

Ele balança a cabeça, de modo afirmativo.

— Você sabe. A criança.

Ela sabe sobre o que ele está falando. Sabe exatamente, porque foi a primeira vez que percebeu a existência de Vic — quando de fato reparou nele, e não apenas apreciou sua boa aparência. O primeiro dia que algo aconteceu entre eles. O primeiro dia. Agora é perceptível, porque ela fez uma imagem errada dele. Foi quando trabalhava no turno do dia, e uma criança simplesmente ignorou as normas de restrição em virtude da altura da montanha-russa e soltou as barras de segurança, voando para fora em uma curva e caindo de cabeça do lado da barraca de tiros. Ela estava com o saco de lixo quase cheio de caixas de bebidas descartadas quando ouviu o som de madeira fragmentada e os gritos crescentes. Demorou a perceber o que acontecera. A cabeça do garoto rachou como uma melancia. Era óbvio que ele estava morto, ou prestes a morrer.

— Ah, meu Deus! — desabafa ela, olhando por cima do ombro para ver a reação do policial. Embora tivesse certeza de que ele estava ouvindo, não demonstrou sinal algum de que sabia do que se tratava ou que nutria qualquer interesse pelo assunto. Por que nutriria?

— Você foi ótima! — parabeniza Vic. — Reagiu tão bem. Tão calma. Como se nada pudesse te atingir. Foi quando eu tive certeza.

Alguém ligou o ar-condicionado no máximo. O frio penetra a pele dela como sanguessugas.

— Foi assim na sua primeira vez, Annabel? — pergunta ele, ironicamente curioso. — Sempre quis saber. Estava apenas esperando até que você quisesse... — seus dedos estalam no ar — compartilhar isso comigo.

O menino parecia um espantalho partido ao meio, caído, meio encostado à parede cujas faixas verdes e vermelhas ficaram manchadas de sangue. A mandíbula abria e fechava automaticamente, como se estivesse sendo puxada por cordas. Amber deixou cair o saco de lixo no chão e foi em direção à criança, no meio da multidão, com uma fria serenidade rondando o seu ser. Até mesmo do lugar onde estava e, apesar dos gritos da multidão ao seu redor, conseguia ouvir os lamentos da mãe do garoto, a irresponsável que finalmente aprendera que, às vezes, as regras existem por uma razão, ainda presa no seu carrinho da montanha-russa, forçada a ficar ali durante todo o resto do passeio, enquanto vazava um líquido branco daquilo que costumava ser a cabeça de seu filho. Os olhos do menino miravam em direção ao infinito. Ele parecia ver Amber quando ela se aproximou, e parecia, estranhamente, tê-la reconhecido.

Sua audição mudou o foco. Mais distante, percebeu que alguém vomitava, provocando uma reação em cadeia. Andou, sem ser afetada, por um corredor de engasgos, soluços e pessoas gritando. Tudo parecia apenas um cenário. Tudo que ela ouvia claramente era a voz da criança: fonemas sem sentido que advinham de sua língua enquanto seu cérebro mutilado lutava para continuar funcionando. Amber caiu de joelhos ao lado dele: os dois em profunda calmaria, os olhos dele fixos nos dela.

Ela usava um cinto grande sobre um cardigã que ia até os joelhos. Era início de temporada e ainda não estava quente. Amber olhava nos olhos dele, que rapidamente escureceram quando ela se ergueu para tirar o casaco. Cabeça raspada, braços inchados, rosto totalmente cinza, como o de um hamster. Ele estava usando um cachecol Liverpool. Ela se lembrava do nylon azul e amarelo horrível, o logotipo da Carlsberg, a mancha úmida escura que aumentava cada vez mais com o líquor escorrendo-lhe pelo pescoço.

— Aqui está — ofereceu, tão gentilmente quanto possível —, você deve estar com frio.

Ela colocou o cardigã sobre ele e pegou sua mão, sentindo o pulso enfraquecendo. Sabia que ele estava morrendo. Ela nunca mais o viu depois que a ambulância o levou.

— Está tudo bem — confortou-o, com a tranquilidade de um padre —, eu estou aqui. Estou aqui com você.

— Ak-haaaaaaaaa — exalou a criança.

Ele não tinha mais do que 8 anos. Que destino. Uma ida ao parque, algodão doce e a morte.

Perguntou-se, à toa, o que ele teria comido no café da manhã. Uma última refeição de cereais, ovos e bacon, metade de um pacote de biscoitos?

Amber desviou os olhos por um instante e olhou por cima dos seus ombros. Havia centenas de curiosos agora, o tipo de pessoas que diminuem o passo a fim de olhar para acidentes de carro. Rostos com olhos arregalados e cheios de especulação, como se buscassem as palavras para fazer piadas. Pobre garotinho. Sangue por toda parte, pessoas gritando, e não havia nada que pudéssemos fazer.

— Ambulância! — gritou ela, com a voz rouca. — Alguém chame uma ambulância?

*

Vic, de repente, começa a rir.

— Ah, meu Deus! — diz ele, imitando-a.

Ela fica embasbacada e recua.

— Você não sabia — continua. — Todo esse tempo e você não sabia. Oh, meu Deus, você pensou que estava escondendo seu segredo de *mim*!

Amber sente como se um bisturi afiado lhe cortasse a pele. Eles não estão sozinhos. Ele não pode — não *deve* — continuar com aquilo.

— Pare! — implora. — Vic, pare...

Ele vai ao delírio.

— Ah, não se preocupe, *Amber* — afirma ele, com uma pronúncia deliberada e óbvia só para ela —, o seu segredo está seguro comigo. É só que... ah! Todo esse tempo, achei que você não falava sobre isso porque não era necessário. Porque nós nos entendíamos. E os presentes que eu deixei para você...

— Presentes?

— Ah, qual é! Você sabe...

E ela sabe. Ela deveria ter pensado nisso antes. Dois dos corpos foram deixados para que ela os encontrasse, foi só o acaso que a impediu de ser a primeira pessoa a achar o segundo corpo. E suas perguntas. As pequenas sondagens, os inquéritos lascivos de como ela se sentira, do que tinha visto.

— Não! — exprime ela, recusando-se a entender. — Não, não, não! *Não!*

Vic deu um passo adiante. Seu rosto era o exemplo de calma sob pressão.

— Já chamei — assegura ele. — Está a caminho.

O garoto começou a bater sua mão na dela, revirando os olhos, a baba escorrendo pelo canto da boca. O instinto de preservação da sua dignidade a levou a enxugá-lo com a manga do cardigã. As sílabas haviam se deteriorado, agora era um balbuciar incompreensível. Uma mulher chorava histericamente na multidão. Ela percebe o fato com irritação: *se você não consegue suportar isso, afaste-se. Faça algo de útil ou vá se ferrar. Mesmo em uma situação como esta, há pessoas que ainda querem ser o centro das atenções. Pessoas que exibem sua angústia em altos brados para mostrar aos outros o quanto são sensíveis.*

Como se lesse seus pensamentos, Vic se virou e falou por sobre o ombro:

— Alguém pode levar essa mulher para longe, por favor? Ela não está ajudando!

Houve um tumulto. Uma onda de compreensão. Alguém levou a mulher para longe e várias outras pessoas aos prantos a seguiram. Vic se ajoelhou ao lado dela.

— Como ele está?

Amber balançou a cabeça, porque as palavras não saíam. Ela segurou a mão da criança e sentiu o pulso enfraquecendo.

Ele se aproximou e colocou o rosto ao lado do menino.

— Olá, amigo — disse ele —, você sofreu um acidente. Não se preocupe. A ambulância está a caminho.

Então, ele olhou em seus olhos, como se captasse o último suspiro de vida.

— Você pensou que eu era o seu herói? — pergunta Vic. — Ah, Amber! Achei que você fosse melhor do que isso.

Ela se sente mal. Está suando, com medo.

— Percebi você me olhando, sabe — continua ele —, naquele dia. Não foi apenas eu que me vi em você. Você se viu em mim, também! Eu senti isso! Aquilo foi o início de tudo, não foi? Quando você se viu em mim!

O sorriso se apaga, como uma lâmpada.

— Sim — acrescenta ele. — Foi muito bom. Eu cheguei um pouco atrasado para a festa, mas foi divertido!

Capítulo Trinta e Quatro

Apesar do fato de se estenderem até a beira-mar, os jardins botânicos estão quase sempre vazios, principalmente porque grandes avisos nos portões proíbem álcool, churrascos e jogos de bola. Outras pessoas, além do próprio Martin, que sempre vão ali, são pensionistas com sanduíches embrulhados em papel-alumínio e ocasionalmente mães com suas crianças, embora os canteiros formais e a ausência de balanços tornem o lugar pouco atraente para os pequenos. Ele gosta de vir e pensar — e, depois do que leu no jornal, há muito no que pensar hoje.

Senta-se em seu lugar de costume, em um banco sobre um montículo de terra que o posiciona alto o suficiente para ver por cima das cercas que envolvem o jardim e observar as idas e vindas sem ser forçado a participar.

E a primeira coisa que vê é Kirsty Lindsay correndo em direção à cidade, de cabeça baixa. Ele se exalta. O rosto enrubesce. Ela é a última pessoa que espera ver. Ela jamais deveria pisar aqui de novo. Não depois do que fez para a sua cidade, do que fez para ele. Então pensa:

Se eu posso vê-la, ela pode me ver.

Então, ele se abaixa no banco, para sair do seu campo de visão. Um casal de idosos se assusta com o movimento súbito e desvia para o outro lado do caminho, como se alguns centímetros de distância fossem os preservar daquele lunático.

Ele lhes exibe um grande sorriso para assegurar que está tudo bem. Parece que aquilo os deixa ainda mais assustados. A mulher engata no braço envolto em lã do homem e ambos seguem a passos largos rumo à saída mais próxima.

Martin espera até que vão embora e, em seguida, levanta a cabeça para ver aonde ela foi. Registra, com espanto, que Kirsty já tinha caminhado centenas de metros nos vinte segundos que ele ficara abaixado, e que já se encontrava quase perto do muro. Ela não está olhando ao redor. Parece absorta nos próprios pensamentos. Atravessa a Park Road, chega ao muro e vira à esquerda, em direção à entrada.

Meu Deus, ela está vindo para cá!

Ele se abaixa mais uma vez e se esconde no lado posterior dos arbustos de hortênsias, logo atrás.

Através da tela de vegetação densa, observa quando Kirsty passa pelo portão e caminha ao longo do trajeto. Ela diminui seu ritmo um pouco, agora que está fora da estrada, mas ainda parece alheia ao que está a seu redor. Passa a impressão de ter dificuldade para respirar. Certamente, seus peitos parecem comprimidos como os de um personagem de melodrama vitoriano. Intrigado, ele se arrasta assim que ela circunda seu esconderijo e a acompanha em sua trajetória. Ela dá uma volta completa no parque — não demorando muito, pois este é apenas um pouco maior do que uma praça residencial de Londres — e depois se senta em um banco, largada, como se simplesmente tivesse lhe acabado o fôlego.

Ela faz algumas coisas estranhas. Mantém as mãos esticadas à sua frente e olha para elas. Parecem estar tremendo. Em seguida, coloca ambas as mãos na testa, uma de cada lado e balança para trás, como uma brincadeira de criança.

Algo a está incomodando, deduz, *que bom*.

Cautelosamente, ele desce pelo outro lado do montículo, e segue o caminho por detrás da cabine do guarda florestal, onde uma grande moita paira sombriamente, até que esteja a uma distância que permita ouvi-la.

Ela está falando ao telefone. Sua voz soa bem, mas fraca, diferente da última vez em que ele a ouviu, como se tivesse passado por algum choque. Como se estivesse em pânico e fizesse de tudo — porém sem êxito — para controlá-lo.

— Oi, Minty! É Kirsty Lindsay. Existe alguma chance de o Jack sair da coletiva logo? Droga! OK. Você pode pedir a ele que me ligue no celular assim que sair? Sim, no meu celular. Eu estou em Whitmouth. Sim, OK. Obrigada.

Ela coloca o telefone sobre o banco e recomeça a balançar. Kirsty envolve os braços em volta do corpo como se sentisse frio, embora o sol estivesse brilhante o suficiente para rachar a pintura nas fachadas.

Kirsty se levanta e vai para outro banco — Martin acompanha seus movimentos tão silenciosamente quanto consegue, mantendo-se atrás do seu novo esconderijo — à sombra de uma árvore imponente.

Ela senta-se, inclina-se para trás e fecha os olhos, cobrindo-os com a palma da mão, como se estivesse com dor de cabeça.

O toque do seu telefone quebra o silêncio. Ela o agarra rapidamente.

— Alô! Ah, oi, Jack. Obrigada por me ligar. Sim, ainda não, mas eu acho que, definitivamente, vai acontecer hoje. Ele está sendo acusado formalmente pelo que aconteceu sábado neste exato momento, mas eu diria que ele é noventa e nove por cento culpado pelos assassinatos! Sim! Victor Cantrell. Sim! Exatamente. O mesmo cara da última semana que trabalha nos carrinhos bate-bate do parque temático. Não, não oficialmente, ainda. Estão adiando até que o acusem de outras ações. Mas metade da cidade parece saber que é ele, e a esposa acabou de ir visitá-lo. Então, sim, é quase certeza. Vou escrever, assim você terá o nome e depois poderá publicá-lo. É. Isso, mas preciso ir para casa. Desculpe. Não devo atrasar no envio do arquivo, mas... não posso mais ficar aqui...

Ele ouve a sua pausa.

Ela está repensando o que acabou de falar, pensa Martin.

— Na verdade, queria dizer que preciso ir para casa cuidar das crianças. Sim, desculpe. O Jim está trabalhando na cidade esta semana e Soph está gripada. Ela está bem pra baixo. Acabaram de ligar da escola. Não. Como eu já te disse, ele está na cidade. Tem que ser eu. Por favor, me desculpe.

Ela está mentindo. Martin pode afirmar isso, porque ela cruzou os dedos. O telefone está encaixado entre seu ombro e sua orelha enquanto ela fala.

— Sim, eu sei, mas não é nem meio-dia ainda! Não demorarei mais que uma hora para mandar o arquivo assim que eu voltar. Não tenho escolha, sinto muito. E, de qualquer forma, o Dave fará a cobertura de amanhã.

Ela fica em silêncio, e ouve. Quando fala, é com uma voz baixa.

— Eu sei. Sim, eu sei, Jack. Eu tenho alguns contatos na cidade e sei que irão me ligar se algo acontecer. Mas preciso retornar imediatamente, realmente preciso. Sei que não é o ideal, mas é o melhor que posso fazer. Mas não posso deixá-la sozinha e doente. E Jack? Não acho que possa sair de novo pelo resto da semana. Se você tiver algo que seja possível tratar por telefone, talvez...? Não, OK. Entendo. Vou ligar para o *Features*. Espero que eles tenham alguma coisa. Sim, eu sei. Mas você também tem filhos, não é?

Outro silêncio enquanto Jack fala. Martin a vê corar, vê uma expressão de dor cruzar o seu rosto.

— Sim, compreendo. No mais tardar às 16h. E vou te ligar na próxima semana, quando...

Ela puxa o telefone para longe de sua cabeça e olha para ele. Jack claramente tinha desligado. Kirsty abre a bolsa e o guarda. Depois, então, se levanta alerta e olha para a cidade.

Martin olha também. Ele estava tão entretido na conversa de Kirsty que não percebeu um burburinho que se aproximava. Mas é impossível não perceber agora. Vozes chamando e muitos barulhos de caminhar de pés. Ele se vira, no seu esconderijo, e olha para o portão principal. Ouve um nome e tenta compreendê-lo, decifrando a cacofonia. Em seguida, ouve por diversas vezes:

— Amber! Amber! Aqui, Amber!

Ela está meio andando meio correndo quando entra no parque, precedida por uma dúzia de homens em jaquetas brilhantes que trombam, uns com os outros e gritam o seu nome. Sempre que um deles se solta, corre alguns metros à frente, para e segura a câmera bem no alto, acima de sua cabeça, apontando para a multidão que se aproxima. Atrás, outro grupo de seguidores; todos chamando seu nome.

— Amber! Amber! Amber!

Amber Gordon está pálida e treme; carregando a bolsa na frente do rosto como um escudo. Ela tropeça, como se, de repente, perdesse a visão. Não fala. Apenas cambaleia, movendo a bolsa de um lado para o outro, em uma tentativa fútil de bloquear as câmeras. Ela também tem um telefone preso ao seu ouvido, mas Martin não consegue saber com quem ela pode estar falando.

Eles se aproximam. Agora entende melhor o que dizem.

— Como você está se sentindo, Amber? Você tem algo a dizer às famílias? Como estava Victor quando você o viu? O que ele disse a você? O que isso significa para você, Amber? Tem alguma ideia? Isso foi um choque? O que vai fazer agora?

É *isso*. É Vic Cantrell. Ele ouviu o nome umas 12 vezes, nas lojas, na estrada costeira, no café onde comprou o almoço, bem como pela boca de Lindsay agora. E os olhos de Amber Gordon e a multidão de seguidores comprovavam isso. Martin se emociona com o que vê.

Como caíram rápido os poderosos!, pensa ele, contente. *Isso é tudo que você tem a fazer, não é? Esperar e esperar até que todos eles caiam, um por um.*

Ele olha em direção à Kirsty Lindsay e vê que ela se levantou do banco. Mas não fez o que ele esperava. Ela deveria estar correndo para se juntar aos seus colegas, mas, em vez disso, faz algo muito estranho. Está no meio do canteiro, sobre as raízes da árvore faia, esmagando as folhas que suas mãos atingem à medida que segue em frente. Ela chega até o tronco e apoia as mãos sobre ele. Dá uma volta em torno do tronco e se esconde atrás dele.

Martin franze a testa.

Que diabos ela está fazendo?

Os fotógrafos da dianteira já estão quase em uma linha paralela a ele agora. Seus rostos parecem aterrorizados. É como assistir a uma raposa em uma caçada. O cabelo de Amber está alvoroçado e sua boca, tesa, rija. Será pelo medo? Será raiva? Ela exibe os dentes até os molares. Por um instante, quase sente pena dela, mas, então, lembra-se da humilhação, do tratamento gélido que ela lhe deu quando telefonou para Jackie, o choque quando descobriu seu encontro com Kirsty Lindsay e a pena desapareceu. Ela está tendo o que merece.

Amber para e tenta apelar para o bom senso dos jornalistas:

— Por favor, por favor, por favor, me deixem em paz! Eu não sei de nada! Nada! Não tenho nada a dizer!

O silêncio paira no ar por um, dois, três segundos e, em seguida, o burburinho começa de novo.

— Onde você está indo, Amber? Como é que descobriu? Conte-nos como está se sentindo! Está do lado dele?

Amber respira fundo e solta um grito:

— Me deixem em paz!

Ela começa a correr, cambaleando. Parece que restou pouca força em suas pernas. A perseguição continua, passando pelo esconderijo de Martin, passando por Kirsty Lindsay escondida, passando pelos bancos e canteiros. Amber segue pelo portão lateral e continua até a Park Road em direção ao mar.

Aposto que ela está indo para o parque. É para onde eu iria. Pelo menos eles têm segurança lá.

Kirsty dá alguns passos para trás e fica, por alguns instantes, olhando os colegas, a boca esticada, o rosto, ilegível. Então, dá meia-volta e começa a caminhar, rapidamente, em direção à cidade.

Ela está tramando algo. Qualquer um pensaria que ela está tentando se manter longe de Amber, que está com medo de alguma coisa.

Ele espera até ter certeza de que Kirsty não irá olhar para trás e, somente então, sai do esconderijo para segui-la.

Capítulo Trinta e Cinco

O lar. Seu refúgio. Paredes que envolvem e protegem. Uma barreira contra o mundo exterior, o lugar almejado durante a tempestade. Kirsty senta-se em sua tranquila sala de jantar, o *Sun* espalhado sobre a mesa à sua frente e a luz solar penetrando sutilmente pela janela para a direita. Pensa em Amber. Imagina se ela está em casa também ou se teria ido até algum quarto anônimo de motel, um quarto vago na casa de um amigo, qualquer casa segura de algum dos parentes que detesta.

A primeira página do *Sun* fala sobre Whitmouth. Uma enorme foto colorida — na ausência de sua aparição no tribunal — de Amber no parque, óculos escuros cobrindo-lhe a metade superior do rosto e um casaco creme amarrado à cintura. Um telefone junto à orelha e os dentes arreganhados na mais antiga expressão de aflição conhecida no mundo. Mas não é assim que o jornal a interpreta. Ou escolhe interpretar, enfim. Não há um editor no mundo polido a ponto de dizer qual é a diferença, mas isso não significa que eles dirão a verdade quando podem se aproveitar de ânimos inflamados por uma indignação justiceira. “ELA NÃO SE IMPORTA”, diz a manchete.

Kirsty continua. A IMPIEDOSA AMBER GORDON SAI PARA UM PASSEIO, CONVERSANDO E RINDO EM SEU CELULAR, SEM SE IMPORTAR COM A DOR DAS FAMÍLIAS DAS VÍTIMAS.

Mas que merda! Eles a transformaram em uma Sonia Sutcliffe.

Ela continua a ler.

A zeladora, esposa do suspeito estrangulador de Seaside, Victor Cantrell, levou um pacote de guloseimas para o marido na Delegacia de Whitmouth ontem de manhã e passou algum tempo com ele. Surpreendentemente, então, seguiu até a cidade para passar o dia no Parque de Diversões Funnland, na praia. Famílias inteiras, que estavam na famosa montanha-russa, teriam ficado chocadas se soubessem que havia uma figura tão notória entre elas.

Ela trabalha lá, ela trabalha lá, pelo amor de Deus. E vocês sabem disso. Todos vocês sabem disso! Todos vocês mencionaram isso dez dias atrás, quando ela descobriu o corpo!

CANTRELL AGUARDA ACUSAÇÕES RELATIVAS A UMA SÉRIE DE ASSASSINATOS NA CIDADE. PARA GORDON, PORÉM, É UM DIA NORMAL DE TRABALHO. LEIA MAIS NA PÁGINA 5.

Kirsty abre o jornal e encontra o resto da história, acompanhada por uma imagem menor e mais antiga de Amber e Victor juntos na praia.

"De acordo com uma vizinha, Shaunagh Betts, 21", a reportagem continua:

"É incrível. Você imaginaria que teria ao menos um pouco de vergonha. Ela sempre foi estranha — esnobe, sempre interferindo na vida dos outros como se fosse melhor do que o resto de nós —, mas pelo seu comportamento jamais pensaríamos que não fosse completamente inocente." Com sua filha no colo, Tiffany, de 2 anos, continuou: "Se fosse comigo, eu estaria de joelhos pedindo desculpas ao povo daqui, mas ela se comporta como se não tivesse feito nada de errado. Eu não posso acreditar que deixei meus filhos convivendo ao lado de gente como essa por todo esse tempo. E se algo tivesse acontecido? Eu jamais teria me perdoado."

Outra vizinha, Janelle Boxer, 67, disse: "Ela sempre o tratou muito mal. Eles costumavam ficar sozinhos na maioria das vezes, mas às vezes era possível ouvi-la brigando com o marido, realmente o menosprezando. Eu a ouvi brigando com ele outro dia, bem do lado de fora da casa, no jardim, onde todos podiam ouvir. É difícil acreditar que não soubesse de nada. Ela deve ter percebido alguma coisa. Algumas dessas meninas que foram vítimas lutaram; devem ter deixado marcas nele. Eu sei que ninguém quer acreditar que vive com um monstro, mas deve haver algo a mais nessa história."

Cantrell é esperado por magistrados de Whitmouth amanhã, acusado dos assassinatos de Nicole Ponsonby, Keisha Brown, Hannah Hardy e Stacey Plummer, além da tentativa de assassinato de uma jovem mulher, na sexta-feira à noite, cuja identidade não foi divulgada em virtude da preocupação com a sua recuperação. Os corpos das mulheres foram encontrados jogados impiedosamente em pontos ao redor da costa sul, depois de atacados e violados. Mais acusações, relativas a assassinatos não resolvidos na cidade em épocas anteriores, são esperadas, em seguida, durante a semana.

Gordon (na foto com Cantrell, acima, em um churrasco à beira-mar, no início deste ano), entretanto, não se arrepende. "Eu não fiz nada", disse ao nosso repórter, ontem, "por que vocês não me deixam em paz?"

Em negrito, logo abaixo da história, outra manchete: MINHA NOITE NO COVIL DO ESTRANGULADOR: PÁGINAS CENTRAIS. Kirsty olha para a imagem e reconhece Victor Cantrell: o homem que tinha ajudado e então a atacado naquela noite no clube DanceAttack.

Meu Deus!, pensa ela. *Era ele, então? Eu descrevi o cara de rato no Trib quando realmente era seguida pelo real maníaco?*

Ela se sente mal, com vergonha dos colegas e de sua habilidade em usar as palavras, realçando as situações de acordo com suas escolhas. Uma insinuação, uma alusão e uma falsa conexão: os artífices de uma mídia que ainda está à espera dos fatos. Ela se sente envergonhada por ter cometido as mesmas falhas em sua própria matéria no domingo. Não sabe afirmar com precisão se realmente se trata da primeira vez que fez isso — você não pode fazer nada quando um editor tem uma ideia e lhe paga para estabelecê-la como um fato —, mas não acha que já o tenha feito por engano antes.

Meu Deus do céu, somos todos mentirosos! Foi isso que me fez escolher essa profissão na vida? O fato de eu ser a maior mentirosa do mundo? Eu menti para o meu marido e para os meus filhos, a cada maldito dia, e está ficando cada vez pior. Mesmo após vinte e cinco anos, Bel e eu estamos conectadas por um elo inquebrável, e eu não posso esquecer isso mais do que posso dizer a verdade.

Ela olha para o jornal e se pergunta que outros deleites há à venda.

Blessed aparece com comida e um exemplar do jornal, uma expressão solene, de simpatia, no rosto. Amber quase não a deixa entrar, mas ela bate e grita por tanto tempo que finalmente, ao espiar por entre as cortinas, Amber a vê ali no meio da multidão. Quando ela abre a porta, um fotógrafo imediatamente desliza um pé pelo espaço, na esperança de conseguir mantê-la aberta tempo suficiente para obter o prêmio de uma imagem interior. Talvez uma foto de Amber desgrenhada: a mulher que passou tanto tempo em seu roupão que levou o marido ao assassinato.

Há uma briga, e Blessed passa um sermão para o homem. Assim que entra, começa a cutucar o pé dele com um guarda-chuva, gritando:

— Você não vai entrar! Você não vai entrar!

Mary-Kate e Ashley latem furiosamente por entre os seus tornozelos enquanto ela bate a porta e se vira para Amber, passando as mãos pela roupa, como se acabasse de sair de uma tempestade de areia.

— Pronto — conclui ela. — Isso foi fácil.

Amber se debulha em lágrimas.

Blessed põe as sacolas de compras sobre a mesa e lhe dá um abraço. O primeiro abraço que Amber se lembra de receber nos últimos anos. Vic nunca foi de abraçar — muito ansioso, agora ela entendia, para transformar seus abraços em morte. Aquilo a faz chorar ainda mais.

— Sinto muito — lamenta Blessed. — Eu teria vindo antes, mas você não atendia ao telefone e pensei que talvez tivesse se mandado. Até que ouvi dizer que você tinha ido ao parque.

— Não, não, fiquei aqui o tempo todo.

— Trouxe um pouco de comida — diz Blessed, mostrando-lhe as sacolas —, não sabia exatamente do que você gosta, então trouxe um pouco de tudo. Diga-me do que precisa e trarei.

Amber funga e enxuga os olhos.

— Talvez um pouco de... comida de cachorro. Elas estão vivendo apenas de atum e torradas.

Ela na verdade quer uma garrafa de uísque, mas sabe que é pedir demais a uma mulher que acredita que aqueles que bebem irão para o inferno.

— Certo — entende Blessed, com um interesse sincero.

Elas carregam as sacolas até a cozinha: feijão cozido, couve-flor, algumas bananas, um pedaço de bacon, mousse de chocolate, pão fatiado, manteiga de amendoim, cheddar, alguns tomates, alguns nuggets de frango, que Blessed se apressa a colocar no congelador, leite integral.

— Puxa... você é tão generosa — agradece Amber, emocionada com a gentileza. — Posso lhe dar algum dinheiro?

Blessed balança a cabeça com veemência.

— Claro que não! É meu dever! Não posso tirar dinheiro de alguém que está com problemas. Você tem que me dizer tudo de que precisa e eu trarei; talvez amanhã, talvez no dia seguinte. Posso fazer um chá para você?

— Não — contesta Amber —, deixa que eu faço.

Blessed se senta em uma cadeira enquanto ela enche a chaleira.

— Como está o trabalho? — pergunta Amber. — O que estão dizendo?

Ela titubeia.

— As coisas que são de se esperar, Amber.

— Quem está na supervisão?

Blessed parece pouco à vontade.

— Eles pediram para eu assumir nesse intervalo. Espero que esteja tudo bem por você.

A chaleira apita.

— Sim. Claro. Eu deveria ter imaginado que você seria boa nisso. Sempre teve uma mente organizada.

Um vislumbre de dentes.

— Obrigada. Um elogio seu significa muito para mim.

— Leite e açúcar?

— Sim, por favor. Os dois, por favor. Amber?

— Sim?

— Tenho algo que devo lhe mostrar. Estava relutante, mas então pensei, bem, talvez ela devesse saber...

Amber se sente fraca e se encosta no balcão da cozinha.

— OK. O que é?

Kirsty volta para a mesa com outra xícara de café e abre as páginas centrais. Uma jovem de meia-idade, loira, coberta de maquiagem — blush grosso, lábios escarlates —, com um corte de cabelo obviamente recente, está sentada no chão do estúdio em um fundo branco, com seu peso jogado para trás sobre uma das mãos, com saltos altos e um vestido justo. Suas pernas estão cruzadas à altura dos tornozelos.

"A MULHER MAIS SORTUDA DO MUNDO", diz a manchete. A chamada é: *"LOIRA FALA DA VIDA BIZARRA DENTRO DA CASA DO ESTRANGULADOR."*

Uma mulher contou sobre sua fuga incrível das garras do suposto estrangulador de Seaside, Victor Cantrell, na data de ontem. A atraente loira, Jackie Jacobs, 38 anos, foi seduzida pelo charme do mulherengo e passou quatro meses saindo secretamente com ele no início deste ano.

Se essa mulher tem 38 anos, pensa Kirsty, *eu sou a Kate Moss. E, uau, se eles a descrevem como atraente, o responsável deve ser realmente qualificado para tal julgamento. Há apenas um grau abaixo do atraente no tabloide da escala de beleza, e é pela simples descrição da cor do cabelo. No dia a dia, Jackie Jacobs deve se parecer mais com um buldogue.*

"*Estou em estado de choque*", disse Jackie, ontem. "*Nunca imaginei, quando me envolvi com ele, que Vic poderia ser um assassino de sangue-frio. Ele era o homem mais charmoso que já conheci. E de boa aparência também. Não pude evitar gostar dele. Ele realmente sabia como se cuidar!*" Jackie conheceu Vic quando ambos trabalharam juntos no parque temático Funnland, na orla marítima de Whitmouth — Jackie como consultora de higiene e Vic como um faz-tudo que monitorava os passeios. "*Ele era um pouco mais bronco do que o tipo de pessoa com o que estou acostumada a conviver*", afirma Jackie. "*Eu costumo namorar homens com boa formação profissional — meu último namorado era um consultor de TI —, mas havia algo nele que me atraiu como uma mariposa para uma chama.*" Jackie sabia que Vic morava com uma mulher que ela considerava ser uma amiga — Amber Gordon, uma faxineira com cara de Myra Hindley que trabalhava no mesmo parque —, mas não conseguiu não se envolver. "*Não é uma coisa da qual eu me orgulhe"*, sustenta ela, *"mas eu realmente não consegui evitar. Vic era tão carismático que eu me via impotente diante dele. E, além disso, mais tarde percebi que havia muito mais coisas envolvidas na situação do que eu imaginava"*.

"Eu fico pensando" continua ela *"que deveria ter percebido. Não era como se eu não notasse que as coisas estavam estranhas naquela casa. Ninguém deixaria de notar. Eles mal conversavam, e ele sempre estava pelos bares famosos de Whitmouth enquanto ela trabalhava no turno da noite. E Vic não era exatamente um amante gentil. Não dava para chamá-lo de romântico. Às vezes, ele me encontrava no parque e me levava para fazer sexo enquanto um dos brinquedos estava fechado para manutenção, ou em uma área fechada para o público. Ele gostava disto: de sexo. Às vezes, colocava as mãos em volta do meu pescoço, e isso me faz estremecer ao pensar o que ele imaginava ao fazer aquilo."*

As coisas tomaram um rumo estranho, porém, quando a esposa de Victor Cantrell começou a se interessar por ela.

"Eu não achava que ela soubesse que havia algo entre nós. Pensei que estivesse só sendo amigável. Agora, quando reflito sobre isso, acho que havia mais coisas ali. Ela estava sempre metendo o nariz no que os outros faziam, controlando. Sempre se aproximando das outras pessoas no trabalho e perguntando como estavam, como se tivesse algum interesse maior nelas. Eu me sentia pouco à vontade perto dela, é claro; afinal, eu estava dormindo com o marido dela pelas suas costas. Mas agora eu me pergunto se ela já não sabia o tempo todo o que estava acontecendo. E, claro, não apenas sobre nós."

A reportagem é ilustrada com mais fotografias. Amber e Vic em uma mesa de bar, e Jackie — uma Jackie muito menos glamourosa, observa — de pé, na entrada do cais. As legendas exibem insinuações e informações distorcidas.

Estranho: Cantrell e Gordon desfrutam uma bebida à beira-mar; Inocente: Jackie durante os tempos mais felizes com o amante Cantrell. Ela não tinha ideia do segredo que ele escondia.

Kirsty de fato não entende por que o jornal parece ter colocado Amber no papel de ajudante do vilão. Provavelmente pelo fato de ela não ter dado nenhuma entrevista quando foi visitar Cantrell. O raciocínio dos jornais, em sua invenção de bandidos e inocentes, sempre representou um mistério para ela. Ela suspeita de que tratava-se de algo simples como o suposto vilão parecer-se com um valentão que atazanava o editor nos tempos de escola, ou quem sabe, lembrá-lo de um político pouco popular: o rótulo que colocavam na pessoa, associando-a a outra, muitas vezes revelava tais inspirações. Ou há segundas intenções, como o *Sun* tentando manipular a cidade de Liverpool vinte anos após o desastre de Hillsborough. Ou alguma coisa tão básica quanto uma história acontecendo em um dia de poucas notícias, quando nenhum rico se envolveu com uma prostituta. Mas ela sabe muito bem o que é ser uma Celebridade do Mal.

Há alguns meses, durante o seu relacionamento secreto com Cantrell, Jackie começou a ter problemas com um homem que também namorava publicamente. Gordon, no entanto, acusou-a de tornar a situação insustentável. "*Não foi nada de mais, na verdade. Coisa boba. Tenho certeza de que poderíamos ter lidado com isso, mas ela insistia em se envolver. Ela assumia tudo para si.*"

Gordon ainda insistiu que Jackie se mudasse para a casa deles, de dois quartos, a fim de ficar de olho nela. O pretendente de Jackie fazia questão de consertar as coisas, mas Gordon não quis saber. "*Era como se ela não quisesse que eu tivesse um namorado*", diz Jackie. "*Agora eu olho para trás e vejo que a coisa toda foi bizarra. Ela costumava me acompanhar em todos os lugares.*"

Jackie logo percebeu que não tinha mais um momento para si, seja na casa ou fora dela. Gordon a escoltava para o trabalho e até mesmo insistia em ir junto quando ela saía à noite. "*Acho que ela não queria que eu me encontrasse com ele*", afirma. "*Ela me queria só para ela. Ou talvez ela soubesse sobre mim e Vic e queria ficar de olho em mim.*"

Cantrell, enquanto isso, estava arredio e andava distante. Ele parecia interessado em tirar Jackie de sua casa na mesma medida que Gordon parecia querer que ela ficasse. "*Eu não sei o que estava acontecendo entre eles. Talvez ele estivesse com ciúmes*", diz Jackie. "*Havia algo estranho no comportamento de Amber. Acho que ela imaginava que eu via aquilo como proteção, mas parecia que havia algo além. Creio que ela queria manter o controle sobre mim. Acho que talvez ela me desejasse. Ela, certamente, não gostava do meu namorado, pelo que percebi.*"

E lá está. A velha acusação de lesbianismo. Não há vilania maior para uma mulher, na face da terra.

Ainda temos um longo caminho a percorrer.

JACKIE JÁ TINHA VIVIDO UMA SITUAÇÃO SEMELHANTE ANTES, continuava a notícia.

Quando ela era adolescente, um casal mais velho a seduziu, fazendo-a participar de um *ménage à trois*. "*Eu não sei o que veem em mim*", brinca ela, "*mas, obviamente, há algo. Mas depois que deixei Amber e saí da casa, ela se virou contra mim. De repente, estava sempre encontrando falhas em meu trabalho, discutindo comigo, colocando-me em enrascadas com a gerência. Então a situação chegou a tal ponto que precisei sair. Ela me fez deixar o meu trabalho, onde eu estava fazia anos.*"

A notícia da prisão de Cantrell veio como uma surpresa. *"Foi um choque terrível"*, diz ela. *"Lembro-me de estar ali, de pé, diante do jornaleiro, tremendo demais. Fiquei pensando: e se tivesse sido eu? Estive sozinha com ele tantas vezes, e ele teve tantas oportunidades! Eu não sei por que ele não quis me matar, mas o que sei é que sou a garota mais sortuda do mundo."*

Amber pensava que não tinha mais lágrimas, mas elas derramam de seus olhos enquanto lia, sufocando-a, escorrendo pela página. Blessed está sentada, em silêncio, e observa, as mãos cruzadas sobre a mesa.

Ela não está me tocando, pensa Amber, *porque sabe que eu não poderia suportar. Eu me sinto suja, traída e totalmente sozinha.*

Ela abre a boca para falar, e tudo o que sai é um gemido baixo de tristeza.

— Ah, Amber, eu sinto muito. Eu não tinha certeza se deveria realmente te mostrar.

— Não, não... Eu iria descobrir de qualquer maneira. Eu tinha que saber.

— Você precisa ficar longe deste lugar — sugere Blessed, verdadeiramente preocupada. — Essas pessoas lá fora... isso irá matá-la. Você não tem algum lugar para onde possa ir?

Ela balança a cabeça, na esperança de que Blessed abra a própria porta, mas sabe que é impossível.

Não tenho amigos. Trinta e sete anos, e o número de amigos — verdadeiros, corajosos, do tipo com o que se pode contar — que eu consegui é literalmente zero. Alguns colegas amigáveis, como Blessed, boas pessoas que odeiam ver os outros com problemas, mas não alguém que vá além do limite da decência, ou que sinta minha falta quando eu me for. Sem amigos, sem família. Eu ainda estou sozinha, depois de todos esses anos.

— Mas, certamente, a polícia...? — questiona Blessed — Pode ser que... deve haver uma... — Ela faz uma pausa enquanto considera as palavras. — Uma "casa segura"?

Amber balança a cabeça novamente. Sente a tristeza cair sobre si feito uma onda.

— Eles mandaram um guarda uniformizado para ficar à minha porta por alguns dias, mas principalmente porque os vizinhos não conseguiam entrar em suas casas.

— Mas e o apoio às vítimas...?

— Apoio às vítimas é para vítimas. De qualquer forma, tenho que ficar em algum lugar conhecido. Preciso estar disponível para interrogatório.

E porque os termos da minha condicional dizem isso. Eu não posso simplesmente sair — preciso ter um paradeiro. E é a mesma velha história cada vez que ligo para lá, mês após mês: o último guarda que me acompanhou mudou de setor — é política do departamento mantê-los em movimento —, e a pessoa que o substituiu não tinha ideia de quem eu era, até puxar meu arquivo e eu perceber a mudança em sua voz assim que sabe, e, então, sem saber como agir, ela me liga de volta. Eu ainda posso ser uma alta prioridade aos olhos do mundo, mas me perdi no sistema há anos. Mesmo se eu tentasse, nada aconteceria antes dessa hora na semana que vem. Pessoas como eu precisam ter um paradeiro, porque não temos muita escolha a esse respeito. Não há ninguém lá para ajudar se você se meter em apuros. Eles estão lá para lhe punir se o problema for culpa sua. Uma vigilância vitalícia: não se trata de lhe apoiar, mas de lhe vigiar.

Blessed parece novamente chocada.

— Para interrogatório?

Amber consegue ver o pensamento se formando no fundo de sua mente. Ela deixa escapar.

— Certamente, eles não poderiam pensar que você... que você estava envolvida nisso...

Agora você está achando isso também. Antes, estava do meu lado, indignada, mas agora estou sob uma nuvem de suspeita, até mesmo vinda de você.

Ela sente a frieza de Blessed. O velho, velho mecanismo de lidar com os fatos.

— Não! — afirma ela. — Blessed? Blessed? Eu não estou!

Ela sai da mesa e vai até a pia lavar a louça. Há pratos empilhados no escorredor de louça.

Eu não sei como, afinal, não me lembro de ter comido.

— Não! — grita Blessed, imediatamente. — Não, não foi isso que eu quis dizer... Não, eu...

— Não se preocupe, Blessed. É normal. Afinal de contas, eu morava com esse homem. Eu poderia ser a Rose West depois de tudo o que você ouviu por aí.

— Não! Não, eu não estava pensando assim!

— Todo mundo está pensando isso — acrescenta Amber, e as lágrimas escorrem de novo, mais de raiva do que tristeza.

Seu celular vibra. Ela se segura firmemente na borda da pia para se apoiar, enquanto luta para recuperar a compostura, e o ignora.

— Você não vai atender? — pergunta Blessed, sem saber o que fazer.

Ela balança a cabeça.

— Deve ser outro jornalista. São só eles que ligam desde sábado.

— Talvez não seja.

— Não — reafirma resoluta. — Não vou atender, não consigo.

— Quer que eu atenda?

Amber encolhe os ombros, sem saber se autorizava Blessed a fazê-lo, mas seu gesto foi interpretado positivamente.

Blessed atende ao telefone no último toque.

Kirsty realmente não sabe o quê, mas sabe que precisa dizer algo. Ela espera a caixa de mensagem, e se surpreende quando uma pessoa real atende. A voz baixa e cuidadosa tem um sotaque da África central.

— Telefone de Amber Gordon!

— Ah, oi — diz ela, pouco à vontade temendo passar informação demais —, ela está aí?

— Quem gostaria de falar com ela, por favor?

— Humm...

Ela fica momentaneamente desconcertada.

Será que ela se lembra do meu nome agora? Qual devo usar?

— Kirsty Lindsay — diz, por fim.

— Kirsty Lindsay — repete a mulher, então faz uma pausa. Em seguida:

— ...e sobre o que seria?

— Eu... eu só queria saber se ela está bem — atesta, honestamente.

— Sim, ela está bem, você gostaria de deixar algum recado?

— Eu... não posso falar com ela?

— Não, sinto muito, mas ela não pode vir até o telefone no momento. Se quiser deixar algum recado...

Um sussurro, então o som do aparelho mudando de mãos. Surge a voz de Amber, hostil, na defensiva.

— O que foi? Achou que seria capaz de conseguir uma história?

— Não! Não, Amber!

— Eu vi você, sabe? Lá fora, na delegacia. Lá fora, junto com seus amigos!

— Eu estava... sim. É o meu trabalho. E... eu não estava exatamente esperando você aparecer.

— Belo trabalho! E agora? Suponho que queira uma reportagem exclusiva — diz ela, com ênfase sarcástica e ressentida na palavra, com cinismo ácido.

— Eu... não. Claro que não! Vou embora. Já fiz as malas e vou voltar para casa. Eu saí na hora em que a vi.

— Muito bom! Excelente! Parabéns para você.

— Sinto muito, Bel — declara ela, usando o nome sem pensar enquanto tenta voltar a conversar —, isso foi um erro. Achei que talvez eu pudesse... Sei lá...

— Vá se ferrar! Tenho vários de sua laia agora em minha porta que vão continuar ali a vida toda! Maldição! Jesus Cristo, Jade! Que diabos fez você pensar que seria uma boa ideia se tornar jornalista?

— Eu — balbucia Kirsty, chocada pelo baque em seus sentidos ao ouvir o antigo nome —, não estou sendo uma jornalista agora, Amber, eu não liguei como jornalista, eu liguei como uma...

A voz atravessa a sua fala, cheia de desprezo.

— Como uma amiga? É isso que você ia dizer? Uma amiga?

— Si... sim — responde ela, sentindo-se pequena, desprezível.

Um som de escárnio.

— Ora, faça-me um favor... Não somos amigas. Nós apenas nos conhecemos por um único dia, sua vaca maldita! Um mísero dia! E veja aonde isso me levou!

13h45

A loja está fechada. As portas de aço se encontram abaixadas. É quarta--feira, por isso fecharam mais cedo.

Chloe emite um gemido infantil quando percebe que não ganhará doces ou bebidas e esfrega os olhos, como se estivessem cheios de fumaça.

— Shhh! — ordena Bel.

O som a deixa nervosa, pois tem o mesmo tom e modo que sua irmã Miranda usava para chamar atenção — atenção que, normalmente, de uma forma ou de outra, resultava na punição de Bel.

— Não há porque fazer isso — diz Jade, de forma mais pragmática. — Não vai fazer nenhuma diferença, não é?

— Quero ir para casa — lamenta Chloe, chorosa como sempre. — Quero a minha mãe!

— Vamos! — incentiva Jade. — Vamos levá-la de volta para a irmã dela!

Chloe começa a segui-las, silenciosamente, após colocar o capuz na cabeça.

Ambas sabem, é claro, que Debbie e Darren não estarão lá quando retornarem, mas Jade não consegue parar de proferir palavrões em voz alta quando encontram o lugar vazio.

— Maldita Norah! — grita ela. — Maldito Darren!

— Para onde eles foram? — pergunta Bel.

— Como eu posso saber? — retruca Jade.

Chloe começa a chorar novamente:

— Buuuaaaa! Eu quero a minha mãe!

— Cale a boca! — explode Jade. — Não é minha maldita culpa!

— O que vamos fazer? — questiona Bel.

Jade enruga a testa, pensando.

— Bem, não podemos deixá-la aqui, podemos?

— Não sei... Não é nossa culpa! — repete Bel, esperançosa.

— Sim, mas... — insiste Jade — aí será nossa culpa, não é?

— Hum, acho que sim. Devemos perguntar a um adulto?

Jade a imita, sordidamente. Ela está com calor, com fome, com sede e não aguenta ouvir mais nenhuma bobagem.

— Devemos perguntar a um adulto?

Bel fica vermelha e se cala. Chloe senta-se na calçada, com os pés diante dela, como uma boneca de plástico.

— Nós não podemos deixá-la aqui — afirma Jade, decididamente. — Pode aparecer algum estranho. Você nunca ouviu falar nesse tipo de perigo?

— Sim, mas, então, o que vamos fazer com ela?

— Levá-la para casa, eu acho.

— Você sabe onde ela mora?

— Sim, Down Bourne End.

— Mas isso é do outro lado da cidade!

— Você tem alguma sugestão melhor?

Bel fica em silêncio de novo. Claro que não tem. Só desejava não ter se metido nisso em primeiro lugar.

Jade se agacha diante da criança chorando e tenta olhá-la nos olhos.

— Vamos, Chloe, levante-se!

Chloe apenas grita mais alto e ainda dá um tapa no rosto de Jade para acompanhar seu choro.

— Ahhh! — grita Jade, perdendo a paciência e puxando a menina pelo braço. — Vamos levá-la pra sua maldita casa, sua cadelinha! Vamos! Levante-se, agora! Vamos, Bel. Ajude-me!

Juntas, levantam Chloe, colocando-a de pé. Ela fica balançando entre elas, pendurada pelas axilas, mas se recusa a colocar os sapatos no chão.

— Ah, pelo amor de Deus! — reclama Jade, visivelmente cansada.

Elas a arrastam ao longo da calçada. O sol está forte e a menina torna-se um peso morto, parecendo pesar tanto quanto um bovino. Os trezentos metros até chegarem aos portões tomam dez minutos, e as três, ao chegarem lá, estão banhadas de suor.

— Vamos lá, sua vaca egoísta — profere Jade, com tanto calor que sente como se o vapor estivesse prestes a explodir seus globos oculares.

— Me deixe em paz! — contesta Chloe. — Me bota no chão!

Jade perde a paciência. Ela lança a criança no chão e grita:

— Maldição! Tudo bem! Vamos fazer isso, então!

— Socorro! — grita Chloe, bem alto. — Socorro!

Uma voz surge atrás delas:

— O que vocês estão fazendo?

As duas meninas olham para cima, surpresas ao encontrarem uma companhia. Uma senhora do "Comitê das Flores" está lá, segurando a bolsa com uma mão, a outra na maçaneta da porta de um Toyota turquesa.

— Não é da sua conta! — revolta-se Jade.

— Claro que é, mocinha — afirma a mulher, com olhar duvidoso e preocupado —, quando vejo duas meninas grandes como vocês incomodando uma criança pequena. Vou falar com a sua mãe! — ameaça, olhando para Bel.

— Isso não será possível — responde Bel, com descaso —, ela não está em casa.

— Nós a estamos levando para casa, não estamos incomodando a menina, senhora Nosy-Parker — retruca Jade e, então, tem um momento de inspiração: — A senhora não reconheceu a irmã dela? — pergunta, sabendo que a meia-irmã de Bel tem uma idade aproximada da idade de Chloe, e o

rosto de beterraba furioso, meio escondido pelo capuz, está realmente irreconhecível. — Ela está tendo um acesso de raiva, porque a loja estava fechada.

A mulher olha duvidosa.

— Ela não é minha irmã! — berra Chloe.

— Meia-irmã — explica Bel, compreendendo a jogada da amiga —, todo mundo sabe disso!

— Fiquem longe de mim!

Jade se afasta da mulher e olha para Chloe.

— Agora, ande logo — ordena —, ou teremos que carregá-la novamente!

— E por que não há nenhum adulto com vocês? — questiona a senhora Nosy-Parker.

— Tem, sim — explana Bel, agora com segurança —, Romina foi até o estacionamento buscar o carro. Ela deve chegar dentro de um minuto!

— O que houve com os joelhos dela? — pergunta a mulher.

Ambas as meninas olham para baixo, surpresas. Em algum lugar, ao longo do caminho, os joelhos de Chloe penderam ao longo da rua. Eles estão sujos de sangue e restos de grama.

— Ela está sangrando, vejam! — continua a mulher.

As meninas dão de ombros e começam a bater nos cortes, como se eles fossem sumir se usassem força suficiente. Chloe grita e revida com os punhos cerrados.

A senhora Nosy-Parker checa a hora.

— Preciso chegar a Great Barrow em cinco minutos — informa, querendo abrir a porta do carro.

— Está tudo bem — tranquiliza Bel —, nós vamos levá-la para casa.

— E limpá-la — acrescenta Jade. — Ela só está tendo um acesso de raiva.

— Bem, parece normal — conclui a senhora Nosy-Parker, checando o relógio novamente e decidindo dar uma lição de moral. — Vocês não podem tratar assim crianças pequenas como essa! Não importa a razão, Jade Walker! Você sabe muito bem disso!

— Sim, senhora Tonge — concorda Jade.

— Vou ligar para a sua mãe hoje à noite e dizer a ela o que você estava fazendo — ameaça, novamente olhando para Bel. — Isso é vergonhoso! Sei que não poderia esperar outra coisa de um Walker, mas você deveria se comportar melhor.

— Sim, senhora Tonge — concorda Bel.

Os olhos da mulher colocam-se sobre ela com suspeita, mas Bel fixa um olhar de respeito suntuoso no rosto, inclinando a cabeça para um lado, como Shirley Temple.

— Certo! — concorda, por fim abrindo a porta do carro. — Bem, pessoalmente, acho que vocês deveriam levar uma boa surra.

Ela bate a porta, liga o motor e abre a janela.

— E coloquem mertiolate nesses machucados! — ordena. — Um antisséptico, sei lá! Honestamente, você deveria cuidar de sua irmã mais nova, não a tratar como uma boneca ou algo assim.

Ela engata a marcha do carro e vai embora. As três meninas — duas em pé, e uma aborrecida, abaixo delas — observam-na partir, em silêncio.

— Mas é claro que sim, senhora Tonge — repete Jade, acertando um golpe na coxa de Chloe. — Isso é por nos colocar em apuros. Vamos! Levante-se! Se fizer qualquer coisinha a mais, vamos deixá-la aqui mesmo.

Capítulo Trinta e Seis

Todo mundo que ainda lê jornal tem seu próprio ritual para fazê-lo: o local, a hora e a forma reservada apenas para tal atividade. No horário do almoço, nos deslocamentos, naqueles momentos esporádicos quando o bebê dorme seu sossegado cochilo; um ritual mais pessoal do que qualquer coisa que a televisão ofereça. Em um dia normal, Kirsty e Stan ficam on-line enquanto a chaleira ferve e os canais de notícias 24 horas permanecem ligados ao fundo. Enquanto esperam o fim da conferência e novas atribuições chegarem, observam as notícias atuais. Ao mesmo tempo, cada um realiza a sua leitura favorita, embora finjam, para o mundo exterior, que sua leitura favorita é o jornal que os emprega.

Martin Bagshawe normalmente lê na biblioteca, mas hoje comprou uma garrafa de achocolatado, um ovo cozido, algumas batatas fritas com queijo e cebola e um exemplar do jornal *Sun* para ler enquanto espera por Kirsty Lindsay para saber qual das cinco casas das que está olhando é a dela. Ele alugou uma van branca com seu cartão de crédito de emergência e comprou um macacão azul-marinho, porque ninguém, jamais, de acordo com a sua experiência, faz perguntas a alguém de macacão cochilando em uma van. Martin não tem ideia de quanto tempo esperará, mas, naquele momento, deseja apenas conseguir terminar o sudoku.

Deborah Prentiss trabalha no turno matutino do mercado e lê o jornal às 14h, quando chega em casa, antes de começar o trabalho doméstico e pegar as crianças na escola. Tem o mesmo ritual todos os dias: entra, coloca a chaleira no fogo e sobe as escadas para trocar o odiado uniforme de poliéster. Deb tem orgulho de sua aparência, sempre teve, desde a adolescência. Nunca permanece de uniforme um segundo a mais do que o necessário. Retoca a maquiagem, escova o cabelo esmagado pelo chapéu que precisa usar na padaria e, uma vez vestindo uma saia e um casaco decente, desce e faz um bule de chá. Em seguida, senta-se à mesa da cozinha e leva meia preciosa hora para fazer a varredura dos escândalos e desastres do *Mirror*. Apesar de ter sido alvo de especulação de um tabloide em seu tempo, ela adora, ama o vislumbre de um mundo sombrio e feio visto da janela de sua bela casa tranquila e acredita em cada palavra. Chama aquilo de "tempo para mim".

Milhões de pessoas têm o mesmo posicionamento. Absorvendo cada palavra e acreditando que, depois de terem feito isso, possuem o conhecimento. Kirsty, ainda digerindo sua conversa telefônica, vê-se no espelho e percebe que seu próprio rosto não retrata nenhuma das emoções que sente.

Tenho feito tudo que posso. Sou louca por ter me envolvido até aqui. Preciso me controlar e ligar para o Features antes que todas as matérias sejam direcionadas até o fim da semana. Preciso esquecer Amber Gordon. Isso é passado. Agora, ela não deve significar absolutamente nada para mim!

Martin encontra Jackie nas páginas centrais e sente o lábio superior se mover enquanto lê o relato dela. Ele abre a janela e cospe no asfalto. A rua está vazia, nenhum sinal de movimentação por trás das redes suburbanas, mas autônomos não cumprem o mesmo horário que os demais trabalhadores, e Kirsty Lindsay pode ir — ou vir — a qualquer momento. Ele estará ali para ver o que ela fará.

Jackie parece velha e vulgar sem maquiagem. Chega a duvidar de que tal mulher tenha lhe despertado tamanha emoção, pois não sente nada agora além de um leve desprezo e um interesse divertido no que ela tem a dizer. Não a quer de volta agora e, assim que lê a matéria, percebe a mulher fraca e influenciável que ela é, deseja-a ainda menos — é bom ter suas suspeitas confirmadas. Não foi rejeitado por causa de si mesmo, mas por causa de outras pessoas. A história de sua vida. Ele sempre foi tolhido e atrapalhado, durante toda a vida, e Amber Gordon não passa de mais uma em uma longa linhagem de professores, funcionários, chefes e os chamados amigos que já o fizeram sofrer, sem trégua. E agora essa tal de Kirsty Lindsay acusava-o de algo que nunca fez, supondo presunçosamente de que sua posição irá protegê-la. Durante todo o tempo ela claramente intencionava proteger Vic Cantrell, o que significava que estaria protegendo Amber Gordon também. Em conluio com ela. Em sua opinião, ela é tão culpada pelos crimes quanto o criminoso, como se fossem de sua autoria.

Só que ela não conta com Martin. Amber Gordon pode esperar. Por enquanto, não há esperança de encontrá-la sozinho, embora deseje ardentemente que a empresa em que ela trabalha esteja fazendo da vida dela um inferno. O mundo está cheio de mulheres sem moral. Jackie Jacobs e a saia que exibe suas pernas são apenas a ponta do iceberg. Só é possível fazer uma coisa de cada vez. É preciso priorizar. E, agora, Kirsty Lindsay é a sua prioridade. Sua raiva vem aumentando desde a humilhação no DanceAttack e se tornou, mais uma vez, uma ferida em carne viva. E agora que ele sentiu o gosto do alívio, também sabe a melhor maneira de consegui-lo.

Não deve demorar muito agora. Ela terá que sair de trás de uma dessas portas suburbanas e então eu saberei, ao certo, onde mora.

Martin dá uma mordida no ovo e reclina o assento de modo que apenas o topo de sua cabeça, com o boné de beisebol e os óculos de sol de celebridade, possam ser vistos da rua. Ele gosta dessas coisas, dos planos astutos que ele mesmo faz para não ser reconhecido. Sente-se como o 007, como o MI5 e Andy McNab, com a adrenalina correndo pelas veias cada vez que alguém vira a esquina. Pode até demorar um tempo, observando as casas, para identificar qual é o seu alvo, mas não tem pressa. Tinha conseguido o código postal pelo surpreendentemente simples fato de ligar para o *Tribune*, pedir para falar com uma moça chamada Minty (ele se lembra do nome, pois o ouviu no parque), do balcão de notícias, e fingir ser um motoqueiro com uma caixa de bombons e apenas metade do endereço. O fato de saber que ela morava em Farnham parecia ser o suficiente para satisfazer a garota.

Ele termina de comer o ovo e vira da página.

Deborah olha para as pessoas que leem o *Sun* com todo o desprezo justificado de alguém que se identifica como pertencente à esquerda. Ela não sabe, mas o *Mirror* cresceu em Whitmouth e se tornou tão grande quanto o seu maior rival, da mesma forma: especulação, sabedoria retrospectiva dos vizinhos (os mesmos vizinhos sobre quem liam a respeito no *Sun*, se ela estivesse certa sobre isso) e a pequena quantidade de informação que pode ser desenterrada sobre essas figuras anônimas, como o estrangulador de Seaside e sua namorada harpia. Há somente uma coisa que o país ama mais do que um bom serial killer: a esposa de um assassino em série. Deborah assume a feição que todas as pessoas dotadas de cérebro tinham assumido o dia todo, enquanto chafurda nos detalhes e morde seu biscoito recheado.

O jornal tem a mesma foto que adorna a primeira página do *Sun*: expressão indiferente, cabelo loiro palha, óculos escuros, sorriso amarelo. Nesta, porém, ela tinha levantado a mão para cobrir o rosto, de forma que parecia estar acenando.

Quem ela pensa que é?, divaga Deborah, comendo o resto do biscoito. *Sharon Osbourne? Estranho... Ela me parece tão familiar. Como se eu a conhecesse de algum lugar. Deus sabe o quanto ela apareceu nos últimos jornais, mas não é como se eu já tivesse visto a foto dela; é como se já a tivesse visto na vida real. Há alguma coisa familiar nela, algo entre o nariz e a mandíbula, aquela maldita pinta enorme no rosto. Onde já a vi? Sinto como se já a tivesse encontrado. Onde poderia ter sido? Certamente não foi em Whitmouth.*

De modo distraído, pega mais um biscoito do pacote e o mergulha em seu chá.

Já sei o que é! É essa maldita pinta! Não consigo evitar isso. Detesto quando vejo uma pinta dessas em uma mulher. Por causa daquela Annabel Oldacre, acho que todos com uma pinta assim podem ser assassinos disfarçados. Lembro-me de olhar para essa marca por horas a fio durante o julgamento, observando a vagabunda que matou a minha irmãzinha obter sua punição. É isso, claro! Todos os sentimentos que eu tinha estão concentrados em uma única falha facial. Mas é muito parecida, pensa sugando o chá do biscoito amolecido. *E ainda no mesmo lugar que era a dela.*

Martin volta para a primeira página. Gordon está lá também. Ele mastiga o lábio assim que olha para ela, sorrindo para o vazio, enquanto caminha pela rua como se fosse para uma festa. Fica pensando em sua própria interpretação, pelo fato de ele mesmo estar presente quando as fotos foram tiradas.

Acho que ela gostou da atenção. Teve seus quinze minutos de fama e está tirando proveito. Mas ela não é como Kirsty. Pelo menos não dedicou sua vida para garantir que suas mentiras entrem nas casas das outras pessoas.

Jim tenta se distrair e acalmar os nervos antes do encontro com Lionel Baker. Leu os jornais no trem, e Kirsty consegue praticamente ouvi-lo balançar a cabeça enquanto critica a cobertura dada em Whitmouth.

— Essa pobre mulher; estão crucificando a coitada!

— Pois é — concorda Kirsty, rapidamente. — Isso é horrível, não é?

— Você é a única pessoa que parece ter sido justa, mesmo que remotamente.

— É verdade! E só Deus sabe como *isso* é difícil!

Ela ouve o som de papel amassado. Jim sempre se vinga das publicações que o irritam amassando o jornal e jogando-o no lixo. Ele olha para fora da janela e percebe que a maldita vinha russa que o vizinho plantou há três anos brotava de um buraco nas fundações da sua garagem.

Droga! A vida é uma longa esteira de lutas contra a natureza, seja de uma forma ou de outra.

— Acho que vou desistir de ler os jornais — anuncia Jim. — Parece tão... desnecessário. Eles só sabem ir no embalo! Eles não sabem nada, então acabaram decidindo transformar essa mulher em uma vilã de pantomima para preencher o espaço até que encontrem algo novo! Você os vê fazendo isso o tempo todo! Eles simplesmente não admitem que não sabem mais do que nós!

— Espere aí! Mas, se todo mundo parar de lê-los, o que é que eu vou fazer para ganhar a vida?

Ninguém foi capaz de descobrir muito sobre o Estrangulador. Há, talvez, uma página sobre ele, mas, em tal circunstância, uma página não é o suficiente. O fotógrafo do *Mirror* seguiu Amber Gordon o tempo todo, até o Parque de Diversões Funnland e depois até a casa onde ela morava. Há uma foto dela caminhando com dois cachorrinhos pequenos, desses que se costuma ver nos braços de Liza Minnelli. A casa está claramente negligenciada — uma placa de madeira pregada na frente da janela, os canteiros pisoteados e lamacentos. Deborah lê as legendas logo abaixo das fotos e fica pensando.

A namorada do estrangulador de Seaside, Amber Gordon, passeia com os cães como se fosse um dia normal. Gordon, uma supervisora de limpeza, se recusou a falar com o jornalista do *Mirror* quando ele a confrontou depois de ela deixar um pacote de guloseimas para o seu amante, atualmente em fase de interrogatório na Delegacia de Whitmouth. De volta à sua casa na periferia da cidade, ela gritou com os fotógrafos. "*Deixem-me em paz!*", disse, quando tentaram lhe perguntar sobre os crimes do seu companheiro. "*Eu não fiz nada!*"

O retrato de um assassino, página 13.

Na foto, a mulher está visivelmente gritando.

Quase da minha idade, pensa Deborah. *Talvez um pouco mais jovem. Fico me perguntando como seria estar em seu lugar. Será que ela sabia? Devia saber. Ninguém consegue viver com alguém e não saber uma coisa dessas, não é?*

Ela vai até a página 13, a do "retrato de um assassino", e começa a ler.

Martin olha para a rua enquanto procura uma estação em busca da Radio 2.

Alguns pops clássicos, é disso que preciso. Pops clássicos para os subúrbios clássicos.

Está surpreso com a rua que Kirsty escolheu para viver. Tinha imaginado algo mais modernista, mais minimalista, o tipo de lugar favorecido pelo Canal 4. Armazéns reformados, todos de alvenaria nua e gesso branco puro, talvez algo com paredes de vidro. O que ele não esperava era um sobrado simples, em um jardim de tamanho médio cheio de Clematis e golfinhos de concreto. Uma série de sobrados estilo 1930 quase idênticos, com pequenos floreios — uma garagem, um pátio de tijolos, uma pérgola, um alpendre — atestando a individualidade de seus donos.

Se ela vive em um lugar assim, provavelmente tem uma família. Duas meninas, com nomes como Jacintha e Phoebe. Um cão Weimaraner.

Um gato dignamente birmanês sai de um quintal e se senta na calçada para examinar o território.

Normal demais. Ela deve ter um daqueles gatos esfinge sem pelos ou um dálmata. Algo estúpido e inútil, projetado para impressionar as vítimas da moda.

Ele olha no retrovisor e vê uma das portas de um dos sobrados se abrir e Kirsty Lindsay sair. Ela vai até um Renault empoeirado estacionado na rua e abre a porta. Parece distante, evasiva, imersa em pensamentos. Martin desliza para baixo em seu assento, embora não haja nenhuma chance dela reconhecê-lo assim, por trás, e observa enquanto ela mexe no porta-luvas e volta para dentro, levando um GPS.

É claro que ela tem um GPS; uma boa ferramenta, para quem pode ter.

Mas é engraçado. É a casa mais sem graça na rua, coberta de glicínias e com um Renault velho, com mais de oito anos nas costas. Ele teria apostado seu orçamento semanal que ela morava na casa com um Jaguar.

Há mais fotos de Amber Gordon no "retrato de um assassino". É clara a implicação de que sua contribuição tenha sido maior do que qualquer outra, mesmo que só conhecesse o sujeito durante seis dos seus 42 anos. Parece haver poucas fotos de Victor Cantrell antes de conhecê-la, apenas algumas tiradas em uma caravana no parque de Cornwall, onde trabalhava antes de vir para Whitmouth. Deborah sente outra fisgada visceral assim que olha novamente a foto da mulher.

É aquela maldita pinta! É realmente idêntica, no mesmo lugar, a mesma forma, a mesma cor. Quais são as probabilidades de isso ocorrer? Quantas pessoas podem ter o mesmo defeito, exatamente no mesmo lugar...

E sente-se uma perfeita idiota diante do raciocínio.

...e a mesma idade?

Deborah ouve o silvo de respiração, segura os dois lados do jornal com as mãos e chega mais perto da imagem com o rosto.

Ah. Meu. Deus! Debaixo daquela aparência, mesmo depois de 25 anos, e dos óculos de sol de celebridade, ela ainda tem o mesmo queixo, o mesmo lábio superior com metade da largura do lábio inferior, as sobrancelhas grossas e escuras e em desacordo com o tom da pele. Não pode ser.

Sente um arrepio. Ela tinha ido ao julgamento, todos os dias, com a sua mãe, a enlutada, a vítima viva. Viu Annabel Oldacre e Jade Walker assim que se sentou no banco das testemunhas no primeiro dia e deu o seu depoimento. "Roubaram minha irmãzinha. Eu só lhes pedi que a levassem para a loja, e elas a sequestraram. Cadelas! Essas malditas cadelas!" E, depois, quando sua parte havia terminado, conseguiu vê-las pelas costas, os pescoços, os perfis quando olharam para os seus advogados (e nunca se entreolharam, nem mesmo uma única vez nos quatro dias). Tentou olhar em seus olhos, quando entravam no tribunal e saíam dele, desejando que vissem o que tinham feito. Deborah decorou tudo sobre Annabel Oldacre, mas jamais esperava vê-la novamente, com ou sem as mudanças de um quarto de século.

— Merda! — diz, estendendo a mão para pegar o telefone. — Merda!

Capítulo Trinta e Sete

Alguns políticos estão sendo interrogados no programa *Question Time* quando seu telefone começa a tocar na bolsa. Pensa em não atender. Jim teve um bom dia. Voltou para casa cheio de esperança e satisfeito pelo vinho Chablis consumido no Paternoster Square Cornev & Barrow. Está com um ótimo humor pela primeira vez nos últimos meses. Ela não quer mais que o mundo se intrometa. Quer fingir, pelo menos por uma noite, que a vida é doce e calma, que há esperança. Mas acaba atendendo.

Um ruído; em seguida, alguém falando do outro lado da linha.

— Alô? Alô?

— Stan?

— Alô? — diz ele de novo, então grita. — Alô! Olá!

Ela espera. A voz dele se aproxima, mais clara.

— Maldito fone! Como você está?

— Bem, e você?

Ele sequer se dá ao trabalho em responder.

— Onde você está?

— Em casa.

— Estava pensando se estaria em Whitmouth.

— Não. Dave Park assumiu lá agora. Estou em casa.

— Merda. Maldito Dave Park.

— Está tudo bem — explica ela, entendendo a preocupação do amigo —, acho que me enchi de Whitmouth, verdade seja dita.

— Que se dane! Imagino que você não tenha o telefone dele. Tem? Não, deixa pra lá. Não importa.

— Tá — responde ela, encolhendo os ombros inutilmente.

— De qualquer forma, era com você que eu queria falar.

Jim franze a testa e mexe com o controle remoto. Odeia pessoas falando ao telefone enquanto ele vê televisão. Ela sabe que a qualquer momento ele vai aumentar o volume, para mostrar que está incomodado.

Kirsty se levanta do sofá e vai até o corredor. Posiciona-se ao pé da escada, perto da pilha de roupas que sempre fica lá, e começa a separar as meias.

— Eu estava pensando — continua Stan, — nós poderíamos fazer uma troca de informações.

— Mmmmmm? — pergunta ela, interessada.

— Eu estou indo para lá agora. Para o *Mirror.*

— O *Mirror*? Sério?

— Sim... bem, tudo que eles têm lá no momento são alguns jovens inexperientes. O resto está perseguindo Jodie Marsh ou algo assim. Eles pensaram que talvez precisassem de alguém com um pouco mais de experiência para isso.

— Para isso?

— Merda... Você não está acompanhando as notícias?

— Não, desde a hora do chá. Estou de folga.

Ela ouve uma contração de espanto. Stan nunca tira folga. Acompanharia as notícias mesmo de um leito no hospital.

— Certo. Bem... Aconteceu algo, e o *Mirror* tem a exclusividade, pois ela viu as fotos no nosso jornal e fez a ligação. Mas agora saiu a público, e estará em todos os jornais amanhã.

Vá direto ao ponto, Stan!

— Mmmmm?

— Alguém abriu a boca, e toda a história de Cantrell se tornou muito maior. Eu preciso... você sabe. Do número dela, se é que você tem. Sabe, porque você...

— Stan! — interrompe Kirsty, sem paciência. — Do que, exatamente, você está falando?

— Estou indo fazer uma vigília na casa de Amber Gordon. E estou te ligando, pois achei que você poderia querer vir também. Sendo... você sabe, uma companheira. E freelancers têm que ficar juntos, às vezes, e eu lhe devo uma... e porque acho que eu poderia precisar de uma garota. Todos eles parecem pensar que vigília é apenas uma questão de ficar ali parado e aguentar por mais tempo do que qualquer outra pessoa, mas, às vezes, você sabe, você só precisa de uma mulher, não um homem, e...

— Eu não acho — começa Kirsty, sem querer entender exatamente o que Stan pretendia. — Não acho que ela queira dizer qualquer coisa... se ela de fato vai falar algo, já deve ter sido negociado.

— Não! Você não está entendendo. Não é sobre o marido dela. Bem, é claro que é, porque ninguém teria descoberto isso de outra forma, mas...

Ela sabe o que virá em seguida. Sente o medo invadir seu corpo como o gelo do Ártico. Derruba as meias que está enrolando em uma bola e segura o telefone com força, porque tem medo de que vá cair também.

— Acontece que a nossa senhora Cantrell é, na verdade, Annabel Oldacre — conclui ele com veemência.

Um não sai de sua boca. Mas não o não que ele considerou.

— Sim! Dá pra acreditar?

— Não... — diz ela, novamente, quase paralisada.

— É uma identificação muito clara — pontua Stan, de modo inocente —, feita pela irmã da vítima, aparentemente.

— Mas ela mal a conhecia. Elas só se conheceram quando...

Ela se cala, antes de expor mais alguma coisa que sabe. Ela mesma mal se lembra de Debbie Francis, que era mais um borrão de piercings do que um rosto, vestida de couro cravejado de níquel. Sente a pele arrepiar ao pensar no quão perto está de sua própria exposição, é como água gelada escorrendo por suas costas. No outro quarto, uma explosão de aplausos.

Stan continua, como se não notasse.

— Bem, sim, mas parece que ela esteve todos os dias acompanhando o processo judicial. Acho que deve ter pensado que seria uma espécie de encerramento para a história ou algo do gênero. Mas ela certamente teve uma boa chance de estudar o rosto dela nesse tempo, não? Enfim, quais são as chances?

— Não sei, mas, se você pensar, são surpreendentemente mínimas, se é que há alguma. Seriam as mesmas chances para qualquer pessoa com seu *status* social e na cidade onde ela mora. O fato de que ela... tem uma história... não faz diferença para o nosso caso. Há mortes violentas em Whitmouth a cada ano, sem um serial killer. E quem matou deve ter uma esposa.

— Mmmm, você está certa, eu acho. Enfim, é uma história, não é? O fato é que, uma vez apontado para você, torna-se óbvio. Você teria pensado que tirariam aquela maldita pinta enorme do rosto quando mudaram o nome dela, não é? É mais ou menos como se *quisessem* que ela fosse reconhecida. E... "Amber", não fizeram muito esforço para mudar o nome dela, não é?

— Eu...

Ela avista seu reflexo na janela ao lado da porta da frente. Olha para ele, estudando o rosto em busca de sinais da criança que já viveu ali. Reconhece poucas coisas: seu rosto sempre foi menos individual, mais comum do que o de Bel, mesmo sem aquela pinta; tinha o tipo de rosto que você vê aos montes.

E, além disso, eu era gorda naquela época. Minhas feições eram obscurecidas por anos de consumo de batatas fritas com ketchup.

— E então? Você vem? — pergunta Stan.

Você está brincando comigo? Tenho que estar tão longe de Annabel Oldacre quanto possível. Eu deveria estar no próximo avião para a

Austrália, dizer ao Jim que fui demitida, deixar o jornalismo, conseguir um emprego de vendedora de pizza em Queensland ou em algum outro lugar, só que nenhum país onde valeria a pena morar aceitaria um pedido de residência de alguém como eu, e, de qualquer maneira, esse foi o melhor trabalho que já consegui durante anos. Obtendo uma carreira, um diploma, uma história de sucesso — o melhor disfarce que eu poderia ter encontrado. Escondendo-me entre os chacais que me procuravam, a maior e melhor camuflagem. A única coisa melhor teria sido encontrar alguma maneira de me unir à polícia.

— Eu... Que merda, Stan! Não. Sinto muito. Não posso. Mesmo que isso não fosse parte do território de Dave Park agora. Amanhã iremos até a casa da mãe de Jim, em Herefordshire. Tenho que preparar as malas das crianças, deixar a casa em ordem...

— Jesus Cristo! — assusta-se Stan.— Prioridades?

— Sim, chama-se família — diz ela, sabendo o quanto iria irritá-lo, esperando que ele desligasse de tanto desgosto.

Ela o ouve engasgar.

— Ah, vamos lá, mulher! Do que está falando? Você vem tentando obter uma atuação regular nas notícias por *anos*. Se você pode fazê-la falar, esta é a sua chance. Santo Deus, é provavelmente um trabalho de *equipe* se puder ajudar o *Mirror*.

Ela fica em silêncio. Não confia em sua voz, para não demonstrar seu medo. Ouve enquanto ele acende um cigarro, preparando-se para mais uma chance de persuadi-la.

— Embalagens de peixe com batatas fritas, Kirsty — acrescenta ele. — Irão usar o jornal para embrulhar o peixe e as batatas fritas com a reportagem que você fez na semana passada. Eles vão esquecer tudo isso!

Ela finge considerar.

— Meu Deus, não dá! Não, Stan. Obrigada! Não posso te dizer o quanto sou grata, mas sinto muito! Vou lhe dar o número de Dave, ok? Se quiser, ligo para ele. E, de qualquer maneira, ele ficaria ressentido para sempre se achasse que roubei a sua glória. Você sabe como ele é.

— Está bem. OK. Não diga que nunca te fiz nenhum favor.

— Não direi — conclui ela, mal conseguindo respirar. Quer que ele desligue, para que possa pensar. — Sinto muito, Stan. Sou muito grata. Realmente agradecida, mas não posso fazer isso. Tenho que ir. Sinto muito.

— Espere — começa ele, de novo, mas ela o interrompe, desligando.

Ela se encosta no degrau logo atrás de si. Sophie colocou uma camiseta não lavada, entre a roupa limpa. Ela a pega e esconde o rosto no almiscarado aroma pré-adolescente, respira profundamente e pensa.

Ah, Deus, as crianças. O que isso faria a elas?

Ela está assustada. Um medo diferente do medo que sentiu naquela noite em Whitmouth, embora a sensação de que alguém a segue, de que algo se aproxima por trás, seja semelhante: um antigo medo, solitário, reprimido que se arrasta por suas vísceras, deixando-a vulnerável e fraca. Você nunca sabe quem está olhando, quem está esperando. Você nunca pode baixar a guarda, nunca consegue se sentir em segurança. Pode passar um ano, três anos sem um incidente, então, um dia, abre sua caixa de entrada e descobre que alguém que você sempre pensou ser ajuizado e civilizado enviou um e-mail dizendo que você está prestes a perder sua liberdade condicional e nunca mais sairá. Ou alguém vai aos jornais afirmando ter tomado uma bebida com você em um bar temático na Costa del Crime, ou ter comprado uma casa sua em Wythenshawe, ou ter sido objeto de seu lesbianismo predatório em alguma prisão aleatória, e você fica com medo de novo: à espera de que seu marido estude essas fotos antigas mais uma vez, dessa vez reconhecendo o seu rosto. Esperando acordar um dia com a máfia batendo à sua porta.

Eles já estão lá, na porta de Amber, preparados e prontos para entrar em ação. Querido Deus, ela já foi jogada aos leões. Aquelas fotos da casa — é óbvio que estavam lá, com suas tochas e armas, havia dias. Será um banho de sangue.

Ela ouve a música do programa *Question Time* começar na sala de estar e se esforça para se recompor antes que Jim venha ao seu encontro.

Capítulo Trinta e Oito

Amber acorda ao som de vidro quebrando. Não percebeu que tinha adormecido, pois só deitara na cama para descansar por alguns minutos às 20h. Senta-se na cama, completamente vestida, do mesmo modo dos últimos dias e pronta para sair correndo. Pensa na hipótese de acender a luz e decide não fazê-lo. A luz denunciará que se encontra em casa, e em casa é mais provocante do que lá fora. Alguma parte irracional dela se agarrou à esperança de que, se mantiver uma postura isolada, recusando-se a falar, recusando-se a cooperar, os observadores lá de fora irão desistir e acabar indo embora. Mas, mesmo quando sente tal esperança, sabe que está enganando a si mesma. É a terceira janela que foi quebrada nas últimas 24 horas.

O relógio avisa que já passa das 23h. Esteve apagada por três horas. Sente o bastão que colocou junto de si para se proteger caso necessário — desejando viver num país onde o beisebol fosse normal — e se levanta, cuidadosamente, da cama. Seus sapatos — sandálias simples para saídas rápidas — estão no tapete de cabeceira. Ela os encontra no escuro em segundos.

Arrasta-se até o quarto de hóspedes. Mesmo dali, consegue ouvir o som de movimento no jardim da frente: barulhos de pés caminhando e tosses de arranhões nas gargantas. Consegue ver as cortinas flutuando na pequena brisa, um tijolo em meio a cacos de vidro no meio da cama. Eles estão de volta. Os vizinhos, os bêbados, as pessoas que desejam que ela conheça seus valores. Eles gostam de vir quando o bar fecha, compartilhar seus sentimentos assim que a imprensa vai para a cama. O policial adolescente que, às vezes, fica lá fora, obviamente, saiu de novo. Não há ninguém para tirar fotos, então não há necessidade de estar lá. Ninguém atira pedras quando a polícia está por perto.

Ela vai para o quarto, senta-se contra a porta e liga o telefone. Trinta e três chamadas não atendidas, doze mensagens.

Meu Deus, está cada vez pior. É mais do que ontem. Aconteceu alguma coisa? Algo novo? Ou é apenas meu número sendo espalhado, de pessoa para pessoa, até que, na quinta-feira, o país inteiro o tenha?

Ela ignora; percorre a lista telefônica para encontrar o número da delegacia. Não adianta ligar para a emergência. No final das contas, não a ajudarão mesmo.

Encolhe-se contra a porta e ouve o vazio. Percebe, misteriosamente, que as cachorras não estão com ela. Elas sempre estão por ali, já com o nascer do sol, desde que Vic foi preso, seguindo-a até o andar de cima, quando vai para a cama, confortando-a, ao pé do edredom, e encontram-se lá para cumprimentá-la pela manhã: o aviso de que "continuamos vivas e com você" lhe dava forças para continuar.

Devo ter dormido mais profundamente do que imaginava, pensa, à toa, enquanto conta os toques da chamada. *Nunca percebi que elas se levantam no meio da noite e fazem suas próprias coisas.*

No décimo segundo toque, surge uma voz casual e despreocupada, para alguém cujo trabalho é atender ao telefone no meio da noite.

— Polícia de Whitmouth?

— É Amber Gordon — diz ela, mantendo a voz baixa, como se as pessoas de fora fossem capazes de ouvi-la através da madeira e do concreto.

Ele parece não reconhecer o nome.

— A esposa de Victor Cantrell...

— Ah, olá — diz ele, mas sua voz não soa nada amigável.

— Tem alguém do lado de fora da minha casa. Quebraram uma janela.

— OK — responde ele, sem parecer excessivamente preocupado. — Aguarde um minuto.

Amber volta para o corredor e escuta. Há pessoas lá fora, com certeza. Estão quietas — ela ouve um sussurro de voz e outro rumor quase silencioso —, mas sente a presença, não só de algumas pessoas, mas de uma multidão. Pensa ter ouvido o tilintar metálico de alguém tentando abrir o portão do jardim; fica tensa ao imaginar se os parafusos irão aguentar. É uma proteção fraca, sabe disso. O portão e o muro desabarão com alguns chutes. Apenas espera que eles saibam que há uma linha que não pode ser ultrapassada, uma linha onde o protesto se torna transgressão, embora isso não os detivesse quando se tratava de vandalismo. Pode não demorar muito até que alguém decida que, uma vez a janela quebrada, a entrada será o próximo passo lógico. Ela não pode mais ficar ali.

— Senhora Gordon?

Seu coração salta. Ela quase esqueceu o que esperava.

— Estamos enviando um carro-patrulha. Eles devem estar aí em vinte minutos, mais ou menos.

Vinte minutos? Eu posso morrer imediatamente.

— Mas... mas não é possível que venham mais cedo? O que aconteceu com o jovem que estava à minha porta?

— Recursos limitados. Talvez a senhora queira se queixar com o Ministro do Interior. Não sei se notou, mas metade das forças do país tem prestado apoio a polícia metropolitana neste verão.

— Quanto mais eu devo aguentar? — pergunta ela, com os olhos marejados de lágrimas.

— Se a senhora quiser, poderá ser trazida para cá.

— Para quê?

— Nós telefonamos para a senhora diversas vezes. Talvez deseje uma custódia protetora, por enquanto. Fica a seu critério.

Celas e fechaduras e corredores; o eco de concreto pintado, as esperas longas e vazias antes dos breves destaques de refeições ralas. Um solitário confinamento sem direitos humanos. A esmagadora memória da culpa e Vic três salas abaixo. Ela dá um salto, como se acordasse de um sonho. Cada um em sua cela: parceiros em tudo.

— E para quê? — questiona ela, tentando entender. — Deve haver algum outro... outro lugar. Não é possível ser apenas essa a escolha, aqui ou uma cela...

— Como disse, fica a seu critério. Mas talvez seja o melhor a fazer — conclui ele, acrescentando, de forma significativa —, nas atuais *circunstâncias.*

— Atuais circunstâncias — que bela maneira de colocar tal situação. — Não posso... não haveria outro lugar? Eu... você não pode realmente esperar que eu... você não pode me levar para um hotel ou algo assim?

— Bem, senhora *Gordon* — explica ele, omitindo seu primeiro nome para que não se trate mais de um simples endereçamento, mas de algum insulto que ela não compreende —, é a única maneira pela qual podemos garantir a sua segurança, *de acordo com as atuais circunstâncias.* Nós telefonamos várias vezes, mas a senhora não atendeu. E, de qualquer forma, duvido muito que haja um hotel preparado para recepcioná-la.

— Você não podia garantir a minha segurança ontem — protesta ela. — Por que... Por que, de repente, você está tão...?

— Ah... — suspira ele —, a senhora não sabe?

Alguns segundos de inquietação.

— Saber o quê?

— Todos já sabem quem a senhora é, senhora Gordon. Os jornais.

Sua boca fica seca.

— Quem eu sou...?

— Annabel Oldacre — diz ele e, em seguida, acrescenta, Desdenhosamente —, mas é claro que *a senhora* já sabe disso.

Amber desliga.

Ela rasteja sobre as mãos e os joelhos até o quarto e coloca uma cortina de lado. Espreita a estrada escura, o jardim da frente com cacos de vidro espalhados. Dá um passo para trás, ofegante de repente. Deve haver trinta deles ali, em pé, com as mãos nos bolsos, olhando para a casa como figurantes em um filme de zumbis.

— Ai, meu Deus! Eu estou morta! Pela manhã, haverá centenas!

Ela precisa aceitar a oferta do policial. No momento em que a viatura vier, deve sair daquele lugar, não importando o que aconteça em seguida. Se eles entrarem ali, ela jamais sobreviverá.

Amber rasteja escada abaixo e pega um capuz de lã. Chama pelas cachorras, em um sussurro. Elas têm de vir com ela; não há nenhuma hipótese de deixá-las. Assim que a multidão entrasse em sua casa, iriam destruí-la. Amber sabe que não a deixarão manter as duas na delegacia, mas, uma vez ali, elas se tornarão responsabilidade de alguém: não podem simplesmente largá-las para se defenderem sozinhas. Terão de encontrar alguma coisa para fazer com elas. Alguma instituição. Qualquer coisa é melhor do que deixá-las à mercê da multidão.

Elas não respondem. Nenhum tamborilar de patas, sem garras estalando no chão da cozinha. Devem estar lá fora. Devem ter saído pela portinhola durante a noite. Ela sente medo de ir atrás. Quer o abrigo da segurança das portas trancadas e uma sala de estar habitável até que a polícia chegue. Mas precisa encontrá-las e não pode deixar para depois. Não haverá tempo. Assim que atender à porta e a multidão a vir, não haverá tempo para nada mais além de fugir correndo. Precisará pegar as cadelas no colo e ainda a bolsa que deixou pronta no corredor e correr para o carro-patrulha antes que a indignação se transforme em ação.

Amber pega, sorrateiramente, as chaves da porta dos fundos do gancho onde estão penduradas, no corredor, e se infiltra na cozinha escura e silenciosa. Os objetos familiares assumiram formas sombrias nas bancadas, como se esperassem para atacar. Amber para no meio do aposento e olha para o jardim; querendo se certificar de que não há visitantes invisíveis antes que abra a porta.

E, então, ela as vê.

Elas são tão pequenas. Pequenas e indefesas, nunca fizeram mal a ninguém.

Ah, minhas queridas!

Amber entra no jardim e percebe que as lágrimas dominam o seu rosto.

Não posso suportar isso! Não posso suportar isso! Não! Isso é bem mais do que posso aguentar! Entraram aqui e pegaram as duas, aproveitando-se de sua natureza dócil, que as fazia confiar nas pessoas, e fizeram mal a elas para me punir.

Ela fica impotente olhando para os pequenos cadáveres. Foram estranguladas; suas almas tiradas do mesmo modo que Vic fez com as mulheres. E as deixaram penduradas no varal, pelas coleiras, a brisa balançando-as de um lado a outro, como vermes. Olhos esbugalhados escuros, arregalando-se conforme tentavam desesperadamente respirar.

Um lamento escapa de sua boca aberta.

Mary-Kate e Ashley, minhas únicas amigas. Minhas pobres amigas. Ah, minhas queridas. Eles não podiam fazer isso com vocês. Vocês nunca fizeram nada de mal a ninguém.

Ela deixa cair as chaves diante do choque e cai de joelhos em torno de suas sombras. Amber olha para os rostos sufocados e chora sem parar.

O portão faz um ruído nas dobradiças. Alguém do lado de fora a ouviu.

Amber congela. Agachada, abaixo dos corpos, à luz da lua, observa o portão. Eles não irão se preocupar em passar por cima desta vez; desta vez, virão diretamente.

— Annabel — grita uma voz masculina, em alto e bom tom, animada —, é você, Annabel?

Amber se levanta. Sem esperança de ajuda da polícia agora. Eles sabem que ela está ali.

O portão faz barulho novamente, e ela ouve algo similar a uma rachadura. Ela não espera, na verdade, nem mesmo pensa. Corre para a cerca do vizinho do outro lado e pula por cima. Cai sobre um canteiro de flores, sentindo a pressão dos arbustos sob os pés. Corre por todo o jardim, em direção à próxima barreira. Não há como fugir até a Tennyson Way. Sua única saída é pela Coleridge Close.

14h30

Bel se senta no degrau da porta. Ela quer chorar, mas Jade parece a ponto de explodir e não quer irritá-la ainda mais. Chloe brinca com os bolsos do anoraque e empurra o lábio inferior para a frente. A menina tem lama no rosto e parece ter descido por uma chaminé. Bel está encharcada de suor. A fome começa a se traduzir em fraqueza.

Não sei quanto mais consigo aguentar, só quero deitar e dormir.

— Bem, por que você não disse que não havia ninguém aqui? — pergunta Jade.

— A minha mãe foi para o Chippy — diz Chloe, como se essa fosse uma resposta. — Para o shopping.

— Ah, pelo amor de Deus — desabafa Jade.

— Pensei que Debbie estaria aqui — desculpa-se Chloe.

— Mas é claro que ela não está aqui! — berra Jade, furiosa.

— Aonde ela foi? — questiona Bel.

Ela sabe que é lenta para captar as coisas, mas até mesmo ela conseguiu perceber que Debbie queria sair com Darren Walker quando se encontraram. Parece lógico para ela que viriam para cá a fim de fazer sexo no seu quarto, porque todo mundo sabe que é no quarto que se faz sexo.

— Ela não foi para a sua casa, foi? — continua, em tom de dúvida.

Jade cai numa gargalhada sardônica.

— Não, ela foi para o maldito Buckingham Palace para uma festa no jardim.

— Usando uma jaqueta de couro? — questiona Bel, duvidando.

Jade percebe o olhar em seu rosto e ri de novo. Está começando a pensar que Bel é muito simples. Ela não tinha entendido três de suas piadas até agora.

— Brincadeira! Mas posso lhe garantir que ela não está na nossa cara.

Chloe começa a choramingar de novo. Ambas as meninas mais velhas viram os olhos para cima, indicando cansaço.

— Não comece com isso de novo — pede Jade —, afinal, não há nada que possamos fazer a respeito, não é?

Tão rápido quanto começou, Chloe para de novo e repuxa o nariz. Ela teve uma ideia.

— O rio! — diz ela, com um brilho nos olhos.

Sua mãe nunca a leva para o rio. Ela só foi lá duas vezes. O rio, para Chloe, é tão mágico e magnético como a Disneylândia. Se ela não vai ter almoço, ao menos poderá se divertir.

— O rio? — comenta Jade, suspeitando.

— Ela desceu o rio.

— O que ela foi fazer lá?

— Nadar.

— Por que ela não te levou junto?

Chloe começa a chorar novamente.

— Tudo bem! Tudo bem! Vamos levá-la para o rio! — promete Jade, revirando os olhos. — Vou matar o Darren! Vou matar aquele maldito!

— Você deve estar brincando — contesta Bel.

— Por quê?

— O rio fica a mais de três quilômetros daqui!

— Tudo bem, então. Você tem alguma ideia melhor?

— Eu... — Bel olha de um lado a outro na rua, exasperada. — Quando sua mãe vem para casa?

Chloe dá de ombros. Ela não faz ideia; tem pouca noção de tempo.

— Horas e horas e horas — declara.

Naquele momento, sua mãe está, na verdade, aguardando no ponto de ônibus em Chipping Norton e estará em casa em 35 minutos. Chloe, entretanto, não tem ideia do que é hora, não sabe olhar as horas em um relógio, mesmo que alguém lhe mostre um. Tudo o que sabe é que, quando a mãe chega em casa de ônibus, é sempre muito longe da hora do almoço. E, como ela ainda não almoçou, provavelmente faltam horas e horas. O rio a está chamando: suas profundezas e o tanque de convivência comum, os piqueniques, os picolés e as bebidas que as pessoas traziam em isopores e às vezes dividiam. Ela só tinha ido até lá de carro. Não tem ideia do quão distante são três quilômetros a pé, do mesmo modo que não tem ideia do tempo que falta até a hora do almoço.

— Horas — repete ela e espera.

— E sua irmã está lá, com certeza?

— Sim, está! — confirma Chloe, confiante.

— Nós podemos atravessar os campos — sugere Jade, decidida.

— Os campos? — questiona Bel, assustada. — Mas não há um caminho certo, não é? Pode demorar...

— Ah, vai dar tudo certo! — tranquiliza Jade, balançando uma das mãos. — Temos todo o tempo do mundo.

Capítulo Trinta e Nove

A última barreira antes da Coleridge Close é uma parede de tijolos amarelos, encimada por uma treliça cheia de rosas. Amber está ofegante pelo esforço, devido tanto à escalada quanto à corrida, inclinando-se para ficar longe da luz, escondendo-se assim que o rottweiler da casa número 17 latiu e atirou-se contra a grade quando ela passou. O cão alerta os perseguidores a respeito do seu trajeto. Quando ela olha para o obstáculo à sua frente, ouve um estalo e um fluxo de palavrões, e a cerca dá lugar a um corpo musculoso. As luzes de uma casa mais para a frente na rua se acendendo.

— Pra onde ela foi?

A voz flutua sobre o ar da noite, alarmantemente cada vez mais perto. Ela achou que conseguiria aumentar a distância, mas eles estavam mais perto ainda. Talvez a apenas alguns metros.

— Onde diabos ela está?

— Coleridge! — grita outra voz. — Ela deve estar indo para a Coleridge.

— Merda — diz a primeira voz. Duas respirações profundas. — Vamos. Merda!

Ele levanta a voz para um arranque teatral. Luzes se acendem em todas as casas, agora. As pessoas dessa devem estar fora; caso contrário, ela seria um alvo fácil.

— Ei! Ela está indo para a Coleridge Close!

Ao longe, em seu próprio jardim, um grito de compreensão.

— Que merda! — desabafa Amber, baixinho, quase sussurrando.

Sua pulsação martela nos ouvidos. Amber corre contra as paredes, atirando-se na espinheira. Não terá mais tempo se eles vierem pela estrada. Não pode se dar ao luxo de ter cuidado. Precisa estar fora de suas vistas no momento em que virarem a esquina. Ouve o estalo da treliça sob seu peso, arranhando seu pulso exposto. Sente a blusa se prender e rasgar. Não para sequer para pensar; apenas se obriga a seguir o caminho pelos escombros e se joga para o outro lado.

A camisa a mantém presa por um momento, deixando-a pendurada na escuridão, enfrentando a folhagem, rasgando e soltando em seguida, e fazendo-a cair com os pés em um estranho arco. Sente uma dor aguda, como algo rasgando lá no fundo, e abafa um grito ao sentir ossos raspando. Em seguida, consegue se libertar e continua correndo, a adrenalina abafando a dor, enquanto segue em frente.

Olha por cima do ombro enquanto corre, perdendo momentos preciosos ao deslizar pelo caminho irregular. Eles estarão na metade da Tennyson agora. Ela precisa sair daquela estrada; precisa se esconder. Manca para a esquina da Marvell Street e entra em seu santuário temporário.

Conhece bem aquela rua. É o caminho que faz até o apartamento de Blessed, um trecho vazio de garagens e estradas vicinais. No meio do caminho, um parque infantil, entre as voltas que conduziam de novo para Browning e Tennyson, há muito tempo abandonados pelas famílias assim que a onda de crack tomou conta do sudeste. Os viciados se mudaram, mas o parque infantil — e o que restava dos seus brinquedos, escorregador, balanços e seu desmoronado trepa-trepa — nunca foi restaurado.

O som de botas no asfalto rumo à Coleridge Close parece cada vez mais perto. Ela não pode continuar por muito mais tempo com o pé assim. Hesita por um segundo; em seguida, mergulha pelo portão do playground e segue por baixo da cobertura.

Acabada e ofegante, totalmente abaixada, rasteja com cautela por entre os tijolos e a tasna. Escuta os passos virarem a esquina e ouve quando desaceleram assim que seus proprietários encontram uma estrada vazia. Amber continua em frente. Mais adiante da cancha de areia, há um velho compensado montado na forma de um trem, deformado pela entrada da água e lascado pelo tempo, com quatro metros de altura, enterrado em uma moita de urtigas. Ela sabe que eles irão olhar por cima da cerca, que poderão até mesmo se aventurar no parque. Mas jamais pensariam que ela fosse tola o bastante para se prender assim. Espera por isso. Precisa ter esperança. Mesmo porque não tem mais para onde ir.

Amber chega até o trem e desliza por um buraco circular projetado para uma criança de 6 anos de idade. Galhos e paus dificultam sua passagem para dentro da escuridão. Feixes de luz são lançados sobre a sua cabeça, na parede, mas, ali embaixo, no chão, ela encerra sua mente para o mundo externo, pois está compartilhando o espaço com a escuridão reconfortante.

Eles vêm da rua, da direção do som dos passos amassando as folhagens por onde passam. Ouve uma pausa junto ao portão, o clique de uma lanterna ligando, cheiro de cigarros e fumaça pairando pelo ar da noite.

— Que merda — diz uma voz. Era a mesma do homem que abriu o portão. — Pra onde ela foi? Ela não pode ter virado lá atrás, pode?

A mulher responde. O som da voz feminina é mais assustador por ser tão inesperado. É Janelle Boxer, amiga de Shaunagh, vizinha próxima. Amber pode até mesmo enxergá-la mentalmente, ali agachada: uma mulher grande, um rosto que combina com seu sobrenome.

— Não há tempo! Vamos! Ela foi por aqui. Vocês dois, vão por ali. Ela não deve ter tido tempo de chegar até o fim! Rápido! Rápido!

Alguém balança o portão. Barulho de botas no cascalho. Ela sabe que os olhos estão procurando pelo seu esconderijo e prende a respiração como se fosse uma nuvem no ar quente de verão. O lugar em que se encontra está úmido e cheio de terra, folhas e mofo. Cheira a fluidos corporais.

— Nós poderíamos pegar o cachorro — sugere alguém.

— Não. Ela já estará bem longe quando fizermos isso!

Um farfalhar de algum objeto longo — seria um taco de beisebol? Ou um taco de golfe? — por toda a vegetação rasteira, a um braço de distância de sua cabeça. Amber enrijece, comprimindo-se mais fundo no escuro.

— Merda! Merda! Merda! — fala o primeiro homem, e algo bate na parede de madeira.

Ela se encolhe ainda mais e morde o lábio.

— Você acha que ela foi para casa? — questiona. Sua voz está um pouco mais calma agora, afastando-se. — É por aqui, não é?

Os demais seguem por etapas.

Ela ouve o arrastar do portão do outro lado do cascalho, o barulho do trinco quebrado.

— Não... — profere alguém. — Vocês querem saber para onde ela foi? Para a fazenda de porcos.

— Pois bem, vamos esperar que a prendam lá!

Alguém levanta a voz.

— Annabel!

Um coro de risos.

— Saia! Saia de onde quer que esteja!

Eles riem de novo, as vozes desaparecendo à medida que se afastam.

— Não é possível! Dá pra acreditar? Vivendo bem no meio da gente esse tempo todo. Eu me lembro. Coitada da criança. Você lembra? Toda machucada, coberta de hematomas, ossos quebrados. Sádica maldita!

— Alguém deveria lhe mostrar como é bom.

— Dá pra acreditar? É a maldita Rose West, de novo. Eu tenho filhos, pelo amor de Deus. Ela poderia ter...

— Vamos até a delegacia de polícia. Ela não deve ter chegado lá ainda... Talvez se nos separarmos...

— Vamos lá, então! Se conseguirmos os carros, poderemos encontrá-la no caminho ou lá embaixo.

— Nem pensar! Terá guardas em todo lugar.

Uma risada.

— Não teria tanta certeza disso. Meu primo Ray está de plantão esta noite. Eles estão muito furiosos. Confie em mim. Se alguém vai fazer vista grossa...

As vozes desaparecem na distância. Amber senta, inclina-se contra a parede esponjosa e sente a dor aguda no pé. Na escuridão, a imagem de Mary-Kate e Ashley, suas queridas e doces amigas, retorna à sua mente. Ela envolve os braços em torno do corpo e chora.

Amber não sabe o que fazer. Não pode deixar que a luz do dia surja sem fazer algo. A escuridão é sua única proteção. Espera durante um tempo que parece interminável antes de se atrever a usar o telefone, com medo de que alguém a ouça ou enxergue a luz do visor, entregando a sua localização. E, então, liga para Blessed, pois é a única pessoa que lhe vem à mente.

Conta os toques. Seis, até a voz de Blessed, turva pelo sono, atender.

Ela deve ter caído no sono durante a limpeza dos livros.

Acontece com Amber o tempo todo.

— Blessed, sou eu.

— Quem?

— Eu. Amber. É Amber, Blessed...

— Não — diz Blessed e a linha cai.

Ela está sozinha, no escuro.

Amber não pode ficar ali. Ela enxuga os olhos e se arrasta para a noite. A rua está vazia. A distância, ouve o som monótono da boate, os gritos dos turistas de Whitmouth, desconhecendo o medo no meio deles, celebrando a libertação da ameaça de morte. Seu pé lateja, mas suporta seu peso. Ela começa a descer a rua, em direção à cidade, esquivando-se em volta das luzes sob os postes, parando nas esquinas para analisar o caminho à frente. Há apenas um lugar ao qual ela consegue pensar em ir.

Levará uma hora. À luz do dia, em segurança, sem ferimentos, levará metade do tempo, embora a caminhada ao longo da estrada seja tão desagradável que ela só faz isso, normalmente, quando os ônibus não estão funcionando. Amber levanta o capuz e cobre toda a cabeça, olhando para os pés, observando a forma como manca. Fica na expectativa sutil de que os faróis que passam não lhe iluminem as feições por tempo suficiente a ponto de torná-la reconhecível. Em frente ao mar, seu progresso retarda-se a um rastejar. Abriga-se nas portas sempre que alguém se aproxima, fingindo fascínio em vitrines e placas de publicidade. A cidade está lotada, mas ela se sente nua, exposta: a única pessoa completamente vestida, a única sóbria, a única sozinha. Um grupo de rapazes a rodeia, bêbados e rindo.

— E aííí, vovó!

Ela recua, com o coração batendo forte, mas não a reconhecem. Claro que não. Eles não são moradores dali; vêm de Yorkshire ou Lancashire, se é que seu sotaque diz alguma coisa, afinal, estão bebendo a noite toda e não vasculhando a Internet, procurando pelas notícias mais recentes. Ela está, provavelmente, bem mais segura ali do que em qualquer outro lugar, entre esses jovens descuidados. E ainda assim...

Eles devem estar em algum lugar. Seus vizinhos não foram para casa, sabe disso. Estão muito alvoroçados, muito animados, muito cheios de raiva justiceira. Estão vasculhando a cidade, vigiando a delegacia, esperando que ela faça algum movimento. Nenhum lugar é seguro, de verdade. Mas pelo menos ela conhece um lugar com portas e fechaduras e segurança, mesmo que projetado para proteger bens valiosos e salvaguardar a venda de ingressos, em vez de pessoas.

Amber avista a placa logo em frente: as berrantes luzes ficam desligadas durante a noite, mas as luzes da entrada de funcionários ainda estão acesas e acolhedoras. O Parque de Diversões Funnland. A coisa mais próxima de uma casa que ela tem. A catraca já está desligada há muito; as bilheterias, mergulhadas na escuridão. Ela sente como se o mundo estivesse desabando sobre sua cabeça. Amber esteve ausente por uma semana e a única pessoa que demonstrou qualquer interesse em seu bem-estar foi Blessed, mas até mesmo Blessed já não quer mais saber dela. Esse é o único refúgio no qual consegue pensar. Com certeza Blessed não irá mandá-la embora se ela já estiver lá.

Faltam cem metros para chegar. Os grupos nas calçadas já se diluíram, pois não há nada por ali para entreter um adolescente quando o parque está fechado. Amber, instintivamente, puxa o cordão de sua blusa, cobrindo o queixo. Não quer mostrar nada para o mundo além de olhos enormes e assustados.

Chega à entrada dos funcionários. Procura no bolso por seu cartão e sente uma onda de alívio quando seus dedos se fecham facilmente sobre ele. Jason Murphy está sentado na janela da guarita de segurança do escritório, lendo. Não está olhando para cima. Ótimo!

Ela passa o cartão no leitor, que emite um bipe. Empurra a porta, mas a encontra ainda bloqueada. Xinga baixinho, tentando novamente passar o cartão. O mesmo som. Não é o bipe alegre de ingresso, mas o baque desconfortável do bloqueio, sem o ruído da abertura de dobradiças. O cartão foi desativado. Está impedida de entrar.

Amber sente olhos ardentes olhando para ela e levanta o olhar. Agora chamou a atenção de Jason, mas tudo bem. Ele se senta, com a mão no queixo, um leve sorriso no canto de sua boca, apenas observando o seu constrangimento. Ela levanta a mão, aponta para o portão. Jason não se move. Apenas observa. Amber mostra-lhe o cartão, faz um sinal meio confuso e realiza uma mímica para ele pressionar um botão a fim de deixá-la entrar.

O sorriso de Jason se transforma em um sorriso desagradável, triunfante, alegre. Ele balança a cabeça. Em seguida, Amber o vê chegar mais perto e pegar o telefone. Seus olhares se encontram.

Ainda olhando para ela, começa a falar. Amber vê os lábios do homem formarem as sílabas do nome dela. Amber Gordon. Annabel Oldacre.

Ela se vira e segue pela estrada, em direção à praia.

Capítulo Quarenta

Jim adormece rapidamente — o vinho, o cansaço e o estresse que vêm com a esperança — e Kirsty fica acordada, olhando para as luzes da rua refletidas no teto com olhos secos. Em algum lugar lá fora, no meio da noite, o drama está correndo solto e ela não tem ideia de como está o desenrolar dos fatos, sabe apenas que sente medo, que deseja fazer as malas e sair correndo dali, distanciar-se de qualquer evidência de que já foi até Whitmouth algum dia.

Sou uma boba, uma idiota. Deveria ter sumido na primeira vez em que a vi. Deveria ter chamado o representante da liberdade condicional e pedido a ele que registrasse o que acontecera: deixar bem claro que fui vítima de uma coincidência extraordinária. Se eles conseguirem descobrir agora, se alguém nos associar, estarei perdida. Jim estará perdido, Sophie estará perdida, Luke também. Seus mundos irão cair e jamais confiarão em nada, jamais, — nenhuma situação, nenhuma história, nenhum apelo à bondade — de novo. Tudo o que eu fiz, qualquer tentativa de reparação, cada momento seguindo regras e obedecendo a instruções e sendo boa, penitente e gentil, dizimado em um instante por um estúpido, louco impulso motivado pela curiosidade. Amanhã, quando formos até a mãe de Jim, ligarei para o trabalho e vou me afastar até que acabe, seja lá o que acabar signifique. Gripe aviária. Febre tifoide. Hepatite B, meningite, não importa o quê, contanto que eu fique bem longe de Whitmouth, fingindo que nunca vi aquele lugar. Sou boa nisto, em dissimulação. Afinal, venho fazendo isso por toda a minha vida.

Na mesa de cabeceira, o telefone toca. A luz brilhante e o tremor surgem, e o aparelho começa a dançar em toda a superfície polida. Jim se mexe, resmunga e se vira. Kirsty se apodera dele e olha para o visor. Um número sem identificação. Ela não precisa ver o nome. É Amber.

Deixa a chamada cair na caixa postal. Segundos depois, o telefone toca novamente.

Ela nem sequer espera para deixar uma mensagem.

Ah, meu Deus, como faço para apagar esse número do meu histórico de chamadas? Eles vão verificar os registros do telefone, eles são obrigados a fazer isso, não são? Não, por que deveriam? Ela não fez nada de errado em vinte anos, além de me telefonar.

Ela pressiona de novo o botão Recusar Chamada, e, rapidamente, sem demora, o toque é reiniciado.

— Atenda, pelo amor de Deus — murmura Jim. — Estou tentando dormir!

Kirsty sai da cama e vai até o banheiro. Não acende a luz, pois o som do exaustor iria acordá-lo ainda mais. Ela abaixa a tampa e senta-se no vaso. Tudo está escuro, um breu. Não há janelas. Quando o telefone começa a vibrar de novo, atende sussurrando.

A voz de Amber — em pânico, sussurrando também — Soa com o barulho das ondas se arrastando sobre os seixos ao fundo. Ela está na praia. Deve estar.

— Você precisa me ajudar!

— Onde você está?

— Por favor. Eles estão atrás de mim!

— Onde você está? — repete ela.

Kirsty pensa em bloquear o número e chamar a polícia, ligar para Stan, chamar Dave Park e lhe pedir que a recolham.

— Você precisa me tirar daqui.

— Não! — contesta Kirsty. A palavra de sua boca explode como uma bomba. — Não posso, Amber. Você sabe que não posso! É uma loucura. Uma ideia maluca!

— Eu não... meu Deus, você não está entendendo? Há... há uma *multidão* lá fora. Eles quebraram minhas janelas. Mataram minhas cachorras. Jade, vão *me* matar!

— Por favor! Por favor! — apela Kirsty, desesperada. — Você não está raciocinando direito. Diga-me onde você está e vou mandar alguém aí. Posso chamar a polícia para ir buscá-la!

— Não seja idiota! — briga Amber, usando um tom de voz mais elevado. — A polícia daqui são pessoas de Whitmouth também. Se ligar para eles... Não... Você tem que me tirar daqui! Eu não tenho mais ninguém a quem pedir ajuda!

— Não posso! Você sabe que não posso! Amber, se eu for até aí agora, se eu estiver perto de você, eles...

— Que merda, Jade! Não estou te pedindo... uma festa, sua puta idiota! Apenas... pelo amor de Deus, você tem um carro, não tem? Só peço que venha até aqui me pegar! Leve-me até outro lugar. Não importa onde! Leve-me até a estrada, até uma pousada para que eu pegue um quarto e me deixe lá! Não importa! Eu descubro o que fazer depois. Mas tenho que sair daqui agora! Você não entende? Assim que surgir a luz do dia, serei uma pessoa morta!

— Não! Não, não posso! Você sabe que eu não posso! Diga-me onde você está. Vou mandar alguém!

Ela ouve um minúsculo grito metálico na outra extremidade da linha e pensa, por um momento, que já é tarde demais, então percebe que tinha sido um som de frustração.

— NÃO!

— Vou fazer o que puder — concorda ela, finalmente —, mas não posso fazer isso! E não vou! Desse jeito, estará tudo acabado para nós duas, você sabe disso!

— Kirsty — apela Amber, mais uma vez —, você não pode me deixar aqui. Estou implorando! Precisa me ajudar...

Ela se esforça para se manter firme.

Não posso fazer isso! É demais! Ela está me pedindo demais. Eles vão saber. Eles vão saber que fui eu, vão saber quem eu sou. Não posso. Não é minha culpa. Não fui eu que escolhi... não foi meu marido que...

— Não! — diz ela, com força definitiva. — Não!

Silêncio. Som de respiração. Ruído de ondas chegando à costa por três vezes, e voltando novamente.

— Você tem que me ajudar — afirma Amber mais uma vez, com um novo tom de voz.

Kirsty se enfurece.

Quem é ela? Quem é essa mulher para me dizer o que fazer? Ela não é minha chefe. Ela não é minha amiga. Ela é a causa de tudo, a razão pela qual eu tive de viver uma mentira por toda a minha vida. Não devo nada a ela. Absolutamente nada!

— Não — diz com firmeza.

A voz de Amber fica seca, sem emoção. Quando fala novamente, é com uma frieza autoritária, a mesma autoridade de que Kirsty se lembrava muito bem do dia em que mataram Chloe, quando ela assumiu a frente e começou a emitir ordens.

— Não? Mas você vai! Porque está envolvida nisso até o pescoço, quer goste ou não!

A ameaça implícita a deixa com raiva, na defensiva.

— O que você quer dizer com isso?

— Vá se foder, Kirsty Lindsay! Se você não me ajudar, chamarei todos eles. Cada um deles. Todos eles, você entendeu? Todos os jornais, todas as estações de TV, todo maldito mundo que conseguir lembrar! E, então, não serei apenas eu. Entendeu? Você entende o que estou dizendo? Eles já sabem quem eu sou. Não tenho nada a perder. Se você não me ajudar, então, juro por Deus que vão saber quem você é também!

Capítulo Quarenta e Um

Martin é acordado pelo som de uma discussão. Esquece, em seu desconforto — ele dormira sentado no estreito banco do condutor da van durante horas —, onde estava por um instante, até que a imagem da agradável rua suburbana, com agradáveis carros suburbanos estacionados nas agradáveis calçadas suburbanas, restaura o seu senso de localização. Ele levanta a aba do boné e olha em volta, para ver Kirsty Lindsay ao lado do pequeno Renault, com a bolsa no ombro e chaves na mão, discutindo com o marido. Cautelosamente, sem querer adverti-los de sua presença ele abaixa um pouco o vidro da janela e escuta.

— Não acredito nisso! — contesta Jim.

Ele está descalço e usa um roupão sobre a bermuda para dormir desde que Soph começou a falar.

Ela abre a porta do carro, jogando a bolsa e o saco de dormir no banco de trás. Não sabe se irá precisar dele, mas é um velho hábito e está tão enraizado após anos de mudanças de planos que mal conseguia ir ao supermercado sem carregá-lo consigo.

— Eu sinto muito! Mas tenho que ir.

— Não, você não tem! Você não tem que ir! Eles sabem que você está de folga. Por que você tinha que atender o telefone?

Ela escolhe a opção mais cômoda e joga a culpa nele:

— Você disse que era para eu atender o telefone! E, de qualquer forma, você sempre atende o telefone.

— Bem, isso é diferente, é minha mãe...

Ele percebe o olhar em seu rosto e para. No decorrer de um casamento, você aprende que há temas que não é prudente abordar. A condição órfã de Kirsty é uma delas. Ela entende profundamente o hábito que as pessoas provenientes de contextos amorosos tinham ao assumir que os que vinham de contextos diferentes não tinham ligação emocional como eles. Ele lembra a ferocidade da sua reação à primeira vez que disse algo relacionado a tal condição e sabe que é um péssimo negócio em potencial. Ele engole de volta as palavras quando ouve a ingestão aguda da sua respiração.

— Desculpe!

— Tudo bem, está tudo bem — entende Kirsty, que já conhece bem o marido.

Jim fica imaginando se ela usaria seu descuido como arma, sentindo que provavelmente o merecesse, se o fizesse.

— Sinto muito por não ter uma mãe para me preocupar — acrescenta ela —, mas, curiosamente, eu me preocupo com a sua.

A bola volta para as suas mãos. É a vez dele.

— Tanto se preocupa que está deixando de ir vê-la amanhã! Ela espera por nós há anos! Você sabe disso!

— E já lhe disse. Vou encontrar vocês assim que puder! Só preciso fazer um trabalho, Jim! Não tenho horas de folga definidas, finais de semana tranquilos e uma aposentadoria garantida. Tudo que tenho é a minha vontade de me adaptar. Está muito, muito difícil lá fora neste momento. As pessoas não desistem das oportunidades que aparecem, você sabe disso. Precisamos do dinheiro. Não posso me dar ao luxo de recusar serviço!

Jesus Cristo, não consigo convencer nem a mim mesma.

— Você ainda não conseguiu um emprego — acrescenta ela, bruscamente, e o vê recuar, como se tivesse lhe dado um tapa.

Deus, ah Deus! Todo esse trabalho, todo o cuidado que estive tomando para não mencionar isso, para não prejudicar a sua confiança, para não o fazer se sentir desmotivado por não ter um emprego... Estraguei tudo em um único instante, com uma simples frase. Vai levar meses para superar isso. Meses. E ele nunca saberá que fiz isso só para protegê-lo.

Ele fica em silêncio por um momento.

— Não tenho mais nada a dizer.

Kirsty bate a porta do carro e olha para ele.

— Mais nada a dizer sobre o que, Jim? Mais nada a dizer sobre o quê? Você não parece chateado quando as pessoas dizem que leem as minhas matérias nos jornais. Você não se importa em mostrar o seu conhecimento sobre isso nos jantares, não é?

Uma luz se acende na janela de um dos vizinhos ao lado.

— Shh! — pede Jim. — Fale baixo!

Ela está usando aquilo como um meio para sair sem precisar lhe dizer mais coisas. Ela persiste. Jim não suporta que os vizinhos saibam o que acontece em sua vida. Ele prefere sangrar até a morte sozinho na cozinha a fazer um espetáculo do lado de fora com uma faca em suas entranhas.

— O quê? — responde ela de forma agressiva.

— Os vizinhos! — alerta ele, cauteloso.

— Pois bem, vá lá para dentro, então!

Ele sabe que é impossível. Ela não acatará nada. Ele ainda não consegue acreditar que Kirsty atendeu a um telefonema às 2h e simplesmente se vestiu e foi para o carro. Jim sabe, já por uma convivência longa o suficiente, o que pode argumentar e sabe também quando não há sentido em discutir. Sabe, ainda, que a esposa não está contando toda a história. Já sabia identificar isso, pois, algumas vezes durante o seu relacionamento, observou o modo como seus olhos ficam vidrados e seu queixo proeminente quando determinados assuntos surgem.

Ela é uma porra de uma ostra! E sabe ser uma verdadeira vaca quando não quer discutir algum assunto. E eu estou conduzindo isso tudo de forma muito suave, simplesmente deixando passar, porque não quero estressá-la, mesmo tendo consciência de que todo mundo sabe que, às vezes, é preciso haver uma ferida para deixá-la sarar. Preciso mudar. Assim que conseguir um emprego e o equilíbrio for restaurado, vou endurecer, senão ficaremos sempre nesse chove não molha. Eu a amo tanto, mas, às vezes, parece que não temos um relacionamento completo.

Ele balança a cabeça e se volta em direção à casa.

— OK. Não há mais o que discutir. Só para você saber: não estou contente com isso. Na verdade, estou bem chateado. Você prometeu que ficaria aqui, e eu não estou nada feliz.

Ela quase se arrepende. Lembra-se da ameaça de Amber e se vê dividida.

— Jim...

— Não importa o que diga...

— Ei... Não vamos...

— Vejo você em Hereford, se possível. Mantenha-me informado. Se isso não for difícil para você.

— Lamento muito, de verdade. Sinto muito.

— Com certeza — diz ele, antes de fechar a porta. — É claro que lamenta.

Kirsty fica parada e espera, no mesmo lugar, até que a luz do corredor se apague.

Se eu continuar mentindo assim, teremos problemas em breve. Ele não é burro. É tolerante, mas não burro. Eu o vejo, às vezes, imaginando coisas, quando olha para mim. É só porque ele é uma alma tão gentil, por não querer me pressionar, que já sobrevivemos até aqui. Tenho tanta sorte por tê-lo encontrado! Não consigo imaginar outro homem que me deixaria livre assim.

Ela entra no carro e pega o telefone. Demora alguns toques até Amber atender e, quando o faz, é em voz baixa, como se tivesse medo de ser ouvida.

— Sou eu — diz Kirsty —, estou a caminho.

Ela ouve Amber inalar fortemente, ouve as lágrimas em sua voz quando ela responde.

— Ah, muito obrigada, obrigada...

— Você está bem?

— Mais ou menos... acho que sim. Estou no cais. No final.

Kirsty a imagina em sua mente, escondida atrás da estação, com o seu rosto periodicamente iluminado pela luz de alerta laranja do grande edifício.

Talvez eu devesse *ligar para alguém* e *fazer um favor a ela, traindo-a.*

Mas não: não há nenhuma maneira que ela pudesse ligar de modo anônimo, não em um mundo no qual as chamadas telefônicas são rotineiramente rastreadas. E só porque isso seria a melhor coisa a fazer não significa que Amber enxergaria isso da mesma forma e manteria silêncio sobre ela.

— Devo demorar uma hora e meia. Você vai ficar bem?

— Espero que sim, ninguém nunca vem aqui à noite. Os portões estão trancados, usei meu cartão de identificação do parque para romper o bloqueio pela entrada de funcionários.

— OK! Estarei aí assim que possível.

Kirsty desliga o telefone e vira a chave na ignição. Ela não tem ideia do que fará quando chegar a Whitmouth. Espera que vá controlar a raiva e o ressentimento por tempo suficiente para formular um plano durante a longa viagem. Caso contrário, Deus sabe, as chances favoreciam que o desejo de Jim, de que ela se abrisse, se tornasse terrivelmente real.

Martin observa o Renault saindo da vaga e começando a descer a estrada. Coloca seu assento na posição vertical e dá partida no motor, mas deixa as luzes desligadas assim que sai do lugar onde estava estacionado, para evitar um alerta de sua presença. Espera até que Kirsty faça a primeira curva antes de segui-la. As estradas estão vazias o suficiente naquela hora da noite e ele sabe que não haverá problemas para encontrá-la novamente. Assim, descobre que a arma mais poderosa que terá quando chegar ao seu destino é o elemento surpresa.

04h15

A porta está trancada e uma cerca elétrica atravessa a cobertura. O fazendeiro está criando ovelhas no campo aquele ano, e todo mundo sabe como é difícil manter as ovelhas lá dentro. O portão, entretanto, parece frágil, lascado e enferrujado, com dobradiças gastas, mas com barras transversais juntas demais para que mesmo seus corpos subdimensionados deslizem por ali.

— Muito bem — conclui Jade —, vamos ter que passar por cima.

Ela observa os olhos de Chloe, em uma postura avaliadora. A menina pareceu vacilante nos últimos quinze minutos, como se suas pernas estivessem perdendo a capacidade de sustentá-la. Caía a cada cem metros e demorava mais, a cada vez, para se levantar.

— Você devia tirar essa coisa — orienta, ajustando os cordões do anoraque. — Deve estar fervendo!

Chloe está lenta, sem resposta. Parece até mesmo ter perdido a vontade de chorar. Mesmo quando prendeu a perna no arame farpado alguns metros atrás, soltou pouco mais que um gemido surdo de dor.

Apenas mais alguns campos até chegarmos ao rio, pensa Jade. *Pelo menos uma coisa boa. Não sei o que fazer com ela. Acho que está ficando doente.*

Jade tem sérias dúvidas de que irão encontrar Debbie em seu destino, mas já chegaram até ali e as festas que acontecem em Evenlode todas as tardes do verão são a ajuda mais próxima em que consegue pensar. Ela e Bel abrem o anoraque e tiram a criança de dentro dele. Seus braços brancos e finos estão cobertos de hematomas; as costelas superiores, manchadas de suor. Pela primeira vez, elas percebem que seu cabelo é de um loiro-dourado brilhante, com cachos vindos desde o couro cabeludo, como astracã. Ela cambaleia um pouco, seus olhos parecem ter ficado brancos. Chloe pega o casaco das mãos de Jade e o segura agarrado contra o peito, como se fosse um ursinho de pelúcia.

— Vamos — incentiva Jade, em um tom mais suave do que estava acostumada a tarde toda —, estamos quase chegando!

Ela aponta para uma linha na grama que emerge da floresta pelo seu lado direito e segue pelo prado arrasado pelo calor.

— Está vendo? Esse é o caminho. Quando chegarmos lá, poderemos pegar uma bebida. Vamos nos refrescar um pouco. E, para isso, nós só temos que seguir por esse caminho até chegarmos ao rio.

Chloe olha para a frente, sem qualquer interesse.

— Vamos... — pede Jade novamente, colocando um pé no primeiro degrau do portão, para lhe mostrar como deveria fazer.

— Eu não sei se... — começa Bel.

— Não seja boba! — grita Jade, interrompendo-a. — Faço escalada de portões desde que tinha 3 anos!

Ela não tem certeza do quanto de verdade há nessa afirmação, mas sabe que vem fazendo isso há anos e, mesmo assim, escalar portões não requeria nenhuma habilidade de verdade. Além disso, não há nenhuma outra maneira de passar por ali que não seja essa. Só consegue pensar nisso: em escalar o portão como uma escada, jogando a perna por cima como se estivesse montando um cavalo. E então ela sobe e senta, montando nele. Ela olha para as duas e diz:

— Fácil, fácil!

Jade joga sua outra perna por cima e cai no chão. Chloe olha, com a boca entreaberta.

— Vamos! — incentiva Jade. — Ajude-a!

Bel empurra a criança para frente. Seus pés parecem feitos de concreto estão grudados ao chão como se fossem pesados demais para as suas pernas. Bel fica de joelhos e levanta um dos pés de Chloe sobre a barra inferior. Tenta apertar as mãos da criança três barras acima, mas Chloe se recusa a soltar o anoraque. Depois de várias solicitações, Bel solta um único braço e o coloca entre os degraus.

— Está vendo? É como uma escada!

Chloe fica parada. Pressiona o rosto no anoraque e inala profundamente, como em busca de conforto. Olha para Jade como se estivesse visitando o zoológico.

Então, Bel coloca as mãos sob o bumbum de Chloe e a empurra. Involuntariamente, a perna na barra se endireita. A outra perna paira no ar. A menina oscila. Parece assustada, mas não diz nada. Ela está em silêncio desde que passaram pelas folhagens da doca nas margens do bosque dos Cem Acres.

— Está tudo bem. Vá em frente! Coloque o outro pé na próxima barra. Você consegue fazer isso!

Bel se levanta e inclina o corpo contra o de Chloe, puxando o peso contra si.

Uau, *pensa ela.* Achei que ela era pesada antes, mas agora parece mais um saco de areia!

Ela tira a mão de Chloe, que segurava o anoraque, e a coloca no topo do portão. Ela o segura sem força, para que a criança pressione o cotovelo na sua lateral de forma a não perder a vestimenta sagrada.

— Lá vai você... está quase lá!

Parece durar uma vida inteira manobrar Chloe até o topo. Mas, por fim, sua virilha atinge o mesmo nível da barra, e seus quadris cambaleiam.

— Erga sua perna para cima! — pede Jade. — Vamos! Apenas jogue sua perna sobre a barra! Vamos, Chloe!

Chloe olha para baixo, como se notasse o chão pela primeira vez. Em seguida, inclina a cintura e fica com o comprimento do corpo ao longo da parte superior da barra. O anoraque desliza entre o seu tronco e o portão; uma base escorregadia para segurar o seu peso.

— Isso! — incentiva Jade, novamente.

Chloe olha para ela, congelada, parada sobre o seu poleiro, com as coxas grossas.

— Ah, anda logo, Chloe!

Bel tem um acesso de raiva. Não sabe de onde vem todo aquele sentimento, apenas sabe que deseja ardentemente que aquela tarde acabe. Está cansada de ser paciente, chateada pelo jeito que o seu dia tinha acabado, cansada das folhas e galhos e terra endurecida que entram em seus sapatos, e não suporta mais ver aquela criança. Quer que ela atravesse aquele portão. Então, pula para a frente e a empurra, com toda a força que lhe restara.

Chloe rodopia pela barra e cai para a frente, de cabeça, através do ar. Parece uma eternidade até a menina atingir o chão.

Capítulo Quarenta e Dois

Ele suspeita, assim que partiram, que ela está indo para Whitmouth e, com a rádio dando notícias constantemente enquanto dirige, tem um bom palpite sobre o que está indo fazer lá. Quando chegam, às 3h30, Martin quase se sente traído. Todos os jornalistas do país deveriam estar naquela cidade agora, não há uma única esperança de que consiga falar com ela a sós, e está claro para ele que, o que quer que *esteja* planejando — e ele não tem um plano totalmente claro em sua mente, exceto o fato de aproveitar a oportunidade —, exige que fique sozinho com ela para isso. Está tentado a jogar a toalha naquela noite e ir dormir um pouco, pois, afinal de contas, Kirsty ainda estará ali pela manhã, mas, em seguida, ela faz algo que o surpreende. Em vez de deixar o carro em sua vaga habitual, hospedando-se no Voyagers Rest, ela continua direto pela Brighton Road rumo ao centro da cidade. Intrigado, ele a segue.

É um processo lento. A garoa fina paira no ar e os bares estão fechados, mas a cidade encontra-se cheia de pessoas. E não é a multidão jovem habitual, mas homens e mulheres de meia-idade com feições determinadas. Mesmo com as janelas bem fechadas, ele sente que a atmosfera está tão densa quanto uma sopa. Sorri ao compreender que a cidade inteira ouviu a notícia sobre Amber Gordon.

Não poderia ter acontecido com uma pessoa melhor.

Parecem estar concentrados ao redor da delegacia de polícia, mas há alguém em praticamente cada esquina pelas quais passam. Homens musculosos trajando camisetas, com pescoços grossos como troncos de árvores e braços que forçam as costuras das camisetas. Mulheres cujo padrão de expressão, desde as mais jovens, retrata desaprovação. Eles estão parados, vigilantes, olhando para o escuro como se esperassem que um esquadrão de Daleks se materializasse a partir do ar. Fora da delegacia, há uma comoção sombria e raivosa sob as portas fechadas. Imprensa, é claro, em busca das novidades da manhã — mas havia mais, muito mais pessoas comuns. Os vizinhos também tinham saído de suas tocas, atraídos pelo cheiro da presa.

Ele espera que Kirsty pare em algum lugar ali por perto, mas ela continua dirigindo, passando pelos blocos maciços de corpos, fechando os vidros do carro enquanto segue em frente, como se com medo de ser assaltada. Martin franze a testa e diminui a velocidade, deixando aumentar a distância entre eles em alguns metros. São os únicos veículos na estrada, e ele não quer correr o risco, após ter chegado tão longe, de que ela o veja agora.

Kirsty dirige devagar, imaginando se há algo — um cachecol, uma estola, um capuz —, em sua mala noturna, com o qual possa esconder o rosto de Amber se a encontrar. Não há nenhuma maneira de elas voltarem pela cidade sem isso, com aqueles olhos por ali, olhando com desconfiança pelas janelas enquanto ela passa. À medida que se aproxima do mar, os grupos se diluem. Alguns retardatários dos bares se esquivam da chuva, mas não olham para nada além dos próprios pés. A beira-mar se tornou um depósito cheio de embalagens de fast-food e bitucas de cigarro, mas nada de pessoas. Até mesmo a van de cachorro-quente tinha ido para a Brighton Road, a fim de aproveitar ao máximo a quantidade inesperada de clientes.

Talvez a gente só consiga fugir se eu escondê-la no porta-malas ou deitá-la no banco de trás.

Ela chega ao final do cais e desliga o motor. Abre a porta e percebe, pela primeira vez, desde que chegou a Whitmouth, que consegue ouvir o barulho do mar com maior intensidade do que qualquer outro ruído. Parece estranho como troveja na praia, com as ondas arrastando grandes paralelepípedos um sobre o outro com sua força. Para disfarçar o som de um mar tão selvagem como este, a cacofonia diária deveria ser bem mais ensurdecedora do que tinha percebido. Olha para a estrada enquanto procura em sua bolsa. Um casal se beija espremido contra a janela de uma loja de conveniências, mas, a não ser por isso, a estrada costeira está vazia. Assim que puxa sua jaqueta, uma van branca cruza lentamente e estaciona no espaço deixado pela van de cachorro-quente. Ela olha pela visão distorcida em virtude da chuva no para-brisa, mas não vê ninguém sair do carro.

Pega o telefone desligado sobre o banco do passageiro, desliza o dedo sobre a tela para acioná-lo e aperta a tecla de rediscagem. O aparelho leva um momento para piscar o visor com o número e desligar.

— Merda! — diz Kirsty, em voz alta.

Pressiona a tecla de rediscagem novamente. Nada. Ela cometeu o mais básico dos erros de uma garota do colegial: esqueceu-se de carregar o celular antes de ir para a cama, apesar de saber que tinha consumido toda a bateria durante o dia.

— Merda! Merda! — profere, furiosa, batendo com a palma da mão sobre o volante por duas vezes.

Luta contra as lágrimas. Fecha a janela e permite a si mesma um momento de libertação gritando no auge de sua fúria:

— Merda! Merda! Merda! Merda! *Merda*!

Ela não pode ligar, não pode dizer a Amber que está ali, não pode verificar seu paradeiro, não pode organizar o encontro. Os portões do cais estão fechados, altos, proibidores, a chuva começa a se intensificar, e Amber, se eles ainda não a encontraram, está em contagem regressiva para a destruição de Kirsty.

Não quero ir lá fora, estou com medo.

Então, abre a porta e sai para a noite.

Martin observa em seu retrovisor enquanto Kirsty sai do Renault. Ela fica ao lado do carro e olha para a cidade. E, em seguida, ao estar convencida de que ninguém a observa, corre a pé do cais em direção à praia.

Ele é pego de surpresa. Esperava que ela se dirigisse até onde as pessoas estão. Não consegue acreditar que ela está lhe dando uma oportunidade tão fácil como aquela. Sai apressadamente da van, fechando a porta do modo mais silencioso que consegue. Se ela estiver na praia, o som do mar deslizando sobre as pedras irá abafar a maioria dos ruídos, mas não há nenhum sentido em ser descuidado. Ele corre até a estrada, fica à sombra do muro do Parque de Diversões e, pressionando-se contra a estrutura da esquina, permanece à espreita.

Suas orelhas esperam por ruídos de alguma companhia, mas tudo está calmo, apenas o barulho dos pés sobre a areia e o gemido do vento nos fios das luzes desligadas adiante. A vinte metros ao longo do cais, pequeno e discreto, há um portão, em meio às estruturas de metal da cerca, que as equipes de trabalhadores, de limpeza e de manutenção utilizam para entrar e sair dali fora de hora. Kirsty anda por sobre os seixos e sente o deslizamento de uma pedra sobre a outra debaixo do seu pé, caindo de joelhos.

— Droga — murmura, olhando por cima do ombro, com medo de que tivesse feito barulho demais e fosse ouvida.

Aquelas estruturas idiotas não foram feitas para qualquer superfície menos estável do que uma fábrica. Ela anda com cuidado o resto do caminho, segurando-se na cerca, à medida que avança.

Parece bloqueado. Está bloqueado. Mas uma inspeção mais minuciosa mostra que o bloqueio pode ser destravado. Ela procura seu cartão — embora tenha aprendido a não usar o cartão de débito para esse tipo de coisa há anos — na bolsa, desliza a mão por entre as grades e a abre em poucos segundos.

Ela olha para trás, mais uma vez, verifica se o caminho está livre e segue adiante, puxando a porta atrás de si, subindo o pequeno lance de escadas até o topo do cais. Comprimindo os olhos para enxergar na escuridão, segue pela longa passarela à sua frente, caminhando até o fim.

Mais uma vez, ele sente o incômodo de uma ereção. Seu sangue bombeia ao vê-la cair nos seixos, levantar-se e seguir o seu caminho rumo às sombras do cais. Ela realmente está aprontando alguma coisa. E, qualquer que seja o resultado, ele sai ganhando. Ou Amber Gordon encontra-se escondida em algum lugar lá fora, no escuro, e Kirsty Lindsay está indo encontrá-la, ou ela não está lá, e, logo, Lindsay estará lá em cima sozinha.

Ele ouve o som de uma abertura de portão e os passos sobre os degraus de uma escada de metal. Ela encontrou a entrada de serviços e está indo até o calçadão. Martin sorri.

Perfeito! Agora não posso mais perdê-la. Só há um caminho para o cais, e apenas uma maneira de sair dali.

O trenzinho a vapor que percorre o caminho até o fim do cais e volta desde as 8 da manhã, até que os últimos clientes do salão de jogos fossem embora, está parado em sua estação, suas portas protegidas com uma extravagante corrente presa por um cadeado. Há um quarto de quilômetro até o fim. Uma simples caminhada em circunstâncias normais, a não ser quando a estrada está escorregadia por causa da garoa e não se sabe o que é possível encontrar quando chegar ao destino. Talvez ela não esteja mais lá. Já pode ter fugido, encontrado algum outro esconderijo e pode estar à espera de sua chamada.

Vamos lá, Kirsty, avante! Será rápido, e, assim que você a colocar em um lugar seguro, estará, também, em segurança. Nunca mais precisará vê-la, falar com ou pensar nela, de novo.

Ela se força a continuar, enrolando o cachecol firmemente em volta da cabeça. Ainda é agosto, e o ar, à medida que se dirige ao mar, é tão úmido quanto aquele lugar.

Ouve seus próprios passos, no ar da noite. Seu nariz está escorrendo.

O que estou fazendo? Essa é a coisa mais estúpida que eu já fiz.

Corrige-se:

Segunda coisa mais estúpida. Mas, nesse caso, não tenho escolha porque não depende de mim. Eu a odeio agora! Tinha pena dela antes, pensei que precisasse de um pouco de compreensão, mas agora a odeio. Talvez devesse voltar para a cidade e contar a essas pessoas onde ela está. Afinal, ela não poderá falar se estiver morta! Se eu a deixar morrer, meus problemas acabaram!

Kirsty balança a cabeça, descartando a ideia.

Essa não sou eu. Não sou assim, por mais que gostaria de ser.

A linha ferroviária é pontuada por pequenas estações. Todas de placas de ferro pintadas de branco e painéis de polímero. Como tudo ali, o cais é uma relíquia de tempos mais elegantes, quando viajar para o exterior era apenas para os ricos e os seus servos, e advogados e médicos que vinham à cidade para se divertirem entre as mercearias e açougues. Agora, as linhas elegantes estão escondidas por painéis publicitários berrantes. A luz da lua se projeta fracamente por uma abertura nas nuvens, mostrando que metade das janelas da estação está quebrada. Uma rajada de vento conduz alguns pingos contra a sua bochecha. O clima está piorando.

Ouve um som vindo de trás, um barulho de metal contra metal. Será o portão?

Ele aguarda cinco minutos — cronometra em seu relógio — antes de seguir até o portão. Não há necessidade de ficar tão perto. Afinal de contas, sabe exatamente para onde ela está indo. Agacha-se abaixo do muro e vê a silhueta da cabeça dela, acima dos trilhos no topo da escada, virando à esquerda e caminhando em direção ao mar. Assim que ela segue adiante, todos os sons são abafados pelo impacto das ondas.

Martin aproveita a chance de vigiar oculto, no abrigo do cais. Agora não há nenhuma maneira de ela o avistar. Ele está seguro e escondido e Kirsty não tem a mínima ideia de que está atrás dela. Martin sente uma vontade súbita de rir em voz alta. Passa pelo portão e dá um empurrão. Ela deixou a trava aberta e colocou um pedaço de papelão de um caderno espiral como apoio entre a trava e a tranca. Ele não esperava por isso e não consegue parar o balançar do portão de volta contra a parte de trás. Agarra-o logo que bate, mas não a tempo de evitar o barulho de metais ressoando no ar.

Martin se abaixa e espera, como uma estátua imóvel, na parte inferior da escada.

Kirsty segue até o fundo do local. Espera, tentando respirar superficialmente e observa. Nada. Ninguém aparece na escada. Apenas o bater de um cartaz anunciando o mágico cujas matinês compunham a contribuição do comitê para chamar o público ao teatro, que se localiza ao final da estrutura.

Até as sombras estão te assustando! Porque você sabe que o que está fazendo é burrice! Só porque você se assustou naquela noite na Tailor's Lane, agora pensa que está sendo sempre seguida!

Ela cruza a linha férrea e continua ao longo do outro lado dos trilhos, como se isso, de alguma forma, ocultasse o seu progresso.

Eu te odeio, Amber Gordon. Quando eu a vir, será difícil ser civilizada, por mais assustada que você esteja, por mais que você precise da minha ajuda. Por sua causa, também estou sentindo medo. Por causa de você, o ácido corrosivo do terror da descoberta destroça a minha mente e o meu casamento. Eu o amo. Ah, meu Deus, eu o amo, e você não se importa! Não fui eu quem a matou, Amber, foi você!

Uma rajada tempestuosa arrebata seu lenço, levando-a a respirar profundamente a amargura súbita do mar trazida pelo vento. Como uma cidade assim pode abrigar pessoas que vêm em busca de prazer está além da sua imaginação. Os caminhos são escorregadios e há escombros por toda a parte naquela passarela. Malditos martelos enormes e pés-de-cabra espalhados para que qualquer um os encontrasse jogados por ali.

Mais de metade do caminho agora. Kirsty não consegue afastar a sensação de que está sendo vigiada. Circuito interno? Não percebeu nenhuma câmera, mas é praticamente obrigatório tê-las nos dias de hoje. Só que Amber já está ali há algumas horas e, se ainda estiver ali, então alguém a viu. Ou não há uma câmera, ou não está funcionando ou não está ligada.

Claro que você acha que está sendo vigiada, porque ser vigiada significaria o fim do mundo. Pare com isso, Kirsty! É um medo situacional, não real.

Mas ela para e olha para trás novamente de qualquer maneira. Um caminho livre na passarela, os degraus da escada rumo ao portão pouco visíveis à distância.

Idiota! Nunca fui boa em diferenciar o perigo real do imaginário. Talvez, se fosse boa nisso, não estaria nesta situação.

Martin rasteja até o topo da escada e consegue visualizar a calçada. Ela não tinha voltado.

Mulher burra, atravessou para o outro lado da linha férrea a fim de tornar meu próprio progresso mais fácil.

Tudo o que ele precisa fazer agora é correr por dez metros até a estação coberta e poderá segui-la, tão de perto quanto desejar.

Por um segundo a lua irrompe através de uma nuvem e forma um rio sobre o mar. Por um breve momento, Whitmouth parece bonita, banhada pela luz triste, a aridez dos blocos dos anos 1960 por trás do mar amenizado pelas ondas usurpadoras. Então, rapidamente, outra rajada de vento joga minúsculas gotas de chuva em seu rosto, fazendo com que se abrigue no toldo da arcada.

Uma profunda escuridão impera no interior, máquinas debruçadas escondidas, o piso úmido e pegajoso, aguardando a chegada da equipe de limpeza do amanhecer. Há dois enormes cinzeiros transbordando em cada lado da porta dupla. Assim que ela se encolhe abaixo da saliência de cinco polegadas, a céu aberto, como se alguém abrisse uma torneira, a chuva começa a eclodir através das calhas. O mar muda de humor, o bater das ondas e seu regresso tornam-se um grunhido de aborrecimento. Ela sente o chão tremer sob os pés.

Kirsty anda os últimos cinquenta metros e atinge a praça central. Está vazia. Nenhum sinal de Amber, apenas lixeiras cheias e bancos vazios. Ela espirra de repente, e o som parece se espalhar de modo descontrolado ao seu redor. Ninguém. Só ela, o ruído da chuva caindo e a luz piscando no tobogã. O teatro se assoma, grande e belo ao estilo eduardiano, diante dela — as janelas da bilheteria como olhos negros, Marvo, o Magnífico, zombando de um cartaz com seis metros de altura. Ela espera ver Amber se abrigando sob o dossel, mas a área está vazia.

— Mas que merda! — diz Kirsty em voz alta, com a chuva correndo pelo rosto. — Sabia que deveria ter ficado no carro! Sabia que não deveria ter vindo! Ela pode estar em qualquer lugar! Imagino que a polícia a tenha levado e não haja nenhuma necessidade de eu estar aqui...

Ela abre a boca e grita com toda a força de seus pulmões. Grita para ser ouvida por sobre a tempestade e o mar e as ondas regressando, as lonas das tendas de tarô batendo entre os canteiros, o barulho do vento por trás da arcada:

— BEL! BEEEELLLLL!

Percebe um movimento apenas com o canto do olho. Ela gira, pronta para se defender, quando observa a porta da frente da atração com figuras de cera se abrir. A cabeça de Amber aparece, cheia de medo e de esperança.

— Merda! — grita Kirsty, e corre pela calçada até o lugar seco.

Capítulo Quarenta e Três

Chama-se "Casa dos Horrores do Dr. Cera", e é um ótimo nome. O lugar tem um cheiro de mofo de pano úmido e desespero, e a visão que a cumprimenta assim que passa pela porta é a de um quadro representando uma execução na guilhotina. É escuro, iluminado por luzes de emergência, cheio de formas sem rosto pelos nichos obscuros nas paredes laterais.

Ouve-se o tamborilar da chuva no telhado de cor alcatrão e o chão muda com a onda do mar.

É como estar em um barco, no porto, em pleno inverno.

— De onde veio isso? — pergunta Kirsty, olhando através da escuridão. — Estava só chuviscando quando cheguei aqui.

— Isso acontece o tempo todo. É a chamada Tempestade de Whitmouth. Algo a ver com o Estuário do Tâmisa e do Mar do Norte.

— Não podemos sair assim.

— Não — concorda Amber —, mas logo vai acabar. Isso nunca dura muito tempo. Vamos!

Ela a conduz por entre as pesadas cortinas de veludo que dividem o lobby do salão principal. O salão está apertado e lotado, iluminado por um tom de vermelho sinistro; olhares familiares, mas não exatamente, congelados, fitam-na, em um misterioso outro mundo, os olhos em branco e bocas congeladas para sempre na iminência das palavras. Mais quadros, cada vez mais selvagens agora que tinham passado pelo hall de entrada: um homem deitado em uma maca, uma expressão de grito no rosto; um camponês cambojano segurando um saco plástico — listrado, do tipo que se encontra nas lojas em todos os lugares — sobre o rosto de um homem trajando um terno; soldados da Primeira Guerra Mundial chafurdando na lama e no arame farpado. "A DESUMANIDADE DO HOMEM PARA COM O PRÓPRIO HOMEM", diz a faixa esticada de parede a parede.

E tudo por uma taxa de entrada de 9,95 libras, pensa Kirsty. *Uma verdadeira pechincha.*

— Meu Deus; isso é como uma festa no inferno. Morreria de medo se tivesse que esperar aqui.

Amber ri sem humor.

— Por incrível que pareça, eu estava morrendo de medo *antes* de chegar aqui. Para ser honesta, eles foram a melhor companhia que tive nos últimos dias.

Ela despenca em uma plataforma de cadeiras acolchoadas no meio da sala.

— Obrigada por ter vindo. Não sei o que eu teria feito...

A raiva toma conta de Kirsty novamente.

— Bem, você não me deu muita escolha, não é?

Amber desvia o olhar, envergonhada.

— Sinto muito.

Kirsty olha pra ela. Amber retribui e seus olhares se encontram.

— Sinto muito. Eu não sabia o que fazer. Há pessoas me perseguindo em toda parte e ninguém para me ajudar. Eu realmente *precisava* de você!

Kirsty se lembra das multidões na cidade, da polícia ausente. Ela caminha até uma cadeira a alguns passos e senta-se. Sabe que Amber diz a verdade, mas não quer estar perto daquela mulher. Não quer ter de olhar para ela.

— Fez boa viagem? — pergunta Amber, de repente, em um tom social reluzente, como se Kirsty apenas tivesse vindo para o chá.

— Sim — responde a outra, espantada com a voz de hora do chá que ela mesma usou para responder —, as estradas estão boas neste momento da noite, é claro!

— É verdade! Nós, Vic e eu, sempre saíamos em torno desse horário quando íamos ao País de Gales. Levava metade do tempo, ele dizia.

— Sim, é mesmo.

Demora alguns segundos para que Kirsty processe o registro de que o Vic a que Amber se referia tão casualmente é o mesmo homem a que ela e seus colegas se referem automaticamente, por seu título formal, como o suposto Estrangulador de Seaside, Victor Cantrell (o suposto será descartado após a condenação, é claro). Ela vê o rosto de Amber se fechar quando ela se lembra da situação do marido.

Ela está se comportando como a minha sogra.

Depois da morte do pai de Jim, a mãe dele demorou a encarar a realidade. Falava sobre coisas que fariam juntos, opiniões que ele tinha, coisas que dizia, até que se tocasse e ficasse com uma cara igual a de Amber. Foram alguns anos até que Kirsty, ou qualquer um em sua presença, pudesse mencionar o nome dele sem causar problemas.

Deve ser mais ou menos assim para Amber, o mesmo luto, mas sem a simpatia. O estado de uma viúva é essencialmente nobre, não há este consolo para os íntimos no que tange ao notório. Eu estava tão ocupada chorando por mim mesma todos aqueles anos em Exmouth, que nunca me ocorreu pensar em minha família. Só quando tive Soph e Luke que imaginei como deve realmente ter sido para eles.

— O que iam fazer no País de Gales?

Amber suspira.

— Ah, na verdade, nada, apenas costumávamos ir lá, às vezes. No período de entressafra, para a costa de Pembrokeshire. Ele, o Vic, foi lá uma vez junto com uma equipe de um programa de crianças carentes. Ele gostava de lá. Gostava de voltar lá.

— Sim, é um lugar lindo — concorda Kirsty.

— Você já esteve lá?

Elas conversam de modo pouco à vontade, como se a pequena troca de frases fosse essencial para preencher o abismo que há entre elas.

Isto está além da anormalidade! Estamos falando como estranhos em um ônibus. Vamos lá, merda de chuva, pare! Não quero estar aqui, fazendo isso.

— Os avós de Jim moram em Saundersfoot. Ele tem um monte de boas lembranças.

— Jim...? Ah, sim. Seu marido — diz Amber, distraidamente.

Kirsty lembra novamente das circunstâncias que a trouxeram ali.

— É — frisa ela, com ênfase. — Meu marido.

— O que foi mesmo que você disse que ele faz?

Kirsty parece ouvir a mãe tola de Bel naquela pergunta, falando constantemente para manter a intimidade a distância, treinando a filha, mas jamais amando-a.

— Não importa o que ele faz — responde ela, impaciente. — Não tem nada a ver com você. Mas, se vai começar a fazer perguntas, tenho o direito de perguntar também. É isso que você quer?

— O quê?

Amber percebe seu olhar e entende o significado.

— Ah, sim... a minha ameaça. Você quer uma resposta honesta?

— Sim. Se puder dar.

— OK. Então! Eu não sei. Sinto muito. Provavelmente, não. Não acho que teria alguma coisa a dizer, você tem?

Na verdade, Kirsty não está ouvindo. Quer mais compartilhar seus sentimentos do que ouvir o que a chantagista tem a dizer.

— Jim não merece isso. Não posso acreditar que você faria isso comigo! Nem com meus filhos! O que eles fizeram a você?

Amber respira fundo.

— Nada.

— Então, por quê? É uma vingança contra mim? Por causa do que o seu marido fez, você quer destruir o meu?

— Sinto muito — desculpa-se Bel, de novo. — Sinto muito, eu realmente sinto. Lamento ter feito isso com você, mas eu estava...

— Ah, mas não me importo *comigo* — interrompe Kirsty.

Amber parece cética.

— Claro que não.

Kirsty para de falar. Elas se entreolham com desconfiança e ouvem o som do vento.

— Muito bem, estou aqui agora — conclui Kirsty, com firmeza. — Então, o que você quer que eu faça?

Salve a minha vida?, pensa Amber. *É apenas uma coisa pequena, mas...*

Em algum lugar, na parte de trás, uma porta bate. E continua batendo. Kirsty dá um salto. Olha para Amber, com os olhos arregalados na escuridão. Amber parece calma.

Mas que estranho, pensa Kirsty, *se eu estivesse no lugar dela, não estaria desse jeito. Parece que ela acha que não está mais correndo risco, que não será mais incomodada por ninguém...*

Amber balança a cabeça, como se forçasse o pensamento a voltar para dentro dela.

— Está tudo bem. Tive que quebrar. Achei que era a melhor coisa a fazer. A trava deve estar, provavelmente, solta agora. É só isso.

Kirsty levanta as sobrancelhas.

— O quê?

Amber parece irritada.

— Kirsty, eu estava com *frio*. O que você queria que eu fizesse?

Kirsty concorda apressadamente.

— Está tudo bem. Sinto muito.

— Acho que devemos fechá-la.

Amber se levanta.

— Sim. Devemos.

Além do salão principal, onde Hitler está junto com Stalin e Kim Jong-Il junto a Mao, o museu divide-se em uma série de salas além do estreito corredor pintado de vermelho, com a sinalização acima de suas portas denotando temas como "GENOCIDAS", "PRAGAS" e "TORTURA". Amber lidera o caminho com uma confiança surpreendente. Kirsty a segue com timidez, indo atrás, olhando enquanto ela prossegue rumo aos espaços escuros além das portas. Qualquer um pode estar ali. Qualquer um.

O corredor termina com uma porta corta-fogo. Através dela, o tamborilar da chuva e o rugido do mar vêm mais alto, como uma multidão distante. No chão ao lado da porta, uma pequena poça de água. A porta exterior, aberta, bate monotonamente para trás.

— Uau! — exclama Amber, olhando a água a seus pés. — É uma chuva forte!

Ela empurra a porta corta-fogo e o vento úmido irrompe, fustigando-lhes os rostos. Mais além estão uma espécie de despensa contendo um sofá modular gasto, uma mesa de café, partes do corpo de manequins descartados empilhados nos cantos, como o rescaldo da batalha, uma máquina de café (desligada) e copos de plástico voando pelo ar agitado. Na parede do fundo, as abas da porta estão inclinadas para trás, batendo contra uma mesa com tampo de fórmica empurrada contra a parede. Amber dá passos largos para a frente, esticando a mão, sentindo a maresia, e força até que a porta se feche.

O silêncio repentino é quase ensurdecedor.

— Que bom, não há nada de errado com a fechadura. Ufa! Eu estava preocupada se por acaso a teria danificado.

Kirsty ri, nervosamente.

— Nós invadimos o lugar, Amber.

Amber olha para ela.

— Há uma grande diferença entre arrombamento e invasão, Jade. Como é que você está tão molhada atrás das orelhas?

Ela a guia de volta ao corredor. A água parece ter se espalhado. Há um rastro de água em todo o caminho, pelo chão e paredes do salão principal.

Ainda devo estar pingando, pensa Kirsty. *Meu Deus, está chovendo tanto lá fora!*

— Ah, a propósito — diz Amber, de repente —, estamos aqui. Você sabia?

— Sério?

— Sim.

— Onde?

— Nós temos uma categoria própria.

Ela aponta um caminho para a esquerda. A porta está identificada como "MUITO JOVEM PARA MATAR".

— Não! — ecoa Kirsty.

— Sim! Felizmente não nos colocaram junto com os assassinos de crianças, embora me sinta surpresa de que não o tenham feito.

Na verdade, Kirsty não quer olhar, mas é atraída inevitavelmente à porta, pairando em sua proximidade com o coração acelerado. Amber acende a luz. É um pequeno quartinho, com poucas figuras, o que, de alguma forma, faz com que seja pior. Apesar de existir mais de uma dúzia de assassinatos cometidos por crianças a cada ano, apenas cinco delas estão ali representadas entre as armadilhas deliberadamente emotivas da juventude — cavalos de balanço, toca-discos e vestido de festa nas costas das cadeiras, coisas que ela nunca teve. Os cinco velhos conhecidos: John Venables, Robert Thompson, Mary Bell, e, encolhidas conspiratoriamente perto de um portão de cinco barras, ela e Bel.

Kirsty se aproxima e estuda seu manequim. Sente a pele arrepiar ao se ver novamente através dos olhos da condenação nacional. Com quase um metro e meio de altura, a imagem tinha sido baseada em sua foto da escola — a única que alguém já tirou dela, além da polícia, principalmente porque não houve de fato qualquer outra —, mas substituíram o uniforme da escola por um vestido disforme e infantil, desenhado para fazer a figura parecer ainda mais jovem. O rosto está inchado, o corte de cabelo é do tipo cuia, os lábios virados para baixo nos cantos, como uma mulher velha — uma mulher que viveu uma vida de mau humor, com pequenos intervalos de crueldade. É uma cópia crua, como as esculturas de leões medievais em museus feitas por alguém que nunca viu um leão, mas apenas ouviu a sua descrição, vinda da boca de marinheiros. E, ainda assim, é sem dúvida ela, mais facilmente reconhecida pela sua proximidade com a loira arrogante, imperiosa, que está ao seu lado com uma pedra na mão.

"Jade Walker e Annabel Oldacre", diz a legenda desbotada, as bordas brilhantes desgastadas pelos dedos que, ao longo dos anos, tinham passado por ali.

Ambas com 11 anos, Walker e Oldacre chocaram o mundo com o brutal assassinato de Chloe Francis, de 4 anos de idade, nos campos perto da vila de Long Barrow, Oxfordshire, em 17 de julho de 1986. As meninas raptaram a criança na loja de doces da vila e a levaram a diversos locais, finalmente lhe causando concussões e afogando-a em um córrego no final da tarde. O corpo de Chloe estava coberto de cortes, arranhões e contusões, além de três costelas quebradas, e um cotovelo deslocado mostrou que elas a tinham submetido a um dia de tortura brutal. Só os ferimentos na cabeça já eram tão ferozes que teria sido improvável ela sobreviver. Para encobrir o crime, as meninas insensivelmente enterraram o pequeno corpo de Chloe na floresta, onde foi mutilado por animais selvagens — a família foi obrigada a enterrá-la em um caixão fechado —, e fingiram ignorar o crime durante dias. Walker vinha de uma estrutura carente, mas Oldacre, vista por muitos como a dominante do par, era filha de um empresário proeminente e frequentou um dos melhores colégios da Grã-Bretanha, levando o detetive encarregado da investigação a descrevê-la como a criatura mais fria que já havia encontrado em todos os seus anos de trabalho policial.

— Nós éramos assim? — pergunta Kirsty, em voz baixa. Ela ainda tem dificuldade de se associar àquela criança de muito tempo atrás, à pessoa que matou Chloe. — Será que realmente pareço com isso?

— Jesus Cristo — diz Amber, com desgosto na voz. — Será que isso importa?

— Bem, sim, eu... não. É só que... Eu... você reconhece a si mesma? Essas coisas que dizem sobre nós?

— A cada merda de dia — afirma Amber, amargamente, dando alguns passos para trás, rumo ao corredor. — Você não?

— Eu...

Kirsty se afasta das estátuas, pois não é fácil; chega a ser doloroso olhar. Desliga as luzes, como se, assim, a imagem fosse deixar sua mente.

— Nós nunca vamos sair disso, não é? — questiona ela, com tristeza.

Ela ouve um grito abafado que soa mais como uma revolta, ecoando pelo corredor:

— Disso? — lamenta Amber, chorosamente. — *Disso*? O que você quer dizer com *disso*?

Ela olha e vê a raiva e o desespero nos olhos da velha conspiradora.

— Como foi que eles a deixaram sair, Jade?

— Como assim?

— Você está em negação. Foi isso que sempre me disseram. Se eu continuasse a negar, se não enfrentasse o meu crime, eles nunca me deixariam sair.

— Bem... sim — protesta Kirsty. — Claro! Meu Deus, não fingi nem por um minuto que...

Amber caminha furiosa pelo restante do salão, dirigindo-se de volta ao assento de veludo vermelho.

— Ah, sim, você fingiu! Todos os dias você finge! Do mesmo jeito que eu! Então me diga. Diga para quem você não finge? Diga o nome de uma pessoa, com exceção do estagiário a quem foi atribuído supervisionar seu cumprimento de condicional este mês? Diga!

Kirsty não pode responder. Amber tinha pintado o cenário, cuspido as palavras que estavam guardadas há anos.

— O seu marido... como ele se chama mesmo, Jim? Alguma vez você já compartilhou isso com ele numa conversa na cama? Quando estão passeando de mãos dadas na praia de Saundersfoot? Quando ele te leva para jantar em seu aniversário? Já imaginou? Sobre as velas e a *bruschetta*? Vamos lá, traga uma champanhe para acompanhar a verdade? Sim? Você fez isso?

— Não, Bel. Por favor.

— A propósito, querido, já te contei da época em que matei uma criancinha?

— Cale a boca!

— Você acha que... você acha que, só porque fez algo por si mesma, tudo isso irá sumir? Acha que, só porque tem um marido e filhos e vai a festas de Natal e bebe vinho e ninguém sabe de nada a seu respeito, significa que isso nunca aconteceu? Você não pode apagar a história, Jade!

— Não — protesta ela, com a carga emocional pesada vindo à tona. — Não, nunca... mas, Bel! Não sou *ela*! Não sou mais aquela garota! Eu não sou, e nem você!

— Bobagem! Você será ela para o resto de sua vida! Essa merda imunda que matou uma criança está certamente aí dentro de você. É melhor se acostumar com isso!

Kirsty fica na porta e inspira profundamente, trêmula.

Ela está muito irritada, não tenho certeza de que sei como lidar com isso. Acho que é tão difícil lembrar-me da criança que eu era... O que fizemos — é como um sonho para mim. Uma lembrança feia, horrível, de um pesadelo.

Amber se senta e joga um braço sobre os olhos. Kirsty verifica seu relógio. Já passa das 4h. Precisam se mexer em breve, com ou sem tempestade. Não podem contar com o tempo para manter os justiceiros longe. Ela caminha, senta-se e coloca a mão no braço de Amber, um gesto fútil de conforto feminino.

— Penso nisso todos os dias — desabafa Amber —, sabia? Em tudo isso. Como aconteceu. Todos os malditos... Ah, meu Deus! Lembro-me do rosto dela todos os dias. Aquela merda de anoraque idiota, o jeito que ela estava. A lama em seus olhos. Santo Deus!

Kirsty tem um flashback: o rosto de Chloe desaparecendo sob um punhado de terra e folhas içadas a partir da margem do buraco. Lembra-se de uma minhoca, surpreendida pela exposição repentina à luz da noite, contorcendo-se para longe, cavando um refúgio rápido ao lado de onde a orelha da criança estava escondida. Ela não consegue esquecer. Nunca esqueceu. Às vezes, pensa em violar os termos da sua condicional, procurar a família Francis e tentar fazer as pazes. Mas como fazer as pazes? Que possível retorno poderia haver?

— Nós éramos crianças! Pelo amor de Deus!

— Não é uma desculpa — protesta Amber. — A idade adulta é apenas mais algumas camadas acima. Você não gostaria que houvesse algum tipo de máquina do tempo? Alguma maneira de voltar o relógio? Apenas... se a tivéssemos deixado lá. Só isso. Se tivéssemos ido embora... "Não, ela não é nossa responsabilidade, vamos deixá-la aqui". Lembra?

— Sim — diz Kirsty, e sorri ironicamente. — Eu disse que não poderíamos deixá-la, porque alguém seria capaz de vir e matá-la.

Na borda do seu campo de visão, Kirsty imagina ter visto uma estátua em movimento. Senta-se ereta e suspira, olhando pela escuridão, esperando o conforto da alucinação. Ela está esgotada, começando a ver coisas. Está tudo bem.

Mas não, algo se move novamente. Uma ligeira figura masculina sai por entre os autocratas assassinos. A princípio, ela acha que é um fantasma, ainda se agarrando à esperança de que ele está simplesmente saindo de dentro de sua imaginação. Porém, quando o vulto vem para a luz e ela reconhece o homenzinho estranho da boate, Kirsty se dá conta de que ele é real. E de que ouvira cada palavra do que tinham dito!

Capítulo Quarenta e Quatro

Martin não permanece ali. Corre em direção à porta. Prende a manga em Josef Stalin ao sair, espatifando-o no chão. Amber abre os olhos e levanta.

— Que merda! — grita Kirsty. — Que *merda*, não! Não!

Ela não pensa. Levanta-se imediatamente e corre atrás dele. Agarra na parte de trás de sua roupa e sente o tecido suave escapar-lhe por entre os dedos enquanto ele se lança para a noite uivante.

Amber volta a se sentar, atordoada, sem entender.

— Merda! — berra Kirsty de novo, quando a porta bate.

— Quem *era*? — pergunta Amber, como se saísse de um sonho. Ela não tinha se dado conta da gravidade da situação. Parecia mais um zumbi.

— Não importa!

A porta resiste às suas tentativas de reabri-la, a madeira está inchada e partida, e ele a tinha fechado com muita força ao batê-la. Ela se esforça, empurrando-a.

— Eu não sei! Não sei quem ele é! Bel, ele *ouviu* tudo que dissemos!

A porta abre e ela sai com tudo para a chuva. Não espera pelas palavras de Amber. Apenas se atira atrás dele.

Meus filhos! Ah, Deus, meus filhos! Não me importo mais comigo. Eu não. Mas, meu Deus, eles são tão jovens! Eles não vão saber o que fazer! O mundo deles irá desabar à sua volta. Não fiz nada, Deus, nada. Eu morreria por eles, Deus. Eu mataria...

Ao ver a beira da roupa de Martin quando ele dobra a esquina da loja de presentes, Kirsty se apressa em sua perseguição. Há chuva horizontal e maresia: será um inferno lá fora, na passarela, fora do abrigo dos prédios. Mas ela vai, de qualquer maneira, os tênis deslizando sobre a água da chuva grudenta de óleo.

Dobra a esquina e o vê a seis metros de distância, curvado contra a chuva, enquanto corre. Oito passos de distância, apenas oito passos. Porém, ele consegue ganhar distância à frente enquanto ela se aproxima, e seus pés não ajudam a dar tração no calçadão.

— Espere! — implora. — Pare! Por favor!

Ele olha por cima do ombro e Kirsty vê sua feição misturada de medo e triunfo.

Ele me odeia. Não sei quem ele é, mas me odiava desde muito antes de hoje à noite, posso ver isso em seus olhos. Lembro-me dele, naquele clube de merda. É o homem que pensei que me perseguia. Tinha me esquecido dele, porque o que aconteceu com Vic Cantrell mudara minha mente, mas agora me lembro. Ele já me odiava, ele me disse. Há quanto tempo será que me segue? Há quanto tempo?

Sob o som do vento, ouve o estrondo da porta atrás dela. Amber deveria estar vindo, sob a tempestade.

Ela intensifica o ritmo e tenta alcançá-lo.

Ao sair, Amber derrapa nos seixos grudentos e sente o tornozelo machucado entrar debaixo de uma das pedras. Batendo as costas no chão, escorrega até o outro lado e acerta uma barreira, o vento soprando forte sobre ela. Amber franze as sobrancelhas contra a chuva, limpa o sal dos olhos com a manga da blusa e olha em volta. Não há ninguém à vista. Ela se sente confusa, em pânico, tanto que leva vários segundos para registrar o que Kirsty tinha visto imediatamente, e agora não sabe o que fazer. Depois de sua noite de fugitiva, seu instinto lhe diz para correr, tão longe e tão rápido quanto puder. Mas há somente um caminho para sair dali e é o mesmo que Kirsty e o homem tinham seguido. Ela não tem outra opção a não ser seguir. Ele correrá para longe, não irá parar e conversar, não depois do que descobriu. Não agora que sabe que elas sabem. Talvez elas consigam chegar até o carro de Kirsty antes dele dar o alarme. Ela tem que tentar. Tem que manter a esperança.

Esforça-se para se endireitar e olha para o caminho ao lado de uma loja fechada. Não consegue enxergar nada. Tudo além de trinta metros de distância parece um borrão de vento e água.

Põe-se de pé, passando as mãos nas pernas molhadas. Tenta colocar seu peso sobre o tornozelo, mas emite silvos de dor. Não conseguirá sustentar o peso naquela perna. Mas precisa seguir mancando atrás deles.

E depois? Mesmo se fugirmos, estará tudo acabado. Mesmo que este homem não saiba quem é Kirsty Lindsay, ele sabe que nós havíamos nos encontrado e que minha condicional foi violada. Eu poderia negar e negar, suponho, mas para quê? Talvez possamos pegá-lo e convencê-lo de que está enganado. Talvez. Ou talvez possamos apelar para a sua boa natureza, convencê-lo de que a vida dos filhos de Kirsty vale mais do que o dinheiro que ele conseguirá de qualquer jornal. A chance é pequena, mas é a única que temos.

Sem chance. Amber sabe que sua vida acabou. Sabe que, desde que Vic foi preso, perguntava-se por que o instinto ainda a conduzia a enganar a si mesma para que acreditasse que poderia ter alguma chance. Não há mais nada, agora: não há liberdade, não há segurança, não há paz. O país inteiro viu seu rosto adulto, gritando em suas telas de TV, rosnando sobre sua xícara de chá pela manhã. Pertence a eles agora: o bicho-papão em carne e osso, propriedade pública, mais uma vez. E ela sabe que nunca mais viverá no anonimato novamente.

No entanto, segue atrás deles. Talvez ainda haja uma chance para Kirsty. Uma chance para os filhos dela.

Martin está fervilhando de alegria. Ele ouve a voz dela à deriva por sobre o som do mar, ouve seu desespero enquanto pede a ele que pare.

Essa é a melhor coisa que já me aconteceu. Amanhã serei visível. Amanhã todos saberão quem sou. O homem que descobriu a verdade.

O entusiasmo torna seu corpo mais forte. Normalmente, ao correr, mesmo por duzentos metros, sente-se fraco e cansado. Nesta noite, com a agitação do mar e a emoção de sua descoberta para instigá-lo, ganha chão como uma jovem gazela; saltando os detritos das construções ao lado da estação de trem, sem modificar seu passo, correndo em direção à fama e à liberdade.

Sente-se selvagem e poderoso. Suas duas piores inimigas: a vida tinha feito com que esse presente caísse em seu colo uma vez, de uma só vez.

Kirsty Lindsay: sabia que havia algo mais sobre você. Sabia que você estava escondendo algo. Mas isso? Jamais teria imaginado! Você escondeu isso tudo, mantendo segredo junto com ela por todo esse tempo, rindo na cara do mundo. Mas você terá o que merece, agora. Ah, meu Deus! Você terá o que merece!

Ele ouve o pedido dela, novamente, além do vento.

— Espere! Ei, por favor! Por favor, espere!

Martin escuta um forte estrondo, um barulho atrás dele, e arrisca uma breve olhadela por cima do ombro. Ela chegara ao canteiro de obras, acertara em alguma coisa e caíra. Ele para, por um momento, para assistir àquilo. Joga a cabeça para trás e ri.

Eles estão no meio do cais agora. Kirsty continua a correr, empurrando a si mesma por sobre a dor, sentindo o aperto no peito, o pânico bombeando o sangue em sua jugular.

— Pare! Por favor! Podemos conversar! Podemos dar um jeito!

E, pouco a pouco, ela ganha terreno. Nunca foi uma corredora, mas o desespero lhe empresta velocidade.

Tenho que detê-lo. Preciso!

Ele chega ao prédio da estação e desliza sobre o piso como se os seus sapatos tivessem asas. Seu joelho dói no local onde batera. Ela sabe que não será capaz de manter o ritmo, que está indo além da sua capacidade, mas ele está só a seis passos à frente agora. Se ela pudesse apenas atrasá-lo, fazê-lo tropeçar.

Ela atinge a pilha de escombros da construção e tenta saltá-la, assim como ele. Mas seu pé prende em alguma coisa — alguma coisa de metal, meio escondida no escuro — e, de repente, ela cai, com as mãos preparadas para segurar seu peso. Desaba em uma pilha de madeira, a mão escorregando para o lado e aterrissando em alguma coisa com bordas de metal áspero. Sente uma pontada de dor, e então sua mão se fecha, instintivamente, sobre o objeto. Ele é pesado e curvo: dois pedaços de tubos, situados à direita, formando um ângulo, um contra o outro, com parafusos salientes nas extremidades. Ela sabe, sem ver, exatamente o que é: um acoplador, o conjunto de metal que liga as escoras de andaimes, fazendo com que a estrutura fique estável. Sabe tudo sobre andaimes. Ela e Jim passaram oito árduos meses com um ao fazerem o revestimento da casa quando se mudaram pela primeira vez e descobriram que tinham comprado uma casa com subsidência.

Pensar em Jim faz com que ela empurre a cabeça para cima, com que olhe para além do caminho, esperando ver o homem rato a uns cem metros dela, com uma vantagem de duzentos metros à frente. Para sua surpresa, ele ainda está lá, de pé, apenas do outro lado das obras, com os braços cruzados belicosamente, rindo.

— Jade! — grita ele, ironicamente desafiador. — Jade Walker!

Ela sente uma onda de raiva. A memória — enraizada, apodrecida — de ser aquela garota. De ser apontada no pátio da escola sobre deslizes antigos por irmãos longínquos, dos adultos perseguindo-a onde quer que se estabelecesse, de portas trancadas e noites faminta; do pai com as mãos brutais; dos vigários, professores e pessoas do serviço social que fizeram vista grossa. Tudo aquilo ardia em seu interior, sempre pronto a inflamar. Kirsty no controle representa a sua segurança, a única coisa que fica entre ela e a selvageria do seu passado.

— Não! — berra ela, fustigada pelo vento, lutando para se levantar.

Ela quase nem percebe de que ainda tem o acoplador em sua mão, apertando a ponto de machucar, os dedos completamente esticados para segurá-lo.

— Não! Não sou! Sou Kirsty Lindsay! Kirsty Lindsay! Não sou *ela*! *Não* sou!

— Jade! — repete ele, apontando para ela, fazendo um gesto de valentão da escola.

— Não diga isso! Não diga isso! — contesta ela, aos gritos.

Suas pernas a conduzem em direção a ele, pela tempestade. Ela já não abriga a esperança de uma discussão racional com ele, já não pensa em outra coisa senão o desdém em seu rosto, o zurro triunfalista de sua risada.

— Pare com isso! Não a conheço! Sou Kirsty. Não sou ela. Não sou *ela*!

— É, sim! — insiste Martin Bagshawe, cantando vitória, de boca cheia, com hilaridade.

Ele nunca se sentira tão vivo, tão eletrificado pelo próprio poder.

— Não sou!

— Mas amanhã você será, não é?

Ela golpeia a boca aberta dele com o acoplador para calá-lo.

Capítulo Quarenta e Cinco

A chuva começa a enfraquecer tão rapidamente quanto começara. Correndo desengonçada, Amber quase passa por eles. E então os avista lá, além do monte de andaimes, junto a uma pilha de tábuas. Ela vê as costas de Kirsty primeiro, debruçada sobre alguma coisa, como se chorasse. A princípio, pensa que ele escapou, que ela desistiu e entrara em desespero, resignando-se ao pranto. Mas, então, vê as pernas, os tênis brancos, os dedos do pé apontando para as nuvens que passam rapidamente acima.

— Ah, meu Deus! — exprime e para, petrificada.

Kirsty não nota a sua presença; está inclinada sobre o homem, fitando-lhe o rosto.

Fraca e esgotada, Amber consegue um ângulo de visão e percebe que o homem no chão é Martin Bagshawe.

Ela engasga. Kirsty ouve e gira em volta, pálida.

— Não queria... eu não...

Amber dá mais alguns passos, posicionando-se atrás dela.

— Meu Senhor! O que *ele* está fazendo aqui?

Martin está com a respiração ofegante e difícil. Embora ela o tenha reconhecido a distância, agora percebe que todo o lado esquerdo do seu rosto — o lado que estava longe enquanto se aproximava — parece uma estufa vazia, com dentes quebrados espalhados na poça de sangue debaixo do seu ouvido.

— Você o conhece? — pergunta Kirsty, com os olhos marejados de lágrimas.

Ela encolhe os ombros, ignorando a pergunta. É tudo tão surreal.

— Jesus Cristo! Com o que você o atingiu?

— Eu não... eu...

Kirsty olha para sua mão direita. Vê que o acoplador ainda está preso na palma da mão e o lança para longe, como se fosse brasa. Ele faz barulho ao bater nas placas, e acaba descartado na sarjeta.

— Eu não... Ah, meu Deus! Ele está bem, certo?

— Não — informa Amber. — Ele não está bem.

Ela cai de joelhos ao lado de Martin e sente seu pulso. Está lento, mas há pulsação.

— Eu não tive a intenção de... Não sabia que eu... Ah, meu Deus, o que vamos fazer?

Martin esboça um soluço choroso pela boca mutilada. Ele não consegue respirar pelo nariz, pois está esmagado, como madeira compensada. Ela provavelmente lhe bateu com toda a força.

— O que vamos fazer? — pergunta ela, de novo.

— Eu não sei! Não sei!

Amber tenta pensar, tenta afastar as lembranças de como sua mente trabalhou durante todos aqueles anos que tinham se passado.

— Nós não estamos em uma floresta para enterrá-lo, isso é certo.

— Onde está o seu telefone? — pergunta Kirsty.

Ela olha para cima, assustada.

— Jade, por quê?

— Kirsty! Meu nome é *Kirsty*! Precisamos chamar uma ambulância. Ele...

— E depois?

— Não posso, simplesmente... Não podemos, simplesmente...

Ela torce as mãos, como uma criança, o cabelo escorrido para baixo sobre a testa.

A decisão *surge* na cabeça de Amber, como as engrenagens de uma máquina articulada, cada qual em seu lugar.

— Você não está pensando direito, Kirsty!

Amber imbui sua voz com toda a autoridade que consegue reunir.

— Você precisa ir embora!

Kirsty sente-se zonza, como se recebesse um golpe.

— O quê?

— Vá embora! Saia daqui! — ordena Amber.

Kirsty fica pasma. Ela olha para Amber com os olhos vazios.

— Não! Não posso. Não posso! Olha só o que fiz! *Veja*! Olhe para ele!

Amber se surpreende pela forma como se sente calma, agora que tomou sua decisão.

— Não é tarde demais, se você for agora, ninguém precisa saber. Se eu disser que fui eu, eles nem sequer se preocuparão em perguntar.

Kirsty está pasma. Ela olha de Amber para Martin Bagshawe, seus roncos cada vez mais úmidos, mais grossos e mais lentos, à medida que o sangue se espalha em todo o chão reluzente. Os primeiros sinais do amanhecer rastejam por entre as nuvens. O turno da manhã irá começar em breve, fazendo seu caminho para a cidade com seus esfregões, baldes e barris de água sanitária.

— Eu...

— Não! — insiste Amber. — Apenas saia daqui!

Elas se entreolham ante a luz prateada. Sob os pés, o dragar e o arrastar de uma maré de viragem. Acima das cabeças, o grito das gaivotas levantando-se para buscar os restos da noite.

Vá! Apenas vá embora! Se você demorar muito, não vou conseguir fazer isso.

Kirsty parece querer chorar. Exala três longas respirações e envolve os braços em volta do corpo, como se sua caixa torácica doesse. Então se vira e sai correndo ao longo do caminho.

16h30

Ouve-se um barulho assim que a cabeça de Chloe atinge a lama endurecida. Jade e Bel se preparam para o choro que viria. Em vez disso, o silêncio ecoa em seus ouvidos. A quietude de um dia quente, cheio de cotovias cantando, o assovio da brisa que agita as copas das árvores, o filete de indiferença dos prados e, ao longe, o riso das pessoas que brincam no rio Evenlode.

Ambas têm o mesmo pensamento:

Meu Deus! Agora me ferrei!

Chloe parece uma boneca descartada, com a cabeça jogada para trás, a mão direita em um ângulo impossível contra a sua omoplata. Ela sangra pelo nariz e pelo corte em seu couro cabeludo: uma espécie de lama marrom, escoando lentamente, cheia de uma gosma irregular e matéria viscosa transparente. Sua boca está aberta, assim como seus grandes olhos azuis.

— Chloe?

Bel é a primeira a falar. Sua voz vacila, como se estivesse com falta de ar.

Chloe não dá resposta alguma. Apenas permanece lá, parada, sangrando.

— Ela está inconsciente — anuncia Jade, embora só tivesse visto tal estado antes como resultado de álcool, e os dois pareçam bastante diferentes.

Bel pula o portão com as barras e cai na terra, ao lado do corpo.

— Eu nem sei se ela está respirando. Oh, meu Deus! Jade, acho que ela está realmente machucada!

Jade fica parada. Bel olha para ela e bate em sua perna com uma mão empoeirada.

— Jade! — grita. — Ajuda!

De repente, Jade se anima e se junta a elas, agarrando a mão de Chloe — a que está no chão, e não a que se encontra virada debaixo dela — e pressiona o polegar contra o interior do pulso dela, da forma que tinha visto os médicos fazerem. Ela não sente nada, mas não sabe o que deve sentir e, mesmo assim, as batidas do seu próprio coração já lhe dizem tudo que precisava saber.

— Chloe?

Em seguida, repete o nome em voz alta, como se isso, de alguma forma, fizesse diferença.

— Chloe?

Procura, em sua mente, outras coisas que vira as pessoas fazerem com os inconscientes na televisão.

— Água fria! — sugere.

— O quê?

— Se jogarmos água em seu rosto, irá acordá-la.

Bel não tem experiência com inconsciência. Mas aquela afirmação parece fazer sentido. Certamente, um balde de água fria irá acordá-la.

— Não temos com o que jogar a água nela — diz, olhando para o fluxo do rio —, o rio fica muito longe e uma criança correndo só conseguirá trazer algumas gotas molhando as mãos em concha.

— Pois bem, então vamos levá-la a ele — conclui Jade, brilhantemente —, vamos lá!

Bel mantém os olhos como se fosse uma boneca de pano em silêncio, em dúvida.

— Não quero tocar nela. Olhe! Ela está cheia de sangue!

Jade surpreende a si mesma com a forma prática de suas respostas, diante do que está acontecendo.

— Tudo bem! Você segura as pernas dela, eu pego a parte de cima.

Bel ainda parece enjoada.

— O braço. Esse braço parece... por favor, não machuque o braço dela.

— Acho que o estrago já está feito — declara Jade.

O campo está cheio de abrolhos. Jade carrega Chloe, segurando-a debaixo dos ombros, a cabeça pendurada em direção ao chão. Vê fluidos corporais manchando-lhe a saia e as coxas, sentindo-as escorrer enquanto passa pelas plantas.

Jamais vou esquecer isso; esse é um dia que vou lembrar durante toda a minha vida.

Ela pisa com o calcanhar em uma touceira, cambaleia e quase cai. A cabeça de Chloe bate e ricocheteia no chão. Jade sente um calafrio na hora que o horrível couro cabeludo bate contra a frente da sua calcinha.

— Ah, Deus! Faça-a ficar bem! — pede Bel, sinceramente. — Você acha que ela vai ficar bem? Precisamos achar um adulto. Um adulto saberá o que fazer.

Jade quase deixa cair o seu fardo.

— Você está doida?

— Como assim?

— Olhe para ela, Bel. Olhe para o estado dela! Eles vão nos colocar na prisão.

O rosto vermelho de Bel se torna mais vermelho quando ela capta a gravidade da situação.

— Mas... foi um acidente. Vamos contar a eles. Foi um acidente.

— Sim, claro! — zomba Jade. — E eles vão acreditar em nós, aham!

— Por que não acreditariam?

— Pra começar, porque me chamo Jade Walker!

— Mas eu...

— Mas você nada! Você está comigo! Todo mundo nesta vizinhança vive dizendo que não entende como um Walker ainda não matou ninguém!

— Não! Precisamos acordá-la, depois veremos o que fazer!

Chloe emite uma exalação borbulhante. As meninas olham para baixo, cada reação gera uma onda de otimismo repentino; ver os lábios azuis, os olhos girando; ver aquilo escorrer.

— Vamos! — incentiva Jade. — Nós podemos acordá-la. Sei que podemos!

Ela levanta os ombros mais uma vez e Bel segura nos tornozelos. Agora tentam correr com a carga, touceiras impedindo os passos, o sol ofuscando a visão de Bel. Elas chegam à beira do córrego. É acessível, com orlas servindo como bancos e fundo raso.

A encosta está escorregadia. O chão tem seis polegadas de lama marrom-acinzentada e o ar está espesso com moscas e mosquitos. Elas descem a encosta carregando a sua carga e atolam os pés no lamaçal. Têm de puxar os pés com força, pois a lama aderiu às suas solas. Jade perde um dos sapatos, rogando uma praga quando recupera o fôlego. Vira-se para trás e mergulha até o pescoço na água.

Chloe escorrega de suas mãos. A terra desliza. Bel, presa no lamaçal, oscila, dando um passo e ficando presa, dando outro passo e, de repente, ao forçar para se libertar, cai para frente, em cima das outras. Ela sente o rosto viscoso de Chloe tocando nela e entra em pânico, debatendo-se na escuridão. Levanta ofegante. Jade está lá embaixo, em algum lugar, com o peso forçando-a a ficar debaixo d'água. Bel pode ver seus pés chutando. Ao avistar uma de suas mãos, agarra-lhe o pulso. Coloca um dos pés em uma rocha escorregadia e sente enquanto desliza sob o líquen. Ela solta o pulso de Jade e tenta encontrar o fundo com as mãos, para empurrar-se de volta à superfície. Ali embaixo, está cheio de partículas marrons e pedaços de ervas daninhas, o barulho de bolhas agitadas por seus membros em dificuldades.

Ela irrompe à superfície. Jade está do outro lado, deslizando para trás nos cotovelos, tossindo e cuspindo. Seu cabelo escuro está cheio de galhos e terra, uma única malva presa sobre o ouvido, com uma flor balançando, vistosa como o brinco de um pirata, sobre a bochecha esquerda. Ao senti-la, assusta-se e, em pânico, arremessa-a para o meio da água.

Ela pousa sobre o corpo de Chloe, que está metade submerso. A menina não se mexe. Seu rosto está abaixo da superfície.

— Ah, Jesus Cristo! — exclama Jade, jogando-se de volta na água.

Ela pega a parte de trás da blusa de Chloe e, fazendo força, volta até a beirada. Bel se apressa a ajudá-la. Juntas, manobram o corpo da criança até trazê-lo ao terreno estável, procurando desesperadamente em seu rosto por sinais de vida.

Há lentilha d'água pendurada em sua boca, causando uma saliência nos incisivos faltantes da garota.

— Ela não está respirando! Ela não está respirando! — grita Bel, enquanto dá suaves tapinhas nas bochechas brancas e moles.

— Vamos bater no peito — diz Jade.

Ela tinha visto aquilo várias vezes. O morto tossindo e ofegante, voltando, debaixo dos punhos bombeadores dos paramédicos. Ela empurra Bel de lado, inclina-se com as palmas das mãos sobre o peito de Chloe e pressiona abaixo das costelas. Continua fazendo isso, mais e mais, até que, após alguns minutos, ouve algo rachar por dentro e uma bolha oleosa surge pelos lábios entreabertos da criança.

Capítulo Quarenta e Seis

Ela encontra os restos amassados de um maço de cigarros em seu bolso: há três. Um isqueiro em miniatura escondido dentro do pacote: a marca de Jackie. Ela deve tê-lo deixado aqui uma das muitas vezes em que emprestou seu casaco para ficar no jardim.

Olha para aquilo por um momento, então pensa:

Ah, que se dane. Não há ninguém para me dizer que não faça mais isso e, de qualquer forma, não estou no topo da lista da longevidade.

Amber coloca um na boca, acende-o e inala profundamente, filtrando o desagradável otimismo do amanhecer. É um cigarro velho e endurecido, mas, apesar disso, a falta de habitualidade faz seu cérebro cambalear sob a força da nicotina. Precisa se apoiar de lado, contra a parede da estação, por alguns segundos, para não cair.

Nossa! Você dificilmente nota os efeitos, se fizer isso o tempo todo, mas o tabaco é uma coisa poderosa!

Martin se mexe e solta um murmúrio de humanidade sem sentido. Amber olha para baixo e vê que o sangue quase lhe atingiu os pés. Dá um passo para trás, repelida, e traga novamente o cigarro.

Se ele ainda está sangrando, seu coração ainda está batendo. Tenho que esperar até que pare. Preciso ter certeza de que está morto antes de ligar.

Em frente ao mar, ouve o arranque de um motor de carro e o cantar de pneus assim que deixa a vaga no estacionamento.

Deve ser ela. Por favor, não a deixe mudar de ideia. Já houve desperdício suficiente. Nossas vidas, todos os contratempos, a existência amarga. Em algum momento, tudo isso deve parar. O ciclo de vingança e punição passando para a próxima geração tem de parar. Não vou deixar isso se espalhar, destruir seu bom marido, aquelas crianças inocentes que ainda estão seguras. O que seria preciso fazer? Como posso ajudar? A sociedade é um problema, eu sei. Eu sei. A sociedade. Mas vamos enfrentá-la: a sociedade realmente não se importa com quem culpa, desde que haja algum culpado.

Dá mais uma tragada e caminha até onde o acoplador tinha caído. Sangue, pele e cabelo entrelaçados entre os parafusos e as porcas. O ferro fora colorido pelo vermelho onde havia ferrugem, lascas tiradas onde se vê o impacto. Ela o pega, com dois dedos, e o balança diante do rosto, estranhamente fascinada.

Aposto que isso não vai ficar assim com as normas de Saúde e Segurança. Aposto que alguém vai perder o emprego por causa disso.

Amber inclina o braço para fora, sobre o parapeito, e solta o peso do acoplador para o ar. Observa enquanto ele cai, é capturado por uma onda e levado para o fundo. Ela ainda conseguiu enxergá-lo, por um metro ou dois, depois que mergulhou na água; impressiona-se que as águas de Whitmouth sejam limpas o suficiente para permitir qualquer visibilidade.

O mar vai fazer seu trabalho. Nada permanece oculto por muito tempo naquelas intermináveis profundezas inquietas. Mesmo que eles o encontrem e descubram as impressões digitais de Kirsty ainda sobre ele, não haverá qualquer conexão dela com o crime.

Um som atrai a sua atenção. Martin começa a se esticar no chão. Seus calcanhares tamborilam como pistões na madeira, com os dedos esticados e os ossos quebradiços. Agora não vai demorar muito. Mesmo que chame a ambulância, acha que as chances de ele sobreviver, lembrando as mortes que já tinha visto antes, são escassas; sua pele está azulada e os lábios, ou o que restava deles, afastados, expondo até os dentes do siso. Mas ela não irá chamar agora. Não há ninguém para chorar a morte dele, ela tem certeza disso e, como está fazendo tal sacrifício, quer garantir que não seja tudo em vão.

Termina o cigarro e o joga no mesmo lugar que lançara o acoplador. Ele desce rapidamente ao mar, e uma onda se levanta como se na esperança de uma guloseima saborosa, varrendo de volta com um desgostoso grito.

Para a própria surpresa, Amber está sorrindo.

Eu deveria aproveitar muito bem esses últimos minutos, suponho que seja a última vez. Jamais verei o mar novamente.

Há um banco ao lado da estação, de ferro forjado e pintado de branco; uma bela vista do Parque de Diversões Funnland. Além dos muros, seus amigos — seus amigos de outrora — devem estar terminando o trabalho, limpando as superfícies finais, guardando suas coisas com um bocejo e um suspiro de alívio. Ela se senta e observa a vista: bandeiras balançando, o branco-azulado dos toldos de lona listrados, o brilho das pedras encharcadas pela chuva, produzido pelos raios matinais. Três figuras minúsculas em uma rota lenta ao longo no topo da montanha-russa: a equipe de manutenção, ou alguns adolescentes que conseguiram passar por Jason Murphy e comemoram seu senso de imortalidade.

Você não tem muitas características de um lar, Whitmouth. Mas você é o meu lar. O único lugar que já imaginei, mesmo que apenas por um tempo, como minha casa. Vou sentir a sua falta.

Ela acende outro cigarro.

Outra despedida, um quarto de século atrás. Amber se lembra da mãe, quando foi visitá-la na prisão preventiva. Vindo de mãos vazias, envolta em casimira, parecendo mais velha. Bel tenta se atirar nos braços dela e encontra uma mão estendida, bloqueando-lhe.

— Não! — diz Lucinda. — Não!

Elas não estão autorizadas a ficar sozinhas — Bel começa, lentamente, a entender que ela nunca mais, para todos os efeitos, ficará sozinha novamente —, mas a guarda com corpo de halterofilista encarregada lhes dá certa privacidade, sentando-se no lado mais distante da sala de recreação. Bel senta-se em uma cadeira manchada, sem braços, com pernas de aço tubular. Lucinda, depois de observar as suas opções, escolhe uma cadeira cinza de plástico moldado ao lado de uma mesa, a dois metros e meio de distância, sentando-se cautelosamente, como se tivesse medo de contrair alguma infecção. Ambos os assentos são fixos ao chão: uma precaução contra lutas. Ela coloca a bolsa em cima da mesa e inclina um cotovelo vigilante sobre ela, apesar de serem as únicas pessoas lá. Lucinda cruza um joelho elegantemente sobre o outro. Ela usa botas de salto graciosas, de couro verde.

— Como você está?

Sua preocupação parece apenas advir da educação.

Bel responde da forma que tinha sido treinada desde a mais tenra infância. Coloca um sorriso brilhante no rosto e diz:

— Estou muito bem, obrigada, e você? Como está?

Era assim que fazia com todos que lhe perguntavam isso desde o dia do assassinato. Lucinda é a sua primeira visitante — ou, melhor dizendo, a primeira que ela já conhecia — desde o julgamento.

— Muito bem, fico feliz em ouvir isso. Fico feliz em ouvir que você está muito bem.

Os olhos de Bel se enchem de lágrimas.

Lucinda faz uma careta.

— Ora, pare de agir como um bebê!

Bel firma a cabeça e busca compostura.

Sua mãe nunca gostou de demonstrações de emoção; ao menos não as vindas de Bel.

— Como estão todos?

— Como você espera que estejam? — repele-a Lucinda.

— Eu não...

— Michael quase se divorciou de mim — interrompe Lucinda —, mas, graças a Deus, mudou de ideia! Ele entendeu, ainda bem, que eu não posso ser culpada por aquilo que você fez!

— Sinto muito — diz Bel, humildemente, olhando para o punho desgastado de sua blusa e imaginando por quanto tempo essa visita ainda irá demorar.

— Bem... — continua Lucinda, depois de uma pausa —, só vim aqui para te dizer que estamos indo embora. Vamos para Cingapura.

Bel não responde. Está claro, para ela, que está tudo acabado do lado de fora, que a casa está trancada e a família, fugindo. Ninguém fez muito esforço para esconder a cobertura da imprensa dela: viu as tábuas sobre as janelas, a grade de aço na porta, assim como os resíduos do incêndio da fazenda Broadwater. Os Walker foram realojados, seus nomes alterados, as crianças levadas para a caridade e os mais velhos, espalhados ao vento. Seu próprio povo — há menos ajuda do Estado se você tiver contas bancárias. Menos interferência, também.

— Ele foi transferido... — prossegue Lucinda. — Foi bondade deles, é claro. Precisaremos recomeçar. Só que ele é bom no que faz. Conhecido também, embora não creia que você vá gostar disso. Mas é isso! Atrevo-me a dizer que não vamos mais voltar. Estamos condenados, em vida, como ciganos internacionais, graças a você! Achei que deveria comunicá-la. Achei que você deveria saber.

— OK — entende Bel, passivamente.

De certa forma, sente-se aliviada, sabendo com mais clareza o que o futuro lhe reserva. Eles não lutarão por ela. Está sozinha.

— Certo, então!

Lucinda começa a procurar em sua bolsa.

Por um momento, Bel tem um pensamento bobo de que a mãe poderia ter trazido um presente. Uma lembrança para os próximos anos, um pequeno sinal que lembrará a ela, de fato, que uma vez já teve uma família.

O cabelo de sua mãe, normalmente imaculado, está desajeitado, amarrado para trás em um rabo de cavalo, com raízes à mostra entre a coloração loira. Bel percebe que surgiram algumas rugas ao redor da boca, nos seis meses desde que a viu pela última vez.

Eu fiz isso a ela, é tudo culpa minha.

Lucinda encontra o que estava procurando, tirando o lenço de bolso, bordado com suas iniciais em um canto. Assoa o nariz delicadamente, traz os óculos enormes sobre sua cabeça para baixo e cobre os olhos.

— Pelo menos assim a sua irmã terá alguma chance de uma vida normal, sem as pessoas saberem. Pessoas olhando para ela, querendo saber...

— Sim.

— Como você pôde fazer isso, Annabel? — pergunta ela, de repente.

— Não sei. Não foi de propósito. Nós não queríamos... apenas aconteceu...

— Ah, pelo amor de Deus — afirma Lucinda, descartando o crime como se fosse uma fofoca mesquinha, um vandalismo, um monte de sucata. — Isso não! Pelo amor de Deus! Eu me refiro a essas mentiras! Todas essas mentiras sobre Michael.

— Não são mentiras! — contesta ela, em tom desafiador. — Eu te disse. Eu disse, mas você não quis ouvir. Não eram mentiras.

Lucinda não quer ouvir. Nunca quis ouvir nada sobre o porão, ou os estábulos, ou as visitas de fim de noite, quando a mãe estava em seu sono profundo de Valium.

— Eu tentei te dizer, mamãe, mas você não quis me ouvir.

E ela não irá ouvir agora.

— Ah, pelo amor de Deus! Ele pagou o seu advogado, pelo amor de Deus! Como você pôde fazer uma coisa dessas com ele?

— Mamãe... — tenta ela, mais uma vez.

— Ah, cale a boca! É só isso que eu queria te dizer! Isso é tudo! Queria te dizer o que penso de você. Aquele homem que te sustentou desde que você era uma criança! Ele a adotou com toda a bondade do seu coração. Ele nos deu tudo! Não consigo acreditar que você nos retribuiu assim! Como pôde agir assim, Annabel?

Você me ensinou: aprendi que a mentira era a melhor chance que eu tinha.

Ela olha e balança a cabeça. Não há mais nada a dizer. Pelo menos nada que será ouvido. No canto, a agente penitenciária vira uma página da revista que está lendo. Lucinda olha para ela. Em seguida, acena rapidamente em sua direção.

— Acabei aqui — ordena. — Estou pronta para ir agora!

A mulher põe lentamente a revista de lado e pega o chaveiro do bolso de sua calça azul-marinho. A expressão dela é inescrutável, a expressão de alguém que está armazenando todos os detalhes para a dissecção mais tarde. Lucinda se volta para Bel e olha para a filha novamente.

— Meu Deus! Você sempre foi mentirosa, desde que começou a falar!

Ela vira as costas em seu salto verde elegante e segue em direção à porta.

A guarda aponta para a cadeira de Bel.

— Fique aí — ordena.

A porta bate atrás delas.

Um cigarro é mais saboroso se consumido no ar úmido do mar. Ela se encosta contra a parede da estação e saboreia cada tragada. Espera até que as luzes diante de si desvaneçam à insignificância e Martin libera um último, rendido suspiro.

Ele se foi. Jade está a salvo. Ninguém para contar nada, ninguém para ver nada.

Ela retira o telefone do bolso, disca para emergência. Olha para um sol aguado que começa a surgir sobre o horizonte, pega o último dos cigarros, dobra o maço e o coloca, ordenadamente, no bolso.

— Olá — diz ela, com calma, quando alguém atende —, preciso de ajuda; acho que matei alguém.

Ela acende o último dos cigarros, senta-se e espera.

Epílogo

A mãe de Jim se retira para os seus aposentos, a fim de dormir, e eles lavam a louça. Ela envelheceu consideravelmente desde a última visita e parece aliviada em delegar as tarefas, embora seja uma daquelas mulheres antiquadas que acredita que demonstrar emoções publicamente e deixar a louça sem lavar são pecados; se não mortais, quase isso.

Ela vai completar 80 anos logo, pensa Jim. *Por quanto tempo ela conseguirá manter esta casa assim? Talvez devêssemos falar com ela sobre seus planos, antes que chegue a ficar muito frágil para realizá-los.*

Kirsty lava e ele, ainda sabendo se virar bem na cozinha de sua infância, seca e guarda a louça. Kirsty está quieta. Esteve assim o dia todo.

Ela deve estar exausta. Fora um cochilo no carro enquanto vínhamos para cá, quase não dormiu desde a noite de anteontem.

Kirsty ora coloca o peso em um dos pés enquanto lava, ora intercala com o outro.

— Como está o joelho?

— Bem... Doendo um pouco.

— Vou pegar um ibuprofeno; tenho certeza de que mamãe tem alguns no banheiro.

— Isso seria ótimo, obrigada, querido.

Jim larga o pano de prato e segue o mais silenciosamente que consegue rumo ao banheiro. É tudo tão familiar. As mesmas flores na parede do corredor, o mesmo velho guarda-chuva perto da porta da frente.

Em que momento da vida você para de comprar coisas?, pergunta-se. Ele ama a estabilidade da casa da sua mãe, as lembranças de cada cadeira, a porcelana escolhida junto com o pai antes do seu casamento e cuidada e poupada para que ainda esteja intacta quase cinquenta anos depois. Mas ele não se lembra dos dois fazendo esse tipo de coisa que se faz nos dias de hoje. No momento em que as coisas ficavam desgastadas demais, iam fazer compras para substituí-las. Eles nunca passaram tempo olhando as lojas para se atualizarem, ou jogaram cortinas fora simplesmente porque tinham cansado do modelo, como ele e Kirsty fazem.

Ele anda na ponta dos pés, passa pela porta do quarto de sua mãe e vai até o banheiro. Vê os azulejos brancos, cautelosamente escolhidos para não refletirem os caprichos da moda o linóleo verde--escuro, a pia, o chuveiro e o vaso sanitário brancos e lisos, ainda em bom estado de conservação, desde que foram instalados. O lugar cheira a lavanda e talco; aromas de senhoras idosas, pensaria ele, se não fosse pelo fato de o banheiro de seus pais sempre cheirar assim, uma das memórias olfativas mais antigas que possui. Subitamente, enche-se de nostalgia, uma saudade estranha de algo que, apesar de tudo, ainda existe.

E se ela tivesse que se mudar daqui? E se ela tivesse que se mudar para um lugar menor e precisasse escolher quais pertences levar? Acho que ela iria me matar. Acho que choraria até morrer.

Ele abre a porta espelhada do armário de remédios e mexe em todas as coisas que estão ali, como sempre faz ao mexer nas coisas das outras pessoas, um pouco como um ladrão, porém mais como um mexeriqueiro. Percebe que sua mãe está tomando estatinas. Precisa se lembrar de questioná-la a respeito delas amanhã. A respeito da artrite também. A primeira noite juntos sempre passa muito depressa, no ânimo de colocar a conversa em dia, cumprimentar-se e enfiar as malas debaixo da cama. Raramente chegam a conversar sobre as coisas de família antes dos detalhes dos colegas de escola e funerais dos seus pais. Ele encontra o ibuprofeno, junto ao antiácido, antigripais e descongestionantes; pega alguns em sua mão e segue de volta para a cozinha.

Kirsty já terminou a louça e agora esfrega a panela com um nível de concentração que ele conhece, por experiência, como um sinal de tensão.

Nós ainda não conversamos, pensa ele.

Outra coisa que precisava se lembrar de fazer.

Odeio deixar uma briga no ar. É preciso sempre fazer logo as pazes.

Ele se aproxima e mantém as pílulas na mão. Kirsty tira as luvas de borracha, afasta uma mecha de cabelo para longe dos olhos e as pega.

— Obrigada.

— Você não contou como fez isso.

Há olheiras fundas debaixo de seus olhos e sua expressão está ligeiramente assustada.

Jesus Cristo, ela está mesmo cansada! Devo pedir que fique mais tempo na cama amanhã de manhã, mesmo que se sinta constrangida em fazê-lo aqui.

— Ah, foi uma bobagem. Essa maldita praia de cascalho! Não entendo como alguém consegue andar por lá sem quebrar uma perna.

— Praia? Você estava na praia?

Um toque de cor atravessa a sua tez.

— Ah, não se preocupe, Jim! Havia um monte de pessoas lá. Eu nunca mais irei sozinha a Whitmouth, nunca mais!

— Certo. Obrigado por voltar para casa — agradece ele, e toca em seu ombro. — Isso significa muito para mim.

Por um momento, ela parece querer chorar.

— Certo... Eu sinto muito. Sinto muito, Jim. Sou uma péssima esposa! Eu sei!

— Não.

Ele olha nos olhos dela; ela quer acreditar nele.

— Você é uma mulher maravilhosa. Lamento muito por ter gritado com você.

— Serei uma esposa melhor — promete ela —, não farei isso de novo.

— Shh — diz Jim, colocando os braços em volta dela, ali mesmo, na pia da cozinha. — Shh, Kirsty, está tudo bem.

— Vou me dedicar mais. A todos vocês. Nada é mais importante do que vocês! Você precisa saber disso! Jamais iria magoá-lo de propósito. Você tem que saber disso!

Ele acaricia-lhe o cabelo, sussurrando junto ao seu couro cabeludo.

— Você é a melhor coisa que já me aconteceu; você me completa.

O antigo relógio do seu avô, no corredor, faz um ruído em preparação para um toque. Ele olha por cima do ombro para o relógio em cima do fogão, percebendo que são quase 22h. Ela sempre vê as notícias às 22h, faz parte de sua preparação emocional, tão fundamental à sua rotina quanto as notícias na Internet.

— Vamos — diz ele —, vou fazer uma xícara de chá para nós e vamos assistir ao noticiário.

Ela endurece um pouco em seus braços. Ao soltá-la, Jim vê um olhar estranho em seu rosto, quase similar a uma falta de vontade. Ele ri, corre a mão pelo rosto dela.

— Está tudo bem, querida — garante-lhe. — Uma vez jornalista, sempre jornalista. Na verdade, não quero que você mude. Foi um... eu exagerei. Não quis dizer isso. Você não seria a mulher com quem me casei se mudasse, não é? Vá em frente! Estarei lá em um minuto.

Ela vai para a sala e ele escuta o som dos anúncios, em um tom alto, no volume habitual da sua mãe, apenas por um momento, até que Kirsty encontra o controle remoto e diminui. Ele coloca a chaleira com água no fogão e procura um biscoito nos armários. Jim sabe que sua mãe sempre mantém guloseimas em casa. Em geral, há um bolo também, mas, mesmo sendo um adulto, ainda se sente vinculado às regras em vigor da sua infância. Bolo é algo que se come na hora do chá. As frutas são caras, você come uma depois do almoço, e as cerejas são contadas em lotes de dez unidades. Doces são coisas que você come após o almoço no domingo, se você se comportou direito. Se estiver com fome, come um pedaço de torrada. Mas não pode comer muito — lembra — se não quiser estragar o jantar. Ele sorri diante das memórias. Sente-se confortado, como sempre, pela presença eterna de sua infância.

Não consigo imaginar como deve ter sido para Kirsty.

Ele encontra os biscoitos e coloca quatro deles em um pires. Arruma o pires e as canecas de chá em uma bandeja de metal com um tucano desenhado nela. Seu pai deveria ter pegado essa bandeja de algum bar, embora ainda achasse impossível imaginar seus pais passando por momentos em que os princípios morais não fossem rigorosamente observados. Ele coloca o chá nas canecas, adoça do jeito de que Kirsty gosta, mas que raramente se permite tomar.

Na verdade, é disso que a grande essência da vida é feita. Não são as férias e os jantares fora e o desejo de mais, mas as xícaras de chá em um momento juntos depois de um longo dia. Trata-se de perdoar e de esquecer, e de fazer concessões. É a honestidade, a verdade e a confiança, construindo um lugar seguro e mantendo quem se ama ali.

Ele pega a bandeja e segue rumo à sala. O ambiente está escuro, com apenas a lâmpada do abajur no canto, borlas antigas à sombra, e a claridade vinda da televisão para iluminar seu rosto sério. Kirsty está no sofá, com as pernas cruzadas e os pés debaixo do corpo, os braços ao redor da almofada no colo, assistindo. Ele coloca a bandeja sobre a mesinha de centro e lhe entrega o chá. Então se acomoda ao lado dela, encostando a coxa em seus dedos do pé, sociavelmente.

Há algumas pessoas usando ternos cinza do lado de fora de um edifício de concreto acenando com bandeiras.

— Então, qual é a notícia?

— Nações Unidas. Paquistão. O Conselho de Segurança fazendo o seu trabalho. O mesmo de sempre.

Ela envolve a xícara com as mãos, como se sentisse frio, e sopra como uma criança.

— Você quer um biscoito?

— Sim, quero, sim.

Ele sorri ao vê-la molhar o biscoito no chá e então se lembra e para. Embora a maioria das resoluções de Ano-Novo caiam no esquecimento, ela está presa àquela: sua teoria de que se come bem mais se você não tem que mastigar.

— Estou feliz por você estar aqui — diz a ela novamente. — Isso é bom. Assim... você sabe.

Kirsty tira uma das mãos da caneca e coloca-a junto à mão dele. Aperta. Eles dirigem a atenção de volta para a televisão, a tempo de ver imagens das ações em Whitmouth, à beira-mar. Algumas imagens de carros da polícia e as multidões se acotovelando, e uma imagem daquela mulher, Amber Gordon, a da semana passada, cuja situação deixara Kirsty tão irritada, enquanto o narrador explica a situação: uma detenção, esta manhã. Um assassinato na noite, o suspeito está sob custódia e a acusação deve sair amanhã.

— Meu Deus! — exclama ele. — O que houve lá, agora?

Kirsty fica em silêncio, seu rosto parece uma máscara enquanto assiste ao desenrolar das cenas.

— Ah, meu Deus! — continua Jim. — Não acredito nisso! Fiquei tão triste por ela na semana passada. Meu Deus, e eu ainda estava com pena dela ontem. Não te contei? Meu Deus, Kirsty, você viu?

Ainda assim, Kristy não diz nada, mas acena com a cabeça roboticamente em acordância.

Jim põe sua caneca na bandeja. Sente-se como se toda a sua crença — todas as suas francas devoções, seu cristianismo vagamente crente na redenção, sua convicção inflexível de que uma criança não pode ser rotulada como má, não importa quão monstruosas sejam suas ações — tivesse sido esmagada com uma marreta.

Como ela pôde fazer isso?, pensa ele. *Como ela pôde?*

— Meu Deus! — diz, surpreso com a força de seu sentimento.

Jim se sente como se ele, pessoalmente, tivesse sido traído; como se a própria Amber Gordon surgisse e fisicamente lhe desse um tapa no rosto.

— Não sei mais o que pensar. Realmente não sei. Como é possível defender a bondade inata do ser humano quando há pessoas assim... Como é possível?

Ele observa que a polícia arrasta truculentamente uma figura feminina sob um cobertor até os degraus da Delegacia de Polícia de Whitmouth. Não estão sendo nem um pouco gentis, e a multidão está descontrolada. Ele a vê subir o primeiro degrau e, em seguida, ser puxada e praticamente jogada para dentro.

— Bem, se isso for verdade — comenta ele —, vai contra tudo no que eu acreditava. Acho que terei de aceitar que algumas pessoas simplesmente nascem más, como dizem. Talvez isso seja possível. Não queria acreditar. Mas, meu Deus... os iguais se atraem, suponho. Hindley e Brady. Fred e Rose. Ela e Cantrell, meu Deus!

Jim olha para a sua esposa, surpreso por ela estar tão quieta. Normalmente, ela estaria falando tanto e tão rapidamente como ele, enquanto assistiam a uma história como esta. E se choca ao ver que lágrimas caem pelo seu rosto. Elas descem sem parar por suas bochechas, mas sua boca está fechada e os olhos, ainda arregalados, continuam fixos na tela.

— Ah, meu Deus, meu bem! — diz ele, envolvendo seu corpo rígido em um abraço. — Sinto muito. Sei que você estava lutando por ela. Mas não é tão ruim assim. Você está exausta. Está tudo bem, Kirsty! Não deveria ter incentivado você a ver as notícias. Vamos! Vamos para a cama! Você precisa dormir um pouco. Confie em mim! — insiste ele. — Tudo parecerá melhor pela manhã.

Agradecimentos

Livros nunca são o confinamento solitário de uma pessoa em torre de marfim. Tenho dívidas de gratidão com muitas pessoas, apenas espero não ofender ninguém, esquecendo-me de mencionar algumas.

Laetitia Rutherford e seus colegas da Mulcahy Conway Associates. Um bom agente é aquele que faz muito mais do que uma descrição superficial. O cérebro afiado de Laetitia seu ouvido infalível, seus bons conselhos, a abordagem conseguida e, na verdade, em alguns instantes, a paciente enfermeira-aliada que, honestamente, revolucionou a minha existência. Não consigo expressar minha gratidão o suficiente.

Há tantas pessoas neste mundo cujo conhecimento, criatividade e entusiasmo tenho razões para agradecer. Mas, particularmente, é claro, Catherine Burke e Thalia Proctor. Que alívio colocar este trabalho em boas mãos!

Meu querido amigo John Amaechi, cuja sabedoria profissional em matéria de psicologia e identidade infantil tem sido inestimável, assim como seus contos sempre divertidos nos holofotes de interpretação da mídia ao longo dos anos.

Alastair Swinnerton, por uma irreverência de fim de noite que se transformou em uma solução.

Mamãe e Bunny. Não há necessidade de explicar.

Papai e Patricia. Idem.

William e Ali Mackesy, cujo apoio e amor têm me acompanhado ao longo do caminho.

Cathy e David Fleming, pelas mesmas razões.

Em nenhuma ordem particular: Chris Manby, Antonia Willis, Brian Donaghey, Charlie Standing, Stella Duffy, Shelley Silas, Lauren Milne Henderson, Jo Johnston Stewart, Venetia Phillips, Claire Gervat, Diana Pepper, Chloe Saxby, Jonathan Longhurst. E ao Comitê, é claro. O que lá é dito, lá permanece ;)

Impresso no Brasil pelo
Sistema Cameron da Divisão Gráfica da
DISTRIBUIDORA RECORD DE SERVIÇOS DE IMPRENSA S.A.
Rua Argentina, 171 – Rio de Janeiro, RJ – 20921-380 – Tel.: (21)2585-2000